La muse de Maiden Lane

DE LA MÊME AUTRICE AUX ÉDITIONS J'AI LU

Jim, le gentleman

Les belles de Londres
1 – *L'amazone du Sussex*
2 – *La belle de Belgrave Square*
3 – *La cavalière de Ludgate Hill*

MIMI
MATTHEWS

LES BELLES DE LONDRES – 4

La muse de Maiden Lane

Traduit de l'anglais (États-Unis)
par Carole Pauwels

J'AI LU

Si vous souhaitez être informée en avant-première
de nos parutions et tout savoir sur vos autrices préférées,
retrouvez-nous ici :

www.jailu.com

Abonnez-vous à notre newsletter
et rejoignez-nous sur Facebook !

Titre original
THE MUSE OF MAIDEN LANE

Éditeur original
Publié en accord avec Berkley,
une marque de Penguin Publishing Group,
un département de Penguin Random House LLC.

Pour Asteria.
Et pour toutes les personnes
qui sont la lumière
dans les périodes d'obscurité.

Bien des nuits j'ai vu les Pléiades s'élevant à travers la nébulosité veloutée,
Briller telle une nuée de lucioles formant une natte argentée.

Alfred TENNYSON,
Locksley Hall, 1842

1

Hampshire, Angleterre, décembre 1862

Poursuivie par les notes enflammées de la valse *Lava-Ströme* de Strauss, Stella Hobhouse courait dans le couloir éclairé par les lampes à gaz en soulevant entre ses mains les lourdes jupes de sa robe de bal en crêpe de soie blanc.

Elle avait parfaitement conscience des règles d'airain qui gouvernaient la vie des ladies. Ces conventions étaient certes légèrement moins rigides dans la bonne société qu'elles ne l'étaient à Fostonbury – le village du Derbyshire, à ce point collet monté qu'il en était suffocant, où elle vivait avec Daniel, son pieux curé de frère. Mais il existait un précepte aussi inflexible à Londres qu'il l'était dans toute l'Angleterre : une dame respectable ne se colorait pas les cheveux.

Seules les actrices et – Stella rougissait à cette simple pensée – les prostituées recouraient à des artifices aussi vulgaires. Une jeune lady occupant la position sociale de Stella ne s'abaisserait jamais à acheter un flacon de teinture pour les cheveux au nom évocateur d'« Or du Caucase ». Même en se le faisant livrer par la poste.

Miséricorde, que lui était-il donc passé par la tête ?

Et pourquoi avait-il fallu qu'elle copie la couleur auburn cuivré de la jeune femme représentée sur le tableau de Whistler exposé à la Berners Street Gallery ? Une œuvre qui lui avait été recommandée par un séduisant jeune artiste rencontré au British Museum.

C'était une question qu'elle se posait depuis qu'elle était entrée dans la vaste salle de bal de style gothique du comte de March et qu'elle avait remarqué l'homme en question – alors qu'elle pensait ne plus jamais le revoir de sa vie –, assis dans son fauteuil roulant un peu à l'écart de la foule, non loin de la porte-fenêtre donnant sur la terrasse. Ce soir-là, il ne portait pas le costume ordinaire et la cravate nouée de façon désinvolte qu'il arborait au musée, mais une irréprochable tenue de soirée noir et blanc. C'est ainsi qu'elle avait compris qu'il n'était pas un artiste excentrique hantant les musées, comme elle l'avait cru, mais bel et bien un gentleman.

L'humiliation s'était abattue sur elle à la manière d'un torrent déchaîné, lui ôtant toute capacité de raisonnement. Son seul instinct avait été de fuir la salle de bal avant qu'il la remarque.

Et c'est précisément ce qu'elle avait fait : elle avait pris ses jambes à son cou.

Au bout du corridor, elle se réfugia dans une antichambre à peine éclairée. Au loin résonnaient les accords de la valse qu'elle aurait dû danser avec l'un ou l'autre des gentlemen présents.

Le dos contre l'un des murs recouverts de soie tendue, elle pressa une main sur sa taille corsetée, s'efforçant de contrôler sa nervosité et de calmer sa respiration haletante.

Après tout, elle n'avait commis aucun crime. Elle avait seulement voulu s'amuser un peu. S'autoriser à être quelqu'un d'autre, pour changer. Faire l'expérience du monde autrement que sous l'apparence d'une jeune lady dont les cheveux étaient devenus entièrement gris à l'âge de seize ans.

Hormis sa meilleure amie, lady Anne Deveril, seule la mère de cette dernière, la comtesse d'Arundell, et le chevalier servant d'Anne, M. Hartford, savaient à quoi ressemblait Stella avant qu'elle se teigne les cheveux. Personne parmi les invités à Sutton Park ne la connaissait. Et même si c'était le cas, Stella doutait qu'on puisse la reconnaître.

En tant que jeune femme de naissance modeste et de peu de fortune, elle était souvent écartée ou ignorée. Personne ne la voyait vraiment. À vrai dire, avec ses cheveux gris et ses tenues ternes, elle passait totalement inaperçue.

Mais ce soir, elle avait attiré tous les regards. Anne avait dit qu'elle la trouvait lumineuse. Éthérée. Et, pour la première fois de sa vie, Stella s'était sentie ainsi.

Jusqu'à ce qu'elle le voie.

Il s'agissait bien de lui, quelle que soit la façon dont il était vêtu. Il avait la même chevelure d'un noir d'encre. La même lueur cynique dans le regard. Les mêmes traits anguleux, comme taillés dans du granit, qui ne faisaient qu'ajouter à son air implacable, et une bouche bien dessinée qui aurait pu être séduisante si elle n'avait pas été déformée par une moue sarcastique.

Il avait l'air *dangereux*. Son attitude était celle d'un homme à qui on ne pouvait rien cacher.

Stella relâcha un souffle tremblant. Ce brusque embarras d'écolière était totalement ridicule. Elle avait vingt-deux ans, pour l'amour du ciel !

Il fallait absolument qu'elle se ressaisisse et retourne dans la salle de bal.

C'était le seul comportement raisonnable à observer. Les festivités chez lord March devaient durer toute la semaine, et il ne lui serait pas possible de se cacher durant tout ce temps. En outre, il était fort probable que le gentleman ne la reconnaisse pas. Il ne l'avait vue qu'une seule fois, et de façon très brève.

Peut-être avait-elle réagi avec un tantinet d'exagération ?

Mais bien sûr que oui, c'est évident !

Il était impossible que ce gentleman se souvienne d'elle. Ce jour-là, au musée, ils n'avaient pas passé plus de cinq minutes ensemble et n'avaient guère échangé plus de dix mots. Il l'avait assurément oubliée à la seconde où elle avait été hors de sa vue.

Pour être tout à fait franche, Stella commençait à se sentir un peu stupide, à présent qu'elle y pensait de façon rationnelle.

S'écartant du mur, elle défroissa ses jupes du plat de la main et s'exhorta à puiser en elle le courage de regagner la salle de bal. Ce fut alors qu'elle l'entendit : le bruit caractéristique des roues parcourant le corridor en marbre, s'approchant de plus en plus de sa cachette.

Le son s'arrêta brusquement sur le seuil de l'antichambre où Stella avait trouvé refuge.

Une voix masculine au timbre profond s'insinua à travers les ombres.

— Eh bien, ça alors, dit-il d'un ton amusé. C'est vous.

*

* *

Teddy Hayes manœuvra son fauteuil roulant pour entrer dans l'antichambre. Il n'était pas homme à attendre un carton d'invitation embossé à l'or. Pas après avoir passé les trois derniers mois à se reprocher amèrement de ne pas avoir réussi à découvrir le nom de la mystérieuse lady lors de leur première rencontre.

Il avait été tellement abasourdi par elle, pétrifié au point d'en rester bouche bée, qu'il ne lui était pas venu à l'idée de lui demander comment elle s'appelait. Il n'y avait pensé qu'une fois qu'elle était partie, trop tard. Il n'y avait personne dans les parages qui aurait pu l'éclairer. Aucune connaissance mondaine susceptible de lui révéler son identité.

Tel était le prix à payer quand on était un nouveau venu à Londres.

Teddy était en visite ici. Il n'était qu'un simple invité, pas un membre de la bonne société. En dehors du petit cercle d'amis dont sa sœur aînée, Laura, et le mari de cette dernière, Alex Archer, s'entouraient, il n'y avait personne auprès de qui il aurait pu se renseigner. Quant à ses proches, même s'il avait pour eux beaucoup d'affection, il demeurait réticent à leur demander de l'aide dans ce domaine. Certaines choses étaient privées. Surtout si elles se rapportaient à la déesse aux cheveux d'argent qu'il avait rencontrée au British Museum.

— Pourquoi vous êtes-vous enfuie ? demanda-t-il.

La jeune lady se tenait dos au mur. Ses jupes de crêpe blanc festonné de perles se soulevaient devant elle en un demi-cercle de jupons et de crinoline.

— Je n'ai rien fait de la sorte, rétorqua-t-elle d'un ton pincé.

C'étaient les premiers mots qu'elle prononçait depuis qu'il était entré dans la pièce. Elle avait une voix douce, régulière, avec une pointe de velours en arrière-plan – le genre de voix qui pouvait consoler tout autant que séduire.

Teddy sentit les battements de son cœur s'accélérer tandis qu'un élan de chaleur courait le long de ses veines.

Il repoussa immédiatement cette sensation. Il ne l'avait pas suivie parce qu'il était attiré par elle. Pas en tant qu'homme, en tout cas. Son intérêt était purement artistique.

— C'est pourtant bien ce que vous avez fait, insista-t-il.

À l'instant où il avait posé les yeux sur elle à travers la salle de bal bondée, elle avait pivoté sur ses talons et disparu dans un brouillard de jupes scintillantes. Tandis que l'orchestre entamait la valse d'ouverture, il l'avait regardée franchir les portes, consterné, en se demandant s'il ne s'était pas trompé.

— Je ne me sentais pas très bien, dit-elle, sur la défensive. J'avais besoin d'air.

— Et c'est ici que vous le prenez ?

Il enveloppa l'antichambre d'un regard dubitatif tout en roulant vers la lampe la plus proche. Celle-ci était posée sur une console basse en noyer marqueté, disposée à côté d'un des sièges en damas capitonné. À l'aide d'une allumette, il enflamma la mèche. Aussitôt, la pièce fut baignée d'une douce lumière.

— Vous auriez pu, à tout le moins, ouvrir une fenêtre.

— Au cas où vous ne l'auriez pas remarqué, il pleut à verse dehors, répliqua-t-elle tandis qu'il faisait pivoter son fauteuil pour lui faire face.

Teddy l'observa avec attention dans le halo de la lampe. Elle avait quelque chose de changé depuis ce jour-là au British Museum. Il en avait d'autant plus conscience que son souvenir était resté gravé dans sa mémoire.

Ce n'était pas parce qu'elle était la plus belle femme qu'il ait jamais vue – bien qu'elle soit très belle –, mais parce qu'elle était différente. Pas uniquement en raison d'une particularité dans ses manières ou dans son style vestimentaire, ou même dans sa coiffure. Elle était tout bonnement différente.

Quand il l'avait rencontrée dans la King's Gallery, ses cheveux étaient uniformément gris – de la couleur du platine. Associée à ses yeux gris-bleu et à la douce gravité de ses manières, cette chevelure lui donnait l'apparence d'un esprit iridescent et vaporeux, descendu des cieux pour s'adresser au commun des mortels.

Elle lui avait fait penser à l'une des Pléiades de la mythologie – les sept sœurs que le dieu grec Zeus avait transformées en étoiles pour embellir le ciel nocturne. Jamais encore Teddy n'avait rencontré de femme qui personnifiait ainsi le mythe. Cette vision avait produit une vive impression sur l'artiste qu'il était.

— Je remarque tout, répondit-il.

— Je vous demande pardon, dit-elle en commençant à se diriger vers la porte. Je dois retourner au bal. Mes amis vont se demander…

— J'espère que vous n'avez pas peur de moi.

Elle s'immobilisa, les lèvres pincées en une mimique vaguement offensée.

— Absolument pas.

— Vous en donnez l'impression.

— Si c'est le cas, c'est uniquement parce que je ne vous connais pas.

— Nous nous sommes déjà rencontrés, lui rappela-t-il. Cela remonte à quelques mois. Vous vous trouviez dans la King's Gallery du British Museum, et vous admiriez un dessin de Van Dyck.

— Je m'en souviens, dit-elle froidement.

Teddy grimaça. Elle avait assurément des raisons de s'en souvenir. Il l'avait offensée en se montrant trop direct, trop libre dans ses opinions. C'était un de ses défauts, et celui-ci ne s'était pas amélioré après qu'il avait contracté la scarlatine. Si la maladie avait laissé ses jambes partiellement paralysées, cela n'avait pas entamé la rudesse de son esprit. Bien au contraire. En fait, sa sœur avait observé que plus il se sentait contrecarré par son infirmité, moins il était enclin à tenir sa langue.

Ce n'était pas délibéré. Il n'avait pas l'intention d'être grossier ou hostile. Mais il savait combien la vie était courte, et de quelle manière tout pouvait soudain s'arrêter. Le temps imparti à chacun était bien trop précieux pour être gaspillé. Il n'avait aucune patience quand il s'agissait de mâcher ses mots.

— Je vous ai recommandé un tableau, dit-il. La nouvelle œuvre de James Whistler – *La Jeune Fille en blanc*. Elle était exposée à la Berners Street Gallery sous le nom de *La Femme en blanc*.

Elle rougit jusqu'à la racine de ses cheveux. Ses cheveux *auburn*. Ils avaient à présent la même nuance de roux que la jeune personne représentée sur la toile de Whistler.

— Comment l'oublier ? répliqua-t-elle. Mais ce n'est pas pour autant que nous nous connaissons. Nous n'avons pas été présentés.

— Voilà qui peut être aisément corrigé.

Il manœuvra son fauteuil de façon à se rapprocher d'elle.

— Mon nom est Edward Hayes, mais presque tout le monde m'appelle Teddy. Et vous êtes ?

— Stella Hobhouse.

— Stella, répéta-t-il.

Un sourire ravi étira les coins de sa bouche.

— Comme une étoile.

Sans doute était-ce un signe. Il était destiné à la retrouver.

Elle se redressa avec un air de dignité offensée.

— Je ne vous ai pas donné la permission d'utiliser mon prénom.

— Et pourquoi ne pourrais-je le faire, alors qu'il est si beau ?

Il s'avança davantage.

— À propos, qu'est-il arrivé à vos cheveux argentés, Stella ?

Elle écarquilla les yeux.

— Eh bien... ça ne vous regarde pas.

— Vous les avez teints, je suppose.

Il plissa le front.

— J'aurais préféré que vous ne le fassiez pas.

— Comment osez-vous, monsieur ? Qui vous a autorisé à faire des remarques personnelles à propos de mes cheveux ?

Elle ne s'interrompit que le temps de reprendre son souffle.

— Est-ce ainsi que vous vous adressez aux dames ?

— Avec franchise ? En effet, c'est ainsi que je parle aux ladies. Il en va de même pour les gentlemen. Je ne vois pas la nécessité de vous insulter en usant d'euphémismes.

— Ce n'est pas une insulte, mais de la politesse. Il y a des règles de bienséance à respecter.

— Oui, j'en ai entendu parler. Je suppose que c'est ainsi que ce doit être à Londres. Mais nous ne sommes plus à Londres. Nous sommes dans le Hampshire.

Teddy retrouva son sourire.

— Et les réceptions données dans les résidences de campagne sont infiniment moins formelles qu'en ville. Je me suis même laissé dire qu'il s'y passe des choses tout à fait singulières.

Elle l'observa, avec au fond de ses yeux gris-bleu une lueur à la fois stupéfaite et horrifiée.

— Comment se fait-il que vous vous trouviez ici, à Sutton Park ? demanda-t-elle. Connaissez-vous lord March ?

— Pas le moins du monde.

— Dans ce cas, pourquoi êtes-vous chez lui ?

— Ma sœur et mon beau-frère étaient invités. Étant donné que je voyage avec eux depuis la France, ils ont jugé qu'il serait préférable que je les accompagne.

Cela avait été la seule façon de rassurer Laura. Il se déplaçait en fauteuil depuis presque cinq ans maintenant, mais sa sœur avait veillé sur lui quand il avait été frappé par la maladie et peinait à renoncer à son rôle de soignante. Bien qu'il soit aujourd'hui en meilleure forme qu'il ne l'avait été depuis des années, Laura continuait à s'inquiéter pour lui dans des proportions excessives.

— Ils m'ont dit que je trouverais ici de merveilleuses sources d'inspiration pour mes dessins, reprit-il. Notamment pour ce qui est des paysages.

Il jeta un regard noir à la pluie qui s'abattait avec virulence sur les fenêtres.

— Je réserve mon jugement, pour l'instant.

Elle esquissa un geste vers la porte.

— Vos proches sont donc des relations de lord March ?

— À peine. Mon beau-frère souhaite acheter au comte une cargaison de roses pour notre parfumerie de Grasse. Les Parfums Hayes, peut-être avez-vous entendu parler de nous ?

Elle s'immobilisa de nouveau, sa curiosité semblant l'emporter sur la raison. Puis son visage s'illumina.

— L'eau de lavande Hayes, c'est vous ?

Pour une fois, Teddy fut heureux de la petite notoriété que l'entreprise de parfumerie de son défunt père leur apportait.

— En partie seulement, répondit-il. J'ai reçu en héritage la moitié de la compagnie quand mon père est décédé, mais ce sont ma sœur et mon beau-frère qui la dirigent. Mes intérêts sont ailleurs.

— Vous êtes un artiste.

— En effet.

Il marqua une pause.

— Puis-je vous poser une question impertinente ?

Elle laissa échapper un petit rire dépourvu d'enthousiasme.

— Ne l'avez-vous pas déjà fait ?

Il sourit de plus belle.

— Dites-moi, Stella...

Elle secoua la tête.

— Je vous en prie, ne m'appelez pas ainsi.

— Dites-moi, mademoiselle Hobhouse, corrigea-t-il, verriez-vous une objection à ce que je vous peigne ?

2

Stella était persuadée que plus rien ne pouvait la choquer. Cependant, elle fut scandalisée par cette requête particulièrement déplacée.

— Me peindre ?

Elle le dévisagea avec sévérité.

— Vous voulez dire, je suppose, faire un portrait de moi ?

— Oui, c'est exactement cela.

Il était assis dans son fauteuil roulant en face d'elle, aussi extraordinairement séduisant que lors de leur brève rencontre au musée.

Peut-être même était-il encore plus attirant ce soir-là, en raison de l'élégance de sa tenue.

Son costume de soirée était coupé à la perfection. Et ses cheveux de jais, qu'elle avait vus en bataille, étaient soigneusement peignés et pommadés. Ils encadraient un visage mince aux pommettes hautes, à la mâchoire ciselée et aux yeux bleu ardoise à l'expression acérée sous des sourcils d'ébène. Un visage que l'on pouvait qualifier d'austère, adouci par une bouche d'une sensualité troublante.

M. Hayes – ou Teddy Hayes, ainsi qu'il s'était présenté de façon fort cavalière – était à n'en pas douter le plus singulier des hommes. Et ce n'était pas parce qu'il se trouvait dans un fauteuil roulant, bien que ce soit passablement rare dans la bonne société. La plupart des gens redoutaient la maladie et l'infirmité. Les invalides étaient supposés rester chez eux et s'en remettre aux bons soins de leurs proches, ou d'une infirmière à domicile pour les plus fortunés. À moins bien sûr qu'ils ne prennent les eaux à Bath ou Harrogate, ou ne sortent prendre l'air au parc.

Non, la singularité de M. Hayes n'était pas à mettre sur le compte de son fauteuil roulant. Elle était entièrement due à sa manière d'être.

Il était à la fois enjoué et direct, sans en éprouver la moindre gêne. C'était une qualité qu'elle avait pu observer quand ils s'étaient rencontrés au British Museum. Cette attitude vibrante. Cette façon brutale de s'exprimer. De toute évidence, il ne voyait rien de mal à assiéger une jeune lady dans une pièce à peine éclairée et à lui faire une proposition des plus scandaleuses.

N'avait-il aucun scrupule ? Aucun sens des bonnes manières ?

Le frère aîné de Stella, Daniel, serait outragé par l'impertinence de cet homme. Il en serait de même pour Anne, à bien y réfléchir.

Pour sa part, Stella ne se sentait pas excessivement offensée. Elle était surprise, oui, mais pas encline à défaillir. M. Hayes n'était pas, après tout, un complet inconnu pour elle. Non seulement parce qu'il s'était présenté, mais parce qu'il avait admis être en partie propriétaire des Parfums Hayes. Leur célèbre eau de lavande comptait parmi les rares senteurs jugées comme étant tout à fait respectables pour une lady.

Dans ses jeunes années, quand ses maigres revenus lui permettaient de s'offrir quelques minuscules plaisirs, c'était précisément sur cette fragrance que s'était porté le choix de Stella. Elle aimait tout particulièrement en asperger son corps dévêtu après le bain.

Bonté divine. Quelle pensée incongrue !

Les joues de Stella s'empourprèrent de façon incontrôlable.

Quant à la proposition de M. Hayes...

— En aucune façon, dit-elle. Je ne suis pas modèle.

Il ne parut pas découragé.

— C'est encore mieux. Je n'ai nul besoin qu'un modèle expérimenté pose pour moi. Ce que je recherche, c'est une apparence particulière. Une qualité unique. Avant de vous voir au musée, je désespérais de la trouver.

En d'autres termes, il voulait de l'étrangeté.

Stella sentit son estomac se nouer. Aucune femme n'appréciait qu'on la trouve unique en raison de sa plus haïssable anomalie.

— Vous souhaitez peindre une lady aux cheveux gris, résuma-t-elle platement. Il en existe des centaines, peut-être des milliers. Vous n'avez que l'embarras du choix.

— Il n'en existe aucune comme vous.

Elle sentit le regard de M. Hayes la détailler de la pointe de l'aigrette en verre filé qu'elle portait dans les cheveux à l'ourlet de sa robe en crêpe de soie.

— En tout cas, je n'en ai jamais rencontré, affirma-t-il.

Elle eut un petit rire de dédain.

— Je veux bien le croire. Il n'est pas fréquent qu'une lady de mon âge...

Elle s'interrompit.

Au nom du ciel, pourquoi s'engager avec lui dans une discussion à propos de ses cheveux ?

Elle aurait dû s'en aller à l'instant où il avait fait une remarque sur ceux-ci, au lieu de s'attarder pour contenter son intérêt malséant. Même un artiste ne pouvait se permettre de commenter l'apparence d'une lady en des termes aussi libres.

— Il ne s'agit pas de votre jeunesse.

Il manœuvra de nouveau son fauteuil pour se rapprocher d'elle.

— Ce n'est même pas lié à la couleur de vos cheveux, bien qu'elle soit remarquable.

Remarquable.

Le mot résonna dans la pièce assombrie et revint en écho à Stella, à la fois dans ses oreilles et dans son cœur, tel un baume appliqué sur sa fierté blessée.

Elle savait bien qu'elle ne devait pas l'encourager, mais…

— Dans ce cas, de quoi s'agit-il ? questionna-t-elle.

— Eh bien, vous êtes une étoile resplendissante, Stella. Personne ne vous l'a donc jamais dit ? C'est cela que j'ai besoin de peindre.

Ce compliment coupa le souffle de Stella. On lui en faisait si rarement, et jamais sur sa beauté. Quant à être qualifiée d'étoile resplendissante…

M. Hayes avait prononcé ces mots sans effort, mais nullement avec frivolité. Il y avait de la gravité dans son regard, en contradiction avec ses manières désinvoltes. Il avait évoqué son « besoin » de peindre. Il n'avait pas parlé d'envie. Cette activité représentait quelque chose d'important à ses yeux. De vital, même. À moins qu'elle ne se trompe complètement.

Il l'observait.

— J'ai une fascination pour la lumière, voyez-vous. C'est tout un art de la transposer sur la toile. Elle est présente dans les œuvres de Turner et de Constable. Et dans des tableaux modernes comme ceux de Whistler. Quand nous serons de retour à Londres, je vous le montrerai, si vous le souhaitez.

Le cœur de Stella se mit à battre plus vite, sous l'effet d'une attente involontaire.

— Vous présumez que nous nous reverrons.

Il sourit, révélant des dents très blanches et parfaitement alignées.

— Il m'a fallu trois mois pour vous retrouver. Je n'ai pas l'intention de vous laisser disparaître.

Stella sentit une intense chaleur monter à ses joues. Elle aurait dû être offensée. Mais il était difficile de crier à l'outrage alors que M. Hayes était si sérieux.

Elle ne put s'empêcher de laisser libre cours à la première pensée qui lui vint à l'esprit.

— Comme vous êtes étrange…

Le sourire de M. Hayes s'élargit.

— Je vais prendre ça comme un compliment.

— Vous pouvez le prendre comme vous voulez, mais je ne puis accepter que vous me peigniez, monsieur. Mon frère est un ecclésiastique.

Une lueur narquoise s'alluma dans le regard de M. Hayes.

— C'est une remarque totalement hors sujet.

— Vous ne diriez pas cela si vous connaissiez mon frère. Et s'il savait ce que vous m'avez demandé…

— Est-il nécessaire qu'il le sache ?

Indignée, Stella se redressa de toute sa hauteur.

— Supposez-vous que j'ai pour habitude de mentir aux gens que j'aime ?

Le sourire de M. Hayes s'évanouit tandis qu'il observait soudain son visage avec une intensité de nature à la mettre mal à l'aise.

— Non, je ne suppose rien de la sorte, dit-il d'un ton pensif. Je vous crois loyale à l'extrême. Cela fait partie des raisons pour lesquelles vous rayonnez si vivement.

Stella baissa la tête, refusant de tolérer une autre flatterie.

— Vraiment, monsieur, tout cela va trop loin. Vous ne devriez pas m'importuner de la sorte.

— Je n'ai pas le choix. Vous vous êtes déjà dérobée une fois. Je ne puis prendre le risque que cela se reproduise.

— Nous ne sommes pas au British Museum. Il s'agit d'une réception dans une résidence de campagne. Nous sommes tous les deux tenus de rester jusqu'à la fin du séjour. Je ne pourrais vous fuir même si je le souhaitais.

— Je vous crois capable de beaucoup de choses dès lors que vous en avez pris la décision, rétorqua-t-il. Je vous demande seulement de...

— Non, répéta Stella. C'est impossible.

— Mais je dois vous peindre ! Je deviendrai fou si je ne le fais pas.

Stella ne put s'empêcher de ressentir un soupçon de culpabilité. Quel mal y avait-il à faire réaliser un portrait de soi ?

Non. Elle ne devait pas laisser cette pensée s'insinuer dans son esprit. Ce n'était absolument pas envisageable.

Peut-être possédait-elle suffisamment de désir de rébellion en elle pour se teindre les cheveux, mais il fallait bien que cette mutinerie s'arrête à un moment. La coloration était temporaire. Un tableau la représentant durerait toujours.

— J'en suis terriblement désolée, dit-elle.

Et, avant de céder à la tentation, avant de l'interroger sur son travail ou, pire encore, sur lui-même, elle releva ses jupes et quitta la pièce en trombe.

*

* *

Teddy n'essaya pas cette fois de suivre sa mystérieuse lady. Il resta dans la pièce assombrie, se maudissant secrètement d'être aussi fougueux.

De tous les aspects du caractère masculin que détestait la gent féminine, l'empressement était l'un des pires. C'était en tout cas ce que lui avait dit Alex. Comme aux cartes, un gentleman ne devait jamais révéler son jeu. En aucune façon il ne devait admettre qu'il désirait la compagnie d'une lady plus que celle-ci ne souhaitait la sienne. Agir ainsi, c'était se placer instantanément en position de faiblesse. Et les femmes abhorraient la faiblesse chez un homme, presque autant qu'elles détestaient l'empressement.

Désappointé, Teddy se massa la joue. Contrairement à son beau-frère, qui avait passé sa jeunesse à écumer les tables de poker d'Europe, il n'était pas un joueur de cartes. Il s'était imaginé pouvoir convaincre Mlle Hobhouse en lui disant tout simplement la vérité.

Il lui avait parlé à cœur ouvert, en toute honnêteté. Il n'avait pas mâché ses mots pour exprimer le besoin presque désespéré qu'il avait de transposer sa beauté sur la toile. Il s'était mis à nu.

C'était précisément pour cette raison qu'il se retrouvait seul à présent.

— Enfer et damnation, marmonna-t-il.

Il n'était pas habitué à convaincre de jeunes ladies bien éduquées de poser pour lui. Jusqu'à présent, ses portraits se limitaient à ceux de sa sœur et de sa tante et, occasionnellement, à ceux des épouses de ses amis.

Il avait peint d'autres femmes également, mais il ne s'agissait pas précisément de ladies. Durant ses années d'études à Paris, tandis qu'il suivait les cours que donnait dans son atelier de Montparnasse le célèbre artiste Charles Gleyre, nombreuses étaient les prostituées désireuses de poser pour quelques sous. Le carton à dessin de Teddy regorgeait d'esquisses de ces jeunes personnes. Les autres élèves pouvaient en dire de même.

Si ces femmes étaient souvent reléguées dans des maisons closes, on pouvait à l'occasion les trouver ailleurs, arpentant les rues ou déambulant dans les jardins publics. Teddy avait ainsi passé un temps considérable dans les allées du bois de Boulogne – un lieu prisé aussi bien par l'élite que par le peuple de Paris – à attendre l'apparition de sa muse.

Mais quand celle-ci s'était enfin manifestée, cela ne s'était produit ni dans une maison de tolérance ni dans un parc parisien. Le miracle avait eu lieu à Londres, dans une galerie du British Museum – une rencontre entièrement due au hasard, quand Teddy s'y attendait le moins.

Cette fois, la muse qui avait retenu son attention en était bel et bien une. Il ne s'agissait pas d'un emballement éphémère, suffisant pour inspirer une ou deux esquisses, mais d'une Calliope de chair et d'os – ou bien encore une Clio ou une Érato, ce n'était pas le choix qui manquait parmi les neuf muses de la mythologie – qui l'aiderait à donner naissance à son chef-d'œuvre.

Il avait passé ces trois derniers mois à se convaincre qu'il ne la reverrait jamais.

— Teddy ?

La voix de sa sœur venait de s'élever dans le couloir.

— Tu es là ?

Il soupira. Naturellement, il fallait s'attendre à ce que Laura parte à sa recherche. Sans doute s'imaginait-elle qu'il lui était arrivé une quelconque mésaventure.

— Ici ! appela-t-il.

L'instant d'après, Laura apparut dans l'embrasure de la porte. Elle portait une robe de bal en soie bleu ciel, rehaussée de rubans et de délicate dentelle blonde de Caen. Une pièce de dentelle identique était fixée sur le dessus de son chignon d'un noir d'ébène.

À vingt-sept ans, sa sœur n'avait que trois ans de plus que lui. Si l'écart d'âge était négligeable, il était multiplié par le poids de l'infirmité de Teddy. Laura avait contracté la scarlatine en même temps que lui. Ses poumons en avaient été affectés et, dans les premiers temps, elle avait éprouvé des difficultés à respirer dès qu'elle faisait un effort. Cela ne l'avait pas empêchée de prendre soin de son petit frère malade. En fait, elle s'occupait de lui depuis si longtemps qu'elle se voyait davantage comme une mère que comme une sœur pour lui.

Teddy ne l'en aimait que plus, même s'il s'agaçait souvent de son excès d'inquiétude.

— Avant que tu poses la question, je vais bien, déclara-t-il. Je discutais avec une jeune lady.

Laura sourit tandis qu'elle le rejoignait. Ses jupes froufroutaient doucement en un soupir de coûteuse soie française, recouvrant des jupons en cotonnade ordinaire. Les années passées sur le continent avaient aiguisé son sens de la mode et des belles étoffes, mais sa sœur demeurait au fond d'elle-même l'Anglaise pragmatique qu'elle avait toujours été.

— S'agit-il de la jeune fille rousse que je viens de voir courir dans le couloir ?

— Oui, marmonna-t-il. Enfin, non. Elle n'a pas réellement les cheveux roux. C'est la lady de la King's Gallery.

Laura écarquilla les yeux. Après avoir entendu Teddy se lamenter sur la perte de sa muse durant les trois derniers mois, elle était la mieux placée pour savoir ce que cela signifiait pour lui.

— Tu l'as trouvée ! Oh, Teddy...

Désappointé, il se passa la main dans les cheveux, semant le chaos dans ses boucles soigneusement pommadées.

— Je lui ai fait peur, et elle s'est enfuie.

Sa sœur se percha sur le bord d'un fauteuil tout proche, adoptant aussitôt une attitude consolatrice.

— Il est impossible que tu fasses peur à qui que ce soit.

— Dans ce cas, je l'ai scandalisée en lui faisant part de mon souhait de réaliser son portrait.

— Il est peu probable qu'elle se scandalise aisément, si elle a eu suffisamment d'audace pour se teindre les cheveux.

Teddy ne put nier la justesse de ce constat. Il avait une connaissance suffisante des dames de la bonne société pour savoir que se teindre les cheveux était aussi inconvenant que se farder le visage. Mais Mlle Hobhouse était assurément une exception à la règle. Elle n'usait pas d'artifices pour se donner une apparence plus séduisante. C'était même tout le contraire. En colorant ses cheveux, elle essayait de se rendre ordinaire, aussi étrange que cela puisse paraître.

— J'imagine qu'elle ne s'attendait pas à rencontrer quiconque de sa connaissance en venant ici, observa Teddy.

— Elle connaît forcément quelqu'un, répliqua Laura. Sinon, comment aurait-elle été invitée ?

— Je n'en ai pas la moindre idée.

— Sais-tu au moins son nom ?

— Mlle Hobhouse.

Il ne précisa pas son prénom. Stella, ou « étoile » en latin. C'était trop intime. Trop parfait. Il voulait le garder pour lui.

C'était un élan romanesque et quelque peu stupide, et cependant tout à fait en accord avec cette histoire invraisemblable. Dès l'instant où il avait posé les yeux sur l'inconnue aux cheveux gris, il n'avait cessé de l'idéaliser.

— Elle est la sœur d'un ecclésiastique, apparemment, ajouta-t-il.

— Je vois.

Un silence passa.

— Elle est très jolie, fit remarquer Laura.

— C'est vrai, admit-il d'un ton morne. Pour ce que ça me rapporte.

Laura sourit de nouveau.

— Ne sois pas aussi pessimiste. Elle est ici à Sutton Park, n'est-ce pas ? Tu auras tout le loisir de la peindre d'ici Noël.

— Tu oublies qu'elle ne m'a pas donné sa permission.

— Il existe des solutions pour contourner cet obstacle.

— Lesquelles ?

— Eh bien, tu pourrais modifier son visage avant de transposer tes esquisses sur la toile. Ce serait une façon de respecter...

— Je veux tout d'elle, l'interrompit Teddy avec impatience. Son visage. Sa silhouette. Ses cheveux gris. Elle est mon étoile. C'est tout ou rien.

Le front de Laura se plissa sous l'effet de l'inquiétude.

— Comment puis-je t'aider ? demanda-t-elle.

— Tu ne peux pas.

— Sottises ! Je peux aisément faire sa connaissance. Et ensuite...

— Qu'envisages-tu ? De faciliter une amitié entre nous ? lança-t-il en ricanant, avant d'ajouter : Non merci.

Peut-être n'était-il pas aussi indépendant qu'il l'aurait souhaité, mais il était toujours un homme. Il ne tolérerait pas que sa sœur joue les intermédiaires avec une jeune lady.

Pas cette jeune lady, en tout cas.

— Il faut que je tente une nouvelle fois ma chance, dit-il. Je veillerai simplement à faire preuve de plus de tact, afin de ne pas l'effrayer.

— Tu as toute une semaine pour élaborer ta stratégie.

Il grimaça un sourire.

— Voilà que tu parles de stratégie, maintenant ? C'est à croire qu'Alex, avec sa passion du jeu et des affaires, déteint sur toi. Où est-il, au fait ?

— La dernière fois que je l'ai vu, il parlait d'acidité des sols avec un botaniste.

— Un sujet fascinant.

— Il semblait y trouver de l'intérêt.

— Je n'en doute pas.

Le beau-frère de Teddy excellait dans l'art de gagner la confiance d'autrui, et cela passait par une capacité d'écoute peu commune. D'ici la fin de la soirée, il ne faisait aucun doute que ce sujet n'aurait plus de secrets pour lui.

— Et toi ?

Teddy observa attentivement le visage de sa sœur.

— Tu t'amuses ce soir ? ajouta-t-il.

Contrairement à son mari, Laura était habituée à une vie plus tranquille. Avant son mariage, Teddy et elle vivaient dans un cottage passablement isolé, sous la houlette discutable de leur tante Charlotte. Même à présent qu'ils géraient la parfumerie à Grasse, Laura et Alex sortaient peu, évitant les mondains qu'ils étaient tenus de fréquenter lors de leurs voyages réguliers à Paris ou à Londres.

En revanche, Teddy adorait les festivités, les événements qui sortaient de l'ordinaire, et cela n'en était que plus frustrant pour lui. Chaque aventure représentait un défi. Et les plus grands obstacles ne provenaient pas toujours du monde extérieur. Certains étaient causés par sa propre famille – les personnes qu'il aimait le plus. Il ressentait leurs restrictions tout autant que les limites imposées par son fauteuil. Pire encore, ces contraintes devenaient plus difficiles à surmonter depuis quelque temps.

— La maison me manque, reconnut Laura avec franchise. Ce qui n'a aucun sens, vraiment. Nous y retournerons au printemps, quand tout commencera à bourgeonner et à fleurir.

— Tu pourrais rentrer en France plus tôt, suggéra-t-il.

— Et renoncer à rendre visite à Jenny et Tom à Londres ? Ou à notre voyage dans le Devon après Noël pour voir Clara et Neville ? Sans parler de cette négociation concernant les roses pour la parfumerie.

Laura secoua la tête et conclut :

— Non. Nous devons rester en Angleterre tout le mois de mars. Et je suis déterminée à m'en réjouir.

Teddy connaissait bien les amis d'enfance de son beau-frère, ainsi que les épouses de ces derniers. Jenny et Tom Finchley, Helena et Justin Thornhill, ainsi que Clara et Neville Cross étaient comme des membres de la famille aux yeux de Laura et Alex. Il en allait de même pour Teddy, qui avait été accepté dans leurs rangs aussi aisément que Laura. Il avait d'ailleurs l'intention d'en tirer profit quand le moment serait venu pour sa sœur et son beau-frère de retourner en France.

Laura ne le savait pas encore, mais il n'avait aucune intention de rentrer avec eux.

— À t'entendre, on pourrait croire que ça te demande un effort, fit-il remarquer.

— Pas le moins du monde. J'aime danser avec Alex partout où nous allons.

— Danser...

Teddy grimaça.

— C'est un peu compliqué, avec mon fauteuil.

Les yeux bleus de sa sœur débordèrent aussitôt de sympathie. Elle ne le prenait pas en pitié, mais elle comprenait les difficultés qu'il rencontrait dès lors qu'il s'agissait de se frotter au monde extérieur.

— Tu n'étais pas obligé d'assister au bal. Lord March ne t'en aurait pas tenu rigueur.

— J'y tenais. Je ne suis peut-être pas équipé pour danser, mais on peut me faire de la place dans la salle de bal. Et si quelqu'un est gêné par ma présence...

— Personne ne l'est, je t'assure, protesta Laura.

Teddy contint un élan d'irritation. Sa sœur avait beau essayer d'enjoliver sa situation, il ne voyait pas l'intérêt de se voiler la face. Il était préférable de considérer son infirmité de la manière la plus pragmatique possible. Cela signifiait qu'il devait prendre conscience de la façon dont les autres le percevaient.

Son fauteuil roulant était encombrant, à la fois physiquement et visuellement. Construit sur mesure pour lui en France, il offrait un siège à haut dossier, capitonné de façon à être confortable, et reposait sur un essieu de calèche, avec deux grandes roues à rayons de part et d'autre, et une roue plus petite à l'arrière pour aider à tourner.

C'était assurément un progrès, en comparaison de l'unique appareillage longtemps disponible : une chaise de bains qui devait être tirée par un cheval ou poussée par un assistant, et qui ne pouvait s'adapter à toutes les situations. Mais l'ingénieux dispositif ne pouvait passer pour autre chose que ce qu'il était :

un fauteuil d'invalide. Un étrange appareil pour un homme qui n'avait plus l'usage de ses membres inférieurs.

— Je peux t'assurer que certaines personnes sont gênées, dit-il. Les gens n'aiment pas que leur propre mortalité leur soit rappelée. Ça les met mal à l'aise.

— C'est stupide de leur part.

Teddy se força à sourire.

— Par chance, je ne me soucie pas de mettre quiconque à l'aise, à part moi-même. Et j'aime écouter la musique et regarder les danseurs. En outre, il est fort probable que Mlle Hobhouse ait regagné la salle de bal. Elle va danser, elle aussi.

Laura lui adressa un coup d'œil dubitatif.

— La regarder suffira à te contenter ?

Teddy haussa les épaules.

— Ça me suffira. Pour le moment.

Il le faudrait bien.

3

Stella ne retourna pas dans la salle de bal. Elle était bien trop bouleversée par sa rencontre avec M. Hayes. La pensée qu'il se poste en bordure de la piste de danse et passe son temps à l'observer, à sa manière bien trop perspicace, lui nouait le ventre.

Elle était habituée à être invisible. Là résidait tout le problème. Sa nouvelle couleur de cheveux auburn lui avait déjà apporté un certain degré d'intérêt – le genre d'admiration réconfortante qu'elle avait tant souhaité provoquer quand elle était plus jeune. Mais de là à être vue dans son entièreté, percée jusqu'au plus profond de son âme...

Elle avait l'impression d'être dénudée. Totalement exposée.

Quand M. Hayes la regardait, ce n'était pas simplement avec de l'admiration masculine. Il s'agissait d'autre chose. Une sorte de perception fondamentale que Stella ressentait de tout son être.

« Je dois vous peindre, avait-il dit. Je deviendrai fou si je ne le fais pas. »

Alors qu'elle se trouvait à présent en sécurité dans sa chambre située à l'étage, son cœur battait toujours un peu trop vite depuis cette déclaration enflammée.

Sa robe de bal, ses jupons, sa crinoline et son corset gisaient sur le lit derrière elle. Vêtue de sa robe de chambre en lainage la plus chaude et la plus confortable, elle était assise dans un profond fauteuil de velours, face à la lumière chatoyante du feu qui pétillait dans l'âtre, et buvait une tasse de thé au lait.

Elle se sentait sans repère, désemparée. Et ce n'était pas entièrement dû à sa rencontre déconcertante avec M. Hayes. Une grande partie de sa nervosité tenait au fait qu'elle était loin de chez elle, coupée des choses qui faisaient d'elle ce qu'elle était. Comme son cheval adoré, Locket.

Locket était une fringante jument à la robe gris argent et au caractère bouillant et imprévisible. Si elle possédait la taille imposante de son géniteur, le célèbre pur-sang Stockwell, la jument avait hérité la tête finement ciselée et les grands yeux de sa mère, un demi-sang arabe. Peu de cavaliers parvenaient à la monter, en dehors de Stella. Elle avait l'habitude de l'entraîner quotidiennement – une activité nécessaire pour leurs santé physiques et leurs bien-être mental respectifs.

Lorsque Stella avait quitté Londres, elle avait été contrainte d'envoyer Locket à Fostonbury, en compagnie de son palefrenier, John Turvey. C'était la décision la plus raisonnable, étant donné qu'elle rentrerait directement chez elle à l'issue des festivités données dans la résidence de campagne du comte de March.

En l'absence de sa monture, un certain vide s'était formé au creux de la poitrine de Stella. Locket et elle avaient une relation privilégiée. C'était plus qu'une amitié. Il s'agissait d'une sorte de dépendance mutuelle. Stella ne pouvait être pleinement elle-même – heureuse, sereine, courageuse – sans Locket à côté d'elle. Et Locket...

Eh bien…

Sans l'intervention de Stella, Locket n'aurait sans doute pas survécu. En effet, quand elle avait rencontré pour la première fois la jument, celle-ci était sur le point de partir à l'équarrissage.

— Tu lui as sauvé la vie, avait observé Anne un jour que Stella et elle chevauchaient ensemble, au tout début de leur amitié.

— C'est plutôt elle qui m'a sauvée, avait répliqué Stella. Jamais je n'aurais eu le courage de venir à Londres pour la saison si Locket n'avait pas été avec moi.

Anne trouva Stella plongée dans ses pensées et sirotant son thé devant la cheminée alors que l'élégante pendule ornant le manteau sonnait 23 heures.

— Enfin !

Elle entra dans la chambre et ferma la porte derrière elle.

— J'ai eu un mal de tous les diables à te trouver.

Elle portait toujours sa robe de bal – un chef-d'œuvre de riche velours cramoisi rehaussé de broderies noires aux motifs floraux et piqué de roses rouges en satin. Il s'agissait d'une création du célèbre couturier Ahmad Malik, connu pour son style à la fois élégant et audacieux. C'était d'ailleurs en lui commandant une robe que leur chère amie – et membre distingué de leur cercle de cavalières passionnées – Evelyne Malravers avait fait sa connaissance et était tombée amoureuse de lui.

Julia Blunt – autrefois Julia Wychwood – complétait leur groupe d'amies. Elles étaient toutes amoureuses des chevaux et excellentes écuyères. Leur amitié s'était tissée à la faveur d'une triste succession de saisons londoniennes infructueuses, jusqu'à former un lien indestructible.

Stella n'avait pas revu Anne depuis qu'elles avaient fait leur entrée dans la salle de bal ce soir. Hartford avait alors promis de trouver à Stella un cavalier approprié. Sans doute l'aurait-il fait si elle était restée.

Tout commençait à s'effondrer. Dire qu'elle avait consacré tant d'efforts à ses cheveux et à sa robe, et qu'elle n'avait même pas dansé une seule fois ! Quel incroyable gâchis.

Toutefois, son cœur n'aurait pas à en souffrir.

Sa rencontre avec M. Hayes l'avait mise en émoi bien plus efficacement que ne l'auraient fait une douzaine de valses avec des inconnus.

— J'ai passé toute la maison au peigne fin, affirma Anne en repoussant distraitement une boucle blonde qui retombait sur son front, échappée de son chignon. D'abord la salle de bal, puis la bibliothèque, et même la roseraie et la serre.

— Je suis là, comme tu peux le voir, répliqua Stella.

Anne vint s'asseoir dans le fauteuil à côté du sien. Son corsage en velours très ajusté dégageait ses épaules, et la lumière chatoyante des flammes dans l'âtre dessinait des ombres sur les courbes d'albâtre de sa gorge et de sa poitrine.

— Es-tu malade ?

— Non, non. Seulement fatiguée.

Stella adressa à son amie un bref sourire d'excuse et ajouta :

— Je suis désolée d'être partie aussi précipitamment.

— Je n'en doute pas, dit Anne avec une sévérité feinte. Ça ne te ressemble pas de fuir face à un défi.

— Je suppose que je n'étais pas moi-même.

— Indubitablement.

Anne jeta un regard entendu à la chevelure de Stella. Elle n'avait pas approuvé l'achat de cette coloration capillaire, et encore moins son usage.

— Je croyais que cette mascarade était supposée te rendre plus audacieuse.

— Il ne s'agit pas uniquement de la teinture. Tu sais combien je deviens nerveuse dès que je suis éloignée trop longtemps de Locket.

— Est-ce cela qui te trouble ? Assurément, tu as toute confiance en ton palefrenier.

— Oh, je sais que Turvey lui fournira du fourrage et de l'eau en quantité. Mais c'est de moi que Locket aura le plus besoin. Nous n'avons pas été séparées depuis que j'ai accompagné mon frère à cette fichue conférence œcuménique à Exeter durant l'été. Et ça n'avait duré que quelques jours.

Stella soupira.

— Je ne peux m'empêcher de m'inquiéter de sa réaction, après une semaine complète d'absence.

La réception s'étendrait après les fêtes de Noël. Lady Arundell, Anne et Stella ne partiraient pas avant le lundi suivant.

— Danser aurait pu te changer les idées, suggéra Anne.

— C'est possible.

Stella observa une pause, avant d'ajouter d'un ton entendu :

— En d'autres circonstances.

Elle savait qu'Anne la comprenait. Son amie était présente quand elle avait croisé le chemin de M. Hayes au British Museum, et elle avait été témoin de l'émoi que cette rencontre avait provoqué chez Stella.

— Tu n'as rien à craindre, affirma Anne. Le gentleman en fauteuil roulant est parfaitement inoffensif. Il n'est que le frère d'une des invitées. Un artiste en devenir, à ce que j'ai cru comprendre. Apparemment, il est arrivé en Angleterre récemment, après avoir passé quelques années à étudier à Paris auprès d'un peintre célèbre dont je n'ai malheureusement pas retenu le nom.

— Il a étudié à Paris ?

Stella n'avait pu masquer sa surprise. Elle savait que M. Hayes résidait en France, mais elle n'avait pas compris qu'il était à ce point cosmopolite. Elle s'était imaginé que son impertinence était due à la fascination qu'il éprouvait envers elle, et non au simple fait qu'il était habitué à évoluer parmi des Parisiens sophistiqués et des personnages non conformistes.

Était-il donc réellement un peintre, et pas uniquement un gentleman un peu trop audacieux qu'intriguait l'apparence d'une jeune lady aux cheveux gris ? Plutôt que de chercher à la troubler par des flatteries ridicules, était-il finalement un homme qui trouvait un intérêt artistique à son visage et à sa silhouette ?

— Voilà qui explique le comportement qu'il a eu envers toi au British Museum, observa Anne.

— Oui, admit Stella en buvant pensivement une gorgée de thé. Je suppose qu'on peut voir les choses ainsi.

— Donc, tu vois, tu n'avais aucune raison de t'enfuir.

Penchée en avant dans son fauteuil, Anne poursuivit :

— En fait, tu aurais mieux fait de rester. Il s'est passé tellement de choses après ta sortie précipitée.

Stella perçut le frisson d'excitation qui sous-tendait les paroles de son amie. Aussitôt, elle lui accorda toute son attention, remisant temporairement ses propres inquiétudes.

— Grands dieux, qu'est-il arrivé ?

— Oh, Stella…

Les yeux bruns d'Anne scintillaient de bonheur.

— Hartford et moi allons nous marier !

— Quoi ?

Stella posa sa tasse sur le petit guéridon en bois de rose incrusté de nacre à côté d'elle, avec une telle hâte qu'elle manqua renverser ce qui lui restait de thé.

— Quand ? s'exclama-t-elle. Comment ?

— Il y avait une telle agitation dans la bibliothèque ! C'était le chaos au sein de sa famille. Mais, pour résumer les choses, une fois que tout le monde a eu quitté les lieux, Hartford m'a fait sa demande et j'ai accepté.

Le regard d'Anne brillait de larmes contenues.

— Nous allons être incroyablement heureux ensemble.

Tout aussi émue, Stella parcourut la courte distance qui les séparait et prit son amie dans ses bras. Toutes deux s'étreignirent avec force.

— Ma chérie, je suis tellement heureuse pour vous deux !

— Moi aussi. Je suis ravie. Extatique. Abasourdie.

Anne laissa échapper un petit rire tremblant.

— Quelle soirée ! Je ne parviens toujours pas à croire que c'est vrai.

— Tu l'aimes vraiment, n'est-ce pas ?

— Oui, je l'aime, dit Anne. Et il m'aime aussi. Il m'a juré sur ce qu'il a de plus cher qu'il m'avait toujours aimée.

— Naturellement. Comment pourrait-il en être autrement ?

Stella rejeta la tête en arrière pour observer le visage d'Anne. Elle n'avait jamais vu son amie aussi rayonnante. Même quand, chevauchant côte à côte, elles lançaient leur cheval au galop sur Rotten Row à Hyde Park.

— Oh, Anne... Quel rebondissement !

— N'est-ce pas ? Quand on pense que j'étais tout en noir hier encore, que je suis vêtue de rouge aujourd'hui, et que je serai bientôt en blanc...

Anne et sa mère, lady Arundell, avaient pleuré le décès du comte d'Arundell pendant presque sept ans. Anne n'avait quitté ses vêtements de deuil que la veille, ce qui était un important événement. L'annonce des fiançailles constituait un heureux changement de plus.

— Un autre mariage, dit Stella. Exactement comme Julia l'avait prédit.

Anne rit de nouveau.

— Oui, c'est vrai qu'elle l'avait annoncé, n'est-ce pas ? Je l'avais presque oublié.

Nouvellement mariée elle aussi, la timide Julia aux cheveux de jais était brièvement revenue en ville quelques mois auparavant, accompagnée de son mari, le rude et bougon capitaine Jasper Blunt, afin d'assister au mariage d'Evie avec M. Malik. La cérémonie, très simple, s'était tenue dans la maison londonienne de l'oncle d'Evie, M. Fielding, à Russell Square. C'était là que Julia avait fait observer qu'un mariage en encourageait souvent un autre. Tout en disant cela, elle avait donné un coup de coude à Stella d'un air entendu.

Naturellement, Julia supposait que Stella serait la prochaine. Aucune d'entre elles n'aurait pensé qu'il s'agirait d'Anne, leur solennelle et prude amie toujours vêtue de noir, qui affirmait depuis longtemps être très heureuse de sa condition de femme célibataire.

Stella ressentit un petit pincement de tristesse. Cela ne tenait pas au fait qu'elle aspirait particulièrement à se marier, mais elle voulait sa liberté. Et, comble de l'ironie, le mariage était le seul moyen de l'obtenir. En attendant d'épouser quelqu'un, elle devait vivre sous l'autorité de son frère, et sous la surveillance permanente de sa future belle-sœur. Et le règne de la moralisatrice Amanda Trent ne promettait pas d'être agréable.

C'était une des raisons pour lesquelles Stella était venue dans le Hampshire : pour contrecarrer les projets matrimoniaux de son frère. Sans elle pour jouer les chaperons, le vertueux ecclésiastique serait moins susceptible de passer son temps à courtiser Mlle Trent, et il n'aurait peut-être pas l'opportunité de demander sa main.

Mais les projets de Daniel ne pourraient être contrariés éternellement. Il finirait bien par convoler en noces. Et lorsque ce jour viendrait, le sablier du destin de Stella serait inévitablement retourné. Sa présence ne serait plus jugée utile au presbytère. Sans doute ne serait-elle plus souhaitée.

La seule solution pour elle était de se trouver un mari.

C'était plus facile à dire qu'à faire.

Elle n'avait présentement qu'un seul candidat acceptable : M. Smalljoy, un gentilhomme veuf appartenant à la paroisse de son frère à Fostonbury. Même si « acceptable » était un terme quelque peu exagéré, l'homme ayant dépassé les soixante ans. Il serait préférable de dire qu'il s'était porté volontaire.

« Tes cheveux gris ne le dérangeront pas », avait dit Daniel.

Comme s'il s'agissait du seul détail à prendre en compte. Qu'en était-il de la compatibilité entre eux ? De l'affection ? De *l'amour* ?

Sans oublier que Stella préférerait n'importe quoi plutôt que de finir ses jours dans le Derbyshire, à moins de huit kilomètres de son frère, condamnée à passer le reste de sa vie dans l'état déplorable qui avait toujours été le sien. Une ombre. Une préoccupation secondaire. Et mariée à un vieux propriétaire barbant, qui plus est. Un homme qui, par la grâce de leur mariage, aurait tous les droits sur sa maigre fortune. Sur son corps. Sur son cheval !

Mais Stella ne voulait pas gâcher la joie d'Anne avec des considérations amères sur sa propre situation.

— Je suppose que c'était inévitable, dit-elle en souriant. Nous avons toutes l'âge de nous marier, et nous avons pris part à la saison londonienne. C'était le but, n'est-ce pas ?

— Ça ne l'a jamais été pour moi, affirma Anne. En tout cas, pas avec un autre gentleman que Hartford, assurément. Une fois que tu as fait l'expérience du véritable amour, il est impossible de se contenter de moins.

— Qui t'obligerait à le faire, de toute façon ?

Personne ne devrait contracter une union dénuée d'amour, effectivement. Pas même une jeune femme de la campagne avec des cheveux gris et une dot quasi inexistante.

Comme toujours, Anne parut comprendre le fil que suivaient les pensées de son amie.

— Tu ne seras pas obligée non plus de te marier coûte que coûte.

Elle prit les mains de Stella et les pressa entre les siennes d'un geste rassurant.

— Et il nous reste encore six jours à passer à Sutton Park. C'est peut-être suffisant pour rencontrer un gentleman approprié.

— Ce que je veux, répondit Stella, c'est trouver ne serait-ce qu'une fraction du bonheur que tu connais, ma chérie.

Elle parvint à afficher un sourire lumineux.

— Et maintenant, dis-moi exactement comment M. Hartford a fait sa demande. J'ai hâte d'entendre chaque détail. Je suis certaine que c'était follement romantique.

*
* *

Le lendemain soir, après le dîner, Stella et les autres invités se retrouvèrent dans le vaste salon du comte de March. Tapissé de damas vert pomme et meublé dans un style rococo grandiose, il était éclairé par une paire de somptueux lustres de style montgolfière en cristal d'Italie. Toute la pièce avait été décorée pour Noël avec des branchages de résineux, des guirlandes de houx et de lierre, et un immense sapin orné de bougies étincelantes et de fruits dorés.

Une armée de domestiques en livrée les attendait, portant des plateaux chargés de coupes de champagne destinées à célébrer l'annonce officielle par le comte des fiançailles de son petit-fils.

La nouvelle n'était pas exactement un secret. Tel un essaim d'abeilles au bourdonnement ininterrompu, les invités n'avaient cessé de murmurer toute la journée, lançant à la dérobée des coups d'œil vers M. Hartford, le comte de March et le fils aîné du comte, le vicomte Brookdale.

— Je crois pouvoir dire que les gens savent déjà en quoi consistera l'annonce, fit remarquer Stella.

— Ce n'est pas des fiançailles qu'ils font des gorges chaudes, répliqua Anne. Ce qui les fait parler, c'est la raison du drame qui a bouleversé la famille hier soir dans la bibliothèque.

Stella haussa les sourcils, intriguée. Si son amie avait fait allusion à un chaos familial, elle n'était pas entrée dans les détails.

Mais Anne n'était pas davantage encline à fournir des explications.

— Il ne m'appartient pas de révéler ce secret, dit-elle.

M. Hartford les avait rejointes, prenant place à côté d'Anne, une main posée dans le creux de son dos d'un geste possessif. C'était un gentleman de haute stature, à la carrure impressionnante, aux cheveux bruns et aux yeux bleus perpétuellement éclairés d'une flamme moqueuse.

— Si c'est encore un secret, déclara-t-il posément, ça ne le sera plus longtemps.

Le regard de Stella passa de l'un à l'autre.

— Que s'est-il passé ?

— Voyez-vous ce gentleman à côté de ma cousine ? demanda M. Hartford.

Stella suivit son regard. À l'autre bout de la pièce, Mariah Spriggs, la belle-fille de l'oncle de Hartford, le vicomte Brookdale, se tenait près des portes en compagnie d'un séduisant jeune homme aux cheveux bruns. Ils avaient chacun une coupe de champagne à la main et se souriaient tout en conversant.

M. Hartford baissa la voix.

— Cet homme est Marcus Neale, mon demi-frère.

Stella écarquilla les yeux, saisissant immédiatement ce que cette nouvelle avait de scandaleux. M. Hartford était enfant unique. Ce qui voulait dire…

— Exactement, dit Anne comme si elle avait lu dans ses pensées. M. Neale a été conçu en dehors des liens du mariage. La découverte de son existence a été une surprise pour le comte de March et le vicomte Brookdale.

C'était un bel euphémisme, songea Stella. Même si le comte de March était un botaniste fantasque et perpétuellement perdu dans ses pensées, à la chevelure blanche en bataille et affublé en tout temps et en tout lieu de vêtements souillés de terre, son fils et héritier, le vicomte Brookdale, avait la réputation d'être l'un des membres du Parlement les plus sévères, ainsi qu'un défenseur acharné de la moralité et de la vertu. Le fait que son défunt jeune frère, par ailleurs tout aussi moralisateur que lui, ait engendré un enfant illégitime avait dû le choquer profondément.

— Le comte de March l'a-t-il reconnu comme étant son petit-fils ? demanda Stella. Et surtout, qu'en pense le vicomte Brookdale ?

— Ils finiront par l'accepter, décréta M. Hartford avec une assurance péremptoire.

Mais pas ce soir, à ce qu'il semblait. Ce soir était réservé aux bonnes nouvelles, et non aux scandales.

S'écartant de la foule des invités, le comte de March alla se placer sur l'estrade qui accueillait l'orchestre et éleva la voix afin de couvrir les murmures de l'élégante assemblée vêtue à la dernière mode.

— Mesdames et messieurs, estimés invités, je vous demande de lever vos verres pour célébrer la plus heureuse des occasions.

Stella se plia obligeamment à la requête, tout en échangeant un sourire avec Anne.

Cette dernière était extatique. À côté d'elle, Hartford affichait un large sourire. Son regard rayonnait de douceur alors qu'il dévisageait sa future femme.

— Je suis heureux d'annoncer les fiançailles de mon petit-fils, Félix Hartford, avec lady Anne Deveril, la fille de ma très chère amie la comtesse d'Arundell.

Lord March leva haut sa coupe. Le champagne qu'elle contenait scintillait tel de l'or liquide sous l'intense éclat du lustre.

— Portons un toast à leur santé et à leur bonheur, ainsi qu'à une longue et féconde union.

Des félicitations retentirent à travers toute la salle, accompagnées de murmures ravis.

Tandis que les invités s'approchaient pour complimenter Anne et son fiancé, Stella but une gorgée de champagne. Dans le joyeux désordre ambiant, elle ne tarda pas à être emportée loin de son amie par la foule qui convergeait vers les vedettes de la soirée.

C'était l'occasion pour Anne de briller. Une occasion dont rêvaient de nombreuses jeunes ladies.

Ce n'était pas le cas de Stella, évidemment. Pas plus que celui d'Anne, jusqu'à présent. Cette dernière avait toujours été la moins romantique de ses amies, et la moins encline à un sentimentalisme excessif. Mais à en juger son expression – l'étincelle dans ses yeux et le rose de ses joues –, cela avait changé avec ses fiançailles.

Quant à Stella…

Bien qu'elle soit heureuse pour son amie, elle portait toujours le même regard cynique sur l'amour. Prenant ses distances avec la foule, elle se dirigea vers la rangée de fenêtres drapées de rideaux de velours grenat qui occupaient le mur opposé du salon.

Peut-être était-ce simplement du dépit. N'ayant aucune perspective de romance dans sa propre vie, elle ressentait le besoin de dénigrer celle que vivaient les autres. Ce n'était pas digne d'elle. On eût dit le comportement d'une vieille rombière aigrie plutôt que celui d'une jeune fille de vingt-deux ans. Ce qui était attendu d'elle, c'était qu'elle déborde d'enthousiasme et de hâte en songeant à l'avenir.

Plutôt que de se morfondre, ne serait-elle pas mieux inspirée de profiter pleinement de la liberté que lui octroyait sa chevelure auburn ?

C'était pour cette raison qu'elle avait initialement cédé à l'envie de colorer ses cheveux : pour profiter de l'attention qu'on lui porterait une fois que ses tresses grises auraient temporairement cessé d'exister.

Inclinant sa coupe, Stella but les dernières gouttes de champagne que celle-ci contenait. C'était un grand cru, qui avait dû coûter cher. Il était puissant aussi et, sous l'effet de l'alcool, une douce chaleur coulait à présent dans ses veines, aussi effervescente que les bulles du champagne. Enhardie par la sensation, elle balaya la pièce du regard, à la recherche d'éventuels chevaliers servants.

Ce soir, elle portait une autre des créations de M. Malik : une robe de dîner en soie mauve dégageant ses épaules, avec un décolleté en forme de cœur et une double jupe garnie de dentelle maltaise. Un gentleman distingué d'un certain âge, qui déambulait en marge de la foule avec son épouse, lui lança un regard ouvertement appréciateur.

Stella se crispa l'espace d'un instant. Elle ne ressentait nul intérêt pour les hommes mariés. Et même s'il pouvait sembler flatteur d'être considérée comme une femme séduisante, elle trouvait offensant que l'un d'entre eux ait l'audace de lui montrer son attirance.

Elle n'avait pas envie d'une liaison. Elle ne cherchait même pas l'amour. Plus maintenant, en tout cas. Avec deux saisons derrière elle et cinq jours seulement avant la fin de ces festivités, elle n'avait pas le temps de céder à des rêveries enfantines. Au contraire. Le temps était venu d'un pragmatisme sans merci.

Ce qu'il lui fallait, c'était un célibataire convenable. De préférence un gentleman de moins de quarante ans. Un visage agréable serait appréciable, mais ce n'était pas une nécessité. Ce dont avait le plus besoin Stella, c'était une bourse bien garnie. Son futur mari devrait être un propriétaire terrien.

Un homme possédant un vaste domaine, où Locket et elle pourraient vivre le reste de leurs jours en paix.

C'était cela, l'essentiel. La sécurité et la tranquillité d'esprit. Stella était déterminée à envisager la situation avec réalisme.

Elle continua sa déambulation, examinant discrètement chaque gentleman dont elle croisait le chemin.

Mais peut-être n'était-elle pas aussi discrète qu'elle se l'imaginait…

Ses inspections furent accueillies avec différents degrés d'intérêt ou même d'inquiétude. Il était possible qu'elle soit trop directe. Mais, honnêtement, si une lady devait attendre qu'un gentleman l'approche, elle risquait fort de patienter jusqu'au Jugement dernier. Et cette satanée coloration « Or du Caucase » ne durerait pas éternellement. Bientôt, ses cheveux auraient retrouvé leur teinte grise naturelle.

Et sa vie retournerait aussi à la grisaille.

Il n'était pas question qu'elle gâche ses maigres chances, même si cela signifiait qu'elle devait prendre les rênes de sa vie en main. Même s'il lui faudrait se contenter d'un mariage sans amour, elle méritait un homme bien. Bon et honnête. Un homme qui, si elle avait un peu de chance, pourrait faire battre son cœur un tout petit peu plus vite.

Elle avait presque atteint la fenêtre quand elle le vit.

M. Hayes était assis dans une alcôve faisant face au sapin de Noël, son fauteuil étant placé sous une peinture à l'huile représentant un troupeau de moutons du Hampshire paissant à l'ombre d'un arbre. Il n'était pas seul. Une lady élégamment vêtue et un séduisant gentleman devisaient avec lui. Mais M. Hayes ne leur prêtait pas attention. C'était Stella qu'il regardait.

Il accueillit son regard scrutateur avec un léger sourire.

Le cœur de Stella fit un étrange soubresaut dans sa poitrine.

Jusqu'à présent, elle s'était fait un devoir de l'éviter. Cela n'avait pas été particulièrement compliqué. Sutton Park était une immense demeure aux allures de cathédrale, et les invités étaient nombreux. Lors de leur première journée au manoir, ils avaient rapidement constitué des petits groupes en fonction de leurs affinités, disparaissant pour jouer aux cartes, pour parler d'horticulture ou pour mener quelque secrète négociation commerciale. Ils ne se retrouvaient tous au même endroit que lors du dîner.

À cette occasion, Stella était invariablement assise près d'une extrémité de la longue table en acajou, tandis que le fauteuil de M. Hayes était installé à l'extrémité opposée. La vue qu'elle avait de lui était alors masquée en grande partie par l'alignement, au centre de la table, de hauts chandeliers d'argent et de vases en cristal emplis de fleurs exotiques, cultivées dans les célèbres serres du comte de March.

Elle percevait cependant sa présence de l'autre côté de ce mur étincelant de bougies, d'argent et de feuillage, ressentant le même étrange picotement qui l'avait envahie quand elle s'était trouvée face à lui dans l'antichambre, la veille au soir.

« Vous êtes une étoile resplendissante. Personne ne vous l'a donc jamais dit ? » avait-il déclaré.

Ce surprenant compliment avait occupé l'esprit de Stella toute la journée, faisant palpiter son estomac et battre violemment son pouls au creux de sa gorge. C'est ainsi qu'elle avait pris conscience d'une chose : elle n'était pas le moins du monde offensée par le souhait de M. Hayes de la peindre. Pas complètement.

À dire vrai, elle était passablement intriguée par cette proposition.

Et par l'homme lui-même.

C'était un intérêt par lequel Stella ne comptait pas se faire aveugler. N'était-ce pas ainsi que les jeunes ladies naïves en quête d'un mari se retrouvaient dans l'embarras : en baissant leur garde dès le premier compliment quelque peu audacieux qui leur était adressé ? Des jeunes femmes avides de susciter l'attention masculine se laissaient persuader de faire toutes sortes de choses susceptibles de mettre en danger leur réputation. Elles étaient prêtes à abandonner leur pudeur et leur vertu.

En devenant par exemple modèle pour un artiste...

Stella refusait de compter parmi ces écervelées. Sans doute pouvait-elle faire preuve d'audace quand la situation le requérait, mais sa réputation valait mieux que cela. Elle-même valait mieux que cela. Il serait dégradant d'entretenir une relation avec un gentleman dont le seul intérêt reposait sur les possibilités artistiques qu'elle avait à offrir – un intérêt qui n'était alimenté, semblait-il, que par la couleur singulière de ses cheveux.

Elle avait sa fierté, après tout. C'était pour cette raison qu'elle faisait tout pour éviter M. Hayes.

Mais ce n'était plus possible, à présent.

À n'en pas douter, il l'avait remarquée au moment même où elle était entrée dans la pièce. N'avait-il pas dit que rien ne lui échappait ?

Elle s'arrêta en vacillant légèrement sur ses pieds, confrontée à un dilemme : devait-elle montrer qu'elle l'avait reconnu ou l'ignorer ? La seconde possibilité pourrait sans doute apparaître comme grossière.

Mais la première serait probablement une folie absolue.

Reconnaître Teddy Hayes serait l'encourager. Et Stella n'en avait nulle envie.

Mais en était-elle sûre ?

4

Le dilemme de Stella fut résolu par l'arrivée à point nommé de son amie Anne.

— Te voilà ! s'exclama-t-elle en apparaissant soudain à son côté. Tu deviens aussi difficile à pister qu'Éris. Chaque fois que je détourne le regard, tu disparais. J'ai craint un moment que tu ne sois retournée te réfugier dans ta chambre.

Stella se tourna pour faire face à son amie, à la fois soulagée et, à sa plus grande honte, légèrement contrariée. Elle sourit néanmoins de la comparaison avec Éris. Le chaton adopté par Anne – et récemment confié aux bons soins de M. Hartford – était connu pour se faufiler dans les pièces qui lui étaient interdites, griffant les murs tendus de soierie, éraflant les meubles et grimpant aux rideaux.

— Je ne crois pas être aussi imprévisible, rétorqua Stella. Je voulais seulement changer d'endroit. Ça commençait à devenir suffocant dans le salon.

— Ne t'imagine pas un seul instant que tu peux m'embobiner avec ces balivernes, répliqua Anne. Tu oublies que j'ai vécu exactement la même chose que toi, quand Evie et Julia se sont mariées. Je reconnais volontiers que c'est angoissant de se retrouver livrée à soi-même alors que toutes vos amies ont trouvé leur âme sœur.

Elle serra fermement entre ses doigts la main gantée de Stella.

— Mais je ne te laisserai pas voguer à la dérive. J'ai l'intention de m'accrocher à toi aussi fort qu'avant.

Stella serra la main d'Anne en retour.

— Et je ferai la même chose avec toi.

— On peine à le croire, avec cette façon que tu as de disparaître sans cesse.

— Je ne disparais pas vraiment. Disons que je sais reconnaître les moments où je suis de trop.

— Ne dis pas de sottises. Il s'agit d'une réception dans une résidence de campagne, pas d'une lune de miel romantique dans un cottage isolé. Nous, les Furies, sommes destinées à rester toujours ensemble.

Stella rit malgré elle. Lors de leur première saison, quand Anne, Julia et elle chevauchaient ensemble sur Rotten Row à Hyde Park, on les avait surnommées ainsi, en référence aux trois Furies vengeresses de la mythologie.

L'année suivante, lorsque Evie avait rejoint leur petit groupe, le surnom avait changé. Elles étaient alors devenues les quatre Amazones. Bien que cela ait été pensé comme une plaisanterie bon enfant, ces deux sobriquets les avaient en réalité catégorisées comme de curieuses femmes. Cependant, Stella et ses amies n'en avaient pas pris ombrage. Les Furies étaient des femmes extraordinaires. Et les Amazones formaient un quatuor à ne pas sous-estimer. Comme disait souvent Anne, mieux valait être puissante que populaire.

— Il ne reste plus qu'une Furie, à présent, constata Stella. Je suis seule.

— Ne dis pas de sottises, voyons. Les Furies, c'est pour toujours. Et où est-il écrit qu'elles ne peuvent pas être mariées ? Le mariage ne change pas l'identité d'une lady, uniquement son nom de famille.

Stella haussa les épaules. Il était fort probable qu'elle emporte le nom de Hobhouse dans sa tombe. C'était cela ou s'appeler Smalljoy.

Un frisson involontaire la traversa à cette pensée.

— En parlant de noms...

Anne jeta un coup d'œil discret vers l'alcôve.

— Je vois que tu as trouvé M. Hayes.

— En effet.

— Lui as-tu parlé ?

Stella ne répondit pas. Pas directement, en tout cas. Elle n'avait pas encore confié à Anne la proposition indécente de M. Hayes. Elle n'était d'ailleurs pas certaine de le faire. C'était encore trop récent. Trop... intime.

— Je ne peux le faire. Nous n'avons pas été officiellement présentés.

— Voilà qui aurait été résolu si tu étais restée un peu plus longtemps au petit déjeuner, fit remarquer Anne.

— Je ne m'attarde jamais au petit déjeuner, tu le sais fort bien.

Stella avait pour habitude de se lever de bon matin pour faire galoper Locket, qu'elle entraînait deux fois par jour. Un exercice intensif et régulier était nécessaire pour parvenir à contrôler le tempérament fougueux de la jument. Stella partait souvent à cheval le matin, sans prendre rien d'autre qu'une tasse de thé pour se donner des forces.

Il ne lui était pas venu à l'esprit de modifier ses habitudes au cours de son séjour à Sutton Park.

Les petits déjeuners servis lors des fêtes à la campagne étaient des repas informels. Les différents plats étaient présentés sur des plateaux chauffants disposés sur des dessertes. Les invités allaient et venaient à leur guise. Ils se servaient eux-mêmes et s'installaient où ils voulaient, sans se soucier de l'étiquette et des questions de préséance.

Ce matin-là, Stella avait brièvement rejoint Anne, M. Hartford et lady Arundell avant de filer vers les écuries du comte, carnet de croquis en main, pour rendre visite aux chevaux. Leur souffle chaud et vibrant contre sa joue avait quelque peu aidé à atténuer la douloureuse sensation de vide qu'elle éprouvait toujours quand elle était privée de la compagnie de Locket.

Elle y était restée presque deux heures, d'abord à proximité des stalles, puis le long des clôtures des paddocks, s'efforçant de coucher sur le papier, à grands coups de crayon, les impressions que lui inspiraient les chevaux.

— Quel dommage, regretta Anne. M. Hayes est arrivé à peine quelques secondes après ton départ. Il est resté à table plus d'une demi-heure avec sa sœur et son beau-frère. Ce sont eux qui se tiennent près de lui – M. et Mme Archer. Hartford me les a présentés.

Stella risqua un autre coup d'œil en direction de M. Hayes. La ravissante lady debout à son côté était accompagnée d'un gentleman grand et élégant, au sourire quelque peu fripon. Ils étaient tous deux magnifiquement vêtus – elle d'une exquise robe de dîner bleue et lui d'un costume noir taillé à la perfection.

— Ils semblent être des personnes agréables, commenta Anne. Pas du tout vulgaires.

— Je ne m'attendais pas à ce qu'ils le soient, dit Stella. Même s'ils sont dans le commerce.

Le regard d'Anne dériva du côté de son fiancé.

— En effet. Certains commerçants peuvent être tout à fait fréquentables, je trouve...

M. Hartford émergea de la foule pour les rejoindre, le visage toujours fendu d'un sourire tandis qu'il lançait une réponse par-dessus son épaule à un gentleman venu le congratuler.

— Merci, dit-il. Nous n'y manquerons pas.

Sa voix se réduisit à un murmure amusé lorsqu'il s'approcha d'Anne.

— Nous sommes fiancés depuis moins de vingt-quatre heures et vous m'abandonnez déjà.

— Vous vous débrouillez très bien, répliqua-t-elle. J'ai une confiance absolue en vous.

— Les félicitations sont destinées à nous deux. C'est long et fastidieux, il faut bien l'admettre, mais nous n'avons d'autre choix que de nous plier au protocole.

— Laissons cela, décida Anne en lui prenant le bras. Vous devez absolument présenter M. Hayes à Mlle Hobhouse.

Stella rougit.

— Vraiment, Anne, ce n'est pas nécessaire...

— C'est absolument nécessaire, déclara Anne d'un ton ferme. Ta première rencontre avec lui ne s'est pas déroulée sous les meilleurs auspices. Il est fort probable qu'il y ait un peu de gêne entre vous. Des présentations en bonne et due forme devraient remédier à cela et rendre ton séjour plus agréable.

— Dans ce cas, des présentations s'imposent assurément, renchérit M. Hartford d'un ton plein d'entrain.

Il offrit son bras libre à Stella.

— Mademoiselle Hobhouse ?

Stella s'avança et posa sa main sur la manche de M. Hartford, reconnaissante malgré tout qu'il ait cette délicatesse. La plupart des jeunes gens récemment fiancés ne se montreraient assurément pas aussi obligeants envers les amies délaissées de leur fiancée.

— Merci, dit-elle.

— Je vous en prie. C'est bien naturel.

Une lueur d'humour bienveillant brilla dans ses yeux.

— À présent que je suis fiancé à lady Anne, je considère les Furies comme faisant presque partie de ma famille.

Stella esquissa un sourire distrait. Il lui était impossible de prêter une attention totale à M. Hartford alors que M. Hayes la fixait avec tant d'insistance depuis l'autre côté de la pièce. Elle déglutit avec peine tandis qu'ils approchaient du trio.

Mme Archer s'avança pour les accueillir, accompagnée de son mari. Elle avait en commun avec son frère des cheveux d'ébène, des sourcils droits et des yeux bleu ardoise intelligents. Ce n'était pas une beauté classique, mais elle était ravissante malgré tout. Il y avait une confiance discrète dans sa façon de se tenir, ainsi qu'une aimable douceur dans la courbe de son sourire.

— Mademoiselle Hobhouse, déclara M. Hartford, puis-je vous présenter M. et Mme Archer des Parfums Hayes ? Et voici le frère de Mme Archer, M. Hayes.

Stella inclina la tête.

— Monsieur Archer, madame Archer.

Ses yeux croisèrent brièvement ceux de M. Hayes. Une chaleur inattendue envahit sa poitrine.

— Monsieur Hayes.

— Mademoiselle Hobhouse, dit-il solennellement.

Stella dut faire un effort pour détourner son regard du sien. Il y avait quelque chose de fiévreux dans la manière dont il la regardait.

Était-ce similaire à une maladie, se demanda-t-elle, de vouloir aussi ardemment peindre un sujet ? Une sorte de folie, ainsi que lui-même l'avait affirmé ? Une obsession qui accaparait l'esprit et captivait les sens au point d'exclure tout le reste – et tout le monde ?

Stella l'ignorait. Bien qu'elle prenne plaisir à réaliser des esquisses, elle ne s'était encore jamais consacrée à un sujet unique. Et certainement pas à une personne. Ses propres dessins se limitaient principalement à des représentations de chevaux, ou à de simples paysages – assez peu différents finalement de la scène pastorale accrochée au-dessus de la tête de M. Hayes.

— Mademoiselle Hobhouse, dit M. Archer en s'inclinant. Vous avez déjà rencontré mon beau-frère, ai-je cru comprendre.

— Je...

Stella s'interrompit, puis reprit :

— Nous, euh... nous nous sommes croisés au British Museum il y a quelques mois.

Mme Archer sourit.

— Mon frère vous a sans doute importunée avec ses considérations enthousiastes à propos de Turner.

Stella ne put s'empêcher de sourire en retour.

— Il est possible que Turner ait été mentionné.

— Le contraire m'aurait étonnée, dit Mme Archer. Il n'existe pas d'artiste que Teddy admire davantage.

— Mon beau-frère est peintre, expliqua M. Archer. Un peintre doué.

Stella n'eut d'autre choix que de regarder de nouveau M. Hayes. Il aurait été impoli de ne pas le faire. Son cœur s'emballa une fois de plus.

— Ah ?

Le regard de M. Hayes soutint le sien.

— Un excellent peintre, renchérit-il sans une once d'humilité.

M. et Mme Archer rirent.

— C'est vrai, acquiesça Mme Archer. Nous ne cessons de chanter ses louanges.

— Mlle Hobhouse est aussi un peu artiste, intervint Anne.

L'intérêt de M. Hayes s'aiguisa.

— Est-ce vrai ?

Stella protesta instinctivement. Elle n'avait pas pour habitude de se vanter.

— Je ne réalise que quelques esquisses.

— Des esquisses absolument superbes, affirma Anne avec enthousiasme. Aussi belles que celles qu'on peut voir dans les musées.

— Anne, murmura Stella, gênée.

— Eh bien, c'est pourtant vrai, rétorqua Anne à voix basse.

En voyant l'embarras de Stella, M. Archer se montra chevaleresque et changea de sujet.

— Permettez-nous de vous féliciter pour vos fiançailles, dit-il à Anne et M. Hartford.

— Oh oui, acquiesça Mme Archer. Quelle heureuse nouvelle ! Nous vous souhaitons tout le bonheur possible.

Tandis que M. et Mme Archer exprimaient leurs bons vœux et que le couple de fiancés les recevait avec un plaisir évident, M. Hayes persistait à fixer Stella.

— J'aimerais voir vos esquisses, dit-il.

Stella n'en doutait pas. La plupart des hommes qui se considéraient comme des experts dans un domaine précis prenaient grand plaisir à donner leur avis, même si personne ne le sollicitait, sur les modestes efforts fournis par une lady. Mais les efforts de Stella étaient loin d'être modestes. Peut-être n'avait-elle pas étudié à Paris, mais elle était douée pour le dessin. Elle n'avait nullement besoin de l'approbation d'un homme pour avoir confiance en ses aptitudes.

— Je ne suis pas encline à montrer mon travail à des inconnus, répondit-elle.

— Je ne suis pas un inconnu, protesta M. Hayes. Nous nous sommes déjà rencontrés, souvenez-vous.

Un sourire ironique effleura ses lèvres.

— Et pas seulement au British Museum.

Les joues de Stella s'enflammèrent tandis qu'elle se remémorait la scène dans l'antichambre, la veille. Un regard furtif en direction de M. et Mme Archer lui confirma qu'ils n'avaient rien entendu. Tous deux continuaient à converser avec Anne et M. Hartford.

Stella baissa la voix.

— Cela ne constitue guère un gage de moralité.

M. Hayes haussa les épaules.

— Je suis un artiste. Un artiste extraordinaire. La moralité n'a rien à voir là-dedans.

Stella laissa échapper un soupir d'amusement devant son air d'autosatisfaction dénué de remords.

— Vous étiez assurément extraordinaire la nuit dernière, dit-elle. Extraordinairement impertinent.

— Est-ce pour cette raison que vous n'êtes pas retournée dans la salle de bal ? À cause de mon extraordinaire impertinence ?

— Je n'ai pas à justifier mes déplacements auprès de vous.

Sa réponse fut plus sèche que Stella n'en avait eu l'intention. Elle ressentit un soupçon de culpabilité. Il était rare qu'elle se laisse aller à un comportement impoli, même si on la provoquait.

Changeant de ton, elle ajouta :

— J'étais fatiguée.

— Vous veniez d'arriver, objecta M. Hayes. Vous n'aviez pas encore dansé une seule fois.

— J'entends qu'on parle de danse par ici ? lança Mme Archer alors qu'elle et les autres mettaient fin à leur conversation.

— Nous évoquions le bal d'hier soir, expliqua Stella.

Ce n'était pas tout à fait un mensonge.

— Quel dommage qu'il soit passé, feignit-elle.

— Ne désespérez pas, intervint M. Hartford. Mon grand-père a rappelé à Sutton Park les musiciens du village afin qu'ils animent une nouvelle soirée dansante demain.

— Demain ?

Le visage d'Anne s'illumina de joie. Demain, c'était la veille de Noël.

— Je pensais que le bal d'ouverture était le seul qu'avait prévu lord March.

M. Hartford posa une main sur la taille d'Anne.

— C'était avant l'annonce de nos fiançailles. À présent que la nouvelle est répandue, grand-père souhaite que nous la célébrions pleinement. Les musiciens du village sont tout à fait d'accord. Ils ont accepté de renoncer à la chaleur de leur foyer la veille de Noël, en échange du vin chaud et des réjouissances que nous leur offrons chez nous.

Stella coula un regard furtif à M. Hayes tandis que la conversation se poursuivait. Son cœur battait la chamade. Une autre opportunité de danser ? Cela ne la dérangeait pas. La danse était un prélude nécessaire pour rencontrer des gentlemen appropriés. Elle attendait au contraire cette occasion avec impatience.

Non. Ce qui la troublait, c'est la perspective de revoir M. Hayes.

Allait-il assister à la soirée dansante du lendemain, tout comme il avait assisté au bal d'ouverture ? Serait-il assis dans son fauteuil au bord de la piste, à la regarder ? À la juger ? À la voir précisément telle qu'elle était : une oiselle aux plumes flamboyantes cherchant un partenaire ?

« Leurrant un partenaire » serait plus exact. Car, contrairement à celui des autres jeunes ladies, le plumage de Stella était teint. Et M. Hayes le savait.

Quelque chose lui disait que la présence de l'artiste peintre allait avoir de lourdes conséquences sur son avenir.

5

Teddy ajouta une boîte de craies à la pile de fournitures pour artiste qui prenait de plus en plus d'ampleur sur son lit à baldaquin drapé de damas. Il avait déjà rassemblé un carnet de croquis relié de cuir, des crayons à mine de plomb de dureté moyenne, une gomme en caoutchouc d'Inde et des estompes faites de cuir lavé soigneusement enroulé en pointe, destinées à créer des ombres et des dégradés. Si on y ajoutait sa planche à dessin et son chevalet, il lui serait impossible de transporter tout cela aisément. Mais peu importait. Jennings était là.

Le domestique au crâne dégarni s'affairait dans la pièce. À la fois valet et infirmier malhabile, il avait une silhouette vigoureuse, bien adaptée à son travail. Alex l'avait embauché quelque temps plus tôt, peu après avoir épousé Laura. Avant Jennings, Teddy avait dû se contenter d'un vieux domestique chancelant, à peine capable de le soulever.

Car c'était une bien morose réalité : dans certaines situations, Teddy devait être porté. Bien qu'elles ne soient pas totalement dénuées de sensibilité, ses jambes avaient perdu depuis longtemps la force nécessaire pour supporter son poids. Il avait besoin d'aide pour monter et descendre les escaliers, et pour accomplir certaines tâches essentielles du quotidien.

Il n'y avait rien de digne à cela. Du moins, pas pour Teddy. Au début, il avait préféré rester confiné dans son lit plutôt que de se soumettre à cette humiliation. Mais pour un homme privé de l'usage de ses jambes, la vie comportait une série de déchéances inévitables. Son fauteuil roulant lui était nécessaire, tout comme Jennings. Teddy s'efforçait de les considérer sous le même jour. Penser différemment aurait consisté à s'aventurer sur un chemin sombre et misérable. Il le savait par expérience.

C'était une idée particulièrement dangereuse en un jour comme celui-ci, à la veille de Noël, alors que la pluie avait cessé et que le ciel était chargé d'une promesse de neige. Un jour où tout un chacun avait promptement abandonné ce qu'il faisait et s'était précipité à l'extérieur pour ramasser des branchages et du gui. Mlle Hobhouse faisait sans nul doute partie de ceux-là.

Teddy, quant à lui, était contraint de rester à l'intérieur.

Mais il ne s'autoriserait pas à s'apitoyer sur son sort. Peu importait que ce soit une autre occasion manquée avec sa muse, comme le jour précédent.

Mlle Hobhouse avait passé la majeure partie de la journée de la veille à l'éviter. Elle ne s'était pas montrée au petit déjeuner, ni au thé de l'après-midi. Et quand elle avait enfin daigné apparaître au dîner, éblouissante dans une robe de soie mauve, elle ne lui avait pas une fois adressé la parole.

Ce dernier point avait été une source de déception incontestable. Il est vrai toutefois qu'ils ne se trouvaient pas assis l'un près de l'autre à table. Plus tard, au milieu du tumulte qui avait suivi l'annonce des fiançailles de lady Anne et M. Hartford, il n'y avait eu que fort peu d'occasions pour Teddy de s'isoler avec elle. À la suite de leur brève – et par trop publique – conversation dans le salon, ils s'étaient séparés pour rejoindre différents groupes formés par les invités désireux de jouer aux cartes.

Mlle Hobhouse avait formé un quatuor avec M. Hartford, lady Anne et la redoutable mère de cette dernière, la comtesse d'Arundell, sanglée dans sa tenue noire de veuve. Teddy avait été relégué à l'autre bout de la pièce en compagnie d'Alex, Laura et l'un des autres commerçants présents – un producteur de fleurs du Dorset, qui n'avait pas compris le risque qu'il courait en acceptant une partie de cartes avec Alex comme adversaire.

Le souci qu'avait le comte de March d'entretenir des relations cordiales avec ses éminents confrères botanistes, de même qu'avec les négociants intéressés par ses dernières créations horticoles, était sans doute le but inavoué de cette semaine de festivités. Mais pour tous les autres invités, c'était surtout une occasion de se divertir. D'autant plus qu'il y avait maintenant des fiançailles à célébrer. Les jeux avaient occupé toute la soirée, qu'il s'agisse de cartes, de charades, de *snap-dragon* – un divertissement consistant à enflammer des raisins secs dans un bol contenant du brandy et à les attraper sans se brûler les doigts – ou de colin-maillard.

Selon toute vraisemblance, des passe-temps similaires animeraient le reste de leur séjour à Sutton Park, régulièrement entrecoupés d'excursions.

C'était particulièrement déconcertant et embarrassant pour un homme dans la situation de Teddy.

Une de ses nombreuses malles de voyage en cuir était posée sur une étroite banquette en velours capitonné, au pied du lit. Il fouilla dedans avec une irritation grandissante.

— Où est ma planche à dessin ? s'exclama-t-il. Je suis certain d'en avoir emporté une avec moi.

— Vous en avez pris deux, monsieur, dit Jennings. Je les ai mises dans le vestiaire avec vos toiles.

— Allez me chercher la plus petite, ordonna Teddy. Et je vais aussi avoir besoin de mon chevalet.

— Tu vas passer ta journée à peindre ?

La voix d'Alex venait de s'élever depuis le seuil de la chambre.

Teddy lança un regard distrait à son beau-frère.

— Comme tu peux le constater.

Alex entra dans la pièce, vêtu de la même veste de voyage en lainage gris et du même pantalon de jour qu'il portait au petit déjeuner. C'était un homme grand, à la carrure athlétique, avec des cheveux sombres et un visage de pirate. Certains auraient pu le qualifier de voyou. Et nombreux étaient ceux qui le pensaient, une fois qu'ils avaient eu connaissance de son passé de joueur de cartes professionnel. Mais c'était un homme d'humeur toujours joyeuse. Un homme au grand cœur aussi, comme pouvaient en témoigner Teddy et sa sœur.

Après le petit déjeuner, Alex et Laura étaient sortis de table pour visiter les serres du comte de March. Teddy ne les avait pas vus depuis.

— Parfois, observa Alex, il semble que Jennings passe plus de temps à transporter ton matériel de peintre qu'à te porter toi-même.

Ce n'était pas la première fois que le beau-frère de Teddy faisait cette remarque d'un ton malicieux.

Teddy répondit :

— Il est payé suffisamment pour faire les deux.

Alex s'approcha du lit. Son regard s'attarda quelques instants sur la craie et les crayons disposés sur le couvre-lit brodé.

— Pas de peinture ?

— Pas aujourd'hui. J'ai l'intention de dessiner.

— Quelque chose ? Ou quelqu'un ?

Teddy s'immobilisa un instant, avant de fouiller de plus belle dans sa malle, à la recherche des fournitures dont il pourrait avoir besoin.

— Laura t'a dit.

Ce n'était pas une question.

— Au sujet de ta muse ? Oui, elle l'a fait. Pourquoi ? C'était supposé être un secret ?

— Êtes-vous capables, ma sœur et toi, de vous cacher quoi que ce soit l'un à l'autre ?

Alex esquissa un sourire.

— J'aime à croire que non.

— Eh bien, tu as la réponse à ta question, alors.

Teddy n'éprouvait aucune rancœur. C'était simplement la réalité de la vie, maintenant que sa sœur était mariée.

Laura et Alex s'étaient mariés par amour, mais ils avaient d'abord été amis et ils avaient une vision assez moderne de leur union. Ils administraient ensemble la parfumerie, se consultant sur les affaires professionnelles, qu'elles soient importantes ou insignifiantes en apparence. Ils étaient tout aussi francs l'un envers l'autre en ce qui concernait les sujets personnels.

— En fait, je ne vais pas dessiner Mlle Hobhouse, ajouta Teddy.

— Pas encore, répliqua Alex.

Il faisait montre d'une foi absolue dans les capacités de Teddy, et ce dernier partageait généralement cette confiance. Mais pas aujourd'hui. Il s'était réveillé avec des crampes dans les jambes – un fâcheux effet du changement de temps. Si ses membres inférieurs n'étaient plus assez forts pour supporter son poids, ses muscles fonctionnaient encore suffisamment pour lui causer de la douleur. Sous l'effet du froid et de l'humidité, ils se contractaient, lui procurant une souffrance lancinante qui semblait lui traverser les os et qu'il ne parvenait pas à soulager.

Jennings avait dû passer une demi-heure à lui masser les jambes avec un liniment que l'un des médecins de Teddy lui avait prescrit en France. Il s'agissait d'un mélange de cire d'abeille, de saindoux, de térébenthine, d'huile de lavande et d'herbes médicinales, agrémenté d'éther et de laudanum.

Teddy avait bien réagi au traitement, malgré les manipulations quelque peu brutales de Jennings. Ses crampes s'étaient atténuées en l'espace d'une heure. Toutefois, la douleur avait contribué à assombrir son humeur.

Son état d'esprit avait sombré davantage lorsqu'il avait aperçu par la fenêtre plusieurs invités qui déambulaient dans le parc.

Mais, bien sûr, les festivités de Noël donnaient toujours lieu à des activités en plein air. C'était le cas à Londres, dans le Devon ou en France. Pourquoi en serait-il autrement dans le Hampshire ?

— Avec la façon dont les choses se déroulent, ça ne risque pas d'arriver de sitôt, répondit Teddy à son beau-frère. Je lui ai fait mauvaise impression, la première fois que nous nous sommes rencontrés.

Les sourcils froncés, il examina la mine d'un vieux crayon de plomb.

— J'étais trop empressé.

— Inutile de le préciser, remarqua Alex d'un ton faussement sérieux.

Teddy grimaça.

— Il n'y a pas matière à plaisanter. Je l'ai effrayée. Et l'opportunité ne s'est pas présentée de la rassurer. D'autant plus qu'elle m'évite. En outre, je suis coincé ici tandis que tout le monde est dehors à cueillir du fichu gui !

Il jeta son crayon sur le lit sous l'effet de la frustration.

— Il me faudra attendre la soirée dansante. Je parie qu'elle ne la manquera pas.

— Tu aurais dû venir parler au comte avec nous. Il a beaucoup plus à offrir que cette variété de roses thés qu'il nous a promises. Si tu nous avais accompagnés...

— J'aurais découvert que les allées de la serre sont trop étroites pour le passage de mon fauteuil ? Ou j'aurais vu mes roues s'enliser dans la boue en traversant les jardins pour aller jusque-là ? Non merci, fit-il en laissant échapper un grognement sarcastique.

— Nous aurions fait en sorte que cela te soit possible.

— Non. Ce que vous auriez fait, c'est attirer encore davantage l'attention sur moi.

Il en allait toujours ainsi avec les activités en plein air. Le sol était inadapté au fauteuil roulant de Teddy. Trop inégal dans les meilleures conditions, et trop périlleux dans les pires avec de la boue, de la neige, des touffes d'herbe ou des ronces entravant son chemin. Dans l'impossibilité de franchir seul tous ces obstacles, il devait faire appel à des domestiques supplémentaires pour le porter, tandis que son fauteuil était déplacé en terrain plus sûr. Pendant ce temps, les autres étaient contraints d'attendre, le regardant avec des degrés variables de pitié et d'impatience se faire ballotter d'un côté et de l'autre, tel un sac de blé doté de conscience.

C'était une expérience terriblement mortifiante, que Teddy avait déjà endurée trop de fois, que ce soit en Angleterre ou durant ses années d'études à Paris – notamment quand il avait fait l'erreur de se joindre à quelques-uns de ses compagnons artistes de l'atelier Gleyre pour une escapade dans la campagne française, afin de s'adonner à la peinture en plein air.

Teddy n'était pas décidé à revivre cette humiliation.

L'expression d'Alex se durcit.

— Puis-je te rappeler que la parfumerie t'appartient pour moitié ? Il serait bon de t'y impliquer davantage, même si cela suppose que tu doives parfois attirer l'attention sur toi.

— La parfumerie ne m'intéresse pas, rétorqua Teddy. Elle ne m'a jamais intéressé, si ce n'est en tant que source de revenus.

Alex prit le carnet de croquis sur le lit et en feuilleta négligemment les premières pages.

— Il est certain que ça ne peut pas rivaliser avec l'art, mais à présent que ton séjour à Paris touche à sa fin...

— De mon seul fait.

— Oui. Parce que tu es prêt à assumer davantage de responsabilités dans les affaires.

Teddy lança un regard perplexe à son beau-frère.

— D'où diable tiens-tu cette idée ?

— Laura a laissé entendre que tu pourrais avoir changé d'avis.

— Si elle a dit ça, ce n'était rien d'autre qu'un vœu pieux.

Teddy se remit à fouiller dans sa malle avec un petit rire narquois.

— Moi ? reprit-il. M'investir pleinement dans les activités des Parfums Hayes ? Allons donc, tu me connais mieux que cela, et ma sœur aussi.

Alex fronça les sourcils.

— Tu veux continuer à peindre, bien sûr.

Il ferma le carnet et le remit à sa place sur le lit.

— Je m'en doutais, ajouta-t-il.

— Alors, pourquoi t'es-tu mis en tête que...

— Parce que tu as dit que tu en avais terminé avec Gleyre.

Teddy avait passé presque deux ans à l'atelier. C'était une vaste pièce de travail où se réunissaient, selon les moments, jusqu'à trente peintres en herbe. Teddy avait travaillé assidûment à leurs côtés, partageant avec eux ses triomphes comme ses déceptions. Cela avait été sa première confrontation avec des artistes plus chevronnés que lui. Une étape de sa vie qui n'avait pas été sans déconvenues, mais qui s'était avérée nécessaire. Son propre talent avait été remis en question, affiné, perfectionné.

— J'en ai fini avec Paris, dit-il.

Alex éclata d'un rire sans joie.

— Quel artiste doté d'un minimum de bon sens peut jamais « en avoir fini avec Paris » ?

— Celui que tu as devant toi. Je suis prêt à vivre de nouveau en Angleterre. Il est temps pour moi de rentrer à la maison.

Découvrant une petite boîte de pastels à l'huile dans la malle, Teddy la jeta sur la pile. Il doutait d'en avoir besoin, mais cela ne pouvait pas faire de mal d'avoir différentes options sous la main. L'esquisse qu'il réaliserait aujourd'hui servirait de base au tableau qu'il envisageait de commencer le lendemain, et il voulait mettre toutes les chances de son côté pour en faire une réussite.

— Et Laura ? demanda Alex d'une voix faussement calme.

Teddy ressentit une tension dans les épaules. Il savait à quoi s'en tenir quand son beau-frère employait ce ton. Alex était généralement un homme raisonnable, mais dès que les sentiments de sa femme étaient en jeu, il pouvait se montrer aussi implacable qu'un loup sauvage. Teddy lui répondit néanmoins avec son franc-parler habituel.

— Laura a la possibilité de vivre où elle veut.

— Nous n'avons aucune intention de quitter la France. Je ne peux imaginer que nous le fassions, en tout cas dans un avenir proche. Pas au moment où la parfumerie se porte si bien.

— Je ne vous demande pas de venir avec moi.

Le regard d'Alex se fit perçant.

— Qu'as-tu l'intention de faire ? Vivre seul quelque part ? Sans ta famille à proximité pour te porter secours au cas où il t'arriverait quelque chose ?

— J'ai vécu seul à Paris.

— Mais nous avions un appartement à proximité.

Teddy crispa les mâchoires. Il n'aimait pas qu'on lui rappelle cela.

— Pas pendant toute la durée de mon séjour. Vous avez fini par retourner à Grasse.

— Nous étions toujours en France. Un voyage en train aurait suffi pour te rejoindre.

— Un long voyage en train.

— Cela n'a rien à voir, protesta Alex. Si tu devais t'installer en Angleterre, il nous faudrait deux fois plus de temps pour venir te voir. Sans compter que tu serais séparé de nous, pas uniquement par la distance, mais aussi par la Manche.

— Il ne faut que quelques heures pour la traverser en bateau à vapeur.

Teddy fit rouler son fauteuil près du lit et rassembla ses fournitures en une pile ordonnée. Cette action méthodique l'aidait à tempérer la montée d'indignation qui menaçait de lui faire perdre son sang-froid. Bon sang, il n'était pas un enfant ! Il était un homme de vingt-quatre ans. Assurément, il ne devrait pas être mis en position de devoir plaider pour obtenir sa liberté, tel un avocat devant une cour de justice.

— Tu parles comme si Laura et toi n'alliez jamais quitter la France, observa-t-il. Alors qu'en réalité vous êtes venus en visite en Angleterre tous les ans depuis votre mariage.

— Tous les ans ? répéta Alex sans masquer son exaspération. Nous sommes mariés depuis deux ans à peine, Teddy. Dois-je par ailleurs te rappeler qu'au début de notre vie commune ta santé était quelque peu préoccupante ?

Teddy balaya d'un geste les paroles de son beau-frère.

— J'étais simplement un peu mince, voilà tout.

— Tu étais si épuisé que tu ne quittais plus ta chambre. Ta sœur redoutait…

Teddy fit brusquement pivoter son fauteuil, sollicitant les muscles de ses bras et de son dos. Il avait passé beaucoup de temps à les développer. Des heures à faire chaque jour des pompes et des tractions pour renforcer le haut de son corps, et des exercices d'étirement pour faire travailler les muscles atrophiés de ses jambes.

— Faut-il vraiment revenir sur cette histoire ancienne ? demanda-t-il. Je vais mieux, aujourd'hui. C'est tout ce qui compte.

— Oui, tu vas mieux, mais…

— Je souffrais essentiellement de neurasthénie. J'ai un but à présent – un but que tu as par ailleurs encouragé. Tant que je pourrai me consacrer à mon art, ma santé continuera à s'améliorer.

Alex fit une moue dubitative. À l'origine, c'était lui qui avait suggéré à Teddy de trouver un professeur d'art en France, un artiste capable de lui enseigner les techniques en vogue et de le former aux nouveaux styles qui émergeaient. Avant cela, Teddy devait se contenter de sa propre imagination. Il avait passé la plupart du temps dans sa chambre du Surrey, affaibli par la maladie, à dessiner les oiseaux qu'il apercevait par la fenêtre. Alex l'avait incité à sortir, à découvrir le bord de mer. À peindre les vagues tumultueuses de Margate, à l'instar de son idole, le grand William Turner.

Le fait qu'Alex cherche aujourd'hui à le restreindre mettait Teddy profondément mal à l'aise. Il comprenait toutefois que son beau-frère agissait ainsi pour le bien de Laura. Et lui-même aimait trop sa sœur pour lui causer une quelconque souffrance.

— Rien ne t'oblige à en discuter avec Laura, dit-il. Je lui parlerai quand je le jugerai bon.

— C'est-à-dire ?

— Après que nous aurons rendu visite à Thornhill et lady Helena.

— Tu as toujours l'intention de nous accompagner dans le Devon après Noël ?

— Naturellement.

L'opportunité de peindre les falaises du domaine des Thornhill était trop tentante pour être ignorée. D'ailleurs, Teddy avait l'intention de travailler assidûment sur ses paysages marins. Ensuite, Laura, Alex et lui retourneraient ensemble à Londres passer quelques jours avec Tom et Jenny Finchley.

— Je resterai avec vous à Half Moon Street le temps de prendre mes dispositions, expliqua Teddy. Puis je parlerai à Laura avant que vous retourniez en France.

L'expression d'Alex laissa transparaître son scepticisme.

— Et tu t'attends à ce qu'elle accepte avec le sourire de... de te laisser seul en Angleterre ?

Teddy haussa une épaule.

— Je ne serai pas seul. J'aurai Jennings.

Le valet choisit précisément ce moment pour émerger du vestiaire, tenant entre ses mains le chevalet.

— Voici.

— Fort bien, dit Teddy. Vous pouvez le descendre avec le reste de ces fournitures. Puis vous reviendrez chercher mon fauteuil.

— Et vous ensuite, monsieur ?

Teddy réprima un mouvement d'impatience. Bon sang, comme il détestait cette dépendance ! Et le fait que son corps ne puisse pas suivre le rythme effréné de son esprit. Tout comme le constat que, en l'absence de son fauteuil, il était entièrement tributaire de ceux qui l'entouraient. De Jennings. D'Alex. De tout domestique suffisamment fort pour déplacer son corps récalcitrant d'un endroit à un autre.

Il avait beau déployer des efforts considérables, faire preuve d'une volonté d'acier, la liberté semblait à la fois proche et pourtant toujours hors de portée. La liberté de mouvement. La liberté de prendre ses propres décisions. La liberté de peindre la dame de ses pensées.

Mais il en irait autrement, désormais. Les choses allaient changer.

À présent, il était déterminé à prendre le gouvernail et à tracer sa propre voie.

*

* *

Stella était assise sur la banquette de velours capitonné disposée devant la coiffeuse en acajou sculpté de sa chambre tandis que Jeanette, la femme de chambre française d'Anne, lui brossait les cheveux. Anne avait eu la générosité de lui prêter les services de Jeanette avant la soirée dansante, comme elle l'avait fait pour le bal d'ouverture deux nuits plus tôt.

Contrairement à Anne, Stella ne disposait pas d'une femme de chambre attitrée. Lorsqu'elle était à la maison avec son frère, elle se contentait de l'aide d'une des servantes pour l'assister dans sa toilette.

— *Mon Dieu*, murmura Jeanette en français, alors qu'elle tentait de passer un peigne en écaille de tortue à travers les mèches de Stella.

Une fois détachés, les cheveux de cette dernière lui tombaient presque jusqu'à la taille. Ils étaient normalement épais, brillants et éclatants de santé. N'eût été sa couleur naturellement grise, sa chevelure aurait été considérée comme son meilleur atout. Mais pas aujourd'hui. Pas même avec cette couleur auburn cuivré.

Stella croisa dans le miroir le regard frustré de la femme de chambre.

— Sont-ils affreusement emmêlés ?

— C'est à cause de la bandoline, mademoiselle, dit Jeanette.

La femme de chambre avait utilisé la solution de gomme liquide pour discipliner la chevelure de Stella, le soir du bal d'ouverture. Le produit avait laissé un résidu fâcheusement collant, qui n'avait fait qu'aggraver les dégâts au fil des heures.

Il n'y avait qu'une solution pour s'en débarrasser.

— A-t-on le temps de me laver les cheveux avant le dîner ? demanda Stella. Et, plus important encore, de les sécher ?

Jeanette regarda la pendule posée sur le manteau de la cheminée avec un froncement de sourcils, paraissant effectuer un rapide calcul mental.

Elle hocha la tête.

— Oui, mademoiselle. Dois-je faire apporter de l'eau chaude ?

— S'il vous plaît.

En temps ordinaire, Stella se lavait rarement les cheveux. C'était une tâche peu commode et fastidieuse, qui prenait bien plus de temps qu'une jeune lady ne pouvait y consacrer pendant la saison. À dire vrai, cela faisait plusieurs semaines que ses cheveux n'avaient pas vu le savon et l'eau.

Moins de dix minutes plus tard, Stella se tenait devant le meuble de toilette, la tête penchée au-dessus du lavabo en porcelaine décoré de motifs floraux, tandis que la femme de chambre frottait sur ses cheveux humides une barre de savon de toilette parfumé au lilas.

Lorsque Jeanette eut terminé, elle rinça la mousse avec de l'eau tiède.

Stella porta une main à sa tête. Sa chevelure était toujours collante.

— Je crois qu'un autre lavage est nécessaire, suggéra-t-elle.

— Oui, mademoiselle.

Jeanette appliqua une nouvelle couche généreuse de savon et frotta deux fois plus longtemps cette fois.

Stella garda les yeux fermés pour les protéger de la mousse et fut soulagée quand elle sentit un nouveau déluge d'eau tiède cascader sur sa chevelure.

Jusqu'à ce qu'elle entende le cri d'horreur de Jeanette.

— Oh, mademoiselle ! Je ne voulais pas ! s'écria la femme de chambre en reculant. Ce n'est pas ma faute. Je n'ai fait qu'obéir à votre requête...

Stella releva brusquement la tête, alarmée.

— Qu'y a-t-il ? Que se passe-t-il ?

Mais Jeanette semblait changée en statue de sel, les yeux écarquillés, une main sur la bouche.

Stella se précipita à travers la pièce vers le miroir de la coiffeuse, ses cheveux trempés plaqués sur son visage et son cou.

Ce qu'elle vit dans la glace la fit vaciller. Ses jambes se dérobèrent et elle s'affaissa sur la banquette.

— Que dois-je faire, mademoiselle ? demanda Jeanette en tournoyant autour d'elle, désespérée.

Il n'y avait qu'une chose à faire.

— Allez chercher Anne, dit Stella d'une voix tremblante. Dites-lui de venir immédiatement.

6

— Or du Caucase, mon œil ! s'exclama Anne, oubliant sa bonne éducation sous l'effet de la colère.

Vêtue d'une robe de soie brodée qu'elle avait enfilée hâtivement par-dessus son corset et ses jupons, elle se tenait derrière Stella, cette dernière étant assise à la coiffeuse. Le visage blême et le regard furieux, elle fixait les cheveux mouillés de son amie.

— Toute coloration digne de ce nom devrait assurément durer plus de trois jours, déclara-t-elle.

— Elle était supposée durer une semaine, dit Stella qui claquait des dents.

Cela faisait presque dix minutes qu'elle était prostrée devant le miroir, trop découragée pour se déplacer vers la cheminée.

— Et ensuite ? demanda Anne.

— D'après le prospectus, elle devait s'estomper petit à petit en conservant quelques reflets flatteurs jusqu'au retour complet de la couleur naturelle.

Anne ricana.

— Et tu y as cru ?

— Évidemment !

La voix de Stella avait pris une intonation hystérique.

— Comment les fabricants auraient-ils pu l'imprimer si ce n'était pas vrai ?

— Il est inutile de revenir sur ce qui est fait, décréta Anne. Même si je considère que les personnes qui vantent ces produits ne sont que des charlatans et mériteraient de finir en prison. Toutefois…

Elle souleva une mèche de cheveux pour en examiner la fâcheuse couleur à la lumière de la lampe.

— Je suppose que ça pourrait être pire.

— Comment cela pourrait-il être pire ?

La voix de Stella était montée de nouveau dans les aigus, vrillant les oreilles des personnes présentes.

— Mes cheveux sont verts, Anne !

— Ce n'est pas vert, c'est… Oui, tu as raison, c'est vert. Mais cela ne devrait pas durer. Nous allons tout simplement les laver encore.

Anne interpella sèchement sa femme de chambre.

— Jeanette ? Allez demander à la cuisinière de préparer une solution de borax, d'huile d'olive et d'eau bouillante.

Elle se tourna vers Stella pour expliquer :

— Mme Beeton ne jure que par ce mélange dans son guide domestique.

— Oui, milady, répondit Jeanette en esquissant une révérence avant de s'éclipser.

— Elle craint d'être accusée, commenta Anne. Est-elle sotte ! Enfin, je suppose qu'elle n'a pas beaucoup d'expérience en ce qui concerne les teintures pour cheveux.

L'angoisse monta à la gorge de Stella. Elle n'aurait pas cru possible d'être à la fois sous le choc et en proie à l'hystérie. Les conséquences inévitables de ce qu'elle pouvait constater dans le miroir résonnaient cruellement en elle. Ses cheveux n'étaient plus auburn. Ils n'étaient pas gris non plus. Ils étaient de la couleur d'une soupe de pois coagulée.

— Je n'aurais pas dû le faire, se lamenta-t-elle.

— Il est trop tard pour y penser maintenant, répliqua Anne. Le mieux que nous puissions faire, c'est trouver une solution en attendant que tout revienne à la normale.

Stella entendit à peine les paroles de son amie. Elle était bien trop engluée dans son propre malheur.

— Daniel dirait que c'est l'œuvre de Dieu. Il considérerait que je suis punie d'avoir péché par vanité.

Anne émit un grognement éloquent.

— Balivernes ! Dieu a mieux à faire que de rôder dans le Hampshire dans le seul but de transformer en vert les cheveux des dames. Tu as tout simplement été victime d'une réclame mensongère à propos d'un produit de beauté. Tu n'es pas la première femme à tomber dans le piège. Nous allons vite régler cela, ne t'inquiète pas.

— Et si le borax ne donne pas de résultat ?

— Nous essaierons une autre recette de lavage de cheveux. Puis une autre encore. Nous passerons en revue tout le cellier s'il le faut.

Stella croisa le regard d'Anne dans le miroir. Ses yeux s'emplirent de larmes.

— Quelqu'un va finir par le découvrir. Ils sauront à quel point je me suis ridiculisée, et ils propageront la terrible nouvelle jusqu'à Londres. La bonne société ne l'oubliera jamais. Et quand Daniel saura…

— Personne n'en saura rien.

— Comment cela ? Les festivités doivent durer encore quatre jours. Même si nous parvenons à faire disparaître le vert, mes cheveux seront gris. Rien que cela suscitera des remarques. J'avais les cheveux auburn à mon arrivée dans le Hampshire. Personne ici ne connaît ma vraie couleur, à part toi, ta mère et M. Hartford.

Et Teddy Hayes.

Mais Stella ne pouvait s'accorder le luxe de penser à M. Hayes en cet instant. L'opinion d'un seul gentleman n'avait aucune valeur face à la condamnation de la société tout entière.

Anne se mordilla la lèvre, pensive.

— Je suppose qu'on pourrait les teindre à nouveau. Te reste-t-il encore un peu de teinture « Or du Caucase » ?

Stella secoua la tête.

— J'ai utilisé tout le flacon. J'étais loin d'imaginer qu'une nouvelle application serait nécessaire.

— De toute façon, je ne te conseillerais pas une nouvelle application. Pas après ce fiasco. Qui sait si ça ne pourrait pas faire tomber tous tes cheveux ?

Stella laissa échapper un gémissement étranglé.

Anne grimaça.

— Désolée. Je ne t'aide pas, n'est-ce pas ?

Stella enfouit son visage dans ses mains.

— Je vais devoir me cacher jusqu'à la fin du séjour. Tu n'auras qu'à dire à tout le monde que je suis morte.

— Il ne sera pas nécessaire d'aller jusqu'à de telles extrémités. Après tout, ce n'est pas pour rien qu'il existe des bonnets et des coiffes. Nous allons simplement dissimuler tes cheveux, comme tu le fais quand tu montes Locket sur Rotten Row.

— Je ne peux porter ni coiffe ni bonnet aux dîners ou au bal.

— Malheureusement, non. Tu devras renoncer à ces événements.

Anne posa une main sur l'épaule de Stella pour la réconforter.

— Je suis désolée, ma chérie. Je sais que tu espérais rencontrer quelqu'un pendant ton séjour.

Stella leva lentement la tête, soudain envahie par une intense fatigue.

— De toute façon, c'était une idée stupide de venir ici en me déguisant. Il est impossible de cacher durablement qui je suis vraiment. Tout gentleman qui aurait pu me trouver digne d'être courtisée aurait fini par découvrir le pot aux roses.

— Il n'y a rien à reprocher à la personne que tu es, affirma son amie.

— Je suis impossible à marier. Voilà ce que je suis.

Anne pressa gentiment son épaule.

— Ce ne sont pas des sujets à aborder quand on a les cheveux verts, dit-elle avec sagesse. Laisse-moi d'abord restaurer ta magnifique couleur grise, et ensuite nous en discuterons.

— Et si tu n'y arrives pas ?

— Ô, femme de peu de foi !

Anne lui lança un regard déterminé dans le miroir.

— Tu ne le sais donc pas encore ? Rien ne m'est impossible.

*

* *

Le matin de Noël, Teddy découvrit en se réveillant que les fenêtres de sa chambre étaient couvertes d'une épaisse couche de glace. La température avait chuté de façon drastique pendant la nuit. Dehors, la nature était drapée d'un manteau immaculé de neige. Celle-ci s'étendait sur les collines et les pâtures avoisinantes, s'accrochant aux branches des ormes majestueux qui entouraient le manoir, scintillant comme du cristal sous le froid soleil hivernal.

L'opportunité artistique était trop belle pour être négligée.

Après avoir passé un moment avec Alex et Laura, à échanger des cadeaux et à partager une tasse de chocolat dans l'intimité de leur chambre, Teddy rassembla ses fournitures de peintre et, avec l'aide de son valet, se rendit dans le salon privé situé à l'étage que le comte lui avait permis d'utiliser en guise d'atelier.

Là, il installa son chevalet devant la grande fenêtre à guillotine. Celle-ci offrait une vue dégagée sur un vieux chêne perché au sommet d'une colline enneigée, à une bonne distance. Le sujet était austère, empreint d'une certaine mélancolie, mais non dénué de beauté. Au pied de l'arbre, la neige baignait dans un époustouflant halo de lumière changeante.

En deux heures à peine, la peinture à l'huile de Teddy avait bien avancé. Lorsqu'il était plus jeune, il s'était fait la main en peignant sans relâche des paysages : un arbre, un buisson, ou une prairie couverte de fleurs. Puis il était passé aux oiseaux. Et ensuite à la mer. Généralement, il trouvait plus satisfaisant de capturer la vie sur sa toile, qu'il s'agisse de vagues déchaînées ou d'un merle en plein vol. Un paysage enneigé offrait un choix bien différent, mais qui ne manquait pas d'attraits.

Bien entendu, rien ne pouvait égaler la beauté d'une femme : la courbe élégante d'une joue, la rondeur d'une hanche voluptueuse, l'éclat mystérieux et sensuel d'un regard. C'était cela qui retenait désormais l'attention artistique de Teddy.

Malheureusement, Mlle Hobhouse avait fait en sorte de lui échapper jusqu'ici.

Elle ne s'était pas montrée au dîner de la veille. Et elle n'avait pas non plus assisté à la soirée dansante de Noël, à la grande irritation de Teddy. Il avait guetté son arrivée pendant près de deux heures avant que Laura lui rapporte avoir appris, par l'intermédiaire de lady Anne, que Mlle Hobhouse s'était retirée dans sa chambre, victime d'une indisposition.

« Ne te laisse pas abattre, lui avait dit Laura. Tu la verras demain. Lord March organise une grande collation de Noël dans le salon d'apparat. Mlle Hobhouse y assistera sans aucun doute. »

Teddy n'en était pas certain. Son étoile d'argent, si insaisissable, semblait être une jeune personne pleine de ressources. Si Mlle Hobhouse avait décidé d'éviter sa compagnie pendant toute la durée des festivités, elle y parviendrait assurément.

Contrarié, il appliqua un trait de pinceau avec une force excessive. La couche de peinture blanche coula sur la toile, gâchant l'effet d'ombre soigneusement créé pour figurer la congère. Il proféra en français un juron bien senti et corrigea son erreur.

— Une tasse de thé vous fera du bien, monsieur, dit Jennings qui se tenait près de la cheminée.

Teddy ne tint pas compte de la remarque et continua à peindre.

Mais il était impossible d'ignorer longtemps la présence de Jennings. Ce dernier, ne s'en laissant pas conter, se leva et traversa le salon.

Le comte avait proposé à Teddy d'utiliser cette pièce lors du bal de la veille. Elle offrait une meilleure lumière que la salle du matin – cette pièce supposée être la plus ensoleillée de la maison où la maîtresse des lieux écrivait sa correspondance et recevait des visites. Elle était également plus isolée. Situé au bout d'un couloir discret de l'aile est de la maison, le salon privé était éloigné des chambres des invités et du va-et-vient des parties communes. Ici, il n'y avait aucun risque que le travail de Teddy soit interrompu.

À moins que cette interruption ne soit causée par un maudit valet !

Jennings s'arrêta devant la fenêtre, occultant momentanément la lumière.

— M'avez-vous entendu, monsieur ?

Teddy leva les yeux de sa toile, non sans une certaine irritation.

— Combien de fois vous ai-je dit de ne pas perturber ma concentration ?

Jennings empoigna le dossier du fauteuil roulant.

— Je vous demande pardon, monsieur, mais Mme Archer m'a bien recommandé de ne pas vous laisser oublier de vous alimenter.

— Mme Archer ne vous emploie pas. C'est moi qui vous paie.

Teddy récolta un peu de peinture sur sa palette en bois.

— Peut-être est-ce mon beau-frère qui vous a engagé au départ, mais c'est bien moi qui m'acquitte de vos gages désormais. Je n'accepterai pas d'être dérangé pendant que je travaille.

Il jeta un regard sévère au domestique.

— Je vous prie de lâcher mon fauteuil.

— Mais, monsieur Hayes…

— Je rejoindrai les autres au salon tout à l'heure pour la collation de Noël.

— Elle ne sera pas servie avant plusieurs heures, monsieur.

— Eh bien, je patienterai. Si vous souhaitez prendre votre thé maintenant, allez-y. Je me débrouillerai parfaitement tout seul pendant une heure.

Jennings laissa retomber ses mains, à contrecœur.

— Cela me demandera dix minutes à peine.

— Une heure, répéta Teddy. Deux, si vous le souhaitez. Je ne vais pas vous obliger à passer tout votre Noël à m'attendre. Je ne suis pas Ebenezer Scrooge, bon sang !

Jennings ne parut pas comprendre l'allusion au vieil homme aigri détestant les festivités de fin d'année – personnage principal du conte *Un chant de Noël* de Charles Dickens. Mais sans doute le valet n'était-il pas un grand lecteur.

— Et si vous avez besoin d'aide pendant mon absence ?

— Il y a le cordon de sonnette, n'est-ce pas ?

Teddy faisait allusion à la cordelière en tissu et passementerie, dotée d'un anneau de laiton ouvragé, qui pendait à l'autre bout de la pièce. Grâce à cet ingénieux procédé, une clochette retentissait dans le quartier des domestiques quand le cordon était actionné, identifiant la pièce correspondante.

— Oui, mais…

— Alors nous sommes d'accord. Vous pouvez disposer, maintenant, avant de me faire commettre une autre erreur.

Avec un grognement de mauvaise grâce, Jennings se retira. Il reviendrait sûrement avant 14 heures. Rien ne pouvait le persuader d'oublier ses devoirs envers Alex et Laura.

Reprenant son pinceau, Teddy songea qu'il devrait se trouver un autre domestique lorsqu'il s'installerait à Londres. Un homme d'une loyauté absolue. Quelqu'un qu'il choisirait lui-même. Malheureusement, il fallait plus de qualités pour l'assister que n'en possédait un domestique ordinaire. Toute erreur dans le choix d'un valet reposerait uniquement sur ses épaules, et Teddy en avait parfaitement conscience. Qui sait s'il ne finirait pas abandonné au fond de son fauteuil dans une chambre à l'étage, ou laissé dans un coin à se morfondre sans pouvoir appeler à l'aide ?

Teddy serra les dents à cette pensée. Son fauteuil roulant lui fournissait la mobilité dont il avait tant besoin, mais il lui fallait toujours une aide humaine. D'après son expérience, les domestiques se divisaient en deux catégories : soit ils étaient excessivement intrusifs, soit ils étaient peu fiables par nature. Or il ne pouvait prendre le risque de se retrouver avec l'un de ces derniers. Ainsi, malgré les défauts de Jennings, il n'avait pas d'autre choix que de s'en contenter.

Revenant à sa toile, Teddy occupa le quart d'heure suivant à ajouter un rameau à son arbre. Il était occupé à esquisser une nouvelle branche lorsque son estomac se rappela à son souvenir par un gargouillis. Peut-être Jennings avait-il raison, finalement. Il devait prendre le temps de s'alimenter.

Posant pinceau et palette, il fit reculer son fauteuil pour s'écarter du chevalet et le tourna vers le cordon de sonnette. Dans la plupart des situations, il pouvait manœuvrer les roues de lui-même à l'intérieur. D'autant plus qu'il avait pris suffisamment de muscles pour accomplir cette tâche. Son unique limite résidait dans le type de terrain qu'il devait franchir. Les escaliers représentaient une impossibilité totale. Le marbre glissant offrait un défi permanent. Et les tapis épais étaient une fichue source d'agacement.

Il maugréa un juron tandis qu'il roulait avec difficulté sur le luxueux tapis d'Aubusson qui occupait une grande partie du salon privé.

Son exclamation frustrée fut suivie d'un petit cri de surprise féminin.

— Oh ! Je croyais que cette pièce était inoccupée.

Teddy tourna la tête vers la porte. Chaque fibre de son corps se mit en éveil. Il se sentit tout à coup aussi vibrant qu'un diapason.

Il réprima un sourire et s'exhorta à tempérer ses espoirs. Au nom du ciel, il ne se laisserait pas emporter cette fois-ci. Il serait stoïque et indifférent, même si cela devait lui coûter la vie.

— Mademoiselle Hobhouse, dit-il avec un calme admirable. Joyeux Noël. Quelle belle matinée, n'est-ce pas ?

7

Stella Hobhouse se tenait sur le seuil, les épaules drapées dans un châle en cachemire tissé d'élégants motifs bleu et ivoire, la tête entièrement recouverte d'un bonnet de matrone noir en crêpe et dentelle passablement incongru. Ses yeux gris-bleu étaient écarquillés de surprise. De toute évidence, elle ne s'attendait pas à le trouver ici.

Mais, bien qu'elle en ait parfaitement l'occasion, elle ne s'enfuit pas. Elle resta là, à hésiter sur le seuil, exsudant une nervosité presque palpable.

Il lui fallut un instant à peine pour reprendre ses esprits et endosser le masque austère et distant qui caractérisait toute lady digne de ce nom.

— Joyeux Noël, monsieur Hayes. Mais la matinée est achevée. Il est déjà plus de 13 heures.

Teddy tourna les yeux vers la pendule comme s'il la remarquait pour la première fois.

— Vraiment ? Pardonnez-moi. Je perds la notion du temps quand je travaille.

Mlle Hobhouse lança un regard furtif à la toile, son attention momentanément détournée.

— Vous peignez ?

— Les ébauches d'un paysage, comme vous pouvez le voir. Ce n'est pas l'une de mes meilleures créations.

Un pli dubitatif apparut sur le front de Mlle Hobhouse.

— Ça me semble plutôt bon.

— À cette distance, peut-être, mais pas quand on examine attentivement les coups de pinceau.

Il fit tourner son fauteuil pour lui offrir une meilleure vue.

— Constatez par vous-même.

Elle hésita.

— Je ne voudrais pas vous déranger…

— Vous ne me dérangez aucunement, répliqua Teddy. Je m'apprêtais justement à faire une pause pour prendre le thé.

Un silence pesant s'installa.

Teddy crispa les doigts autour des roues de son fauteuil, employant toute sa volonté à réprimer l'envie qu'il avait d'ajouter quelque chose.

— Fort bien, répondit Mlle Hobhouse après un moment. Si vous en êtes certain.

L'espoir s'éleva soudain dans la poitrine de Teddy, malgré ses efforts pour le contenir. Réprimant un sourire, il fit un geste de la main vers la toile, invitant Mlle Hobhouse à l'examiner à sa guise.

Le geste était délibérément nonchalant. Il sembla faire son effet.

Mlle Hobhouse s'avança lentement dans la pièce, avec la même prudence qu'un renard s'aventurant dans un bois fréquenté par des chasseurs. La méfiance assombrissait son regard, en lutte avec une curiosité évidente.

S'agissait-il de curiosité à l'égard de son travail, ou de sa personne ?

Teddy imposa un garde-fou à sa langue. Il ne se laisserait pas aller à la franchise. Pas cette fois. Il ne voulait pas prendre le risque de l'effrayer.

Mlle Hobhouse s'arrêta devant sa peinture inachevée, scrutant la toile un long moment. La laine finement tissée de sa robe de jour bleu foncé capturait la lumière, faisant briller l'étoffe somme toute ordinaire d'un éclat aussi sensuel que le velours.

Captivé, Teddy l'observa sans chercher à dissimuler son intérêt. C'était une jeune femme que le silence ne gênait pas. Immobile et grave, comme il supposait qu'elle devait l'être dans la plupart des aspects de sa vie. Il s'obligea à ne pas l'assaillir de questions. Et pourtant, il en avait en quantité.

— Comme vous êtes talentueux, déclara-t-elle enfin.

Teddy contint un élan de fierté déraisonnable. Mlle Hobhouse n'était pas la première personne à le complimenter. Toutefois, son opinion avait un poids particulier. Si elle était suffisamment impressionnée, peut-être accepterait-elle de poser pour lui.

— Je suis heureux que vous le pensiez, dit-il.

— Et pourtant vous êtes si jeune, ajouta-t-elle, les yeux toujours rivés sur la toile.

— J'ai vingt-quatre ans. Ce qui est plus âgé que vous, je parierais.

— De deux ans seulement.

Donc, elle avait vingt-deux ans. Cela correspondait à peu près à ce qu'il avait estimé. Mais ce n'était pas ce qui l'incitait à la regarder avec plus d'intensité. Cela tenait plutôt au fait que leur conversation avait rapidement pris un tour personnel. Il ne savait pas s'il devait s'en réjouir ou s'en inquiéter.

Peut-être sa franchise sans détour avait-elle inspiré celle de Mlle Hobhouse ? Ou peut-être…

Peut-être faisait-elle partie de ces innombrables femmes qui tenaient pour quantité négligeable les gentlemen en fauteuil roulant.

Teddy avait déjà rencontré de telles femmes – celles qui s'adressaient à lui non pas comme à un homme, mais avec le même degré de familiarité qu'elles emploieraient avec un petit garçon n'ayant pas encore quitté la nursery. Après tout, quel mal un impotent pourrait-il causer à la vertu d'une dame ?

En se référant au comportement qu'elle avait eu lors de la première soirée, il n'avait pas eu l'impression que Mlle Hobhouse était à l'image de ces femmes. Ce soir-là, elle avait réagi comme l'aurait fait toute jeune fille respectable face à un gentleman impertinent. Elle avait pris ombrage de sa familiarité. Elle l'avait réprimandé pour avoir employé son prénom. Et finalement, elle s'était enfuie.

Teddy décida néanmoins de rester sur ses gardes.

— Ce ne sont pas les années qui comptent en art. C'est l'expérience de la vie.

Mlle Hobhouse lui lança un regard intéressé.

— Je suppose que vous avez acquis une grande part de cette expérience lors de vos études à Paris.

Un élan irrationnel d'espoir lui serra le cœur. Elle connaissait une partie de sa vie. Ce qui signifiait qu'elle avait dû interroger quelqu'un. Et donc qu'elle était intriguée par lui.

Il s'obligea à desserrer les doigts sur les roues de son fauteuil, se rappelant qu'un homme ne devait jamais paraître trop avide. Avide d'approbation. Avide d'admiration. Surtout venant de la part de jolies femmes.

Jolies ? Qui croyait-il ainsi duper ? Stella était aussi lumineuse qu'un rayon de lune. Aussi scintillante qu'une étoile, même avec cette atroce teinture auburn qui dénaturait ses cheveux argentés. Non qu'elle soit visible à cet instant. En vérité, il ne voyait pas une seule de ses mèches. Celles-ci étaient entièrement masquées par le bonnet.

Il s'éclaircit la gorge.

— Paris... Cela m'a indubitablement fourni une expérience très riche.

— Vous avez étudié avec un peintre célèbre, n'est-ce pas ? s'enquit-elle.

Elle s'était effectivement renseignée sur lui.

— J'ai étudié à l'atelier de Charles Gleyre, répondit-il. Connaissez-vous son travail ?

— Je crains que non. Le devrais-je ?

— Absolument. Tout le monde devrait le connaître. C'est un artiste brillant, bien qu'il se consacre désormais à l'enseignement. Il a formé certains des peintres les plus prometteurs de la nouvelle génération. Des hommes comme Monet, Renoir et Whistler.

Mlle Hobhouse détourna soudain le regard, reportant son attention sur la toile.

— Whistler, lui rappela-t-il. L'artiste américain qui a peint l'œuvre exposée à la Berners Street Gallery.

— Oh ?

Une légère rougeur lui monta aux joues tandis qu'elle continuait d'étudier son paysage.

— Est-ce un ami à vous ?

— Hélas, non. Il avait déjà quitté l'atelier de Gleyre quand je suis arrivé. Mais je trouve très inspirante sa manière de travailler avec une palette réduite à sa plus simple expression : le gris et le blanc. Mon propre style est très différent, mais on ne peut qu'apprécier son génie.

Teddy avait écrit quelque chose de similaire dans une lettre qu'il avait envoyée à Whistler l'été précédent, peu après que *La Jeune Fille en blanc* eut été rejetée par la Royal Academy. L'artiste américain lui avait répondu cordialement, reconnaissant leur lien commun avec Gleyre et exprimant son souhait de voir les œuvres de Teddy lorsqu'ils seraient tous deux à Londres.

— Oui, reconnut Mlle Hobhouse. Je suppose qu'il est assez talentueux, dans un genre inhabituel.

Teddy faillit se redresser brusquement dans son fauteuil, se hissant à la seule force de ses bras, tant il bouillait soudain d'enthousiasme.

— Vous voulez dire que vous y êtes allée ? Que vous avez réellement vu le tableau de Whistler ?

Elle croisa de nouveau son regard.

— Oui, avoua-t-elle.

— Et ?

— Je n'avais jamais rien vu de semblable.

Teddy fit rouler son fauteuil vers elle. En dépit de la réputation qui était faite à Mlle Hobhouse de posséder un joli coup de crayon, elle ne semblait pas être une critique d'art avertie. Il y avait fort à parier que sa connaissance du sujet n'excédait pas le savoir de base transmis aux jeunes filles de bonne famille. Néanmoins, Teddy était impatient de connaître son avis.

— L'avez-vous trouvé laid ? demanda-t-il.

— Je l'ai trouvé étrange.

— Il l'est, reconnut Teddy. Mais qui peut dire que l'étrangeté est une mauvaise chose ?

Un sourire effleura les lèvres de Mlle Hobhouse, avant qu'elle cherche une fois encore son regard.

— Vous avez une drôle de manière de voir les choses.

— Disons que je ne suis pas conformiste. L'art change. Il ne s'agit plus aujourd'hui de représenter une chose exactement telle qu'elle est – une nature morte avec des fruits sur une table soigneusement drapée, par exemple. Il y a d'autres éléments à prendre en compte. La lumière. Le mouvement.

Elle haussa les sourcils, incrédule.

— Le mouvement ? Dans une peinture ?

— Oui, exactement. C'est l'impression inspirée par le moment. L'éclat de la lumière changeante sur l'eau. Le souffle de la brise à travers la ramure. La sensualité fugace sur le visage d'une femme.

Mlle Hobhouse se crispa.

— Je ne pense pas que ce soit tout à fait...

Teddy poursuivit, indifférent à ses protestations :

— Les éléments. La nature. Le désir humain.

— Monsieur Hayes, vraiment...

— Il n'y a rien de salace dans mes propos, ni dans cette nouvelle recherche artistique. Ce qui s'exprime, c'est tout simplement la vie. Ce n'est plus...

Il fit un geste vague de la main, cherchant un moyen de se faire comprendre.

— ... ancré dans la terre, parvint-il à dire finalement.

Mlle Hobhouse plissa le front. Sa posture se fit moins raide, laissant supposer qu'elle renonçait momentanément à se sentir offensée par ses propos précédents.

— Ce n'est plus ancré dans la terre, répéta-t-elle, perplexe. Que voulez-vous dire ?

— Je veux dire qu'il n'y a plus de limites. Pas de frontières. Seuls existent les sentiments – ceux de l'artiste et ceux qu'il inspire aux spectateurs. Tout le reste n'est que...

Il agita de nouveau la main, avant de grimacer. Contrairement à la promesse qu'il s'était faite, il n'avait pas su tenir sa langue.

— Je vous prie de m'excuser, dit-il. Je me laisse facilement emporter quand on aborde ce sujet.

— Vous n'avez pas à vous excuser d'être passionné.

— D'être inélégant, alors.

— Vous n'êtes pas inélégant.

Mlle Hobhouse désigna un fauteuil à proximité.

— Puis-je ?

— Je vous en prie, répondit-il.

Elle prit place sur le siège capitonné, ses jupes déversant autour de ses pieds un flot de laine bleue.

Teddy lui fut reconnaissant de s'être assise. En sa présence, beaucoup de gens préféraient rester debout, surplombant son fauteuil, et il détestait devoir tendre le cou pour les regarder.

Mlle Hobhouse l'avait-elle deviné ? Il en avait l'impression.

— Je dois admettre que j'ai ressenti quelque chose devant le tableau de M. Whistler, dit-elle.

Elle leva vers son bonnet un regard fugace.

— Cela semble assez évident.

Le soir du bal d'ouverture, Teddy n'avait pas manqué de remarquer la similarité de la couleur de ses cheveux avec celle de la femme du tableau de Whistler. Mais il n'en avait pas compris la raison avant cet instant.

La révélation le frappa tel un éclair déchirant un ciel d'orage.

— Est-ce pour cela que vous avez teint vos cheveux ? À cause de la toile de Whistler ?

La lueur d'embarras dans les yeux de Mlle Hobhouse pouvait s'interpréter comme un aveu.

— Je ne comprends pas pourquoi il a appelé son tableau *La Femme en blanc*, dit-elle, plutôt que de répondre directement. Ce portrait ne ressemble à aucun des personnages féminins du roman de M. Collins.

Le roman de Wilkie Collins, *La Femme en blanc*, avait connu un immense succès à sa sortie quelques années auparavant, et c'était une erreur courante de penser que le tableau de Whistler en était une illustration. Une erreur partagée tant par le public que par les critiques d'art, au grand détriment du peintre.

— Whistler n'a pas nommé son tableau *La Femme en blanc*, expliqua Teddy. Apparemment, le propriétaire de la galerie a voulu profiter du succès du roman de M. Collins et l'a présenté ainsi.

— C'était présomptueux de sa part.

— Et mal avisé, de surcroît. Tout ce qu'il a réussi à faire, c'est provoquer une critique injustifiée de l'œuvre. Tandis que le roman de M. Collins est centré sur le mystère d'une femme liée à un complot tragique, Whistler nous offre la représentation universelle et intemporelle de la femme, tout en mettant l'accent sur la lumière. Il aurait mieux valu garder le titre souhaité à l'origine par Whistler, *La Fille blanche*. Ou *La Jeune Fille en blanc*.

Mlle Hobhouse avait plissé le front, en proie à une réflexion profonde.

— Néanmoins... je suppose que le titre est assez adapté, observa-t-elle. Il s'agit bien du portrait d'une jeune fille vêtue d'une robe blanche. Ce qui frappe le plus chez elle, ce sont ses cheveux.

— Et la lumière, ajouta Teddy. Et la couleur.

— L'absence de couleur, plutôt. Il y a tant de blanc.

À première vue, c'était une observation pertinente. Le tableau de Whistler représentait en effet une jeune femme à la peau claire vêtue d'une robe blanche en batiste. En fait, il s'agissait de sa maîtresse : la belle Joanna Hiffernan aux cheveux de feu. Elle se tenait sur une peau de loup, devant un rideau clair, semblant fixer le spectateur de son regard énigmatique.

— Je ne vois pas ce que cette peinture est supposée signifier, admit Mlle Hobhouse.

— Pourquoi devrait-elle signifier quelque chose ?

— Pourquoi ? Eh bien, parce que l'art est supposé avoir une signification.

Elle lui lança un regard hésitant.

— N'est-ce pas ?

— Vous voulez dire sur le plan moral ? Ou bien d'un point de vue philosophique ?

— Oui, je suppose. Pour élever ou... ou pour instruire.

— Je rejette cette idée, déclara Teddy avec emphase.

Une lueur d'amusement brilla dans les yeux de Mlle Hobhouse.

— Ça ne m'étonne pas de vous.

— Je ne suis pas le seul. Il existe tout une catégorie d'artistes qui pensent que l'art doit être autonome. Whistler en fait partie. Il dit qu'il suffit qu'une peinture fasse appel aux sens artistiques. Elle n'a pas besoin d'être alourdie par des allusions à la morale, à la politique ou à la religion.

— Vous le croyez ?

— Je le crois. Les Français appellent cela « l'art pour l'art ».

Elle rit. C'était un son à la fois doux et rauque.

— Ma vieille gouvernante aurait été scandalisée par cette idée. Elle avait pour habitude de dire que tous mes dessins devaient glorifier Dieu.

— Est-ce elle qui vous a appris à dessiner ? demanda-t-il.

— J'ai appris toute seule. Mlle Callis n'a jamais fait autre chose que de critiquer mes œuvres. Elle n'aimait pas que j'ajoute des ailes à mes chevaux, ou que je les colorie dans des teintes extravagantes. Je me souviens encore amèrement de ses coups de règle sur mes doigts quand je choisissais une couleur inadaptée dans ma boîte de pastels.

— Une couleur inadaptée ? répéta Teddy en ricanant. Cette femme semble aussi détestable qu'ignorante.

Le sourire de Mlle Hobhouse s'effaça légèrement.

— Je n'aurais certes jamais choisi cette personne moi-même. C'est mon frère qui l'a engagée.

Teddy la regarda sans cligner des paupières.

— Votre frère, l'ecclésiastique.

— Oui.

— Et vos parents ? N'avaient-ils pas leur mot à dire au sujet de votre éducation ?

— Mes parents ont quitté ce monde depuis longtemps. Ma mère lors de ma naissance, et mon père quand j'étais encore enfant. Il a trouvé la mort dans un accident de calèche alors qu'il revenait de Londres. Il était avocat.

— Je suis désolé de l'apprendre.

Il eut une moue à la fois embarrassée et compatissante.

— Je ne parlais pas de son métier, bien sûr, mais de…

— J'avais compris, fit Mlle Hobhouse avec un sourire timide. Merci. J'aimerais dire que je me souviens d'eux, mais je suppose que j'étais trop jeune.

— Votre frère s'est occupé de vous depuis lors ?

— Et de mon éducation.

Elle tritura nerveusement un pli de sa jupe de laine.

— J'ai eu bien du mal à me débarrasser de Mlle Callis. En vérité, j'ai l'impression d'avoir passé ma vie à renverser un tyran après l'autre. D'abord ma nourrice, puis ma gouvernante, et maintenant…

— Maintenant ? insista Teddy avec douceur.

Elle lui lança un regard quelque peu chargé d'amertume.

— Mon frère envisage de se marier.

— Ah. Sa fiancée est du genre tyrannique, je présume.

— Ce n'est pas sa fiancée. C'est pourquoi je suis ici, d'ailleurs. Enfin, en partie.

Il haussa les sourcils, exprimant son incompréhension.

Mlle Hobhouse marqua une hésitation avant d'expliquer :

— La femme que mon frère courtise est en ville pour Noël. Il avait prévu de l'inviter à séjourner chez nous. Son projet dépendait de ma présence. C'est pourquoi j'ai accepté l'invitation de lady Anne, pour contrecarrer les desseins de mon frère. J'espérais par ailleurs que mon séjour à Sutton Park me permettrait de sortir de l'impasse dans laquelle je me trouve.

— De quoi s'agit-il ?

— Oh, rien que de très habituel...

Elle soupira.

— Les efforts que j'ai déployés durant la saison londonienne se sont soldés par un échec. À dire vrai, j'ai échoué à deux reprises, car cette année n'était pas ma première tentative. Sans ce triste fait, je n'aurais sans doute pas été désespérée au point de me teindre les cheveux.

— Je vois. Vous espérez vous marier.

Teddy l'avait déjà compris. C'était la raison pour laquelle Mlle Hobhouse était en ville trois mois auparavant, à l'instar de toutes les jeunes ladies en âge de se trouver un époux.

Ces paroles lui tordirent néanmoins l'estomac. Une fois qu'elle serait mariée, il n'aurait plus aucune chance de la peindre. Pas comme il le désirait, en tout cas.

— Si telle est votre ambition, je ne m'étonne pas que vous soyez opposée à ce que je fasse un portrait de vous.

— Je me demande pourquoi vous souhaitez le faire, répliqua-t-elle. Avez-vous l'intention de me représenter comme *La Jeune Fille en blanc* de M. Whistler ? Comme une apparition éthérée, énigmatique et froide, que les critiques accableraient de leurs commentaires moqueurs ?

Ce fut au tour de Teddy de froncer les sourcils.

— Je ne sais pas. Je ne le saurai qu'après avoir commencé les esquisses préliminaires. Même alors, mes sentiments peuvent changer. J'ai parfois jeté des toiles achevées parce que le résultat ne correspondait pas à ce que j'espérais.

— S'agissait-il de portraits de dames ?

— Parfois.

— En avez-vous peint beaucoup ?

— Quelques-uns.

Elle le regarda avec la même curiosité prudente.

— Pourquoi les avez-vous jetés ? Était-ce parce que vous ne parveniez pas à saisir pleinement leur beauté ?

— Il ne s'agissait pas de cela. C'était à cause de la lumière. C'est toujours à cause de la lumière. Parfois, elle m'échappe.

— Elle pourrait tout aussi bien vous échapper avec moi.

— Elle ne m'échappera pas.

— Vous êtes bien confiant.

— J'ai des raisons de l'être, affirma Teddy. Vous êtes faite de lumière, mademoiselle Hobhouse. Elle irradie autour de vous. Je n'ai jamais rencontré une lady qui possède une fraction de votre éclat.

Elle soutint son regard.

— Vous êtes extrêmement persuasif quand vous vous en donnez la peine.

— Pas assez, apparemment.

— Quant à cela...

Elle fronça les sourcils. Mais ce qu'elle comptait dire fut interrompu par le gargouillement d'un estomac affamé. Et il ne s'agissait pas de celui de Teddy, cette fois.

Il afficha un sourire ironique.
— Bonté divine, était-ce vous ?
Le visage de Mlle Hobhouse devint écarlate.
— Je vous prie de m'excuser.
Elle se leva brusquement.
— Je crains de ne pas avoir pris mon thé non plus.
Teddy saisit aussitôt la perche qu'elle lui tendait.
— Est-ce vrai ?
Il rapprocha son fauteuil, oubliant la décision qu'il avait prise de rester à distance, indifférent.
— Dans ce cas, joignez-vous à moi. J'ai grand besoin de compagnie.
Elle eut un mouvement de recul.
— Je ne crois pas que…
— Naturellement, il ne faudra pas que cela vous coupe l'appétit pour la collation servie dans le salon d'apparat.
Elle parut décontenancée.
— Le goûter de Noël que le comte de March offre cet après-midi, lui rappela-t-il.
Elle rougit.
— Ah oui. Ça.
Ses doigts se tordirent dans les plis de son châle.
— Je crains de ne pouvoir y assister. J'ai été… c'est-à-dire… je suis…
— Dans ce cas, prenez le thé avec moi, insista-t-il sans vergogne. Vous me feriez une faveur. Ma sœur et mon beau-frère sont partis faire une excursion avec les autres, et mon valet est descendu aux cuisines pour profiter du repas de Noël des domestiques. Je suis tout seul ici. C'est un peu gênant, à dire vrai.
L'attention de Mlle Hobhouse se porta sur les roues de son fauteuil, et un éclair de compréhension passa dans son regard.
— Oh, je suis désolée. Je… je n'y avais pas pensé.

Elle redressa soudain les épaules et un air résolu s'afficha sur son visage.

— Oui. Bien sûr. C'est très volontiers que je me joindrai à vous. Une tasse de thé nous fera probablement le plus grand bien.

Le cœur de Teddy se serra. Il venait de comprendre avec un peu de retard la conclusion que Mlle Hobhouse avait tirée de la situation. Quand il avait dit « C'est un peu gênant », elle avait cru qu'il faisait allusion à son fauteuil, et non au simple fait qu'il se trouvait seul dans une maison inconnue, en quête de compagnie.

Il ouvrit la bouche pour la remettre sur la bonne voie, mais s'arrêta net.

Au diable son orgueil !

Peu importait la raison pour laquelle elle restait, pourvu qu'elle reste.

— Fort bien, dit-il. Si vous pouviez être assez aimable pour actionner le cordon de sonnette…

8

Stella était assise en face de M. Hayes, à la petite table que le valet avait préparée pour eux près de la fenêtre du salon privé. Avec l'aide d'une servante, ce dernier leur avait apporté une théière fumante, une petite assiette de sandwichs, quelques tranches de pain d'épice recouvertes d'un glaçage blanc et un cake aux fruits confits imbibé de brandy.

Après une révérence pour l'une et une courbette pour l'autre, et après leur avoir demandé s'ils avaient besoin d'autre chose, les domestiques s'étaient retirés. Ni l'un ni l'autre n'avaient cillé en laissant Stella seule, sans chaperon, avec un jeune homme. De toute évidence, ils ne considéraient pas M. Hayes comme une menace.

Stella aurait aimé pouvoir ressentir la même chose. Elle avait évité Teddy Hayes toute la matinée. À dire vrai, elle évitait tout le monde.

Anne était parvenue à ôter le vert de ses cheveux la nuit dernière. Cela avait nécessité d'innombrables applications d'une solution de borax et d'huile d'olive, suivies d'autant de rinçages, avant que Stella relève enfin la tête du lavabo et constate que ses cheveux avaient retrouvé leur gris argenté naturel. Aussitôt, Anne s'était empressée d'aller chercher un couvre-chef.

Hélas, le genre de bonnet de matrone à l'ancienne prévu pour couvrir la totalité de la chevelure n'avait pas été facile à trouver. D'autant plus qu'elles tenaient à garder secret, aux yeux des autres invités, le changement de couleur de cheveux de Stella. La seule personne à posséder ce genre d'accessoire démodé n'était autre que la mère d'Anne. Le bonnet était noir, naturellement, étant donné le choix qu'avait fait lady Arundell de porter éternellement le deuil de son mari, et il ne convenait guère à une lady dans la fleur de l'âge.

Stella avait cependant enfilé le bonnet ce matin, non sans un certain soulagement. Elle savait pourtant l'apparence qu'il lui donnait, et elle avait conscience des questions qu'il susciterait. Mais un seul gentleman pouvait avoir l'audace de l'interroger à ce sujet. Aussi, il lui avait semblé impératif de l'éviter.

Mais finalement, elle n'avait fait rien d'autre que retarder l'inévitable. Ses tentatives pour ne pas croiser M. Hayes l'avaient conduite droit à sa porte.

Et sa peinture l'avait attirée à l'intérieur.

Son paysage ne ressemblait à rien de ce qu'elle avait pu voir jusqu'à présent. Il ne s'agissait pas d'une reproduction exacte, loin de là. Il n'offrait que l'impression la plus ténue de la forme d'un arbre, placé devant une congère d'un blanc éclatant. Une représentation floue, composée de petites touches de pinceau non estompées qui réussissaient assez miraculeusement à capturer l'effet changeant de la lumière matinale sur l'écorce et à la surface de la neige.

Certains pourraient qualifier cela d'effort inachevé. Une œuvre indigne même d'un artiste novice. Mais l'ensemble provoquait une curieuse douleur au creux de la poitrine de Stella.

Était-ce ainsi que M. Hayes comptait la représenter ? Non comme une transcription exacte d'elle-même, mais comme une silhouette indistincte qui provoquerait ce même sentiment étrange chez les autres ?

Cette pensée la troublait.

C'était aussi plutôt enthousiasmant.

M. Hayes avait parlé de lumière et de mouvement. D'œuvres qui ne servaient à rien d'autre qu'à stimuler les sensations.

« Qui peut dire que l'étrangeté est une mauvaise chose ? » avait-il demandé.

Simplement toutes les personnes qu'elle avait pu rencontrer dans son village du Derbyshire.

Simplement toute la bonne société de Londres.

Mais M. Hayes ne semblait guère se soucier de l'avis de quiconque. Seule sa propre opinion importait.

— Je comptais prendre mon thé ici toute seule, avoua-t-elle après le départ des domestiques. M. Hartford m'a dit que personne ne venait jamais dans cette aile de la maison, et que c'était un salon privé.

— C'est exactement ce que m'a dit le comte de March, rétorqua M. Hayes. Il m'a proposé cette pièce pour en faire mon atelier pendant le reste de mon séjour, afin que je puisse travailler en paix.

Il étudia le visage de Stella.

— Pourquoi toute seule ?

— Je vous demande pardon ?

— Pourquoi ne pas attendre de rejoindre les autres dans le salon d'apparat pour le goûter de Noël ?

Stella tendit la main pour saisir la théière en argent, afin de remplir leurs tasses. Elle aurait aimé rejoindre les autres, mais il n'y avait aucun moyen de se montrer sans provoquer de commentaires.

Avec son bonnet, elle offrait une apparence étrange, propre à éveiller la curiosité. Tout le monde saurait que quelque chose clochait.

Cela relevait du miracle que M. Hayes n'ait pas encore fait de remarque à ce sujet. Il avait à plusieurs reprises jeté des coups d'œil furtifs à cet horrible couvre-chef, une légère ride creusée entre ses sourcils noirs, comme s'il ne parvenait pas à comprendre pourquoi elle s'était affublée de ce bonnet de matrone. Ce n'était qu'une question de temps avant qu'il évoque le sujet.

Stella avait espéré pouvoir éviter de le croiser dans la maison durant les trois derniers jours de festivités. De même que les autres invités. Mieux valait les voir dehors, où elle pourrait justifier de couvrir ses cheveux gris nouvellement retrouvés à l'aide d'un filet de soie noir aux mailles serrées et d'un élégant chapeau, ainsi qu'elle le faisait quand elle montait à cheval.

Quant au fait que ce jour soit celui de Noël, il lui faudrait se contenter de la façon dont elle avait honoré la journée avec Anne et lady Arundell plus tôt ce matin. Toutes trois avaient partagé un petit déjeuner dans le salon attenant à la chambre de la comtesse. Anne avait surpris Stella en lui offrant une paire de gants d'équitation en cuir enveloppée dans un joli paquet enrubanné, tandis que Stella avait offert à son amie une aquarelle encadrée qu'elle avait faite de Saffron, le cheval à la robe fauve d'Anne.

— Parfois, je préfère être seule, dit Stella en versant le thé de M. Hayes. Et vous ? Pourquoi ne célébrez-vous pas Noël avec les autres ?

— J'ai pu observer que vous n'étiez pas présente non plus au petit déjeuner d'hier. Pas plus qu'au dîner et à la soirée dansante.

Il observa une courte pause.

— Vous n'auriez pas cherché à m'éviter, par hasard ?

Les doigts non gantés de Stella glissèrent sur l'anse de la théière. Un jet de thé s'échappa du bec, tombant à côté de la tasse de M. Hayes et éclaboussant la table. Une tache sombre de Darjeeling ne tarda pas à s'élargir sur la nappe en lin.

Stella posa précipitamment la théière.

— Oh, comme je suis maladroite !

M. Hayes sembla prendre cet incident pour une confirmation.

— Donc, vous m'évitiez.

Stella laissa échapper un soupir de frustration, tandis qu'elle commençait à tamponner la tache humide avec une serviette.

— Eh bien, si c'était le cas, murmura-t-elle, mes efforts n'ont guère été récompensés. Plutôt que de partager une table de petit déjeuner avec des dizaines d'autres personnes, nous nous retrouvons à prendre le thé tous les deux, dans un salon privé.

Un sourire narquois flotta sur les lèvres de M. Hayes.

— Scandaleux !

Oh, mais c'était le cas. Les battements affolés de son cœur le confirmaient à Stella.

Pour autant, elle ne voulait pas en faire toute une histoire. Moins ils dramatiseraient la situation, mieux ce serait. Et au fond, quel mal cela pourrait-il réellement causer ? Ils n'étaient que deux invités parmi d'autres de festivités se déroulant dans une respectable résidence de campagne. De simples connaissances réunies par le hasard. Assurément, le fait qu'ils soient de sexe opposé était éclipsé par les obligations de civilité auxquelles ils étaient tenus.

M. Hayes avait dit qu'il était seul et qu'il souhaitait de la compagnie. Il eût été quelque peu grossier de la part de Stella de s'enfuir en le laissant ici, privé de l'aide d'un compagnon ou d'un serviteur.

Mais elle avait conscience du danger. Pas seulement celui que recouvrait sa demande de poser pour lui, mais aussi le danger bien réel que représentait sa simple présence.

Il était par trop facile de parler avec lui, de partager des considérations qu'elle aurait pourtant été avisée de garder pour elle. Bonté divine, elle avait déjà évoqué la couleur de ses cheveux, lui avait raconté ses péripéties avec sa vieille gouvernante et lui avait même parlé de son frère et de Mlle Trent. Dieu seul savait ce qu'elle confierait si elle restait en sa compagnie plus longtemps.

Elle cessa de tamponner la tache de thé, qu'elle n'avait fait que répandre davantage.

— Nous ne faisons rien de malséant, observa-t-elle. La porte est ouverte. De même que les rideaux. Et il ne s'agit que de thé et de sandwichs.

— Et de gâteau, ajouta-t-il. N'oubliez pas le gâteau.

Elle lui lança un regard amusé.

— Oui, je suspecte que le gâteau pose un problème de bienséance.

M. Hayes accueillit cette remarque par un sourire. Un sourire qui illumina son visage, adoucissant ses traits anguleux, le faisant apparaître à la fois plus séduisant et infiniment plus dangereux.

C'était l'expression d'un gentleman capable de faire bien plus que persuader une lady de poser pour lui. C'était l'expression d'un gentleman capable d'obtenir d'une lady qu'elle fasse n'importe quoi.

Stella saisit le petit pichet d'argent sur le plateau.

— Prenez-vous du lait ? Ou préférez-vous du citron ?

— Du lait, s'il vous plaît, répondit-il.

Elle ajouta du lait dans les deux tasses. Mais il semblait dommage de profaner ainsi le Darjeeling. Sa fragrance était aussi délicate que celle du plus raffiné des parfums. Le valet leur avait appris qu'il s'agissait du mélange personnel du comte de March, fait à partir de la première récolte de thé du printemps.

— Vous n'étiez pas obligée de m'éviter, vous savez, dit M. Hayes. Tout ce que j'ai fait, c'est demander à réaliser votre portrait. Il n'a jamais été dans mes intentions de vous faire le moindre mal.

Stella posa le pichet.

— Le mal réside dans la tentation. À cet égard, il a déjà été fait.

— Alors, vous êtes tentée de poser pour moi ?

— Peu importe si je le suis. Je ne puis en aucune façon me soumettre à une telle chose. Vous le savez fort bien. Une dame comme il faut ne pose pas pour des portraits.

— Balivernes ! s'exclama-t-il. Quantité de dames font précisément cela. Mme Polidori. Mme Millais. Sans parler de la reine elle-même.

— Mme Polidori n'est-elle pas la tante de M. Rossetti, ou quelque chose de cet ordre ? Quant à Mme Millais...

Stella se saisit d'un sandwich au fromage, aux tranches finement coupées.

— Bien que je puisse compatir à sa situation, on ne peut guère la présenter comme un exemple de dame respectable.

Le premier mariage de Mme Millais avec le célèbre critique d'art M. Ruskin avait été annulé huit ans auparavant, créant un scandale déshonorant. Son mariage suivant avec le peintre John Everett Millais n'avait guère calmé l'indignation de la société, en dépit du fait que le couple soit à présent dûment établi, avec cinq enfants légitimes.

— Et pour ce qui est de la reine, continua Stella, vous ne pouvez comparer les actions publiques de la souveraine avec celles qu'une dame ordinaire est conduite à tenir en privé.

— Et que faites-vous de Mme Bowes ? De Mme Dickens ? De Mme Sutherland ? demanda-t-il.

Stella n'en connaissait pas la moitié, mais elle devinait ce que ces personnes avaient en commun.

— Ce sont toutes des dames mariées. Leur portrait a probablement été commandé par leur époux, ou pour celui-ci.

— Ça ne signifie pas que des demoiselles de votre milieu ne posent pas de temps en temps pour un peintre. Il est fréquent que des pères commandent des portraits de leurs filles.

M. Hayes porta sa tasse de thé à ses lèvres. Son geste délicat et contrôlé montrait la force indéniable de sa main. Il y avait des taches de peinture sur ses doigts, et des callosités probablement dues au maniement de son fauteuil roulant. C'était la main d'un gentleman qui n'était pas étranger au travail manuel. D'un homme qui pouvait se montrer aussi puissant que précis.

L'estomac de Stella se noua. Se forçant à détourner les yeux, elle grignota son sandwich en silence. Elle avait attendu trop longtemps avant de pouvoir satisfaire sa faim. Si elle ne le faisait pas maintenant, elle risquait de défaillir. Tel était le danger des corsets. Ou, à tout le moins, le danger des nouvelles robes qu'elle avait achetées chez M. Malik avant de quitter Londres. Celles-ci étaient aussi gracieuses qu'impitoyables, exigeant qu'elle resserre son corset de cinq bons centimètres.

La robe qu'elle portait aujourd'hui était en laine bleue, sans le moindre ornement. Mais il n'y avait jamais rien de simple dans les créations de M. Malik. Elles étaient conçues comme une ode au corps féminin, taillées avec art pour épouser les pleins et les déliés de la silhouette, avec une élégance non dénuée de sensualité.

M. Hayes l'avait-il remarqué ? Assurément. Rien ne lui échappait, même s'il ne la regardait que dans un but artistique.

La dernière bouchée de son sandwich avalé, elle but une gorgée de thé. Le Darjeeling était plus léger et plus délicat que le mélange d'Assam qui avait habituellement sa faveur. Floral, vif et absolument unique. C'était un luxe de boire un tel breuvage.

— Je n'ai plus de père, dit-elle en tapotant la serviette de lin brodé sur ses lèvres. Je suppose que mon frère pourrait en théorie commander un portrait de moi, mais il ne ferait jamais une telle chose. Et même s'il le faisait, il ne choisirait certainement pas pour cela un peintre jeune et beau. Surtout si ce dernier professait des idées révolutionnaires sur les visées de l'art.

Alors qu'il s'apprêtait à porter sa tasse de thé à ses lèvres, M. Hayes suspendit son geste.

— Beau ?

Stella cligna des paupières. Miséricorde ! Avait-elle vraiment dit cela à voix haute ?

Mais elle ne s'en repentirait pas. Elle n'avait fait qu'énoncer la vérité. Il n'y avait pas de honte à cela.

Elle déposa sa serviette sur ses genoux, la défroissant soigneusement.

— Personne ne vous l'a jamais dit auparavant ?

— Personne dont l'opinion comptait à mes yeux.

Son sourire malicieux contrastait avec la gravité inhabituelle de son regard.

— Merci, dit-il.

Stella haussa une épaule d'un geste distrait qui ne correspondait pas vraiment à ce qu'elle ressentait et prit un autre sandwich sur le plateau.

Ainsi, elle était la première lady à lui dire qu'il était beau. C'était presque poétique, si on songeait qu'il était le premier gentleman à l'avoir complimentée pour sa beauté. En fait, il était le premier à remarquer chez elle autre chose que son imperfection manifeste.

Contrairement à ses amies, Stella n'avait jamais été l'objet de l'intérêt masculin. Elle n'avait reçu aucune proposition durant ses saisons à Londres. Aucune manifestation d'attention. Son unique moment de notoriété, elle ne le devait ni à sa beauté, ni à son esprit, ni même à ses talents de cavalière, mais au poème anonyme et fort grossier qu'un homme avait écrit à propos de ses cheveux.

Voici la Dame grise qui entre dans la pièce,
Un spectre en quête d'un mari,
auquel elle n'apportera que tristesse,
Visage pâle, charmes blafards,
et des cheveux de grand-mère,
Apte ni au mariage ni à une aventure passagère.
Quel homme se laissera prendre dans son filet d'argent ?
Il n'en existe aucun qui soit aussi désespéré pour le moment.

Et cela continuait, dans un registre toujours plus méchant. Un souvenir mortifiant. À l'époque, Stella en avait ri, consciente que quantité de mondains confondaient la cruauté et l'esprit. Que pouvait-on faire d'autre qu'en rire ? Elle n'était pas du genre à pleurer, à se cacher, ni à se complaire dans le malheur. Mais Dieu que cela lui avait fait mal ! Elle avait été humiliée. Déçue. Brisée, en vérité, car ce poème inconsidéré avait détruit tout espoir de mariage pour sa première saison. Cela n'avait fait que confirmer ce qu'elle redoutait depuis toujours : aucun gentleman n'était capable de voir au-delà de l'aspect incongru de ses cheveux.

Jusqu'à ce jour.

Et M. Hayes n'était pas n'importe quel gentleman. Il avait beaucoup voyagé. Il était intelligent. Et il était talentueux. Extrêmement talentueux, si on en jugeait par le tableau qu'il était en train de réaliser.

La curiosité qu'elle ressentait à son égard allait croissant de minute en minute.

Comment se faisait-il qu'il se retrouve cloué dans un fauteuil roulant à son âge ? Avait-il fait une chute de cheval ? Subi un accident de calèche ? Ou bien était-il ainsi depuis toujours ?

C'était sans importance.

Cela ne devrait pas en avoir.

Et cependant…

Elle se servit une tranche de gâteau.

— Puis-je vous demander comment vous… ?

— La scarlatine, dit-il avec brusquerie.

Stella tressaillit.

— Je suis désolée. Je ne voulais pas…

— Vous n'aviez pas l'intention de me demander comment je me suis retrouvé dans ce fauteuil ?

Il souriait toujours, mais son expression amusée avait disparu.

— Ce n'est pas grave, affirma-t-il. Je n'ai rien à cacher.

Il posa sa tasse de thé.

— J'ai contracté la scarlatine il y a cinq ans. Ma colonne vertébrale en a été affectée. Puis ce fut au tour des muscles de mes jambes d'être touchés. Ils se sont considérablement affaiblis, au point qu'ils sont presque inutilisables à présent.

Stella se sentit monstrueuse d'avoir abordé le sujet. Maudite curiosité !

— Je suis désolée, répéta-t-elle, contrite. Ce ne sont pas mes affaires.

À son tour, M. Hayes haussa les épaules avec désinvolture. Le geste était aussi peu convaincant que celui de Stella un peu plus tôt.

— Comme je vous l'ai dit, je n'ai rien à cacher. Mon état est évident pour quiconque me regarde.

Il n'y avait rien d'évident à cette situation. Même son explication semblait minimiser les événements qui l'avaient laissé dans un fauteuil roulant. Seules les fièvres les plus sévères pouvaient affecter l'usage des membres. Stella avait été aux premières loges pour le constater, durant toutes ces années où elle avait accompagné son frère dans son soutien moral aux malades.

— Oui, bien sûr, dit-elle. Je demandais cela parce que je craignais...

Une légère crispation tordit les mâchoires de M. Hayes. Il y avait dans ses yeux une expression difficile à déchiffrer.

— Quoi ?

— Je craignais que cela ne soit dû à un cheval, dit-elle précipitamment. Ce qui aurait été absolument affreux.

Une expression perplexe apparut sur le visage de M. Hayes.

— Pire que la scarlatine ?

— Oui.

Elle ferma brièvement les yeux, retenant un soupir.

— Enfin, non. Bien sûr.

— Que voulez-vous dire ?

— Je suis une cavalière.

Il l'observa depuis l'autre côté de la table.

— Encore un non-sens déroutant. Dois-je en conclure que vous aimez les chevaux ? Dans ce cas, une blessure causée par un cheval serait...

— Affreuse, en effet, répéta-t-elle avec gaucherie.

Stella posa sa serviette, abandonnant son gâteau et son thé sans les avoir finis. Le mieux qu'elle avait à faire maintenant était de partir. Elle l'avait offensé au-delà du supportable.

Mais le regard perçant de M. Hayes la rivait sur place. Une expression moqueuse réapparut lentement sur son visage.

— Une cavalière, répéta-t-il. Une vraie ? Ou simplement celle qu'un palefrenier servant de souffre-douleur mène sur un vieux poney fatigué ?

Stella se détendit quelque peu. Elle savait reconnaître quand on se moquait gentiment d'elle.

— Je ne monte pas un vieux poney. J'ai une jument. Et elle a du caractère. Elle s'appelle Locket, et c'est la fille de Stockwell. Peut-être en avez-vous entendu parler ?

— Pas le moins du monde.

— C'était un célèbre cheval de course. Gris, comme Locket. Très fougueux également. Locket a hérité de son mauvais tempérament, je le crains. Elle ne peut pas être montée par n'importe qui.

— Mais vous en êtes capable.

— Oh, oui. Certains l'ont qualifiée de dangereuse, mais pour moi c'est la monture rêvée. Il suffit d'une légère pression de la jambe pour qu'elle détale comme une flèche, comme si elle possédait des ailes, à l'image des chevaux que je dessinais quand j'étais enfant. Je n'ai jamais rien ressentit de tel. Cette puissance indomptée ! Cette liberté absolue ! Cela me donne envie de galoper sans fin. Et Locket ne se fatigue jamais. Elle serait capable de courir jusqu'à ce que son cœur lâche, si je ne...

— Êtes-vous toujours aussi enthousiaste quand vous parlez de votre jument ?

Stella s'interrompit, se rappelant où elle était et avec qui elle parlait. Ses joues s'empourprèrent.

— Je ne sais pas, dit-elle, confuse. Probablement. Est-ce que je radotais ?

— Vous rayonniez.

— Vraiment ?

Elle sourit, légèrement gênée.

— Je suppose que je me passionne pour les chevaux comme vous pour l'art.

M. Hayes ne parut pas l'entendre. Son attention était entièrement rivée sur son visage, comme s'il était envoûté par quelque chose qu'il venait d'y déceler.

— C'est ainsi que je vous peindrais, dit-il d'une voix enrouée.

Stella sentit une vague de chaleur déferler en elle. Qu'un homme ose la regarder de cette façon !

— Monsieur Hayes...

— Teddy.

— Teddy, si vous insistez... Je vous ai déjà dit que c'était impossible. Mon frère en aurait une apoplexie. Il n'y a rien de plus à dire sur ce sujet.

— Dans ce cas, puis-je au moins vous dessiner ?

Elle ouvrit la bouche, mais il se lança avant qu'elle ait eu le temps de formuler une autre objection :

— Je n'utiliserai qu'un crayon, pas de la peinture. Et vous pourrez garder le croquis après. Vous pourrez le déchirer, si vous voulez. Le brûler. Comme bon vous semble. Ce serait sans risque pour votre réputation.

Stella garda le silence, hésitant sur la décision à prendre. Un dessin ? Quelque chose qui serait à elle et à elle seule ?

Elle était tentée. Dangereusement tentée. Elle brûlait de voir comment M. Hayes la percevait. Comme une étoile étincelante capable d'éblouir au premier regard.

Et ce qu'il proposait n'était qu'un croquis au crayon. Assurément, cela ne présentait aucun danger. À plus forte raison si elle le brûlait ensuite.

Elle se décida brusquement.

— Très bien, dit-elle. J'accepte.

Un large sourire illumina le visage charmant de Teddy. On pouvait lire du soulagement dans ses yeux, assorti d'un éclat de triomphe indéniable.

Stella comprit aussitôt pourquoi.

Ce n'était pas seulement d'un dessin au crayon qu'il s'agissait. C'était une allégorie du fruit défendu dans le jardin d'Éden. Teddy avait enfin réussi à la convaincre d'en goûter une bouchée, dans l'espoir qu'elle ne puisse résister à le dévorer entièrement.

Or, Stella était en proie à une faim insatiable.

9

Stella était en retard à son rendez-vous avec Teddy. Elle n'avait pourtant pas changé d'avis. Malgré les doutes qui l'avaient tourmentée toute la nuit et qui continuaient de l'accompagner au matin, elle était pleinement consciente de l'honneur qu'il lui avait fait en lui demandant de poser pour lui.

Trop consciente, peut-être.

En conséquence de quoi, au retour d'une chevauchée matinale avec Anne et M. Hartford, elle avait consacré plus de temps que nécessaire à sa toilette. Après s'être lavée avec un savon parfumé au lilas, elle avait choisi sa tenue avec soin et passé de longues minutes devant sa coiffeuse, à dissimuler ses cheveux gris sous le bonnet noir en crêpe et dentelle qu'elle avait emprunté. Après tout, ce n'était pas tous les jours qu'on posait pour un portrait, même s'il ne s'agissait que d'un croquis.

Mais lorsque Stella entra enfin dans le petit salon privé, presque dix minutes après l'heure convenue, Teddy ne sembla pas remarquer les efforts qu'elle avait portés à son apparence. Occupé à préparer ses fournitures, il ne lui accorda qu'un regard fugace.

— Prenez place dans le fauteuil près de la fenêtre, je vous prie.

Un délicat fauteuil en orme, à dossier écusson ajouré, avait été disposé dans l'angle, de façon à offrir à l'artiste une vue de trois quarts sur son visage.

Stella s'assit. Elle arrangea les larges jupes de sa robe autour de ses jambes. C'était l'une des robes de jour les plus flatteuses qu'elle ait commandées à M. Malik. En soie bleue, ornée de motifs en galons de coton tressé de couleur noire, elle présentait un col montant et des manches bouffantes laissant apparaître des sous-manches en mousseline blanche. Une fine ceinture dotée d'une élégante boucle aux allures de bijou complétait le tout. Il avait fallu une éternité à Stella pour fermer la rangée de minuscules boutons recouverts de passementerie noire qui ajustaient son corsage – une tâche qu'elle n'aurait jamais pu accomplir si son corset n'avait pas été resserré à la limite du supportable.

— Je suis désolée pour mon retard, dit-elle.

— Vous êtes là, c'est la seule chose qui compte, assura Teddy, tout en continuant de disposer ses fournitures sur une desserte à côté de son chevalet.

Contrairement à Stella, il ne semblait pas avoir prêté attention à son apparence. À dire vrai, sa tenue était plutôt négligée. Sa veste avait été jetée sur le dossier d'un fauteuil, et il était en bras de chemise. Ses manches étaient roulées sur ses avant-bras. Sans doute était-ce pratique compte tenu de ses activités, mais il était assez choquant d'apercevoir ainsi sa peau.

Stella s'efforça de ne pas regarder.

— J'étais en promenade à cheval avec lady Anne et M. Hartford, expliqua-t-elle.

Elle avait emprunté un petit hongre placide aux écuries du comte. Cela n'avait rien de comparable avec le fait de monter Locket, mais c'était quand même de l'équitation. L'exercice lui avait fait beaucoup de bien.

— Comme j'ai pu l'observer, dit-il.

— Vous m'avez vue ?

— Je vous ai tous vus partir ce matin. Depuis la fenêtre de ma chambre, je suis aux premières loges pour observer ce qui se passe aux écuries.

Stella fronça les sourcils. Le ton de Teddy était inhabituellement opaque. Il lui était impossible de déterminer s'il était irrité, indifférent ou… quelque chose d'autre. Était-il contrarié de voir les autres pratiquer une activité à laquelle il ne pouvait s'adonner lui-même ? Sûrement pas. Si c'était le cas, il n'aurait pas assisté au bal d'ouverture, n'est-ce pas ?

— Nous ressortirons plus tard, annonça-t-elle. Lady Anne et M. Hartford ont réuni une petite assemblée pour visiter les ruines du château d'Odiham. Vous pourriez vous joindre à nous, si vous le souhaitez.

Teddy lui lança un regard sévère.

— À cheval ?

— Non, bien sûr que non. Nous prendrons des voitures. Ce n'est pas très loin, je crois.

— Quand doit avoir lieu cette passionnante expédition ?

— À 11 h 30. Cela vous laissera-t-il suffisamment de temps pour terminer votre croquis ?

— Non.

— Oh…

Stella ne s'était pas attendue à une réponse aussi catégorique. Il ne s'agissait que d'un simple dessin, pas d'une œuvre magistrale. Combien de temps cela pouvait-il vraiment demander ? Ses propres esquisses lui prenaient rarement plus d'une heure.

— Je suppose que je pourrais…

— Nous devrons nous revoir, dit-il avec brusquerie.

Une vague d'enthousiasme juvénile s'éleva dans la poitrine de Stella. Elle se rendit compte à cet instant combien elle aspirait à le revoir.

Encore et encore.

Peu importe que ce soit mal avisé. Que ce soit risqué pour sa réputation. C'était merveilleux d'avoir l'attention pleine et entière d'un gentleman. Elle en était friande à l'excès.

Et il ne s'agissait pas de n'importe quel gentleman.

L'intérêt de Teddy Hayes comptait beaucoup à ses yeux. Il n'était pas l'un de ces insensibles dandys dont regorgeait la bonne société, ou l'un de ces rustres nobliaux de campagne comme elle avait pu en rencontrer dans le Derbyshire. Il était réfléchi. Perspicace. Il avait étudié l'art à Paris, pour l'amour du ciel.

— Fort bien, dit-elle. Que proposez-vous ?

— Demain matin.

Stella se sentit quelque peu embarrassée. Elle n'était pas entièrement libre de ses mouvements. Elle était ici en tant qu'invitée d'Anne, et c'était à son amie qu'elle devait consacrer la majeure partie de son temps. Surtout maintenant.

Sachant que les activités auxquelles Stella pouvait participer se limitaient à celles où on ne ferait pas attention à son bonnet, Anne avait prévu une profusion d'amusements en plein air : équitation, visites de lieux historiques, luge…

Stella ne pouvait pas se soustraire aux activités organisées spécialement pour elle.

— Ce serait mieux l'après-midi, dit-elle. Si cela vous convient.

— Tout l'après-midi ? Ou seulement une heure ?

— Je ne puis vous promettre l'après-midi entier. Lady Anne pourrait avoir besoin de moi.

— Eh bien, dans ce cas, nous ferions mieux de commencer.

Ouvrant son carnet de croquis, il choisit un crayon parmi ses fournitures, avec la même solennité qu'un gladiateur romain choisissant son arme pour combattre dans l'arène.

— Si vous voulez bien avoir l'obligeance de regarder en direction de la pendule, demanda-t-il. Et de lever un peu votre menton.

Stella suivit les instructions de Teddy. Elle ne pouvait voir aisément ce qu'il faisait, si ce n'était du coin de l'œil. Le murmure du crayon effleurant le papier chuchotait agréablement à ses oreilles.

— Dois-je rester silencieuse ?

— Au contraire. Vous devez me parler de votre jument.

Elle sourit.

— J'en déduis que vous souhaitez que je rayonne à nouveau.

— Précisément.

C'était plus facile à dire qu'à faire. Stella n'avait pas l'habitude de tenir sur commande des conversations éloquentes. S'il était aisé de se lancer dans des banalités – elle aurait pu le faire les yeux fermés –, développer un sujet qui lui était cher dans le but de provoquer un changement de son expression était une tout autre affaire.

— Eh bien ? insista Teddy.

Sa question fut ponctuée d'un autre crissement de la mine de plomb sur le papier.

— Je réfléchis à ce que je vais dire, répondit Stella. J'avoue que je me sens un peu ridicule. Y a-t-il quelque chose en particulier que vous souhaitez savoir à propos de Locket ?

— Où la gardez-vous ?

— À Londres, quand je suis là.

— Et le reste du temps ?

— À la maison dans le Derbyshire. Mon frère possède un cottage près de son église. Il y a une vieille grange et une écurie attenantes. Locket s'y trouve en ce moment, attendant mon retour. Le vieux hongre de mon palefrenier, Crab, lui tient compagnie. Ce sont les seuls chevaux pour le moment.

— Vous n'avez pas de chevaux d'attelage ?

— Nous ne possédons pas de calèche. Mon frère trouve cela inapproprié pour un ecclésiastique.

— Pourtant, il vous a escortée à Londres pendant deux saisons consécutives ?

— Il n'avait pas le choix.

Stella fixait intensément la pendule. Elle avait décidément tendance à parler trop librement quand elle était en compagnie de Teddy Hayes. Le bruit régulier du crayon, semblant l'hypnotiser, avait apparemment pour effet de libérer sa parole davantage encore.

— Mon père avait prévu dans son testament qu'une petite somme me reviendrait le jour de mes vingt et un ans. Une partie m'appartient pleinement, et je peux en disposer comme je le souhaite. L'autre devait servir spécifiquement à mon entrée dans le monde. Il était précisé que mon frère était tenu de me chaperonner à titre personnel, ou à défaut d'engager une dame de compagnie à ses frais.

— Il s'agit donc d'une question d'argent, observa Teddy.

— En quelque sorte.

En réalité, c'était tout à fait cela.

Daniel était un homme excessivement économe. Si cela n'avait tenu qu'à lui, Stella aurait dû renoncer à sa modeste part d'héritage. Selon son frère, les fonds auraient été bien mieux employés à aider les pauvres.

Ou à soutenir sa propre passion. Bien que Daniel ne l'admettrait jamais.

C'était une vocation, disait-il à propos de l'interminable thèse qu'il rédigeait sur les manifestations modernes du péché originel. Il y travaillait depuis plus de sept ans. Stella lui avait souvent tenu lieu de secrétaire, transcrivant ses notes et l'aidant dans ses recherches.

— Est-il vraiment raisonnable de garder deux chevaux ? demanda Teddy tout en continuant à dessiner.

— Il serait cruel de ne pas le faire. Les chevaux sont des animaux grégaires. Ils se portent mieux avec d'autres congénères à proximité. Quoi qu'il en soit, ce n'est pas le problème de mon frère.

Elle sentit sur elle le regard intéressé de Teddy.

— Je subviens moi-même aux frais d'écurie, expliqua-t-elle. Le revenu de mon héritage n'est pas très élevé, mais il me permet d'offrir un confort relatif à Locket et de couvrir les gages de son palefrenier et l'entretien de sa propre monture. C'est tout ce dont j'ai besoin.

— Elle est donc si importante à vos yeux ?

— Elle signifie tout pour moi.

— Plus que votre indépendance ?

— Locket m'offre l'indépendance. Plus que je n'en aurais en d'autres circonstances.

— Je puis pourtant envisager d'autres circonstances où vous en auriez davantage.

Stella en était consciente. Elle y avait souvent réfléchi.

— Seuls le mariage et le veuvage sont susceptibles d'apporter un semblant de liberté à une femme. Malheureusement, il faut pour arriver au second état en passer par le premier. Quant au reste…

Elle fronça les sourcils.

— Une jeune fille non mariée ne peut pas tenir seule une maison. Pas sans la présence d'un chaperon. Et même ainsi, ce serait considéré comme très étrange.

— Il existe pourtant des subterfuges. Avant que ma sœur se marie avec M. Archer, elle et moi vivions sous la garde de notre vieille tante Charlotte. Mais c'était Laura qui dirigeait la maisonnée. Tante Charlotte n'était là que pour donner le change.

— Je n'ai pas de tante Charlotte, à mon grand regret. Il n'y a que mon frère. Et maintenant que ma deuxième saison s'est achevée…

Elle ne put aller au bout de sa pensée. Pas à voix haute, en tout cas.

Le bruit du crayon de Teddy sur la page s'arrêta et un silence gêné s'installa.

Stella risqua un coup d'œil dans sa direction mais, contrairement à ce qu'elle s'imaginait, elle ne le découvrit pas en train de la regarder avec inquiétude. Il fixait son carnet comme si ce qu'il y voyait ne lui plaisait pas. Elle le vit prendre un morceau de gomme dans ses fournitures et l'utiliser pour effacer une partie du croquis.

— Qu'allez-vous faire ? demanda-t-il distraitement.

Stella reprit la pose, les yeux rivés sur la pendule. Elle n'avait aucune envie de discuter de son manque d'opportunités. Ni avec Teddy ni avec personne d'autre. D'autant qu'il ne prêtait pas réellement attention à ce qu'elle disait.

Elle ne voulait pas songer à son avenir morose. Les festivités du comte de March étaient supposées lui offrir un répit dans la tourmente. Une dernière occasion de s'amuser avec insouciance, avant que tout cela prenne fin.

Car il y aurait bel et bien une fin.

Le legs de son père ne permettrait pas de subvenir aux frais d'une troisième saison.

— Je retournerai dans le Derbyshire, dit-elle.

— Et ensuite ?

Stella redressa les épaules.

— Il n'y aura pas de suite.

*

* *

Teddy releva une nouvelle fois la tête. Il était troublé par ce que venait de dire Stella. Par la perspective qu'elle retourne prochainement dans le Derbyshire, loin de lui. Mais, à cet instant, quelque chose d'autre le perturbait davantage.

Il tint son carnet à bout de bras, espérant qu'un peu de recul améliorerait son jugement sur ce qu'il venait de dessiner.

Ce ne fut pas le cas.

Une irritation grandissante assombrit rapidement son humeur. Quelque chose n'allait pas. Son étoile était assise en face de lui, ayant enfin accepté de poser, et il ne parvenait pas à la transposer sur le papier. Pas comme il le souhaitait, en tout cas.

Cette fois, ce n'était pas la lumière qui était en cause. Ce n'était même pas l'information qu'elle venait de lui confier – aussi décourageante soit-elle. Il s'agissait d'autre chose. Quelque chose qu'il ne parvenait pas à définir.

Paraissant deviner son mécontentement, Stella regarda dans sa direction. Elle semblait sur la réserve, songeant probablement qu'elle en avait trop dit. Les jeunes ladies non mariées n'étaient pas supposées parler aussi librement avec des gentlemen célibataires.

— Qu'y a-t-il ? s'enquit-elle. Que se passe-t-il ?

Teddy se mordilla l'intérieur de la joue.

— Je n'en suis pas sûr.

— Est-ce quelque chose que j'ai dit ?

— Non.

— De quoi s'agit-il, alors ?

— C'est...

Il étudia le visage de Stella, avec un froncement de sourcils plus prononcé. Elle portait le même bonnet noir que la veille, qui recouvrait l'intégralité de ses cheveux.

Teddy n'était pas du genre à faire des commentaires sur les caprices de la mode féminine. Pourtant...

— Pourquoi avez-vous pris l'habitude de porter cet effroyable couvre-chef ?

Elle blêmit et porta une main mal assurée au ruban noir qui maintenait nouée sous son menton l'exécrable chose.

— Ce n'est pas effroyable.

— Si.

— Beaucoup de dames portent des coiffes à l'intérieur.

— Uniquement les matrones et les vieilles filles. Et vous n'êtes ni l'une ni l'autre.

— Je suis une vieille fille. D'un point de vue pratique, en tout cas. Et j'aime l'aspect de ce bonnet. Je le trouve élégant.

— Il est hideux, insista Teddy. Je gage que vous ne l'avez pas payé cher.

— Je n'ai rien payé. Je l'ai emprunté à lady Arundell.

Cela expliquait la couleur morne et le style démodé, mais cela ne justifiait pas la raison pour laquelle Stella le portait. La comtesse d'Arundell était une dame âgée qui vivait dans un deuil perpétuel. Stella était presque une enfant comparée à elle, et elle n'avait aucune raison de pleurer quelqu'un. En tout cas, pas à sa connaissance.

— Vous devriez l'enlever, dit-il. Il recouvre entièrement vos cheveux.

Cette suggestion la fit se recroqueviller.

— Quelle différence cela fait-il ? De toute façon, vous n'approuvez pas la couleur de mes cheveux.

— C'est vrai. Mais je préfère les voir, quelle que soit leur apparence.

— Eh bien, moi, je préfère que vous ne les voyiez pas. À moins que...

Elle blêmit davantage.

— Est-ce absolument nécessaire ?

— Si je veux réussir ce croquis, oui. Il y a un manque évident d'équilibre et de proportion à cause de cela. Je n'avais pas compris d'où venait le problème avant cet instant précis. J'ai besoin de l'intégralité de votre personne, sans qu'elle soit altérée par...

Il pointa son crayon vers la tête de Stella.

— ... cette chose.

Elle se mordilla la lèvre. Son regard se tourna nerveusement vers la porte du petit salon. De l'autre côté du seuil, le silence régnait dans le couloir. Il n'y avait personne. Pas de domestiques, et encore moins d'invités. Personne ne venait dans cette partie de la maison.

Stella dénoua lentement les rubans de son bonnet.

— Fort bien, dit-elle. Mais vous ne ferez aucun commentaire.

— Qu'y aurait-il à dire ? J'ai déjà vu vos cheveux. Ce n'est pas comme si...

Teddy s'interrompit quand elle ôta la monstrueuse strate de crêpe. Sa mâchoire faillit se décrocher.

Enroulés en chignon bas sur sa nuque, ses cheveux avaient de nouveau la couleur de l'argent le plus fin.

Il l'observa, les yeux écarquillés.

— Quand avez-vous... ?

— Le soir du second bal. La couleur auburn s'est estompée de façon inattendue. C'est pourquoi j'ai pris l'habitude de porter une coiffe à l'intérieur. C'est le seul moyen de dissimuler cet incident.

— Je vois.

— Et si vous faites une remarque désagréable...

— Ce n'est pas mon intention.

— Peut-être, mais je devine ce que vous pensez. Vous vous dites que...

— Que c'est superbe. Exactement comme le premier jour où je vous ai vue.

Elle soupira.

— Je suppose, en effet...

Elle croisa son regard, et ce qu'elle y lut sembla la rassurer. La couleur revint progressivement sur son visage.

— Eh bien...

Elle plia le bonnet sur ses genoux d'un geste nerveux.

— Vous êtes un homme étrange, comme nous l'avons déjà établi.

Teddy esquissa un sourire.

— Voudriez-vous... ?

Il fit un geste vers la pendule.

Stella était encore visiblement décontenancée. Cependant, elle reprit docilement sa pose.

Teddy tourna la page de son carnet de croquis et recommença son esquisse sur une feuille blanche. Son cœur battait plus vite qu'à l'ordinaire. Il avait devant lui l'étoile éblouissante qu'il avait vue au British Museum. La vision qui avait chaque seconde occupé ses pensées, venant le troubler jusque dans ses rêves.

Il était à présent en proie à un sentiment d'urgence, redoutant que l'instant ne lui glisse à nouveau entre les doigts avant qu'il ait pu capturer son image sur le papier.

Un croquis ne suffirait pas, bon sang ! Même un seul portrait à l'huile ne serait pas suffisant. Stella pourrait inspirer des dizaines de tableaux. Les Pléiades. Le clair de lune. Les étoiles éclairant un paysage marin qui ferait rougir de honte Turner. Teddy avait envie la peindre sous toutes les lumières, de représenter toutes les humeurs, la joie, la tristesse…

Mais « envie » était un mot trop faible pour décrire ce qu'il ressentait.

Il *devait* la peindre.

— C'est donc la raison pour laquelle vous n'avez pas pris vos repas avec nous ces derniers jours ? Et que vous n'avez pas assisté à la soirée dansante ?

— En effet, admit-elle. Je n'avais pas le temps de faire réaliser au village une coiffe qui soit davantage au goût du jour. Et je ne pouvais en emprunter à l'une des invitées sans éveiller les soupçons. Le bonnet de lady Arundell est la meilleure solution que j'aie trouvée, même si je sais qu'il ne m'avantage pas.

— Vous auriez quand même pu venir dîner ou…

— En aucun cas. Je préfère être réduite à errer dans les couloirs déserts de Sutton Park avec les cheveux couverts d'un bonnet de matrone plutôt que de m'exposer aux autres invités lors d'un repas, d'un bal ou d'une partie de cartes. Ils trouveraient cela aussi étrange que vous. On me prendrait pour une véritable excentrique.

— Il y a pire dans la vie.

— J'en suis certaine. Mais ça n'en rend pas la situation moins hasardeuse. Une jeune lady non mariée ne peut se permettre d'être vue comme étrange. En aucun cas elle ne doit constituer une gêne pour autrui.

— Vous préféreriez être ordinaire ?

— Je préférerais passer inaperçue.

Teddy l'observa avec acuité.

Combien de fois avait-il ressenti la même chose ? Le fait d'être différent l'exposait à une douloureuse variété de regards inquisiteurs. Il n'aspirait pas à être ordinaire, loin de là. Mais être en permanence la cible de toutes les attentions était effroyable. S'il devait être reconnu, il préférerait que ce soit pour ses talents de peintre et de dessinateur, et non parce qu'il était un jeune homme prisonnier d'un fauteuil roulant.

Son infirmité n'était pas ce qui le caractérisait. Ce n'était pas la partie la plus intéressante de sa personne. Cela l'irritait au plus haut point que ce soit pour certains le seul détail digne d'intérêt.

Stella éprouvait-elle la même chose à propos de ses cheveux ? Était-ce pour cela qu'elle désirait passer inaperçue ?

— Avez-vous toujours ressenti ce besoin de discrétion ? demanda-t-il. À moins que... Vous n'êtes pas née avec cette couleur de cheveux, n'est-ce pas ?

— Non, en effet. Quand j'étais plus jeune, mes cheveux étaient d'un châtain un peu terne et banal. Leur couleur a commencé à changer vers mes quinze ans. À seize ans, ils étaient complètement gris.

— Et vous n'en connaissez pas la raison ?

— Le médecin du village a formulé quelques hypothèses. De même que mon frère. Mais c'est resté un mystère. Tout ce que je sais, c'est que cela a fini par me définir. C'est la première chose que les gens remarquent. Souvent la seule.

— Accordez-vous une telle attention à ce que les gens pensent de vous ? demanda Teddy.

C'était une question qu'il se posait lui-même fréquemment.

— J'aimerais ne pas y accorder d'importance, mais je le dois.

— Parce que vous cherchez un mari ? enchaîna-t-il sans parvenir à masquer son dédain.

Stella accueillit sa remarque avec un léger sourire.

— Vous parlez de mes efforts avec mépris. Et pourtant, vous finirez bien par devoir vous marier aussi.

— Pourquoi le devrais-je ?

— Tout gentleman se marie un jour.

— Pas moi ! s'exclama-t-il brutalement. Je n'ai nulle envie d'avoir une épouse.

Stella lui lança un regard surpris.

— Quoi ? Jamais ?

— Je ne suis pas du genre à me marier.

Elle détourna le regard, et il n'eut aucun mal à deviner à quoi elle pensait. Elle supposait que cela avait à voir avec son fauteuil.

Et peut-être était-ce le cas. C'était sans doute en grande partie pour cette raison qu'il s'était juré de rester célibataire. Mais il n'y avait pas que cela.

— Je suis trop exigeant et pointilleux, dit-il en répondant à la question que, par politesse, elle n'avait pas osé poser. Une épouse ne ferait que gêner mon travail. Ou bien je la trouverais ennuyeuse. Et je déteste m'ennuyer, presque autant que je déteste être interrompu quand je peins.

— Le rôle d'une femme n'est pas de divertir son mari. Elle est supposée lui apporter un soutien.

— Un soutien ? Qui a dit cela ?

— Mon frère.

— Votre frère est un ecclésiastique.

— Un ecclésiastique ne doit pas être différent des autres hommes.

— Je ne me soucie guère de ce que souhaitent les autres hommes, répliqua Teddy. Seules m'intéressent mes propres aspirations.

— Et l'amour ? demanda-t-elle.

— Ah, l'amour ! Ce vieux conte de fées.

Il rit doucement en repensant au ridicule engouement qu'il avait éprouvé dans sa jeunesse.

— Je peux témoigner personnellement que ce n'est pas aussi merveilleux qu'on le dit.

Stella lui lança un regard étrange.

— Vous avez déjà été amoureux ?

— Je le pensais, à l'époque. J'étais jeune, et elle…

— Était-ce une jeune fille française ?

— Anglaise jusqu'au bout des ongles. Elle s'appelait Henrietta Talbot. Elle avait des boucles dorées, une exquise fossette et tout le charme d'une petite peste provinciale.

Il s'interrompit, le temps de reprendre son souffle.

— C'était notre voisine dans le Surrey. Tous les garçons du coin tombaient amoureux d'elle à un moment ou à un autre. C'était presque un rite de passage.

— Que s'est-il passé ?

Il haussa les épaules.

— J'ai grandi. Fin de l'histoire.

— Ce n'est pas la fin. Vous pourriez rencontrer quelqu'un d'autre, un jour. Une personne que vous aimeriez vraiment.

— Non merci. Je cherche à diminuer le nombre de personnes qui interfèrent dans ma vie, pas à l'augmenter. D'ici un an, je serai complètement indépendant : pas de famille, pas d'amis envahissants, et certainement pas de femme.

— L'indépendance est une chose fort désirable, remarqua Stella d'un ton empreint de gravité. Hélas, une lady dans ma situation se doit d'être réaliste.

— Ce qui signifie ?

— Ce qui signifie qu'il ne sert à rien de se faire des illusions. Une jeune lady doit connaître ses faiblesses, aussi embarrassantes soient-elles. Elle doit comprendre où elle se situe dans le système érigé par la bonne société londonienne, et formuler ses projets en conséquence.

Teddy ne put dissimuler sa déception en entendant ces paroles. Stella ne lui semblait pourtant pas être une jeune fille réservée vivant en marge du monde. En tout cas, ce n'était pas ce qu'il avait pu constater. Elle lui avait paru singulière. Remarquable.

— En d'autres termes, dit-il, une jeune lady doit savoir où est à sa place.

Son ton désapprobateur ramena le sourire sur les lèvres de Stella.

Elle tourna brièvement les yeux vers lui. La lumière froide qui filtrait par la fenêtre allumait des éclats scintillants dans sa chevelure argentée, la faisant apparaître, l'espace d'un instant, comme la déesse étoilée qu'il avait décelée en elle.

— En être consciente, oui, répliqua-t-elle. Cela ne signifie pas pour autant qu'elle doive s'en contenter.

10

— Je suppose que l'annonce de la filiation de M. Neale aurait pu se passer plus mal, observa Anne le matin suivant, alors que Stella et elle escaladaient la colline enneigée bordant Sutton Park.

C'était précisément la colline que peignait Teddy le matin de Noël, quand Stella l'avait découvert dans le petit salon privé, surmontée du même vieux chêne. Un lieu idéal pour pratiquer la luge.

Les autres invités avançaient devant les deux amies, tirant leurs luges. Ils étaient tous emmitouflés dans d'épais manteaux – à col de fourrure pour les dames, agrémentés d'écharpes pour les messieurs.

Transportant leurs luges, M. Hartford marchait à proximité de Stella et d'Anne, ayant la courtoisie de leur offrir une certaine intimité pendant leur conversation.

— J'aurais voulu être là pour te soutenir, dit Stella.

Elle avait encore décliné le dîner de la veille, préférant qu'on lui apporte un plateau dans sa chambre. Ce faisant, elle avait manqué l'annonce concernant M. Neale. Elle se le reprochait depuis ce matin, n'ayant encore jamais manqué à ses devoirs envers une amie. Avoir agi ainsi simplement à cause de ses cheveux était tout bonnement impardonnable.

— Ma chère, ne te tourmente pas, répondit Anne. Il n'y avait rien que tu aurais pu faire.

— Bien sûr que si. J'aurais pu être solidaire avec M. Hartford et toi. Et j'aurais pu lancer un regard sévère à quiconque aurait eu l'audace de murmurer des méchancetés. Tu as dit toi-même qu'il n'y a pas de meilleure défense contre les commérages qu'un front uni composé de la famille et des amis.

— J'apprécie cette disposition d'esprit, mais il est autrement important de préserver ta réputation. Jusqu'à présent, nous avons réussi à faire en sorte que personne ne se rende compte que tes cheveux avaient changé de couleur. Il ne nous reste plus qu'une journée à traverser.

— Oui, mais tout de même...

— Mais rien du tout. Je ne veux pas que tu te tortures à cause de cela.

Anne prit le bras de Stella.

— L'annonce a été de toute façon très spontanée. Le comte l'a ajoutée, l'air de rien, aux remerciements qu'il a adressés aux invités venus de loin : « Merci aux Bedlow pour être venus de Cardiff, aux Archer qui ont fait le déplacement depuis Grasse. Et tous mes remerciements à mon petit-fils naturel, M. Neale, d'être parmi nous la veille de son départ pour Inverness. »

— Son petit-fils naturel ?

— C'est ainsi qu'il l'a formulé. Une description parfaite, à mon avis. Pas du tout vulgaire.

Stella n'en était pas convaincue. Dire de quelqu'un qu'il était un « enfant naturel » était une façon détournée de le qualifier de bâtard. Personne à table n'avait pu en ignorer le sens.

— Comment les autres ont-ils réagi ?

— Lord Brookdale et sa femme avaient le visage crispé, mais ils semblaient résignés. Le comte était pâle, mais déterminé. Et maman a tout simplement été merveilleuse. Elle a levé son verre pour porter un toast à M. Neale. Quant aux autres invités, ils étaient en train de bouillir d'excitation. Je soupçonne que le comte se trouvera à court d'encre et de papier d'ici demain soir, tant ils s'empresseront d'écrire à leurs amis restés à Londres pour répandre la nouvelle. Les gens sont tellement friands d'un bon scandale.

Stella pinça les lèvres de désapprobation.

— C'est affreux de leur part. Surtout après avoir profité de l'hospitalité du comte. On aurait pu penser qu'ils feraient preuve d'un peu plus de loyauté.

— Leurs lettres seront au contraire d'une aide précieuse, expliqua Anne. Ce genre de scandale ne peut se tasser qu'en éclatant au grand jour. Plus on en parlera, mieux ce sera. Une fois que tout le monde sera au courant, les gens oublieront. Un autre scandale viendra bientôt le remplacer.

Stella jeta un regard préoccupé vers M. Hartford. Des flocons de neige tourbillonnaient autour de sa haute silhouette, se déposant avec légèreté sur son manteau de lainage sombre, tandis qu'il avançait sur le chemin devant elles.

— Comment va-t-il ?

— Il fait bonne figure face à l'adversité, comme toujours.

— Et toi ? Tu n'es pas contrariée ou...

— Non, pas du tout. Il faudrait plus qu'un scandale familial pour me déstabiliser.

Anne pressa affectueusement le bras de Stella.

— C'est plutôt à moi de m'inquiéter pour toi. Je déteste te laisser seule ainsi. Ce n'était pas du tout ce qui était prévu quand je t'ai invitée ici. Tu étais supposée t'amuser.

— J'étais supposée contrecarrer les velléités matrimoniales de mon frère à l'égard de Mlle Trent.

— Sur ce point, au moins, tes efforts ont été couronnés de succès.

— Un succès éphémère, je le crains. Daniel finira par épouser quelqu'un. Si ce n'est Mlle Trent, ce sera une autre jeune lady. Maintenant qu'il a atteint les trente ans, il dit qu'il doit se marier, sous peine de s'attirer les foudres de ses paroissiens.

Les épaisses bottes d'Anne crissaient sur la neige.

— En quoi cela les concerne-t-il ?

— Beaucoup d'entre eux croient qu'il est contre nature de ne pas être marié. C'est la raison pour laquelle Daniel préférerait que je me marie avec M. Smalljoy plutôt que de rester vieille fille. Les villageois n'aiment pas les femmes non mariées. Je pense qu'ils nous soupçonnent de mauvaises intentions.

— Raison de plus pour ne pas rester à Fostonbury.

— Les esprits étroits ne se trouvent pas uniquement dans les villages reculés du Derbyshire, fit remarquer Stella. On en croise dans chaque coin du royaume.

— Et tous ont peur des femmes de pouvoir, affirma Anne.

— À cet égard, ils n'ont aucune raison d'avoir peur de moi. Je ne dispose d'aucun pouvoir à proprement parler.

Stella adressa à son amie un sourire en demi-teinte. Anne descendait d'une longue lignée d'aristocrates redoutables. Elle n'avait encore jamais rencontré d'obstacles qu'elle ne puisse surmonter par la volonté inébranlable que lui conférait son appartenance à la noblesse. Il lui était incompréhensible qu'une personne puisse se considérer comme victime des circonstances.

— Si seulement je pouvais prendre des décisions sans me soucier des conséquences, soupira Stella.

Et sans tenir compte des limites imposées par mon porte-monnaie.

Elle observa la neige un moment, perdue dans ses pensées.

— J'ai essayé de me lier d'amitié avec elle, tu sais.

Anne se pressa plus étroitement contre elle, luttant contre le froid matinal.

— Qui ? Mlle Trent ?

— Quand nous nous sommes rencontrées à Exeter. Son attitude semblait douce au premier abord, et elle a à peu près le même âge que nous. Mais elle ne voulait pas que nous soyons amies. Tout ce qu'elle voulait, c'était mon frère, et se débarrasser de moi dans le même temps. Nous n'étions pas seules depuis dix minutes qu'elle me conseillait déjà de changer de comportement et me pressait de renoncer à Locket.

— Non !

Les lèvres de Stella se tordirent en un sourire amer.

— Mlle Trent considère ma passion pour l'équitation comme un affront personnel.

Anne ne put masquer son incrédulité.

— Elle a quelque chose contre les chevaux ?

— Elle a quelque chose contre les dépenses.

— Dépenses que tu finances avec ton propre héritage, répliqua Anne avec indignation.

— Elle préférerait que je laisse mon frère disposer de mon argent pour ses bonnes œuvres, plutôt que de le gaspiller pour mes plaisirs égoïstes.

Anne ricana.

— Des bonnes œuvres, voyez-vous cela ! Ce qu'elle sous-entend, c'est que ton frère, s'il avait ton argent, pourrait avoir une calèche et engager davantage de domestiques. Elle pourrait alors se pavaner à travers le village en se donnant des airs de châtelaine.

Anne avait sans doute raison.

— On ne peut lui reprocher de veiller à ses propres intérêts.

— Elle pourrait au moins faire preuve d'honnêteté à ce sujet, fit remarquer Anne. Au lieu de quoi, elle dissimule son égoïsme sous un voile de piété et de vertu, qu'elle utilise ensuite comme prétexte pour te sermonner sur ton comportement. Toi ! La plus douce et la plus gentille d'entre nous !

Stella serra le bras d'Anne, la remerciant silencieusement pour ses louanges.

— Je suis soulagée de ne plus avoir à m'inquiéter de l'avoir pour belle-sœur. Elle doit être retournée à Exeter, maintenant. Avec un peu de chance, les sentiments de mon frère à son égard se seront refroidis et il ne parlera plus jamais d'elle.

— Il faut l'espérer.

Elles passèrent sous les branches enneigées d'un arbre.

— J'aurais seulement aimé que tu puisses profiter davantage de ton séjour ici, reprit Anne. Il semble que les catastrophes se sont succédé, n'est-ce pas ?

— Tout n'a pas été mauvais. J'ai pris grand plaisir à monter à cheval et à visiter les ruines. Et faire de la luge aujourd'hui sera sûrement l'un des moments forts de mon séjour.

— Des promenades en traîneau sont prévues ce soir, si la neige est suffisamment épaisse pour cela.

Stella se réjouit. Rien n'était plus agréable que de filer à travers une étendue enneigée dans un traîneau tiré par des chevaux, sous l'éclat argenté de la lune.

— Ce serait merveilleux ! s'exclama-t-elle.

— Oui, en effet. Cependant, ça ne saurait égaler une romance.

Anne échangea un regard entendu avec Stella.

— Tu espérais rencontrer quelqu'un grâce à ce séjour.

— Quant à cela...

— Remarque, je ne vois pas qui ici aurait pu éveiller ton intérêt, continua Anne. À part peut-être M. Hayes.

Stella se crispa.

— Pourquoi me parles-tu de M. Hayes ?

— C'est un homme intéressant.

— Sans doute, mais pas sous un angle romantique.

À moins de penser à ses mains, songea Stella. Ou à l'intensité de son regard. Ou à la puissance de ses épaules. À moins de se rappeler les compliments qu'il lui avait faits.

— Je voulais seulement dire qu'il est plutôt amusant, précisa Anne. Charmant, même, si l'on veut bien oublier sa jeunesse et son insolence.

Stella ne put s'empêcher de rire. Teddy était insolent, oui. Et jeune. Et arrogant. Il était aussi intelligent et talentueux. Et très conscient de ses capacités.

Il savait aussi se taire. Une qualité que Stella appréciait beaucoup, tant chez un ami que chez n'importe quel gentleman. Le silence avait régné une grande partie du temps que Teddy avait passé à la dessiner, la veille. Un silence troublé uniquement par le crissement de son crayon sur le papier et la régularité de sa respiration. Elle était quant à elle restée impassible, même si le regard qu'il posait sur elle à intervalles réguliers avait fait augmenter sa température corporelle de quelques degrés.

Si Teddy avait éprouvé un trouble similaire, il n'en avait rien laissé paraître. Ils s'étaient séparés sans davantage de compliments de sa part, et sans autre manifestation d'amitié. Non. Son enthousiasme, il l'avait réservé à son dessin. Il s'y consacrait encore avec la même intensité fiévreuse quand elle l'avait quitté. Il n'avait levé les yeux qu'une fois alors qu'elle franchissait le seuil du petit salon, et seulement pour lui rappeler sa promesse de revenir le lendemain.

Il n'était pas de ceux qui se marient. Il avait été on ne peut plus clair à ce sujet.

Peut-être un peu trop clair. On eût dit qu'il voulait la mettre en garde...

Craignait-il que, dans sa quête désespérée d'un prétendant, elle ne porte ses vues sur lui ? Après tout, c'était un gentleman fortuné. Et un homme très séduisant. Il avait dû avoir son lot d'admiratrices durant ses années passées sur le continent.

— Il a été invité à nous accompagner aujourd'hui, lui apprit Anne. Il a été convié à toutes nos sorties, et il a systématiquement refusé.

— Vraiment ?

— M. Hayes préfère peindre. C'est d'ailleurs la raison pour laquelle il s'est joint aux Archer, paraît-il. Pour l'inspiration artistique qui émane de Sutton Park. Lord March a mis à sa disposition un salon qu'il peut utiliser comme atelier pendant son séjour.

Stella détourna le regard. Anne n'avait pas besoin de savoir qu'elle était intimement familière de ce salon, ni que ce n'était pas Sutton Park mais elle-même qui servait d'inspiration à M. Hayes.

— Je suppose qu'il fait partie de ces artistes qui préfèrent vivre dans leur tête plutôt que dans le monde qui les entoure, reprit Anne. Bien que ça ne l'ait pas empêché de se joindre à nous pour toutes les autres distractions. Il était présent chaque soir au salon, et il a assisté aux deux bals.

Elle adressa à Stella un regard empreint de regret.

— J'aurais aimé que tu puisses danser pendant ton séjour, au lieu de devoir te cacher à l'étage.

— Moi aussi, dit Stella, émue. J'aurais adoré valser, même avec un gentleman du voisinage que M. Hartford aurait convaincu de jouer les cavaliers.

— Ce n'est pas ta dernière chance de rencontrer l'amour. Tu seras de retour à Londres au printemps.

Le sourire de Stella se fit dubitatif.

— Ah bon ?

Les yeux d'Anne pétillèrent de malice.

— Tu es attendue à mon mariage en mars.

Stella écarquilla les yeux.

— Si tôt ?

— Hartford et moi avons décidé de nous marier le premier jour du printemps. Nous avons patienté sept ans pour être ensemble. Ni lui ni moi ne voulons attendre plus longtemps.

— Mais je pensais que ce serait un grand événement mondain ?

La plupart des mariages aristocratiques demandaient des mois et des mois de préparation. Sans compter les dispositions qu'il convenait de prendre pour la famille, généralement dispersée dans tout le pays.

— Ça le sera, assura Anne. Le comte de March et ma mère ne ménageront aucune dépense. Maman s'occupera de la plupart des préparatifs. Tout ce que j'ai exigé, c'est de pouvoir choisir la date. Et d'avoir trois demoiselles d'honneur : toi, Evie et Julia.

— Oh, Anne ! s'exclama Stella, le cœur gonflé d'émotion.

Elle désirait ardemment être présente. Non seulement pour ses amies, mais aussi pour elle-même.

Londres lui convenait beaucoup mieux que le Derbyshire. Beaucoup mieux en fait que n'importe quel endroit de la campagne. Elle était faite pour la vie citadine. Non pas pour les réceptions à la mode ou l'effervescence superficielle de la bonne société, mais pour les musées, les galeries et les magasins. Et pour les galops débridés – et légèrement inconvenants – dans Hyde Park.

— Je n'accepterai pas de refus, décréta Anne.

Elle croisa le regard de M. Hartford alors qu'elles se rapprochaient du reste du groupe.

— Hart ! Il faut absolument que vous persuadiez Mlle Hobhouse.

M. Hartford obéit aussitôt à l'appel de sa fiancée. Il les rejoignit sur le sentier, le sourire aux lèvres.

— À quel propos ?

— Vous devez la convaincre de revenir à Londres pour notre mariage, dit Anne.

M. Hartford observa Stella avec un rien de surprise.

— Faut-il vraiment vous convaincre ?

— Pas du tout, s'empressa de répondre Stella. Je veux assurément venir. C'est mon frère qui pourrait faire obstacle. Il ne sera pas enthousiaste à l'idée de m'escorter de nouveau à Londres, si tôt après notre départ. Il voulait que nous restions dans le Derbyshire jusqu'à l'été.

« Jusqu'à la fin des temps » serait sans doute plus exact, mais Stella évita de le préciser.

— S'il ne veut pas t'accompagner, j'irai te chercher moi-même, déclara Anne.

— Tu ne feras rien de tel, protesta Stella. Je ne te permettrai pas de perturber les préparatifs de ton mariage à cause de moi.

— Je suis sérieuse.

Une détermination sans faille éclairait le visage d'Anne.

— Dès que tu auras besoin de moi, je serai là, quoi qu'il en coûte.

Stella ressentit une puissante vague de reconnaissance à l'égard de ses amies. Qu'il s'agisse d'Anne ou d'une autre des Amazones, elle était sûre que chacune serait prête à tout pour lui venir en aide.

— Je le sais bien, dit-elle.

Mais lorsque le pire surviendrait – car c'était inévitable –, Stella n'avait aucunement l'intention d'appeler ses amies à la rescousse. Elle les aimait trop pour les accabler.

— Je trouverai un moyen d'être à ton mariage, promit-elle à Anne. Tu peux compter sur moi.

*

* *

Ce matin-là, Teddy se rendait à la bibliothèque, dans l'espoir d'échanger quelques mots avec sa sœur, lorsqu'il croisa Félix Hartford dans le corridor. C'était la première personne qu'il voyait depuis le petit déjeuner, à l'exception de Jennings et d'Alex. La plupart des autres étaient partis faire de la luge, et Stella en faisait sans doute partie.

Alex et Laura étaient parmi les rares à être restés, en raison du malaise de Laura qui s'était réveillée en ressentant des douleurs à l'estomac. C'était d'autant plus préoccupant que la sœur de Teddy était rarement malade. Même les effets persistants de la scarlatine n'avaient pas eu raison de sa santé. Grande nageuse, Laura ne cessait de repousser ses limites, dans le but de fortifier ses poumons et d'améliorer sa condition physique.

Cela ne lui ressemblait pas de rester alitée. Elle n'en avait pas la patience. Lorsqu'il était allé prendre de ses nouvelles un peu plus tôt, Teddy n'avait pas été surpris d'apprendre qu'elle était levée et habillée, et qu'elle était descendue à la bibliothèque en quête d'un livre pour soulager son ennui.

Jennings avait aidé Teddy à descendre l'escalier et à prendre place dans son fauteuil afin qu'il puisse retrouver Laura. Le valet se posta en retrait lorsque M. Hartford approcha.

— Monsieur Hayes, dit-il. Voilà justement l'homme que je cherchais. Allez-vous à la bibliothèque ?

— Oui, répondit Teddy.

Hartford lui tint la porte.

— Pourriez-vous m'accorder un moment ?

— Naturellement.

Teddy déplaça son fauteuil à l'intérieur de la pièce. Entré à sa suite, Jennings se retrancha dans un coin, attendant en silence qu'on ait de nouveau besoin de lui.

La bibliothèque de Sutton Park était aussi vaste qu'une cathédrale, avec un plafond qui culminait à plus de six mètres. Des livres reliés de cuir tapissaient les murs, et des groupes de sofas et de fauteuils confortables étaient disposés dans des recoins tranquilles, tant au niveau inférieur richement pourvu de tapis que sur la galerie ceinte d'une rambarde ouvragée.

Certains des invités les plus âgés profitaient des fauteuils placés devant la cheminée monumentale. À la déception de Teddy, Laura n'était pas parmi eux.

— Faire de la luge était agréable, je suppose ? demanda-t-il distraitement en s'arrêtant près du globe terrestre.

Soutenu par un pied en acajou noirci, l'objet se trouvait dans une alcôve, suffisamment loin de la cheminée pour offrir un semblant d'intimité.

— Ce fut très amusant, répondit Hartford. Bien que nous manquions tous affreusement d'entraînement. Nous avons passé plus de temps la tête dans la neige qu'à glisser dessus.

Teddy s'obligea à sourire. Il avait eu l'habitude de faire de la luge avec Laura lorsqu'il était enfant. Et de faire quantité d'autres choses.

— Je peux aisément me le représenter.

— Je parlais avec M. Archer avant que nous partions, reprit Hartford. La question de votre fauteuil roulant a été abordée.

Teddy se figea, accordant soudain toute son attention à Hartford.

— Ah bon ?

— Cela concernait l'inhospitalité du terrain à l'extérieur – et à l'intérieur, à certains égards. Il a dit que c'était une des raisons pour lesquelles vous ne nous avez pas accompagnés dans nos sorties.

— Il me cherchait des excuses, prétendit Teddy. Il n'aurait pas dû le faire. J'avais prévenu lord March que je travaillerais pendant une grande partie de mon séjour.

— Oui, certes. Néanmoins...

Hartford plongea la main dans la poche intérieure de sa veste et en sortit une feuille de papier pliée.

— C'est ce qui m'a donné l'idée.

Teddy haussa les sourcils. Il n'aimait pas qu'on parle de son infirmité dans son dos. Même s'il s'agissait de ses proches et que leur but était de l'aider.

— Quelle idée ?

Hartford baissa la voix.

— Ce n'est pas largement connu, et je préférerais que cela demeure ainsi, mais j'investis dans certains brevets. Il s'agit pour l'essentiel de technologies nouvelles, mais avec des visées pratiques.

Il observa une pause avant de donner quelques exemples :

— Une pompe d'alimentation indépendante pour une locomotive. Une machine pour laver le linge. Et même un brevet pour une voiture sans chevaux, fonctionnant à la vapeur.

— Fascinant, dit Teddy d'un ton sec. Mais quel est le rapport avec moi ?

Ou avec mon fauteuil roulant, faillit-il ajouter.

Hartford lui tendit la feuille de papier.

— Ce document est arrivé sur mon bureau il y a quelque temps. Ou plutôt, quelque chose de très semblable à ceci. J'ai essayé de le reproduire de mémoire. Pardonnez-moi. Contrairement à vous, je ne suis pas un artiste…

Teddy prit la feuille et observa le croquis.

— C'est un fauteuil roulant, expliqua Hartford. Il ressemble au vôtre, mais il y a une différence notable. Ses roues sont en fer, non en bois. Et elles sont équipées d'un tube creux en caoutchouc vulcanisé, rempli d'air.

Teddy leva les yeux, stupéfait.

— De l'air ?

— C'est curieux, je vous l'accorde. Mais les avantages sont, paraît-il, considérables.

— Quels sont-ils ?

— Un trajet plus confortable. Une plus grande vitesse avec moins d'efforts, et une meilleure maniabilité sur les surfaces difficiles. Apparemment, le caoutchouc ne s'enfonce pas dans le gravier ou les sols meubles aussi aisément que le bois.

Teddy ne put s'empêcher d'être intrigué par ces possibilités.

— Est-ce vrai ?

— Je le crois. Cette roue a été inspirée par une roue de carrosse, dite aérienne, brevetée il y a quelques années. Une démonstration en a été faite à Regent's Park quand j'étais jeune. L'invention était prometteuse, mais elle n'a pas rencontré le succès. Les roues en caoutchouc étaient trop chères pour le propriétaire de calèche moyen, compte tenu des coûts de production. Mais cet inventeur en a réduit la taille et les a adaptées à un autre usage. J'imagine qu'il espère que son idée séduira les invalides fortunés en quête d'une plus grande autonomie.

L'intérêt de Teddy était incontestablement piqué. Il n'était pas riche, loin de là, mais il n'était pas pauvre non plus. Les revenus qu'il tirait de la parfumerie étaient confortables et devaient pouvoir lui permettre d'acheter ce nouveau type de fauteuil.

— Avez-vous investi dans cette invention ? demanda-t-il.

— Non, pas encore. Je l'avais initialement écartée. Cela me semblait être un marché trop restreint. Le coût de production est exorbitant et le prix proposé encore plus élevé. Mais compte tenu des possibilités qu'offre ce procédé, je me dis que je me suis montré trop hâtif dans ma décision.

Hartford se pencha, examinant le croquis en même temps que Teddy.

— Est-ce quelque chose que vous pourriez utiliser ?

— Très probablement, oui.

— Seriez-vous prêt à essayer un prototype ?

— Assurément.

Teddy lâcha un petit rire.

— En fait, si ce fauteuil tient toutes ses promesses, je m'en achèterai un.

Hartford eut un grand sourire.

— C'est tout ce que je voulais savoir.

Il se redressa.

— L'inventeur est à Londres. Il cherche un investissement initial pour fabriquer les six premiers fauteuils. S'il trouve l'argent, les appareils seront prêts au printemps. Serez-vous à Londres à ce moment ?

Teddy hocha la tête.

— Je loge à Half Moon Street jusqu'à fin mars. Après cela... je n'ai pas la moindre idée de l'endroit où je résiderai.

— Mais vous serez toujours à Londres ?

— Oui, dit Teddy d'un ton catégorique.

— Splendide ! Je veillerai à ce que vous obteniez le premier prototype. Votre avis sera précieux.

Hartford changea de sujet :

— Puis-je vous aider d'une manière ou d'une autre avant de partir ? Vous apporter un livre, peut-être ?

— Je ne suis pas venu pour un livre, répondit Teddy. Je cherche ma sœur.

— Je suis là.

La voix de Laura venait de s'élever, légèrement essoufflée. Elle se hâta vers eux, un épais livre en cuir à la main. Les jupes amples de sa robe de jour en laine flottaient derrière elle alors qu'elle approchait.

— J'étais sur la galerie. Je vous ai vus entrer tous les deux.

Hartford s'inclina devant elle.

— Madame Archer. Monsieur Hayes. Si vous voulez bien m'excuser...

Teddy et Laura lui adressèrent leurs salutations.

— Y a-t-il un quelconque souci ? demanda Laura dès qu'ils furent seuls.

— Pas du tout, la rassura Teddy. Je suis allé m'assurer que tu allais bien, et Alex m'a dit que tu étais sortie chercher un livre. Je pensais que tu serais encore alitée.

— J'ai déjà passé trop de temps au lit ce matin, décréta Laura. Alex est-il toujours occupé à sa correspondance ?

— Oui.

Son beau-frère était plongé dans le courrier de la parfumerie quand il l'avait quitté. Il semblait plus absorbé qu'à l'accoutumée, le front barré d'un pli soucieux, grattant sa plume sur le papier d'un geste nerveux.

— Comment te sens-tu ?

— Mieux.

Laura repoussa une mèche de cheveux égarée sur sa tempe, la glissant sous sa coiffe de dentelle.

— C'est étrange. J'étais nauséeuse en me réveillant, mais tout est rentré dans l'ordre maintenant. Sans doute un aliment qui n'est pas passé.

Teddy eut une moue pensive.

— C'est possible.

Elle sourit.

— Est-ce pour cela que tu es venu ici ? Pour t'assurer que tout va bien ? Il était inutile que tu t'inquiètes, tu sais. Alex s'est montré aussi attentionné qu'une infirmière.

— Bien sûr que je m'inquiète. Mais ce n'est pas pour cette raison que je te cherchais.

Il fit rouler son fauteuil à côté de sa sœur alors qu'ils sortaient de la bibliothèque, suivis à distance par Jennings.

Comme toujours, Teddy détestait demander de l'aide à sa famille. Il n'aimait pas que ses proches s'immiscent dans ses affaires privées. Ils s'y impliquaient déjà beaucoup trop. Mais dans ce cas précis, il n'y avait pas d'autre solution. À moins qu'il ne fasse erreur, Laura possédait exactement ce dont il avait besoin.

— Je me demandais si tu serais disposée à me rendre un service un peu particulier…

11

Teddy leva les yeux de son carnet au moment où Stella entrait dans la pièce. Elle portait une nouvelle robe à la taille ajustée, aussi élégante et flatteuse que celle qui, lors de leur séance précédente, avait provoqué des réactions inexplicables dans son cœur. Ce dangereux effet était toutefois tempéré par son affreux bonnet de matrone en crêpe noir.

— Bonjour, dit-elle. J'espère que je ne vous ai pas fait attendre.

Toute ma vie, fut-il tenté de dire.

C'était bien la vérité, n'est-ce pas ? Il avait toujours rêvé d'être inspiré ainsi. Et sa muse était là, pour une nuit encore. Demain, elle serait partie. De retour dans le Derbyshire, elle disparaîtrait de son monde à jamais.

Il s'éclaircit la gorge.

— Pas le moins du monde. Je suis en avance, comme toujours.

Il désigna le fauteuil à dossier écusson ajouré.

— Si vous le voulez bien...

— Puis-je voir ? demanda-t-elle en s'approchant.

Elle avait posé la même question la veille, et Teddy lui répondit de la même manière :

— Il n'est pas terminé.

— Je sais, mais j'aimerais tout de même le voir. Je pourrais vous donner mon avis.

— Ce n'est pas un partenariat.

— Bien sûr que si. Qu'est-ce que poser pour un peintre, sinon travailler de concert avec lui ?

— Vous prenez place dans ce fauteuil et vous regardez la pendule. Voilà où s'arrête votre participation.

Il lui fit de nouveau signe de s'asseoir.

— Si vous vouliez avoir l'obligeance...

— Fort bien, dit Stella, l'air mécontent. Si vous tenez à être pointilleux à ce point.

Elle traversa la pièce dans un doux froissement de jupes. Elle sentait le lilas, comme chaque fois qu'ils s'étaient rencontrés. La fragrance était douce et éphémère, trop subtile pour être du parfum. Sans doute s'agissait-il de savon, ou d'huile parfumée pour le bain.

Quoi qu'il en soit, cela ne favorisait guère la concentration de Teddy.

Elle s'assit en déployant avec grâce sa jupe ornée de ganses de velours.

— Votre bonnet, lui rappela-t-il.

— Oh, oui. J'avais presque oublié.

Elle ôta rapidement le monstrueux couvre-chef, dévoilant ses cheveux argentés, soigneusement nattés et roulés sur la nuque. C'était un style à la mode, sans être ostentatoire. Pas du tout destiné à séduire, assurément.

Une légère chaleur envahit néanmoins le ventre de Teddy. L'ignorant, il prit son crayon et se plongea dans son esquisse.

Une intense aspiration artistique pouvait être confondue avec une autre forme d'attirance. Il n'était pas inhabituel de ressentir cela. En conséquence de quoi, de nombreux artistes se liaient à leurs modèles féminins. Aussi bien sur le plan émotionnel que physique.

Cela ne nuisait pas forcément à leur travail. Au contraire, l'intimité du lien ajoutait souvent une profondeur supplémentaire au portrait. Si un artiste connaissait véritablement son modèle, il pouvait le dépeindre avec une sensibilité qui lui aurait échappé autrement.

Joanna Hiffernan était actuellement la maîtresse de Whistler. Rossetti avait épousé son modèle principal, Elizabeth Siddal, après une longue liaison passionnée. Et il y avait bien sûr Millais qui avait épousé sa muse, l'ancienne Mme Ruskin, défrayant ainsi la chronique.

Mais Stella n'était pas l'épouse de Teddy. Elle n'était pas sa maîtresse. C'était une jeune lady non mariée qui méritait d'être traitée avec respect. La sœur d'un ecclésiastique, pour l'amour du ciel. Une femme qui n'avait même pas consenti à ce qu'il peigne son portrait.

Ce dessin n'était qu'un lot de consolation. Ce n'était pas le commencement de quoi que ce soit, mais au contraire une fin.

Fronçant les sourcils, Teddy se concentra pour améliorer le contour de l'oreille délicate de Stella. Tout n'était qu'une question d'ombre et de lumière. Une impression, pas une réplique exacte. Une fois achevée, cette esquisse éveillerait en lui les mêmes sentiments qu'il éprouvait chaque fois qu'il la regardait.

Il avait presque terminé. Il suffisait d'ajouter quelques derniers détails. Et alors cette brève et exquise parenthèse se refermerait. Demain matin, leurs chemins se sépareraient. Stella emporterait son dessin, tandis qu'il ne lui resterait rien d'elle.

Ce n'était pas possible.

Il avait besoin de réaliser un véritable portrait d'elle. Il rêvait de la représenter debout face à la mer sous un ciel étoilé, ses cheveux dénoués, drapée dans un voile de mousseline scintillante épousant subtilement les courbes de son corps. Telle l'incarnation humaine d'une des Pléiades.

Mais cela ne se produirait jamais. En tout cas, pas si elle lui en refusait l'autorisation. Et encore moins si elle se retirait dans son fichu village du Derbyshire, perdu au milieu de nulle part.

— Ne reviendrez-vous jamais à Londres ? demanda-t-il avec brusquerie.

Elle tourna la tête, croisant brièvement son regard.

— C'est étrange que vous posiez la question.

— Pourquoi cela ?

— J'ai appris ce matin que le mariage de lady Anne et M. Hartford aurait lieu en mars. Ils prévoient de se marier à Londres, à St George's Hanover Square, le premier jour du printemps. Je suis priée d'y assister.

Elle marqua une pause.

— Je veux y aller.

Le cœur de Teddy s'emballa. Mars semblait encore loin. Et pourtant... c'était beaucoup mieux que la perspective de ne jamais revoir Stella.

— Qu'est-ce qui vous en empêche ?

— Rien encore. Il me suffit de convaincre mon frère de m'y accompagner.

Elle reprit la pose qu'il lui avait indiquée.

— Où irez-vous ensuite ? demanda-t-elle. Le soir du bal d'ouverture, vous avez laissé entendre que nos chemins se croiseraient de nouveau à Londres. Y ferez-vous une halte avant de repartir pour la France ?

Par réflexe, Teddy avait crispé les doigts autour de son crayon. Il s'obligea à les détendre.

— Je ne retourne pas en France. J'ai l'intention de trouver un logement à Londres.

— Avec votre sœur et votre beau-frère ?

Son crayon s'immobilisa sur les ombres qu'il traçait le long du cou gracieux de la jeune femme tandis qu'un pli soucieux creusait son front.

Stella se tourna de nouveau vers lui, le regard grave.

— Pardonnez-moi, il semble que je me sois mal exprimée.

— Pas du tout.

Il se servit d'une estompe pour atténuer ses coups de crayon, fronçant toujours les sourcils.

— Ma sœur et mon beau-frère retourneront à Grasse au printemps. Je resterai à Londres.

— Seul ?

Teddy se crispa. Son désir d'indépendance était-il à ce point excentrique ?

— J'aurai naturellement Jennings pour m'assister.

— L'homme à la carrure de débardeur qui vous suit partout ?

— Lui-même.

Observant son croquis, Teddy grommela.

— Pour le moment.

Stella continua à l'observer, avec un air d'attendrissement empreint de gravité. C'était exactement l'expression qu'elle avait eue devant le dessin de Van Dyck au British Museum, quelques mois auparavant. Cette expression qu'il désirait si ardemment peindre.

Posant l'estompe, il reprit son crayon.

— Londres n'est sûrement pas un endroit aussi agréable que Paris, remarqua-t-elle. En tout cas, pas pour un artiste.

— Vous n'êtes pas la première à le dire.

— Mais c'est vrai, n'est-ce pas ? Pourquoi rester en Angleterre si vous avez la possibilité de retourner en France ?

— Turner a peint en Angleterre.

Une note d'amusement vibra dans la voix de Stella.

— Ah, oui. Turner. Votre idole.

— Je n'ai pas honte de le dire.

— Pourquoi en auriez-vous honte ? Bien que...

Elle fronça les sourcils.

— La façon dont il peint la mer est plutôt menaçante. Le ciel et les nuages ont les couleurs et la luminosité de l'orage, et l'eau est un tumulte effrayant.

— Exactement, dit Teddy. C'est pourquoi je m'inspire de lui. Beaucoup de peintres de la nouvelle génération font de même. Les paysages marins de Turner sont inégalés. Si j'avais ne fût-ce qu'une fraction de son talent, je me considérerais comme un homme chanceux.

Il termina d'ombrer la courbe de la gorge de Stella, ragaillardi par la conversation.

— J'ignore si vous le savez, mais il est né à Londres. Il vivait au-dessus du salon de coiffure de son père, dans Maiden Lane.

— Vous me l'apprenez. Il n'en demeure pas moins qu'il existe des sujets captivants ailleurs qu'en Angleterre.

Levant les yeux de son travail, Teddy vit que Stella le fixait. Il en éprouva un curieux sentiment, et son expression crispée se détendit.

— Le sujet dont je dispose me satisfait pleinement pour le moment, dit-il avec un sourire.

Stella eut une petite moue réticente.

— Vous êtes ridicule.

— Je suis surtout pressé par le temps.

Il pointa son crayon vers la pendule de la cheminée, lui indiquant de reprendre sa pose.

— Si vous voulez bien ?

*

* *

Stella retint un sourire tandis qu'elle reportait son attention sur la pendule. Il parlait d'elle, bien sûr, ce diable d'homme. Elle était, pour l'instant, plus attirante à ses yeux que toutes les beautés de la France.

Quelle sottise ! Elle avait parfaitement conscience qu'il ne s'agissait que d'une flatterie éhontée pour la convaincre de continuer à poser pour lui. Pourtant, ce compliment fit naître une délicieuse chaleur dans ses veines.

— Quels artistes inspirent vos dessins ? demanda-t-il en reprenant son travail.

— J'aime beaucoup les peintures de M. Landseer, répondit-elle. Il représente si joliment les chevaux.

Edwin Henry Landseer était l'un des plus grands peintres et sculpteurs animaliers d'Angleterre. Quiconque dessinait des chevaux s'inspirait naturellement de lui. Ou bien des tableaux du défunt M. Stubbs.

— Utilisez-vous son travail comme guide pour les proportions ? demanda Teddy.

— Rarement. Mes croquis sont faits d'après nature. Et comme j'ai un cheval avec moi la plupart du temps, je n'ai pas besoin de chercher ailleurs l'harmonie des proportions équines. La largeur du garrot de Locket et la longueur de son jarret sont inscrites dans mon âme.

— Une bien jolie façon de le dire.

— C'est ainsi que je le ressens.

— Je serais honoré de voir votre travail un jour, dit-il. À moins, bien sûr, que vous ne me considériez encore comme un inconnu.

Stella se remémora les paroles qu'elle lui avait tenues dans le salon, lors de la deuxième soirée au manoir. Elle avait jugé son désir de voir ses dessins comme une manifestation de paternalisme teinté de misogynie. Elle savait à présent qu'elle s'était trompée. L'intérêt de Teddy pour son travail ne venait pas d'une volonté de la remettre à sa place. Il était véritablement curieux.

— Est-ce bien raisonnable ? demanda-t-elle, moqueuse. Je pensais que vous désapprouviez tout « partenariat ».

— Pour les travaux en cours, oui. N'avez-vous pas quelques croquis terminés que vous pourriez me montrer ?

— Quelques-uns, admit-elle.

Son carton à dessin, resté à la maison, débordait de croquis de Locket, du cheval bai d'Anne, Saffron, du hongre noir de Julia, Cossack, et du pur-sang andalou d'Evie, Hephaestus. Stella les avait dessinés sous toutes les coutures, du mieux qu'elle le pouvait. Elle se consacrait à cette activité comme d'autres dames de son entourage jouaient du piano ou s'acharnaient sur leur ouvrage de broderie. C'était son seul véritable accomplissement en dehors de l'équitation.

— Malheureusement, je ne les ai pas avec moi. Je n'ai que la demi-douzaine de croquis que j'ai réalisés des chevaux du comte de March depuis que je suis ici.

— Une demi-douzaine en si peu de jours ? Mes œuvres me prennent bien plus de temps.

— C'est ce que j'ai pu constater. Avez-vous bientôt terminé ?

— Je dois encore ajouter un peu d'ombre.

Elle soupira.

— Tant d'efforts pour un dessin ! Cela semble un gâchis, si je dois ensuite le brûler.

Sa remarque provoqua un profond silence, qui s'éternisa. À tel point qu'elle regretta de s'être exprimée avec tant de légèreté. Elle s'apprêtait à s'excuser lorsque Teddy posa son crayon.

— Ce serait dommage que vous le fassiez.

Il détacha la page de son carnet.

— Voilà. C'est terminé. Ça vous appartient, à présent.

Stella pivota sur son siège et découvrit qu'il lui tendait le dessin. Elle le saisit avec empressement. Leurs doigts se frôlèrent. Cela ne dura qu'un instant. L'espace d'un souffle, d'un battement de cœur.

Mais un brutal élan de chaleur envahit Stella. Ses yeux se portèrent vers ceux de Teddy. Leurs regards restèrent un moment prisonniers l'un de l'autre. Elle savait que le sien contenait une interrogation, tandis que celui de Teddy s'était assombri.

C'était la première fois qu'ils se touchaient sans que leurs mains soient gantées. Il s'agissait d'un contact furtif, et pourtant Stella avait l'impression que quelque chose avait soudain changé entre eux. L'air qui les entourait vibrait d'une tension palpable.

Faute de savoir que faire d'autre, elle prit le dessin et lui accorda toute son attention, s'efforçant d'ignorer l'accélération de son pouls.

Si elle ne venait pas de ressentir une réaction physique cataclysmique en effleurant la main d'un gentleman, elle aurait pu en ressentir une en découvrant la façon dont le gentleman en question la percevait.

Teddy avait reproduit son image à coups de crayon subtils et d'effets d'ombre habiles, adoucissant les contours de son visage et prêtant une luminosité surnaturelle à ses traits. Il l'avait rendue belle. Sereine. Une créature impassible, fixant de ses yeux graves les mystères d'un horizon lointain.

Un nœud se forma dans la gorge de Stella. Ce n'était pas ce qu'elle voyait quand elle se regardait dans le miroir de sa coiffeuse. Qui était cette jeune femme digne et séduisante qui semblait incarner Athéna, Artémis et Aphrodite réunies ?

Elle leva les yeux vers Teddy, essayant de ne pas exprimer un étonnement exagéré.

— Est-ce ainsi que vous me voyez ?

— Je vous vois telle que vous êtes, dit-il. C'est ce que j'ai essayé de transmettre, dans les limites que m'impose le crayon.

— C'est...

Elle manqua de souffle.

— Juste ciel.

Il afficha une mine dépitée.

— Vous n'aimez pas ?

— Si, assura-t-elle. Oh, mais si. Seulement, vous m'avez... surprise.

— Vous pensiez que je vous présenterais un travail d'amateur ?

Stella secoua la tête.

— Absolument pas. Je savais que ce serait beau. Ce que j'ignorais, c'est que ce serait...

— Quoi ?

— Extraordinaire.

Il esquissa un sourire.

— Je suis heureux que ça vous plaise.

Il s'interrompit un instant, avant de reprendre d'une voix enrouée :

— Je vous en prie, ne brûlez pas ce dessin.

Stella tint l'œuvre de Teddy contre sa poitrine. Jamais elle n'aurait envisagé de la détruire. Même pour protéger sa réputation.

— Je ne le brûlerai pas, promit-elle. Je le chérirai toujours.

Le sourire de Teddy se fit ironique. Il referma son carnet de croquis.

— Eh bien, je suppose que c'est déjà quelque chose.

Stella savait qu'il était déçu de ne pouvoir réaliser un véritable portrait d'elle. Compte tenu de la qualité de son esquisse, elle aussi était déçue.

— Je suis étonnée que vous ne soyez pas tenté de le garder pour vous, dit-elle.

Teddy lui lança un regard difficile à déchiffrer tout en rangeant ses fournitures.

Stella se rendit compte, trop tard, combien elle devait paraître vaine.

— Pas à cause de mon visage, évidemment, s'empressa-t-elle d'ajouter. Mais parce que c'est un bel exemple de votre travail.

— Votre visage est la seule raison pour laquelle je pourrais envisager de le garder, admit-il avec franchise. Mais je n'en ai pas besoin.

Il tapota sa tempe du bout des doigts.

— Vous êtes gravée ici, de façon plus indélébile qu'un dessin au crayon. Je ne vous oublierai pas facilement.

Stella sentit son cœur s'emballer et ne sut que répondre.

Teddy lui épargna cette peine.

— J'ai quelque chose pour vous, au fait.

Il sortit de sa mallette de peintre un petit paquet enveloppé de papier de soie et le tendit à Stella.

Elle le prit, les sourcils froncés, incertaine. Une jeune lady non mariée ne devait pas accepter de cadeaux d'un gentleman, sauf si ce dernier la courtisait. Et dans ce cas, les cadeaux devaient être éphémères et sans valeur, comme des fleurs ou des bonbons. Toute autre chose était considérée comme déplacée.

— Qu'est-ce que…

— Ce n'est pas un présent, précisa Teddy comme s'il avait la capacité de lire dans ses pensées. C'est quelque chose que j'ai emprunté à ma sœur.

Stella écarta prudemment les rabats du papier de soie rose. Au centre reposait une pièce de dentelle blonde finement confectionnée. Il s'agissait, réalisa-t-elle avec surprise, d'une élégante coiffe de jour – sans doute la plus gracieuse qu'elle ait jamais tenue entre ses mains.

Elle leva les yeux vers Teddy.

— Je ne comprends pas.

— Vous avez manqué le dîner presque tous les soirs cette semaine à cause de vos cheveux. J'ai songé que si vous aviez quelque chose de mieux à porter que cet affreux bonnet noir, vous pourriez descendre à la salle à manger aujourd'hui. Il serait dommage que vous passiez la dernière soirée de ce séjour dans la solitude de votre chambre.

Stella sentit les larmes lui monter aux yeux.

— C'est tellement gentil de votre part…

— Ce n'est pas de la gentillesse. Il s'agit d'un dégoût artistique. J'ai pris en horreur le bonnet de lady Arundell. La coiffe de ma sœur constituera une amélioration notable.

— Elle est magnifique.

Stella effleura la dentelle délicate. Grâce à son tissage serré, elle était totalement opaque et, avec l'aide des rubans élaborés qui permettaient de la nouer, la coiffe couvrirait ses cheveux aussi soigneusement que la monstruosité en crêpe noir de lady Arundell.

— Votre sœur ne sera-t-elle pas contrariée que je la porte ?

— Pas le moins du monde. Laura en possède des dizaines du même genre, toutes confectionnées en France. Mon beau-frère ne lui refuse rien. Elle est très heureuse de vous la prêter.

Le cœur de Stella se serra.

— Voulez-vous dire qu'elle sait...

— Elle sait que vos cheveux sont gris à l'origine, car je lui ai parlé de vous après notre rencontre au British Museum. Mais rassurez-vous, elle ignore que votre teinture auburn s'est effacée et qu'ils sont redevenus gris. Je ne trahirais pas votre confiance.

Il la regarda.

— Pouvez-vous l'utiliser ce soir ?

— Je crois que oui, répondit Stella. Merci. Vous êtes... C'est excessivement attentionné de votre part.

Elle rassembla son courage.

— Teddy.

Il s'immobilisa.

C'était la première fois qu'elle employait son prénom sans y avoir été invitée. Cela témoignait d'un nouveau degré d'intimité entre eux. Une intimité qui n'avait rien à voir avec l'art.

Une discrète rougeur envahit le cou de Teddy, juste au-dessus du col de sa chemise. C'était la seule chose qui le trahissait sous son masque impassible. Ça, et le léger enrouement de sa voix.

— Oui, Stella ?

— Nous allons tous faire une promenade en traîneau ce soir, si la neige tient.

De toute évidence, ce n'était pas ce à quoi Teddy s'attendait.

Il retourna à son rangement.

— Oh...

— Viendrez-vous avec nous ?

— Non, merci.

— Parce que vous n'aimez pas l'extérieur ? demanda-t-elle. Ou parce que vous préférez peindre ?

Il ne répondit pas.

Stella insista, malgré la petite alerte dans sa tête qui lui recommandait de tenir sa langue.

— Ou bien est-ce parce que vous ne voulez pas que les gens fassent toute une histoire à propos de votre fauteuil roulant ?

Les lèvres pincées, Teddy replaça le dernier crayon dans son étui.

— Pour toutes les raisons citées, dit-il, un froncement de sourcils soulignant sa contrariété.

— Je pense que vous devriez venir.

— Vraiment ?

— Je sais pourquoi vous êtes réticent. Je le comprends mieux que personne. Mais...

— Vous ne comprenez pas.

— Si. Mes cheveux m'ont souvent causé de l'embarras. C'est pourquoi j'ai eu recours à la teinture. Je...

— Ce n'est pas du tout la même chose.

— Je le sais fort bien. Tout ce que je voulais dire, c'est que je peux comprendre comment...

— Vous avez modifié l'apparence de vos cheveux pour vous rendre ordinaire. Tandis que moi...

— Pas ordinaire. Je voulais être belle, ne fût-ce qu'un moment.

— Vous *êtes* belle. Si les gens sont incapables de s'en rendre compte à cause de vos cheveux, c'est eux que ça regarde.

D'un geste agacé, il fourra le reste de ses fournitures dans sa mallette de peintre avant d'ajouter :

— Quelle que soit leur réaction, ce n'est en rien comparable à la gêne qu'occasionne mon fauteuil quand je sors. C'est déjà difficile avec les amis. Avec des inconnus, c'est encore autre chose. Et avec le temps qu'il fait, et la quantité d'efforts que ça demande...

— Qu'importe un peu de tumulte dans le grand ordre de l'univers, non ? Dehors, c'est un pays des merveilles hivernal. Tout est givré et blanc. Et c'est la pleine lune, ce soir. Vous seriez aux premières loges pour découvrir les beautés de Sutton Park, au lieu de les observer depuis votre fenêtre. Sans compter que...

— Quoi ?

La chaleur envahit les joues de Stella.

— C'est notre dernière nuit ici. Ne serait-ce pas merveilleux de la passer à faire du traîneau sous les étoiles ?

Teddy lui lança un de ces regards impénétrables dont il avait le secret.

— Avec vous ?

Le cœur de Stella battait à tout rompre dans sa poitrine.

— Avec moi.

Teddy crispa la mâchoire. Pendant un instant, il sembla à Stella qu'il allait refuser.

— Fort bien ! s'exclama-t-il brusquement, refermant sa mallette d'un coup sec. Je viendrai.

12

Teddy s'agrippait avec force aux épaules de Jennings tandis que ce dernier l'aidait à descendre l'escalier en marbre, lentement, marche après marche. Fermement passé autour de sa taille, le bras du valet le soutenait de façon que ses pieds bottés effleurent le sol, lui donnant ainsi l'illusion de marcher. C'était la méthode habituelle qu'ils employaient pour emprunter les escaliers.

Sans doute aurait-il été plus facile que Jennings le porte dans ses bras. C'est ainsi que Teddy avait été déplacé d'un endroit à un autre dans les premiers temps de son infirmité. Combien il avait abhorré cette forme d'aide ! Le sentiment d'impuissance – celui de ne pas être un homme complet – était insupportable.

Il préférait de loin s'appuyer sur Jennings plutôt que d'être transporté dans ses bras comme un bébé. Pour autant, cela ne rendait pas la situation moins inconfortable, avec tous ces regards posés sur lui.

Les invités, femmes et hommes, les dépassaient d'un pas pressé dans l'escalier, tous vêtus de leurs capes et manteaux les plus chauds, prêts pour la promenade en traîneau. En descendant, ils jetaient des regards emplis de pitié à Teddy. Alex et Laura, qui se tenaient derrière lui, ne pouvaient manquer de remarquer ces regards.

Teddy les remarquait aussi. Mais il faisait de son mieux pour ignorer les coups d'œil et les murmures. Depuis deux ans, il s'était exercé à traiter avec indifférence ce genre de choses.

Cela ne signifiait pas pour autant qu'il était aveugle aux obstacles qui l'attendaient ce soir. Il avait réfléchi tout l'après-midi aux difficultés qu'impliquerait une promenade en traîneau. Il ne s'agissait pas seulement de prendre place dans le véhicule. Avant cela, il y avait l'épreuve consistant à descendre jusque dans le hall, puis à emprunter le perron aux marches gelées, le tout au milieu d'un tourbillon d'invités qui n'auraient ni le bon sens ni l'indulgence de ne pas le fixer comme des simples d'esprit.

Mais Teddy avait donné sa parole à Stella. Et, à dire vrai, ce n'était guère différent des dispositions fastidieuses qu'il devait prendre chaque jour pour se déplacer. Seule la présence d'un public plus large y changeait quelque chose.

— Je ne m'oppose pas à ce que tu fasses une promenade en traîneau, dit Laura tandis que Jennings installait Teddy dans son fauteuil au bas de l'escalier. Je remets seulement en question le fait que tu y ailles seul.

Teddy se redressa sur son siège. Saisissant les roues de son fauteuil de ses mains gantées, il commença à se diriger vers la porte d'entrée.

— Qui a dit que j'y allais seul ?

Le visage d'Alex demeura impassible alors qu'il avançait au même rythme que Teddy.

— Tu vas rejoindre une jeune lady, je présume ?

Laura prit le bras que lui offrait son mari, marchant à son côté.

— Pourquoi en fais-tu une supposition, mon ami ? lui demanda-t-elle, moqueuse. Qui d'autre qu'une dame aurait pu le convaincre de participer à une activité en plein air ?

Teddy lança un regard agacé à sa sœur et à son beau-frère.

— Si vous tenez à le savoir, j'ai accepté d'accompagner Mlle Hobhouse.

Il ne leur laissa pas le temps de répondre.

— Jennings ? La porte.

Le valet se précipita. Des flocons de neige tourbillonnèrent dans le hall à l'ouverture de la porte. Dehors, une lady emmitouflée dans une cape de velours attendait en haut des marches couvertes de neige, en compagnie d'un valet. C'était Stella.

Teddy dirigea son fauteuil vers elle.

— Mademoiselle Hobhouse.

Elle se tourna vivement, et il découvrit un livre relié en cuir glissé sous son bras et un manchon doublé de fourrure suspendu à sa main par une cordelière. Son regard s'illumina d'un éclat proche du soulagement.

— Monsieur Hayes.

Teddy comprit alors qu'elle avait douté de lui. Qu'elle avait cru qu'il ne viendrait pas.

— Je vous prie de m'excuser, dit-il. Il m'a fallu plus de temps que prévu pour récupérer mon manteau.

— Ce n'est rien. Vous arrivez au bon moment. Lady Anne et M. Hartford viennent de partir. Je ne patiente ici que depuis quelques instants.

Un petit traîneau les attendait au bas des marches. Orné de rubans rouges et de feuillages d'hiver, il était attelé à un cheval bai. Montrant une certaine agitation, ce dernier dansait sur place, faisant tinter les clochettes de son harnais, tandis que sa puissante respiration dessinait de petits nuages de buée dans l'air froid. Un palefrenier, le cou protégé par une écharpe de laine épaisse, tenait la bride du cheval, s'efforçant de le maîtriser.

— Est-ce votre carnet de croquis ? demanda-t-il en lançant un regard au livre sous son bras.

Il avait immédiatement reconnu de quoi il s'agissait pour en avoir eu lui-même de semblables au fil des années.

— C'est bien cela, répondit Stella.

— Avec vos dessins de chevaux ailés ?

— Seulement de chevaux. J'ai cessé de leur ajouter des ailes à quatorze ans.

— C'est dommage, commenta Teddy. J'aurais aimé les voir.

— Vous ne souhaitez pas voir ceux-ci ? J'ai pensé que cela vous plairait d'y jeter un œil avant mon départ.

— Il n'y aura pas beaucoup de lumière durant notre trajet.

— Lord March a fait installer des torches le long du chemin.

Elle se dirigea vers le traîneau.

— Nous ferions bien de monter, avant qu'un autre couple nous devance.

Teddy avait conscience que sa sœur et son beau-frère restaient en retrait, tels deux parents attentifs. Il ressentit un élan de gêne. Il aurait préféré qu'ils s'en aillent. Il aurait souhaité que tout le monde disparaisse. Renforcer ses liens avec Stella serait tellement plus facile s'il pouvait monter dans le traîneau par ses propres moyens, puis s'en aller avec elle sous le clair de lune, loin des regards curieux des inconnus et des préoccupations de ses proches.

— Excellente idée, dit-il d'un ton sec. Jennings ?

Le valet apparut aussitôt à son côté.

— Dès que vous serez prêt, monsieur.

Teddy lui adressa un bref signe de tête. Il n'y avait pas d'échappatoire à l'indignité de ce qui allait suivre. Passant un bras autour des épaules de Jennings, il serra les dents tandis que le valet le soulevait par la taille afin de le hisser hors du fauteuil. C'était un mouvement parfaitement chorégraphié, répété des centaines de fois.

Le cœur de Teddy s'emballait sous les effets conjugués de l'effort et de l'anxiété tandis que Jennings le conduisait jusqu'au traîneau. Il se sentait toujours particulièrement vulnérable dans ces moments-là – quand il n'était pas dans son fauteuil –, ressentant alors tout le poids de son infirmité. C'est pourquoi il s'adonnait si rarement à des sorties à l'extérieur. Si le prix à payer était celui d'être regardé comme une bête curieuse, cela n'en valait tout simplement pas la peine.

Mais Stella méritait qu'il fasse des efforts pour elle.

Cette dernière attendit patiemment que Jennings termine de l'installer sur la banquette du traîneau puis, avec l'aide du valet, monta à son tour pour le rejoindre. Ses jupes frôlèrent les jambes de Teddy. Il ne pouvait les sentir, mais il entendit le bruissement de ses jupons en lin amidonné et de sa crinoline, ainsi que le murmure sensuel de la doublure en fourrure de sa cape effleurant le lainage de sa robe.

Lorsqu'elle resserra autour d'elle les pans de sa cape en velours, le bras de Stella effleura le sien, provoquant une onde de chaleur à travers ses veines.

Jamais ils n'avaient été aussi proches. Peut-être leur proximité était-elle trop grande ? Une odeur de savon pour le linge et de lilas – combinaison étonnante de pragmatisme et de féminité – envahissait les narines de Teddy à chaque inspiration.

— Ce devrait être à moi de vous aider à prendre place, grommela-t-il.

— Selon qui ?

— La bienséance.

Elle plaça son carnet de croquis à côté d'elle, avant de poser sur ses genoux son grand manchon doublé de fourrure, négligeant la couverture mise à sa disposition. Ses joues étaient rosies par le froid, tandis que ses cheveux gris se trouvaient dissimulés sous une résille à mailles serrées, surmontée d'un élégant bonnet de velours prune. Les rubans de satin améthyste du bonnet étaient attachés sur le côté gauche de son visage en un gros nœud qui lui donnait un air espiègle.

— La bienséance exige-t-elle aussi que vous conduisiez ? demanda-t-elle. Ou bien suis-je autorisée à prendre les rênes ?

Ses yeux gris-bleu pétillaient de bonne humeur.

— Bien que je doive vous avertir que je ne suis pas aussi bonne conductrice que cavalière.

— Dans ce cas…

Teddy prit les rênes.

— … je m'en charge.

Il fit signe au palefrenier de s'écarter puis, d'un claquement sec des brides en cuir, engagea le cheval à se mettre au pas.

Le bai à la silhouette longiligne ne tarda pas à s'élancer au trot sur le chemin bordé de torches. Il avait une allure puissante mais saccadée, et une inclination à prendre le mors aux dents. Teddy se réjouit d'avoir consacré tant de temps à renforcer le haut de son corps. Sans cela, il aurait été confronté à une sacrée lutte.

— C'est un cheval qui a du caractère, commenta Stella, admirative.

— Comme votre jument ? demanda Teddy tout en guidant le cheval à travers la neige, sans relâcher son attention.

Stella laissa échapper un petit rire.

— Cela ne saurait se comparer. Locket a beaucoup trop de tempérament pour tirer un quelconque véhicule. Je doute de pouvoir la maîtriser si je ne suis pas sur son dos.

— Elle me fait de plus en plus l'effet d'être une monture inadaptée pour une lady.

— Elle l'est, reconnut Stella avec un élan de fierté indéniable. Totalement inadaptée.

Elle glissa les mains dans son manchon et ajouta :

— Tandis que ce cheval-ci ne fait qu'expérimenter ses capacités. Il n'est pas vraiment dangereux, à mon sens.

— Détrompez-vous. Il me teste. Il essaie de voir jusqu'où il peut aller avec moi.

— Peut-être devriez-vous lui lâcher la bride.

— Et prendre le risque qu'il se cabre ? Non merci.

— Un bon galop met toujours Locket dans des dispositions plus accommodantes.

— Un bon galop aurait surtout pour effet de nous faire verser dans une congère, protesta Teddy. Ce ne serait pas idéal, compte tenu des circonstances.

— Je suppose que vous avez raison.

Pendant quelques minutes, il consacra son attention à éviter que le cheval ne s'emballe.

— Comment s'est passé le dîner ? demanda-t-il. Je ne pouvais pas vous voir au bout de la table.

Il ne l'avait aperçue qu'une seule fois, quand les dames s'étaient levées pour sortir de la salle à manger. Elle portait la jolie coiffe qu'il lui avait prêtée. Celle-ci dissimulait parfaitement ses cheveux, sans lui donner l'air d'une excentrique.

— Je ne pouvais pas vous voir non plus, dit-elle. Le comte insiste pour que le centre de la table soit garni d'imposants bouquets cueillis dans ses serres.

Il lui jeta un regard en coin.

— À côté de qui étiez-vous assise ? Quelqu'un d'intéressant ?

— Lord Gaines et M. Moncrief. Ce sont des amis de lord March, et ils sont tous les deux assez âgés pour être mon grand-père.

Teddy ressentit un étrange soulagement.

— Ce ne sont donc pas des prétendants au mariage.

— Absolument pas. Ce plan de table fut un avantage, d'ailleurs. Ils sont bien trop soucieux de l'étiquette pour oser demander pourquoi j'ai manqué le dîner presque tous les soirs de la semaine. Je crois qu'ils étaient gênés, en réalité. Apparemment, lady Anne a fait courir le bruit que je souffrais d'une mystérieuse maladie en lien avec l'estomac.

Les lèvres de Teddy frémirent d'amusement.

— Je l'ai entendue suggérer cela.

Stella eut une moue éloquente.

— Y a-t-il rien de plus indécent ? Une maladie d'estomac pourrait être n'importe quoi, de l'indigestion à…

— Tout à fait.

— Je l'ai fait remarquer à Anne, mais elle a insisté. Selon elle, rien d'autre ne pouvait expliquer que je sois absente des repas tout en participant aux activités de plein air.

— Elle n'a pas tort, reconnut Teddy.

Stella soupira.

— Je ne suis pas persuadée que quiconque s'en soucie vraiment. Entre les fiançailles d'Anne et les révélations sur la naissance de M. Neale, ma participation ou non aux dîners doit être le sujet le moins intéressant de ces festivités.

— Il ne faudrait pas baisser la garde trop vite, lui recommanda Teddy. À tout moment, un curieux pourrait vous importuner au sujet de votre maladie – ou plus probablement de votre coiffe. Je suppose que vous êtes prête à dégainer une histoire convaincante pour justifier sa présence au dîner ?

— J'ai l'intention d'accuser les Français, rétorqua-t-elle, narquoise.

— Ah oui. Les Français. C'est un argument imparable dès lors qu'il s'agit de nouvelle mode. Je mets les commères au défi de contrer cette logique.

L'expression de Stella se fit plus sérieuse.

— Je vous remercie encore de m'avoir prêté la coiffe. Votre sœur et vous avez été d'une générosité exceptionnelle.

— Il fallait bien cela. Vous auriez difficilement pu expliquer que vous souhaitiez faire une promenade en traîneau après avoir manqué le dîner.

— J'aurais trouvé un moyen, dit-elle avec fermeté. Mais je comprends votre argument.

Il engagea habilement le cheval dans un virage prononcé, en direction du chemin longeant les bois. Une rangée de torches flamboyait un peu plus loin devant eux. Il immobilisa le traîneau à leur hauteur.

— Cela vous convient-il ?

Stella l'observa un instant, perplexe, avant de comprendre.

— Mes dessins ! Bien sûr.

Elle se saisit à la hâte du carnet posé à côté d'elle sur la banquette.

— Avec toute cette agitation, j'avais presque oublié…

Elle lui tendit le carnet, un peu gênée, et il lui confia les rênes en retour.

Tandis que Teddy examinait les dessins de Stella à la lumière vacillante des torches, le cheval se mit à danser nerveusement, martelant la neige de ses sabots et agitant les clochettes de son harnais. C'était un carnet tout neuf. La plupart des pages étaient encore vierges, sauf une demi-douzaine à la fin. Celles-ci étaient couvertes de croquis détaillés d'équidés que Teddy n'eut aucun mal à reconnaître. Il s'agissait des chevaux qu'on voyait dans les prés à l'arrière du domaine du comte.

Un croquis se détachait des autres. Il représentait un cheval de trait aux jambes trapues et aux boulets épais, avec une courbure prononcée de l'échine, signe de lordose. Il était debout dans un pré enneigé, à côté d'un compagnon de plus petite taille – un vieux cheval de selle, à la maigre crinière et au pelage marqué par une pelade. Les deux retraités se reposaient côte à côte, leurs têtes tournées l'une vers l'autre, leurs naseaux se touchant presque.

C'était une excellente représentation, fidèle à la réalité dans ses proportions, et remarquable pour son usage de la lumière et de l'ombre. Mais ce n'était pas là que résidait sa force. Celle-ci se trouvait dans la composition de la scène elle-même.

Tout cela donnait une impression de fraternité. De solidarité contre un monde hostile. Un abri se trouvait à proximité, mais aucun des deux chevaux ne s'y était réfugié. Ils avaient choisi de chercher de la chaleur l'un auprès de l'autre, malgré la promesse d'une protection toute proche.

— Vous avez appris à dessiner toute seule, c'est bien ça ? demanda Teddy d'une voix plus émue qu'il ne s'y attendait.

— Pour l'essentiel.

Elle regarda le dessin avec lui.

— Trouvez-vous que c'est très amateur ?

— Vous savez bien que ça ne l'est pas.
— Eh bien, je trouve en effet que c'est plutôt bon, mais je ne suis pas experte.
Il tourna les yeux vers elle.
— Vous avez un rare talent pour susciter l'émotion. Vous devriez engager un professeur de dessin pour vous aider à le perfectionner.
Les yeux de Stella brillèrent.
— Vraiment ?
— Je ne vous mentirais pas.
— Non, je ne pense pas que vous le feriez.
Elle reprit son carnet et lui restitua les rênes.
— Je vais voir si je peux trouver un professeur dans le Derbyshire. Il doit bien y avoir là-bas quelqu'un de qualifié pour m'apporter cet enseignement.
Teddy ressentit un vide étrange au creux de sa poitrine, un désir confus. Il avait eu soudainement l'envie stupide qu'il puisse s'agir de lui.
C'était une idée tout à fait ridicule. Il n'était pas professeur de dessin. Et pourtant…
Les fragments d'une image se formèrent dans son esprit. Une vision de Stella et lui dessinant ensemble dans un atelier, quelque part. Unis dans un silence complice. Un peu comme ces deux chevaux.
Chassant cette illusion, Teddy incita le cheval à avancer. Le bai nerveux trotta à travers la neige, de son allure sautillante et quelque peu inconfortable, les emmenant aux abords de la forêt. Les torches y étaient plus espacées, créant une impression d'intimité dans les intervalles seulement éclairés par la lune.
Stella avait posé son carnet de croquis à côté d'elle et le regardait manier les rênes.
— Vous êtes un excellent conducteur.
— Je ne sais pas si on peut dire ça, mais je me débrouille plutôt bien.

— Vous arrive-t-il souvent de conduire ?

— Pas très souvent, non. Et jamais seul. Il faut que Jennings m'accompagne. Mais je le faisais autrefois.

— Autrefois ?

— Je n'ai pas toujours été dans ce fauteuil. Lorsque j'étais jeune, dans le Surrey, je conduisais notre petit tilbury à travers tout le village.

— Je préfère chevaucher plutôt que conduire, dit Stella.

Teddy lui lança un regard cynique.

— Hélas, je n'ai plus cette possibilité.

— Montiez-vous à cheval avant ?

— Oui.

Il fronça les sourcils, pensif.

— La vérité, c'est que je préférais marcher. J'étais un grand marcheur. Je pouvais flâner pendant des heures dans les bois, à observer les jacinthes sauvages et les myosotis en espérant qu'une étincelle d'inspiration surgirait.

— Pour vos peintures ?

— Toujours. La nature offre un nombre infini de sujets. Il suffit d'ouvrir les yeux.

— C'est différent, maintenant que vous peignez des portraits. Il ne vous sert plus à rien de marcher dans les bois si vous êtes à la recherche d'une dame désirant poser pour vous.

— Le voudrais-je que je ne le pourrais pas, répliqua-t-il d'un ton morne.

Stella se crispa.

— Je ne voulais pas dire...

— Je le sais fort bien. C'est tout simplement la réalité des choses.

Teddy ne voyait aucune raison d'éluder la question. Ses journées de marche étaient révolues.

— Mes sources d'inspiration n'ont pas diminué simplement parce que je suis dans un fauteuil, ajouta-t-il. Il y a des rues à Paris qui regorgent de visages intéressants. Cela vaut bien les fleurs des bois.

— De visages intéressants ? répéta Stella. Pas de beaux visages ?

Il dissimula un sourire.

— Cherchez-vous un compliment, mademoiselle Hobhouse ?

— Pas du tout. Je me demande simplement combien de temps mon visage saura retenir votre attention, parmi tant d'autres fleurs pour vous distraire.

— Vous avez retenu mon attention pendant trois mois entiers. Je m'attends à ce que vous la conserviez pendant les trois mois qui nous séparent de nos retrouvailles à Londres.

Elle soupira.

— Ne recommencez pas. Je vous ai dit…

— Je sais. Et pourtant, vous serez à Londres en mars, tout comme moi. Quel mal y aurait-il à ce que nous nous revoyions à cette occasion ?

— Je ne vois pas quelles circonstances nous y conduiraient.

— Vous manquez d'imagination.

— Vraiment…

— Un musée. Une galerie. Le théâtre. Un magasin de Bond Street. Nous pourrions nous croiser dans n'importe lequel de ces endroits. Ou ailleurs. Là où vous vous divertissez.

— Rotten Row, dit-elle sans hésiter.

— La promenade à cheval, bien sûr. Mais cela n'occupe sans doute pas l'essentiel de votre temps.

— Une grande partie. Je dois faire sortir Locket au moins deux fois par jour. Elle a besoin d'exercice pour atténuer la rudesse de son tempérament. Je la monte à l'aube, puis de nouveau pendant l'heure mondaine, durant laquelle toute la bonne société se doit d'être présente. Parfois, je la monte aussi à midi quand le temps est clément.

— Eh bien, nous nous verrons donc là-bas.

— Vous vous risqueriez dans l'allée cavalière avec votre fauteuil roulant ?

— Si c'est là que vous êtes, j'irai, affirma-t-il. Je n'ai pas renoncé à l'idée de vous convaincre de poser pour moi.

— J'aimerais pouvoir le faire, dit-elle avec franchise. Je voudrais tant avoir l'audace de prendre ce risque.

— Rien ne vous en empêche, si ce n'est la conception dépassée que vous avez de la bienséance.

— Ce ne sont pas des idées dépassées. Pas pour une jeune lady de ma position. En outre, je repousse déjà les limites de la bienséance au-delà de ce que je devrais.

— De quelle manière ?

Retirant une main de son manchon, Stella déplia l'un après l'autre ses doigts gantés de cuir en énumérant :

— Je cours alors que je devrais marcher. Je danse avec mes amies quand aucun gentleman ne m'invite. Je teins mes cheveux. Je...

— Et moi qui pensais que vous cherchiez à ne pas être vue comme une excentrique.

— Je ne cherche pas délibérément à me donner en spectacle. Cela ne veut pas dire pour autant que je dois passer mes journées à broder des coussins.

Il sourit.

— Comment comptez-vous passer vos journées, maintenant que votre dernière saison est achevée ?

— À part monter à cheval et dessiner ?

Elle afficha une moue évasive.

— Je ne le sais pas encore. Mon avenir est trop incertain pour que je fasse des projets définitifs. Si mon frère décide de se marier…

— Avec le tyran en jupons.

Elle tiqua.

— Je n'aurais pas dû l'appeler ainsi. Cela manquait de charité de ma part. Mlle Trent ne faisait rien de plus que ce que toute autre jeune lady déterminée ferait pour assurer son bonheur.

— En s'aliénant sa future belle-sœur ?

— En essayant de consolider son pouvoir.

Teddy lui lança un regard amusé.

— Vous parlez des jeunes ladies comme de généraux affairés à mener une guerre.

Stella ne sourit qu'à moitié.

— Je doute que ce soit très différent, si l'on y réfléchit bien. Après tout, qu'est-ce que la saison londonienne, sinon une campagne militaire ?

— S'il faut pousser plus loin la comparaison, la future femme de votre frère serait Wellington.

— Ce qui ferait de moi Napoléon sur le point d'être exilé à Elbe.

— Il n'est pas resté longtemps sur l'île d'Elbe.

— Sainte-Hélène, voulais-je dire, rectifia Stella. Mais, avec un peu de chance, mon frère ne se sera pas engagé en mon absence. Ma défaite aura été évitée. Ou, au moins, reportée pour un temps.

Teddy fronça les sourcils.

— La situation est-elle préoccupante à ce point ?

Le sourire de Stella s'éteignit.

— Pas entièrement. Pas encore, en tout cas. Il me reste mes amies pour me soutenir, ne serait-ce qu'à travers le courrier. Et je n'ai pas encore perdu mon honneur. Je ne suis pas dans l'obligation de battre en retraite dans la disgrâce la plus complète.

Teddy se rembrunit.

Était-ce pour cette raison que Stella se montrait si réticente à engager sa réputation ? Parce qu'elle avait le sentiment que c'était tout ce qui lui restait ?

— C'est un bien maigre réconfort, observa-t-il.

— Je prends ce que je peux trouver.

Plongée dans un silence pensif, elle observa un moment le paysage enneigé baigné de nuit.

— Où vivrez-vous à Londres ?

— Quelque part où je serai entièrement seul. Loin de la famille et des amis bien intentionnés. Dans un endroit où je serai libre de prendre mes propres décisions, même si elles sont erronées.

— Vous souhaitez vivre seul ?

— Aussi seul que je puisse l'être, avec un domestique pour m'assister et une intendante-cuisinière pour s'assurer que mes vêtements sont propres et mes repas comestibles.

— Ne craignez-vous pas de vous sentir isolé ?

— Bien au contraire, j'en serai ravi. Plus important encore, je serai productif. Mon travail souffre de trop nombreuses interruptions. Tous ces allers-retours en France et les personnes qui s'arrêtent pour des visites ou des affaires à la parfumerie sont une contrainte. Je préférerais rester à Londres. M'établir au même endroit assez longtemps pour former un cercle d'amis artistes. Peut-être soumettre une œuvre à la Royal Academy – si je parviens à produire quelque chose qui en soit digne.

— Il semble que vous ayez planifié votre avenir dans les moindres détails.

— Il ne me reste plus qu'à mettre ce plan à exécution.

— Vous êtes un homme, observa-t-elle. Rien ne vous en empêche.

— Si ce n'est les devoirs et les obligations.

Il ajusta les rênes, guidant le cheval à la lisière de la forêt obscure.

— Je dois d'abord passer encore quelques mois avec ma famille. Nous partons pour le Devon demain. L'ami d'enfance de mon beau-frère, le capitaine Thornhill, possède un domaine sur la côte. Thornhill est marié avec lady Helena, la sœur du comte de Castleton. Ils s'attendent à ce que nous séjournions chez eux au moins quatre semaines.

Stella le regarda avec intérêt.

— Votre beau-frère a des relations variées, pour un commerçant.

— Parce qu'il connaît la sœur d'un comte ? Pas vraiment. Lord Castleton est un peu commerçant lui-même, bien que ce ne soit guère prisé dans la bonne société. Il possède une plantation de thé à Darjeeling, où il passe la majeure partie de son temps. Le thé qu'il produit là-bas est presque aussi bon que celui que nous avons partagé hier après-midi dans le petit salon.

Ce souvenir fit sourire Stella.

— La première récolte de thé du printemps. C'était exceptionnel, n'est-ce pas ? Indéniablement le meilleur thé que j'ai eu le privilège de boire.

— Le Darjeeling est souvent surnommé le champagne des thés.

Teddy mit le cheval au pas et s'accorda le loisir d'observer Stella. Encadré de velours prune et de satin améthyste, son visage à l'ovale parfait resplendissait – joues roses et yeux étincelants. Sans doute était-ce le froid qui la rendait aussi radieuse. Pourtant…

Une étrange douleur se fit ressentir dans sa poitrine. Son sourire s'estompa tandis qu'il reportait son attention sur la route. Comment se faisait-il qu'elle devenait de plus en plus ravissante chaque fois qu'il la voyait ? C'était une forme de magie déroutante – une magie qui naissait de leur amitié grandissante. Plus il la connaissait, plus elle lui semblait belle. C'était, pensa-t-il, parce qu'elle était une belle personne. Il commençait à peine à se rendre compte à quel point.

Et à présent il était trop tard. Demain, elle serait partie.

Il fut tenté de prolonger leur promenade en traîneau, afin de profiter de sa compagnie quelques minutes de plus. Mais ils s'étaient déjà beaucoup éloignés du manoir, et il était temps de rentrer. La soirée n'était pas terminée. Du vin chaud, des chants de Noël et des divertissements les attendaient.

Teddy ne gâcherait pas le plaisir de Stella par égoïsme. Elle était déjà passée à côté d'une grande partie des festivités à cause de ses cheveux.

Il manœuvra pour faire tourner le traîneau en direction du manoir. Le cheval s'était considérablement calmé et il semblait apprécier d'avancer au pas, même si on percevait dans son allure une légère impatience de retrouver la chaleur de l'écurie.

— Il vaut mieux rentrer, annonça Teddy. Avec un peu de chance, vous aurez le temps de voler un dernier baiser sous le gui avant que tout le monde se retire pour la nuit.

Stella rejeta la tête en arrière pour observer les étoiles, un sourire flottant sur ses lèvres.

— Auriez-vous perdu la raison ? demanda-t-elle.

— Pourquoi ?

— Je ne vais embrasser personne sous le gui ce soir.

Teddy n'y croyait pas. Il avait vu la façon dont certains gentlemen la regardaient quand elle avait traversé le salon, vêtue de soie et les cheveux auburn. Elle aurait pu jeter son dévolu sur n'importe lequel d'entre eux.

Il ricana.

— En avez-vous déjà eu votre content ?

— Ne soyez pas ridicule, répliqua-t-elle. J'ai passé la majeure partie de cette semaine à me cacher, et le reste du temps avec Anne ou avec vous. Alors, qui suis-je supposée embrasser ? Il n'y a eu pour moi ni gui ni gentleman se portant volontaire. C'est tout à fait décevant, compte tenu de la période à laquelle nous nous trouvons. Dans cette ambiance festive où la bonne humeur est de mise, même la vieille fille au physique le plus ingrat a droit à un baiser sur la joue.

Elle soupira.

— Je suppose que je devrai ajouter cet échec à la longue liste de toutes les opportunités ratées.

— Avez-vous absolument besoin de gui ?

Elle tourna la tête vers lui.

— Pardon ?

— Pour un baiser. Faut-il que du gui soit suspendu au-dessus de votre tête ?

Elle réfléchit à la question.

— Non, finit-elle par répondre. Pas en théorie.

Avant qu'il ait eu le temps de se raisonner, Teddy fit arrêter le cheval dans la neige pour la deuxième fois ce soir-là. Il noua les rênes et pivota vers Stella, le cœur battant à tout rompre.

Par miracle, il réussit à garder son calme.

— C'est de toute façon une coutume barbare, à mon avis. Pourquoi partager un baiser sous une plante parasite, gorgée de poison ? Ne serait-ce pas mieux ici à la lumière de la lune, sous un scintillement d'étoiles ?

Stella se tenait étrangement immobile. Il y avait dans les profondeurs de son regard gris-bleu une lueur d'inquiétude. Et autre chose que Teddy ne parvenait pas à identifier précisément.

— Oui, répondit-elle lentement. Je suppose que ce serait mieux.

— Eh bien, alors ?

— Êtes-vous en train de me demander si vous pouvez m'embrasser ?

— Le puis-je ?

Elle hocha la tête, la légère altération de son souffle trahissant que le fait de recevoir un baiser n'était pas anodin pour elle.

Teddy porta la main à la joue de Stella, tout en plongeant les yeux dans les siens.

— Peut-être est-ce le moment de détendre l'atmosphère en faisant une remarque humoristique, dit-il. À moins que je n'opte pour une tirade romantique ?

Il vit frémir la gorge de Stella tandis qu'elle cherchait son souffle, manifestement incapable de parler.

— Fort bien.

Son pouce ganté glissa sur la courbe de sa joue en une lente caresse.

— Optons pour le romantisme.

13

Stella ne pouvait plus ni bouger ni respirer. Elle était comme changée en statue de glace, les yeux rivés sur Teddy.

Encore que le terme « statue de glace » ne soit pas tout à fait approprié. En effet, malgré la neige qui tourbillonnait autour d'eux, elle n'avait pas du tout froid. Bien au contraire. Sous sa superposition de vêtements, elle brûlait tel un fourneau. La chaleur était partout dans ses membres, dans son sang et au plus profond de son estomac où des papillons battaient des ailes, tremblants d'impatience. Ce brasier s'était allumé au contact de la main gantée de Teddy et sous l'intensité alarmante de son regard.

Il approcha son visage du sien. Son nez lui effleura la joue. Elle le sentit inhaler.

— Du lilas.

— Pardon ? fit-elle d'une voix étranglée.

— Votre parfum. Il s'agit de celui de votre savon de toilette, je suppose.

La remarque était trop personnelle pour ne pas la faire rougir.

— Oui, si vous tenez à le savoir. Mais pourquoi…

— Je suis fils de parfumeur. Ma famille ne vit que pour les fragrances. Lavande, rose, jasmin, fleur d'oranger… Il suffit d'un parfum pour évoquer le passé aussi efficacement qu'un tableau. Mais je n'avais aucun souvenir associé au lilas. Pas avant vous.

Il lui caressa la joue.

— C'est désormais votre parfum. Plus jamais je ne pourrai sentir le lilas sans me rappeler combien vous étiez lumineuse à cet instant précis.

Le cœur de Stella battait à tout rompre.

— C'est en effet très romantique, parvint-elle à dire. Si seulement je pouvais croire que vous le pensez réellement.

— Je le pense, assura-t-il d'une voix enrouée.

Puis il inclina la tête et sa bouche se posa sur celle de Stella.

Les lèvres de la jeune femme s'entrouvrirent, libérant un souffle troublé. Il avait dit qu'il allait l'embrasser. C'est pourquoi il avait arrêté le traîneau. Cela expliquait aussi pourquoi il l'avait complimentée, pour l'amour du ciel ! Mais à présent que le moment était venu, elle se sentait totalement prise au dépourvu.

Elle comprit à cet instant qu'elle n'avait jamais été embrassée auparavant. Pas véritablement. Pour audacieuse qu'elle soit, et totalement prête à vivre cette expérience, il n'y avait eu jusqu'alors que quelques baisers furtifs sur la joue. Chastes, insignifiants – plus amicaux que romantiques.

Mais c'était différent, cette fois.

Teddy avait une bouche sensuelle. Elle l'avait déjà remarqué l'autre soir dans l'antichambre. Mais elle n'avait pas imaginé ce qu'elle ressentirait si cette bouche se posait sur la sienne. C'était la seule part de douceur qu'il possédait, sans que parviennent à l'entraver la rigueur de son esprit et la minutie de son intelligence. Ses lèvres étaient à la fois douces et fermes, se modelant aux siennes en y imprimant une chaude et insistante pression.

Stella y répondit timidement, l'embrassant en retour.

Sans doute était-ce le baiser le plus inexpérimenté qu'il ait jamais reçu, songea-t-elle. Mais cela n'avait pourtant rien de chaste. Leurs lèvres restaient rivées, tièdes et entrouvertes, tandis que leurs souffles se mêlaient en un moment bouleversant d'intimité.

La bouche de Teddy avait le goût de la menthe poivrée et du vin chaud. Une odeur discrète de lavande et d'épices l'enveloppait. Il s'agissait sans doute de son huile de rasage – un produit fabriqué dans la parfumerie familiale.

Entre le contact de ses lèvres, la caresse de sa main et la chaleur de son corps si proche du sien, Stella était tourneboulée.

Elle fut prise d'un léger vertige quand ils se séparèrent.

Bonté divine. C'était donc pour cette raison que les dames s'évanouissaient. Et ce pour quoi les chaperons avaient été inventés. Cela expliquait aussi le succès des sels de pâmoison.

Des baisers de ce genre avaient le pouvoir d'altérer la constitution d'une lady.

Et peut-être aussi celle d'un gentleman.

Deux taches rougeoyaient sur les pommettes de Teddy.

— Pourrai-je vous écrire dans le Derbyshire ? demanda-t-il soudain.

Sa voix était étrangement enrouée.

Stella rejeta la tête en arrière, se libérant ainsi du contact de sa paume, toujours en proie à un trouble alarmant. Eût-elle été debout à ce moment-là que ses jambes se seraient dérobé sous elle.

— Un gentleman ne peut écrire à une demoiselle.

— Encore une de vos conventions assommantes.

— Une convention que je ne puis en aucune façon briser. C'est mon frère qui s'occupe du courrier quand nous sommes à la maison. S'il voyait arriver pour moi une lettre écrite par un homme, il la jetterait au feu. Après l'avoir lue, bien entendu.

Teddy saisit les rênes.

— Mais vous ? Vous ne la brûleriez pas, n'est-ce pas ?

Il ajouta en grimaçant avant qu'elle ait pu répondre :

— Seigneur, il semble que je ne cesse de vous implorer de ne pas brûler des choses...

Stella sourit malgré elle.

— Non, en effet. Je ne la brûlerais pas. Il est même probable que j'y répondrais. Mais, ainsi que je l'ai dit...

— La bienséance avant tout.

— Certes, acquiesça-t-elle tristement.

Un vent froid giflait son visage tandis que le cheval emmenait le traîneau vers le manoir de Sutton Park. La chaleur qu'elle avait ressentie lorsque Teddy l'avait touchée et embrassée se dissipait rapidement.

Demain, elle rentrerait chez elle. Et elle avait toutes les raisons de craindre qu'ils ne se revoient jamais.

Cette perspective était incroyablement douloureuse.

— Peut-être pourrons-nous nous retrouver à Londres, suggéra-t-elle alors que les lumières de la maison apparaissaient au loin. Pour tout dire, je l'espère vivement.

Une expression déterminée apparut sur le beau visage de Teddy.

— Vous pouvez y compter.

14

Stella quitta Sutton Park à l'aube le lendemain matin.

Lady Arundell et Anne la conduisirent jusqu'à la gare, où elles s'assurèrent qu'elle montait en toute sécurité dans le train. Un domestique, aimablement mis à sa disposition par la comtesse, faisait le trajet avec elle. Une jeune lady non mariée ne pouvait voyager seule, surtout sur une distance aussi longue que celle qui séparait le Hampshire du Derbyshire. Sans compter les deux correspondances à effectuer. Anne avait proposé de l'accompagner avec sa mère, mais Stella avait décliné. Le détour leur aurait pris trop de temps, et elle en avait assez de mettre tout le monde dans l'embarras.

— Un domestique suffit amplement, merci, avait-elle dit. De plus, personne ne s'aventurerait à importuner une lady aux cheveux gris.

— Tu devrais quand même te tenir sur tes gardes, avait répliqué Anne en lui donnant une dernière accolade et un baiser d'adieu. On ne sait jamais quels personnages désespérés on peut croiser dans un wagon.

Le désespoir était précisément le sentiment que ressentait Stella, grandissant à mesure que le train la rapprochait de chez elle. La fin de ses aventures était venue.

Il n'y aurait pas d'autre saison mondaine. Pas d'autre occasion romantique.

Et plus de Teddy.

Ses pensées la ramenaient sans cesse à lui tandis que le train brinquebalait sur ses rails, l'éloignant un peu plus à chaque tour de roues de leur brève idylle. Cela commençait déjà à devenir irréel, comme un rêve.

Bonté divine, elle l'avait embrassé !

Ou plutôt, c'était lui qui l'avait embrassée.

Le doux souvenir de ce baiser fut suffisant pour occuper les pensées de Stella pendant les cent premiers kilomètres. Elle se demanda s'il était préférable d'avoir été embrassée ainsi une seule fois, ou de ne pas avoir été embrassée du tout. Elle choisit tristement la seconde option. Au moins, elle n'aurait pas eu conscience de ce qu'elle manquait.

Mais elle le savait, à présent.

Et il lui faudrait vivre avec le souvenir de ce baiser jusqu'à son dernier souffle de vieille fille racornie et dépendante. Elle serait alors enterrée dans le cimetière de Fostonbury, et sur sa pierre tombale on lirait « fille de » et « sœur de », mais rien de plus.

Elle ne pouvait tout simplement l'accepter.

Stella occupa les vingt kilomètres suivants à composer d'autres épitaphes pour elle-même. « Fille, sœur, cavalière et amie. » Ou bien : « Cavalière, amie, et bien-aimée épouse de… »

D'un gentleman, quel qu'il soit.

Les derniers kilomètres avant d'arriver à destination furent consacrés à calculer le coût d'une pierre tombale, afin de la faire graver par avance exactement comme elle le souhaiterait. Était-ce morbide de songer si tôt à cela ? Allait-elle susciter encore plus de commérages parmi le voisinage ?

— C'est moi le personnage désespéré, marmonna-t-elle entre ses dents, tout en fixant sans le voir le paysage qui défilait derrière la vitre.

Elle arriva à la gare de Fairhook en fin de journée, souffrant du froid et de la fatigue, alors que le soleil se couchait derrière les sommets enneigés du Derbyshire. C'était l'arrêt le plus proche du village de Fostonbury, qui était trop petit et insignifiant pour disposer de sa propre halte.

Normalement, à leur retour de voyage, son frère et elle prenaient un fiacre pour rentrer chez eux. Mais ce soir-là, en quittant le quai, Stella aperçut la calèche de M. Smalljoy qui l'attendait.

Elle l'observa à la lumière des réverbères à gaz qui bordaient la gare. Jamais auparavant le gentilhomme ne leur avait fait la courtoisie de mettre son véhicule à leur disposition.

La signification de ce geste était limpide.

Tel un glas annonçant son avenir, elle résonnait aussi fort que la collision de deux locomotives.

— M. Smalljoy nous a envoyés vous chercher, mademoiselle, dit le valet en prenant les bagages de Stella des mains du domestique de lady Arundell. Avec la permission de votre frère.

— Je vois, dit Stella.

Maudit soit Daniel et ses projets de mariage !

En d'autres circonstances, elle aurait sans doute trouvé le courage de refuser la proposition. Mais il faisait un froid glacial, et la possibilité de trouver un fiacre pour la conduire à Fostonbury semblait peu probable à cette heure.

Elle se tourna vers le domestique de lady Arundell.

— Voulez-vous nous accompagner ? proposa-t-elle. Vous pourrez vous restaurer au presbytère, et peut-être vous reposer pour la nuit, avant de reprendre votre voyage.

— Je n'ai pas besoin de repos, mademoiselle, répondit-il. Mais une tasse de thé ne serait pas de refus.

— Vous n'aurez qu'à prendre place à côté de moi à l'extérieur, lui dit le valet de M. Smalljoy en portant les bagages jusqu'à la calèche.

Stella suivit à contrecœur et accepta l'aide du domestique pour prendre place dans la voiture.

Le cocher lança un ordre à l'équipage de chevaux de trait, et la calèche fit un bond en avant. Compte tenu de la neige qui recouvrait les routes, il leur fallut une bonne demi-heure pour arriver à la grille du presbytère.

Un tourbillon de fumée s'échappait de la cheminée en brique du modeste cottage, signalant la présence de Daniel. Ce dernier l'attendait sans doute dans son bureau, armé d'un sermon concernant les dangers guettant les femmes qui préféraient s'offrir des escapades plutôt que de se consacrer à leurs devoirs familiaux.

Stella n'était guère pressée de l'entendre. Son cœur aspirait à revoir Locket. En descendant de la calèche, elle indiqua au domestique de lady Arundell l'accès à la cuisine du presbytère, avant de se hâter vers l'écurie.

C'était un modeste bâtiment en bois, peint en vert. Locket s'y trouvait à l'abri pour la nuit, pourvue d'une généreuse couche de paille. À l'approche de la jeune femme, la fringante jument s'agita en hennissant.

— Voilà ma belle sauvageonne, murmura Stella.

Ôtant ses gants, elle prit l'élégante tête de la jument entre ses mains et déposa un baiser sur ses naseaux gris foncé, aussi doux que du velours.

— Est-ce que je t'ai atrocement manqué ?

Locket souffla en guise de réponse, projetant sur sa joue une chaude bouffée d'air sentant le foin.

Stella inspira profondément toutes ces odeurs familières : cuir des harnais et des selles, graisse pour sabots, acidité douceâtre dégagée par la sueur de Locket et de son vieux compagnon, Crab, note sucrée du foin...

Soudain, elle retrouvait ses marques. Son monde se rééquilibrait.

Tout le reste s'effaça, et elle redevint la personne calme et pragmatique qu'elle avait toujours été. Bonté divine, avait-elle vraiment réfléchi à sa propre épitaphe ? C'était ce qui arrivait quand elle était séparée de Locket trop longtemps.

— Tu m'as manqué aussi, dit-elle. Mais je suis de retour, maintenant. Plus jamais je ne te quitterai aussi longtemps.

Turvey émergea de la salle de fourrage avec un seau de broyat. C'était un homme âgé au caractère placide, avec une impressionnante masse de cheveux blancs. Il s'occupait de Locket depuis que Stella l'avait achetée, et on pouvait compter sur lui pour ne jamais perdre son calme, même quand la jument était de mauvaise humeur.

— Bienvenue à la maison, mademoiselle.

— Je suis heureuse d'être rentrée, Turvey. Comment s'est-elle comportée ? J'espère qu'elle ne vous a pas causé trop de tracas.

— Elle est restée fidèle à elle-même.

Le palefrenier posa le seau, et Locket s'empressa d'abandonner Stella pour goûter à la nourriture.

— Elle semble en forme.

— Oui, elle mange bien. Cependant, elle s'est fait une légère foulure le matin de Noël.

— Vraiment ?

Stella regarda sa jument avec inquiétude.

— L'avez-vous massée ?

— Matin et soir. Elle est à présent totalement rétablie.

— Je lui ferai sans doute un nouveau massage ce soir, décida Stella. Simplement par précaution.

Elle jeta un dernier regard affectueux à Locket, avant de quitter l'écurie.

L'intendante de la maison, Mme Waltham, l'attendait sur le perron du presbytère.

— Votre frère n'a cessé de demander après vous toutes les cinq minutes, dit-elle.

Stella se débarrassa de son bonnet et de son manteau et les tendit à l'intendante, avec ses gants.

— Je suppose qu'il est dans son bureau.

— Oui, mademoiselle.

— Et le valet de lady Arundell ?

— La cuisinière lui a donné du thé et des biscuits, et le cocher de M. Smalljoy attend de le ramener à Fairhook.

Mme Waltham suivit Stella dans le hall.

— Voulez-vous que je vous apporte une théière, mademoiselle ? Avec du pain et du beurre, peut-être ?

— Bien volontiers, dit Stella.

Elle défroissa du plat de la main sa robe de voyage en laine avant d'aller retrouver son frère.

Le bureau, qui faisait aussi office de bibliothèque, était le domaine privé de Daniel. Il y passait des heures à travailler sur sa thèse. Stella l'avait souvent assisté, penchée sur le petit bureau-secrétaire installé dans un angle de la pièce, transcrivant en silence ses mots austères sur le péché originel tandis qu'il pontifiait devant la cheminée.

Il était à présent assis dans son fauteuil préféré, dans le halo vacillant de la lumière du feu, revêtu de sa sempiternelle veste d'intérieur élimée.

Stella entra en silence et ferma doucement la porte derrière elle.

Daniel leva la tête de son livre avec un froncement de sourcils. Avec son crâne dégarni, ses lèvres minces, son expression sévère et sa silhouette efflanquée à force de privations volontaires, il ne ressemblait en rien à Stella, à part peut-être la couleur des yeux.

Il paraissait beaucoup plus âgé que ses trente ans, et Stella se le reprochait parfois. Il avait pris soin d'elle dès son plus jeune âge – un fardeau qu'il n'avait pas désiré et qui avait modifié son apparence comme son caractère.

— Je t'attendais cet après-midi, dit-il en se levant.

— Je t'ai envoyé un télégramme.

Elle traversa la pièce pour déposer un baiser rapide sur la joue de son frère.

— Tu dois l'avoir reçu. Faute de quoi, la calèche de M. Smalljoy ne m'aurait pas attendue à la gare.

— Il a eu la générosité de la mettre à notre disposition.

— Tu n'aurais pas dû accepter. Je ne souhaite pas devoir quoi que ce soit à cet homme.

— Pourquoi aurais-je refusé ? M. Smalljoy est un gentleman décent et pieux. S'il manifeste un intérêt à ton égard, je ne l'en dissuaderai pas.

— C'est même plutôt l'inverse, à ce que je vois.

Il y avait une note de reproche incontestable dans la remarque de Stella.

Le domaine de M. Smalljoy, Castaway Green, se trouvait à moins de dix kilomètres du presbytère. Du plus loin que s'en souvienne Stella, le gentilhomme y avait toujours vécu, tant durant son mariage avec sa défunte épouse que pendant ses années de veuvage. Mais ce n'est que récemment que Daniel l'avait invité à dîner avec eux – coïncidence ou pas, cela avait commencé après la première saison ratée de Stella. Et cela promettait d'être pire, maintenant qu'elle avait une deuxième saison infructueuse à son actif.

— Permets-moi de te rappeler que cet homme a près de soixante ans, dit-elle. Il a trois filles plus âgées que moi.

Daniel pinça les lèvres de mécontentement.

— Tu ne peux guère te permettre de faire la difficile. Après tout le temps et l'argent perdus ces dernières années à chercher un mari, la moindre des choses serait que tu fasses bonne figure au seul homme qui veuille bien de toi.

La poitrine de Stella se serra de colère et – elle n'osait se l'avouer – d'humiliation. Elle n'était pas une laissée-pour-compte, bon sang. Teddy l'avait trouvée belle. Resplendissante. Elle possédait d'ailleurs un croquis le prouvant. Elle ne permettrait pas à son frère – ni à quiconque – de la rabaisser.

— C'est injuste, dit-elle. En plus d'être cruel.

— Est-ce cruel de t'obliger à regarder ton avenir en face ? Plus vite tu…

— Je suis fatiguée, Daniel. Ne nous disputons pas.

Elle se laissa tomber dans le fauteuil en chintz élimé qui faisait face à celui de son frère.

— Tout ce que je désire, c'est une tasse de thé et retrouver mon lit.

Daniel reprit sa place.

— Cette fatigue aurait pu être évitée si tu avais eu le bon sens de rester à Londres avec moi pour Noël. Au lieu de quoi tu as tenu à traverser le pays, causant autant d'inconvénients aux cochers et aux domestiques qu'à moi-même et à Mlle Trent.

Nous y voilà ! songea Stella.

L'inestimable Mlle Trent. La véritable raison de l'irascibilité de son frère.

— Si tu avais eu la bonté d'âme de rester en ville, reprit Daniel, Mlle Trent et sa mère auraient pu séjourner avec nous. Nous aurions partagé nos repas et passé des heures agréables à discuter de ma thèse.

Autrement dit, ils auraient passé tout leur temps ensemble, matin, midi et soir. De quoi étayer leur romance, assurément.

Stella ne regrettait pas d'avoir contribué à empêcher une telle intimité. Il valait mieux que Mlle Trent et sa mère soient retournées à Exeter pour Noël plutôt que de rester en ville pour organiser une demande en mariage.

— C'est bien dommage, en effet, dit-elle. Mais j'avais promis à lady Anne que je serais présente à la réception donnée par le comte de March dans sa résidence campagnarde. Et heureusement que j'y étais. Lady Anne et M. Hartford ont annoncé leurs fiançailles dès le premier soir. Ce fut un grand sujet de réjouissance.

Daniel haussa les sourcils avec un scepticisme évident. Il n'approuvait pas les amies de Stella.

— Lady Anne est fiancée ?

— Elle se mariera à St George au printemps. Je suis invitée. Et j'ai accepté.

— Tu as été bien imprudente de le faire. Nous venons à peine de revenir de Londres. Je ne retournerai pas de sitôt en ville, pour quelque raison que ce soit.

— Mais les circonstances sont exceptionnelles, tu dois le reconnaître. Je serai demoiselle d'honneur.

Daniel secoua la tête.

— Impossible. J'ai déjà trop sollicité mon vicaire. C'est un garçon compétent, mais il n'est pas venu à Fostonbury pour prendre en charge la totalité de mes responsabilités paroissiales. Il compte sur moi pour reprendre mon travail sans nouvelles interruptions. Je ne vais pas t'accompagner en ville à chaque caprice.

— Je m'y rendrai seule, alors, répliqua Stella. Je prendrai le train.

C'était une fanfaronnade. Elle n'avait jamais voyagé seule.

Daniel ricana.

— Au risque d'y laisser ta réputation ? Tu ne feras rien de la sorte, crois-moi. Mlle Trent a déjà émis quelques réserves sur ta tendance à vagabonder à travers le pays avec tes amies au comportement douteux. Je ne permettrai pas qu'elle soit davantage choquée. Tu nuis à la bonne réputation de notre nom.

Stella réprima une réponse cinglante. Le spectre de Mlle Trent ne cesserait-il donc jamais de la persécuter ?

— Même si c'était vrai, je ne vois pas ce que cela a à voir avec Mlle Trent. Ce n'est pas un membre de ma famille. Elle n'est rien pour moi.

Le visage de Daniel s'assombrit.

— C'est la jeune lady la plus estimable que je connaisse ! Je te demande de bien vouloir lui montrer tout le respect qu'elle mérite.

Un douloureux pressentiment s'enracina dans le cœur de Stella.

— Tu l'as vue à Londres pendant mon absence ?

— En effet.

— Je pensais qu'elle retournerait chez elle avec sa mère.

— C'est ce qui était prévu mais, au moment de partir, Mlle Trent s'est trouvée dans l'incapacité d'entreprendre le voyage. Elles ont pris des chambres à l'auberge. Peut-on imaginer environnement moins festif pour Noël ?

Stella commençait à redouter le pire.

— Tu leur as donc rendu visite ?

— Tous les jours. Et j'ai dîné avec elles. En fait, nous avons eu la chance de partager le repas de Noël dans l'un des salons privés de l'auberge. C'est là que j'ai découvert que ton absence n'était pas aussi préjudiciable que je l'avais anticipé. Au contraire, selon Mlle Trent, ta présence l'avait jusque-là contrainte.

Stella fixa son frère avec un mélange d'incrédulité et d'indignation. Elle n'avait jamais rien dit pour endiguer le flot ininterrompu de rodomontades et de conseils faussement humbles de la dulcinée de son frère. Eût-elle essayé qu'elle ne serait sans doute pas parvenue à la faire taire.

— Que cela signifie-t-il donc ?

— Mlle Trent parlait bien plus librement et de façon plus chaleureuse que lors de nos précédentes rencontres, expliqua Daniel. C'était dû à ton absence. Elle me l'a dit elle-même.

Juste ciel, avait-elle fait cela ? Quelle vile créature !

Stella comprit aussitôt qu'elle avait commis une grave erreur de jugement. L'esprit occupé par ses manigances pour contrecarrer les projets matrimoniaux de son frère, elle n'avait pas envisagé que Mlle Trent puisse tirer parti de son absence pour pousser ses pions.

— Je confesse que l'esprit féminin est un mystère pour moi, continua Daniel. On aurait pu croire qu'elle serait plus à son aise avec toi comme garante de sa vertu. Mais je ne vais pas m'en plaindre.

Il esquissa un sourire satisfait.

— Compte tenu des encouragements de Mlle Trent, et de mes propres sentiments à l'égard du mariage – sans parler de l'avis de mes paroissiens et de ma congrégation –, j'ai estimé qu'il était temps de faire à Mlle Trent ma demande.

Étant donné la tournure que la conversation avait prise, Stella s'y attendait à moitié.

— Et je suppose qu'elle a accepté, dit-elle, sans laisser paraître aucune émotion.

Le torse de Daniel se gonfla de fierté.

— En effet, elle m'a fait l'honneur d'accepter.

Le sablier du destin de Stella se renversa avec un bruit fracassant.

Finalement, tous ses efforts n'avaient fait qu'accélérer la marche de son frère vers l'autel.

Tandis qu'elle se demandait comment elle allait pouvoir se sortir de cette situation, la porte du bureau s'ouvrit en grinçant. Mme Waltham entra, portant un plateau avec le thé et les toasts promis.

— Voilà, mademoiselle. J'ai fait préparer votre lit par Polly et recommandé qu'on y place une bouillotte. Il sera bien chaud quand vous vous coucherez.

— Merci, madame Waltham.

— Aurez-vous besoin de quelque chose d'autre, mademoiselle ?

L'intendante se tourna vers Daniel.

— Monsieur ?

— Ce sera tout, madame Waltham, dit-il.

L'intendante se retira et ferma la porte derrière elle.

— Nous aurons beaucoup de choses à régler dans les prochains mois, reprit Daniel alors que Stella se servait du thé. Il y a la publication des bans, bien sûr, et des dispositions à prendre concernant nos arrangements en termes de logement.

— Mlle Trent aspire-t-elle à quelque chose de plus vaste que le presbytère ?

— Ne dis pas de sottises. Nous habiterons ici, naturellement. Mlle Trent m'a assuré que la vie dans un petit village est exactement ce à quoi elle aspire. Elle souhaite néanmoins se familiariser avec

Fostonbury et l'administration de la maisonnée avant la cérémonie. C'est pourquoi elle a suggéré une visite.

— Vraiment ?

Stella but une gorgée de thé. C'était un thé anglais simple et robuste, sans aucune mesure avec le Darjeeling délicat et fruité que Teddy et elle avaient partagé dans le Hampshire.

Elle se demanda s'il était déjà arrivé dans le Devon. Et s'il se trouvait à présent bien installé dans la forteresse du capitaine Thornhill, assis près d'une fenêtre en train de dessiner la mer, ayant déjà oublié son souhait de faire son portrait.

Cette éventualité lui laissa un goût amer en bouche.

Daniel prit l'un des toasts et y mordit d'un coup sec, éparpillant des miettes sur sa veste d'intérieur.

— Plutôt que de laisser Mlle Trent et sa mère loger au village, j'ai pensé qu'il serait plus avisé de les inviter à séjourner au presbytère, dit-il.

Stella, qui s'apprêtait à porter sa tasse de thé à ses lèvres, suspendit son geste. Assurément, elle avait mal entendu.

— Mlle Trent et sa mère vont séjourner ici ?

Daniel sortit son mouchoir de sa poche et s'en servit pour épousseter les miettes sur son torse.

— Il n'y a rien de répréhensible à cela. Elles pourraient tout aussi bien être tes invitées. Des amies que tu as conviées pour un mois.

— Un mois !

Stella était atterrée.

— Je m'attends à ce qu'elles arrivent dans quinze jours, et qu'elles restent au moins jusqu'à la Saint-Valentin.

— C'est plus qu'un mois, Daniel.

— La durée de leur visite n'est pas la question. Si nous pouvons nous arranger, je compte que Mlle Trent et moi célébrions notre mariage pendant son séjour, et qu'ensuite elle reste ici de façon permanente.

Le moral de Stella, déjà bien entamé, chuta au plus bas. La situation lui échappait à une vitesse affolante, et elle pressentait qu'elle ne pourrait pas faire grand-chose pour en arrêter la course.

— Vous ne pouvez pas demeurer sous le même toit si vous envisagez de vous marier, dit-elle, tentant un dernier effort pour éviter ce fiasco. Pense aux commérages.

— Si nécessaire, je prendrai une chambre au village pendant la publication des bans. En parlant de chambre, peut-être pourrais-tu donner la tienne à Mlle Trent. Elle est moins humide que les autres pièces de la maison.

— C'est précisément pour cette raison que je l'ai choisie, rétorqua sèchement Stella.

— Et tu as la plus belle vue sur l'église, poursuivit Daniel, sans paraître attacher d'importance à ses protestations. Mlle Trent l'appréciera davantage que toi.

— Et moi ? Où vais-je dormir ?

— Tu n'auras qu'à t'installer dans la chambre de service.

Cette chambre n'en était pas vraiment une. Il s'agissait plutôt d'un placard où tenait à peine une couche de moniale, avec son matelas affaissé et ses draps élimés, et où s'entassaient de vieux vêtements et divers objets attendant d'être distribués aux nécessiteux. Brûlante l'été, glaciale en hiver.

Mais Stella savait qu'il ne servirait à rien de discuter. La maison appartenait à Daniel. C'était lui qui payait les domestiques, la nourriture et les bougies.

Jamais elle ne pourrait se permettre tout cela, avec Locket à entretenir et les gages de Turvey à payer.

— Fort bien, dit-elle. Loin de moi l'idée de paraître discourtoise.

Cela ne durerait que cinq semaines. Après quoi Mlle Trent deviendrait Mme Hobhouse et pourrait se retirer dans la chambre de Daniel. À moins bien sûr qu'elle ne fasse partie de ces femmes mariées qui exigent de faire chambre à part. Auquel cas Stella se verrait reléguée dans la chambre de service jusqu'à ce que mort s'ensuive.

Daniel remisa son mouchoir dans sa poche.

— Il nous faudra veiller à présenter le presbytère sous son meilleur jour, dit-il. Nous organiserons un dîner officiel pour accueillir Mlle Trent et sa mère. Tu t'en chargeras. Et tu inviteras M. Smalljoy.

Plutôt mourir !

— Est-il sage de l'encourager de la sorte ? demanda-t-elle d'un ton égal. Nous savons tous les deux que je n'ai aucun désir d'épouser cet homme.

— Il ne t'a pas encore demandée en mariage.

— Non, Dieu merci. Mais tu as semé cette idée ridicule dans son esprit, et il semble maintenant se prendre pour mon prétendant. Peu importe qu'il soit déjà dix fois grand-père.

Le visage de Daniel retrouva son expression de supériorité moralisatrice.

— La différence d'âge entre vous présente de nombreux avantages. Assurément, un homme plus âgé conviendra à ta nature impétueuse. Tu as besoin de quelqu'un pour te tenir la bride. Je te l'ai souvent dit.

— Je l'ai en effet souvent entendu.

Stella posa sa tasse avec un bruit sec et se leva. Elle n'avait soudain plus d'appétence pour les toasts, ni pour la conversation de son frère.

— Excuse-moi. Je suis fatiguée.

Daniel se leva à son tour et la suivit jusqu'à la porte du bureau.

— Je sais fort bien que M. Smalljoy n'est pas un homme suffisamment romantique à ton goût. Mais je te demande de lui donner sa chance. Tu découvriras sans doute que devenir sa femme est un statut plus enviable que celui qui est le tien actuellement.

Daniel la considérait comme un fardeau, elle en avait tout à fait conscience. Mais le mariage avec un vieil aristocrate était-il vraiment préférable au célibat ?

Stella n'en était pas convaincue.

— Je serai courtoise avec lui, promit-elle.

Courtoise, mais rien de plus, ajouta-t-elle en son for intérieur.

Son frère était peut-être disposé à soutenir les visées matrimoniales du gentilhomme, mais quand celui-ci viendrait dîner, Stella avait bien l'intention de faire ce qu'il fallait pour le décourager.

15

Derbyshire, Angleterre, janvier 1863

Le jour de l'arrivée de Mlle Trent survint avec une rapidité déconcertante.

Stella passa la matinée à monter Locket, comme elle le faisait chaque jour depuis son retour du Hampshire – galoper à travers les bois jouxtant le presbytère constituait son unique répit face aux corvées innombrables dont elle avait dû s'acquitter pour préparer l'arrivée de leurs invitées.

Une nouvelle couche de neige recouvrait le sol, que les sabots de Locket survolaient avec aisance tandis que Stella l'encourageait à allonger la foulée. Elles avaient emprunté leur parcours préféré – un sentier sinueux traversant un bosquet de bouleaux, avant de longer un ruisseau gelé et de monter à l'assaut d'une colline pour rejoindre la route principale menant au village.

Locket aimait la familiarité des plats et le défi des ascensions, s'adaptant à la configuration du terrain. Plus le sol était ferme, plus son allure augmentait.

Stella se pencha sur son encolure argentée alors que la jument bondissait à travers la neige, telle l'incarnation terrestre d'une étoile filant dans le ciel.

Le vent glacial soulevait la voilette de son chapeau d'amazone et fouettait les lourdes jupes de sa tenue d'équitation bleu azur, les faisant claquer derrière elle comme les flots rugissants d'une mer déchaînée.

Un fiacre roulant en direction du presbytère ralentit à leur passage. Stella n'y prêta aucune attention. Elle ne pensait pas au scandale qu'il y avait pour une lady à mener sa monture à un train d'enfer. Seule comptait la vitesse. Anne avait dit un jour que Locket pourrait filer jusqu'à Bridgehampton si on lui lâchait la bride. Stella aurait aimé que ce soit vrai. Si seulement Locket avait pu l'emporter loin de Fostonbury ! Jusqu'à Londres.

Ou jusque dans le Devon.

Ce n'était pas la première fois que ses pensées se tournaient vers Teddy, et le domaine au bord de la mer où il séjournait. Et vers ce baiser ardent qu'ils avaient partagé dans le traîneau.

Qui pouvait dire quand ils se reverraient ? Ou même s'ils se reverraient…

Daniel était toujours opposé à l'idée de l'accompagner au mariage d'Anne. Peu importait l'effort herculéen qu'avait fourni Stella pour tenter d'infléchir la détermination de son frère. Elle avait en effet passé les deux dernières semaines à recopier assidûment ses notes et à les ordonnancer, à l'accompagner dans ses visites aux malades et aux vieillards, et à superviser un nettoyage en profondeur du presbytère. Elle avait aménagé la pièce de service de façon à en faire une chambre à peu près acceptable, et préparé des menus pour un mois. Elle avait même rédigé une invitation à l'attention de M. Smalljoy, le conviant personnellement à se joindre à eux pour le dîner de ce soir, afin d'accueillir Mlle Trent et sa mère avec les honneurs qui leur étaient dus.

Tout cela en vain.

Daniel n'était pas plus enclin à l'accompagner à Londres qu'il ne l'avait été la première fois qu'elle lui en avait fait la demande.

Elle s'en était ouverte à Julia et à Evie dans les lettres qu'elle leur écrivait, mais pas à Anne. Elle ne confiait rien à cette dernière des tourments qu'elle endurait, redoutant que son amie ne mette à exécution sa menace de venir la chercher en personne.

Anne n'hésiterait pas à le faire, elle le savait. Et il n'en était pas question. Stella devrait simplement trouver un moyen de se rendre à Londres au printemps.

Guidant Locket vers le presbytère, Stella mit la jument au trot, avant de la faire passer au pas pour qu'elle s'apaise. Lorsqu'elles atteignirent l'entrée derrière l'écurie, Locket était calme et d'humeur stable, prête à se voir gratifier d'un seau de broyat.

— Elle sera tranquille jusqu'à cet après-midi, je pense, dit Turvey en prenant les rênes tandis que Stella mettait pied à terre. Il ne lui faut guère que quelques heures pour recommencer à s'agiter.

— Nous avons ça en commun, murmura Stella en flattant l'encolure de sa jument. Nous avons un sacré tempérament, n'est-ce pas ?

Turvey s'abstint respectueusement de répondre alors qu'il emmenait Locket pour la desseller.

Stella regagna le presbytère, secouant au fur et à mesure les poils gris qui piquetaient la laine de sa tenue d'équitation. Il y avait encore fort à faire avant l'arrivée de Mlle Trent et de sa mère. Daniel avait loué une calèche pour aller les chercher à la garde de Fairhook à 14 h 30.

Mais, alors qu'elle traversait le jardin, Stella s'alarma de voir garé devant la porte de la maison le fiacre qu'elle avait croisé un peu plus tôt sur la route.

Deux dames emmitouflées dans d'épais manteaux – l'une jeune et l'autre âgée – se tenaient à proximité.

Il s'agissait d'Amanda Trent et de sa mère.

Cette dernière supervisait le déchargement de plusieurs malles et valises de cuir, avec l'aide de Daniel. Mme Waltham se tenait quant à elle sur le perron, l'air quelque peu accablé tandis qu'elle guidait les valets.

Stella songea brièvement à se faufiler dans sa chambre pour faire un brin de toilette et se changer, mais il était trop tard : Mlle Trent l'avait vue.

— Mademoiselle Hobhouse ! s'exclama-t-elle. Je savais bien que c'était vous sur la route.

Elle vint à sa rencontre, d'une démarche gracieuse et quelque peu affectée.

Petite et mince, ne dépassant pas un mètre cinquante, elle possédait toute la détermination d'un conquérant venu livrer sa bataille finale – une impression en totale contradiction avec ses boucles blondes et sa petite bouche en forme de bouton de rose.

— J'ai dit à votre frère que vous ne tarderiez pas à arriver, vu la vitesse à laquelle vous alliez.

Stella plaqua un sourire sur son visage.

— Mademoiselle Trent, quelle surprise ! Nous ne vous attendions que cet après-midi.

— Il faudra m'appeler Amanda. Et je vous appellerai Stella. Nous serons bientôt de la même famille, n'est-ce pas ?

— Il semblerait.

— Voilà pourquoi j'ai suggéré que nous prenions un train plus tôt. Pourquoi retarder le début de notre vie commune ? J'ai assuré à maman que ce cher M. Hobhouse et vous-même ne vous en formaliseriez pas. Mlle Hobhouse aura déjà tout préparé, lui ai-je dit. D'après son frère, c'est une excellente maîtresse de maison. Les sœurs restées vieilles filles le sont toujours pour leur entourage.

Stella sourit, ignorant les piques d'Amanda. C'était toujours ainsi que cela commençait avec elle. Elle excellait à manier les allusions subtilement acerbes et les remarques faussement gentilles.

Amanda Trent était une adversaire sournoise. Il était impossible de la combattre ouvertement. Mais elles étaient en guerre, néanmoins, et elles le savaient toutes les deux.

— Vous êtes la bienvenue à toute heure, bien sûr, affirma Stella.

Elle fit un geste vers la porte d'entrée, consciente de son aspect échevelé, de son front moite et de sa tenue d'équitation souillée.

Nul doute qu'elle ressemblait à une sorcière. Surtout aux yeux d'une personne aussi pointilleuse qu'Amanda. La jeune lady venait d'effectuer un long voyage en train mais réussissait l'exploit de paraître aussi fraîche qu'un bouquet de fleurs.

Daniel jeta un regard sévère en direction de Stella lorsqu'elle passa à côté de lui. Il l'avait prévenue de ne pas lui faire honte devant leurs invitées, et voilà qu'elle choquait tout le monde dès le premier instant.

— Veuillez excuser l'apparence malheureuse de ma sœur, dit-il. Stella ? Ne serait-il pas préférable que tu ailles te changer avant de nous rejoindre dans le salon ?

— En effet, acquiesça-t-elle.

Comme s'il n'avait pas été dans son intention de faire précisément cela.

— Cela semblait être une course enthousiasmante, remarqua Amanda d'un ton mielleux.

Elle glissa son bras sous celui de Stella, affectant une amitié que toutes deux ne partageaient pas.

— Cependant, si vous me permettez un conseil, une dame ne devrait jamais faire galoper son cheval. Maman a été assez choquée de voir ce spectacle. Elle s'est empressée d'en faire part à votre frère.

Stella se raidit. Qu'Amanda ose se mêler de sa façon de monter à cheval...

— Avant de porter un jugement, il faut posséder tous les éléments, rétorqua-t-elle avec un calme olympien. Il se trouve que ma jument a besoin d'un bon galop pour rester en forme. Et moi aussi.

— *Besoin*, répéta Amanda avec un petit rire faussement indulgent. On a besoin de si peu de choses dans la vie. Et réfléchissez-y : si vous faisiez preuve de plus de retenue dans vos habitudes, vous seriez largement récompensée par l'estime de votre frère. Laissez-moi être votre exemple.

— Vous êtes trop aimable, dit Stella d'un ton sec.

— Je pourrai aussi vous conseiller dans d'autres domaines. Votre frère m'a dit que vous êtes désireuse de trouver un professeur de dessin.

— J'ai fait des recherches en ce sens, admit Stella.

Malheureusement, elle n'avait guère eu de chance. Tous les professeurs qu'on lui avait recommandés habitaient trop loin ou étaient trop chers.

— Il s'agit d'une coûteuse fantaisie, observa Amanda. Et bien inutile, maintenant que je suis là. Mes aquarelles ont souvent été louées à Exeter. Je serai ravie de vous offrir le bénéfice de mes modestes compétences.

— Quelle générosité de votre part, dit Stella en s'obligeant à rester aimable.

La mère d'Amanda entra dans le hall, prenant appui sur le bras de Daniel. Elle adressa un vague signe de tête à Stella. La matrone lui prêtait rarement attention, à moins que Stella ne se fasse remarquer d'une manière ou d'une autre. En règle générale, Mme Trent traitait la sœur de son futur gendre comme un meuble peu attrayant dans une pièce par ailleurs plaisante. Un fauteuil élimé, ou un repose-pied criard, passablement embarrassant mais pouvant être facilement écarté à la première occasion.

— Faites attention à cela ! lança-t-elle à un domestique qui peinait sous le poids de la plus grande de ses malles. Ce qu'elle contient a plus de valeur que vos gages de toute une vie.

— Je vous demande pardon, madame, dit le valet en rajustant la malle sur son épaule.

— Les bons serviteurs sont impossibles à trouver, confia Mme Trent à Daniel. Cela vient de leur paresse, voyez-vous. Un grand fléau chez les pauvres, et l'une des principales raisons de leur triste état. Vous l'avez mentionné vous-même dans vos savants écrits.

— Voilà qui est tout à fait vrai, madame, approuva Daniel. La paresse est un vice terrible.

Stella adressa un regard d'excuse à Mme Waltham, cette dernière ayant accueilli les paroles de Mme Trent avec une expression de mécontentement à peine dissimulé.

— La paresse n'est pas un problème chez les habitants de Fostonbury, déclara-t-elle. Ce sont tous des travailleurs acharnés. N'est-ce pas, madame Waltham ?

— Oui, mademoiselle, répondit l'intendante avec un air de dignité offensée.

— Auriez-vous l'obligeance de nous apporter du thé ? demanda Stella. Mlle Trent et sa mère désireront sans doute un rafraîchissement après ce voyage éreintant.

Libérant son bras de celui de sa future belle-sœur, elle se tourna vers l'escalier.

— Ma chère Amanda, veuillez permettre à mon frère de vous divertir pendant que je me change. Je serai vite de retour.

*

* *

Le reste de la journée se déroula à un rythme effréné. Lorsque M. Smalljoy arriva pour le dîner, Stella avait les nerfs à vif.

Daniel, qui avait déjà commencé à montrer des signes de lassitude à son égard, semblait désormais la considérer comme le plus grand fardeau de sa vie, du fait des critiques incessantes d'Amanda et de sa mère.

Si on ajoutait à cela la condescendance masculine d'un autre temps que M. Smalljoy manifestait à chacune de ses interventions, la soirée semblait engagée sur la voie du désastre absolu.

Afin d'éviter la catastrophe, il aurait suffi que Stella observe un silence prudent jusqu'à ce que le dernier plat soit servi. Cela n'avait rien de compliqué. Ni Daniel, ni le gentilhomme, ni les Trent n'attendaient qu'elle participe activement à la conversation. Elle n'avait qu'à répondre par oui ou par non, sourire sottement et hocher la tête en accord avec chaque remarque insipide.

Naturellement, elle ne fit rien de tout cela.

— Vous ne pouvez pas sincèrement considérer lord Palmerston comme une autorité morale, dit-elle en réponse à un commentaire que M. Smalljoy avait fait à propos du Premier ministre. Les échos de ses liaisons sordides sont trop nombreux pour être ignorés. J'ai entendu dire que certains à Westminster le surnomment lord Cupidon.

Ces paroles furent accueillies par quatre visages horrifiés autour de la table ronde en acajou.

M. Smalljoy fut le premier à rompre le silence choqué.

— Les indélicatesses personnelles d'un homme politique n'ont aucune importance tant qu'il prend les bonnes décisions pour le bien commun, décréta-t-il tout en mastiquant une grosse bouchée de mouton.

C'était un homme vigoureux, avec un appétit d'ogre. Cheveux blancs, barbe fournie, il mangeait et buvait avec enthousiasme, pratiquait la chasse à courre sans se ménager et, à cinquante-huit ans, avait engendré une flopée d'enfants.

Le cliquetis des couverts reprit tandis que les invités poursuivaient leur repas. Mme Waltham avait soigneusement dressé la table, mettant à l'honneur pour l'occasion l'argenterie et le beau service de table en porcelaine bleu et blanc ayant appartenu aux parents de Stella. Avec la nappe finement brodée et gansée de dentelle, les verres en cristal étincelant et les coûteuses bougies en cire d'abeille, l'effet était celui d'une élégance raffinée.

— Sa politique ne vaut pas mieux, répliqua Stella. Si lord Palmerston n'avait pas autorisé l'invasion de Pékin il y a trois ans, le palais d'Été serait encore debout. Au lieu de cela, cet estimable ouvrage a été incendié. Et que dire de son opinion sur le suffrage des femmes ?

Mme Trent toussa bruyamment dans sa serviette de table en lin blanc. Assise à la gauche de Daniel, elle portait une robe de dîner toute simple et un bonnet de matrone dépourvu d'ornement. Amanda, à la droite de son futur fiancé, était vêtue de façon tout aussi modeste.

Elle lança un regard expressif à Daniel.

Obéissant à sa requête muette, ce dernier adressa à sa sœur un coup d'œil d'avertissement.

Stella l'ignora. La seule façon de faire cesser l'intérêt que lui portait le gentilhomme était de lui montrer à quel point ils étaient mal assortis. Et elle ne pouvait pas le faire en gardant le silence.

— Palmerston dit qu'il suffit que les pères, maris et frères aient le droit de vote, poursuivit-elle sans se laisser décourager. Il prétend qu'ils agiront pour le bien des dames qui sont sous leur protection. Ce qu'il oublie de considérer…

— Je vois que vous avez des opinions bien arrêtées, jeune fille, l'interrompit M. Smalljoy. Je vous en fais le reproche, Hobhouse. Il ne faut pas laisser les femmes développer de telles idées.

— J'ai essayé de l'éduquer, dit Daniel d'un ton contrit.

— Voilà votre erreur. L'éducation est inutile pour l'esprit féminin.

Se resservant une copieuse bouchée de mouton, il marmonna, la bouche pleine, faisant fi des bonnes manières :

— C'est même du gâchis.

— Balivernes, grinça Stella entre ses dents, tout en écrasant sa pomme de terre bouillie.

Daniel lui lança un nouveau regard sévère depuis l'autre côté de la table. Amanda et sa mère le remarquèrent, semblant y trouver une certaine satisfaction. Elles n'avaient toutefois aucun intérêt à voir Stella rabaissée aux yeux de M. Smalljoy. Mieux valait que le gentilhomme ait une bonne opinion d'elle. Une fois Stella mariée, elle quitterait définitivement la maison de son frère et ne se mettrait plus en travers du chemin d'Amanda.

— J'aurais tendance à être d'accord avec vous, cher monsieur, dit Mme Trent en se tamponnant délicatement les lèvres avec sa serviette, si vous faites allusion aux sujets qui conviennent mieux aux messieurs. Mais je ne puis croire que vous soyez opposé à ce qu'une demoiselle de qualité soit instruite des arts féminins.

— Je ne m'oppose bien sûr pas à cela, répondit le gentilhomme. Chanter, coudre, jouer un peu de piano, connaître quelques mots de français... Tout enseignement qui renforce les qualités d'une jeune lady et fait d'elle une compagne agréable pour son mari a mon entière approbation.

— Ma fille est bien versée dans toutes ces matières, annonça fièrement Mme Trent. Ainsi que dans un programme complet d'éducation spirituelle que j'ai pris en charge moi-même.

Daniel regarda Amanda avec une approbation évidente.

— Mlle Trent est le témoignage de votre sagesse, madame, approuva M. Smalljoy.

Amanda inclina sa tête blonde, acceptant avec modestie ces louanges. Ses joues pâles prirent une délicate teinte rosée.

Stella se demanda si certaines ladies étaient capables de rougir sur commande. Il s'agissait d'un talent utile, indubitablement, si l'on cherchait à impressionner un pieux ecclésiastique de campagne par son humilité et sa vertu.

— J'ai fait de mon mieux, monsieur, dit Mme Trent. Tout comme vous, mon cher monsieur Hobhouse, en l'absence de vos défunts parents. Vous méritez tous les éloges pour vos efforts. Mlle Hobhouse fera indéniablement une aimable compagne pour le gentleman qui aura la chance de l'épouser.

Stella s'étouffa avec sa pomme de terre. Elle attrapa vivement son verre de vin et le vida d'un trait.

Daniel la foudroya du regard.

— J'ai bien insisté auprès de la gouvernante de ma sœur sur l'importance du respect d'un programme d'études traditionnel, dit-il d'un ton sentencieux. Mais Stella possède un esprit bien à elle. Elle lit beaucoup et se fait ses propres opinions.

— Il faut guider ces opinions, déclara le gentilhomme. Comme le fait tout homme ayant la responsabilité des ladies sous sa tutelle. Il n'est pas nécessaire qu'une femme trouble son esprit avec la politique et la philosophie. Elle doit se montrer humble et silencieuse. Il en a toujours été ainsi dans un foyer heureux.

— Peut-être dans le passé, dit Stella, ignorant les tentatives de son frère pour intercepter son regard. Les esprits modernes voient les choses différemment. Ils comprennent que les femmes sont capables d'apporter des contributions précieuses, tant en ce qui concerne les études que les conversations. Voyez la reine, par exemple...

— Humble et silencieuse, l'interrompit M. Smalljoy en s'adressant non pas à elle mais à Daniel. Une femme doit savoir rester à sa place. Mes filles l'ont appris dès le berceau. Une femme doit employer tous ses efforts à être une bonne petite épouse et une bonne mère. Et avoir à cœur de réjouir l'esprit de son époux, au lieu de l'assourdir avec toutes ces sottises modernes.

— Ah, la maternité !

Mme Trent souriait telle une sainte sur une peinture de la Renaissance.

— La plus sacrée des institutions. Une lady ne peut aspirer à un état plus exaltant, n'est-ce pas, cher monsieur ?

— Tout à fait, marmonna le gentilhomme. En tout cas, c'est une bien charmante demoiselle que vous avez là, madame. Je vous félicite pour son éducation.

Amanda sourit mais ne dit pas un mot. Elle ne parlait pas beaucoup en société. La majeure partie de ses causeries était réservée aux discours privés. C'était là que résidait son pouvoir : dans le fait d'opposer un frère et sa sœur, et une mère à sa future famille par alliance.

— La maternité est un rôle pour lequel notre chère Stella serait éminemment qualifiée, affirma Mme Trent. N'êtes-vous pas d'accord, monsieur Hobhouse ?

— Oh oui, acquiesça Daniel. Ma sœur aime beaucoup les enfants.

Stella se resservit en vin. Depuis le début de la soirée, elle avait réussi, non sans mal, à tempérer sa colère. Mais à présent, face à ces manœuvres pour la marier à un homme qu'elle n'aimait pas, son exaspération menaçait de déborder.

— Au contraire, dit-elle. Je trouve la compagnie des enfants plutôt pénible.

Ce n'était pas vrai, bien sûr. Stella aimait les enfants, et elle avait toujours imaginé avoir une famille à elle un jour. Mais admettre une telle chose devant M. Smalljoy reviendrait à agiter le drapeau blanc de la reddition.

Au lieu de cela, comprit-elle trop tard, elle avait agité un chiffon rouge devant un taureau.

— Qu'est-ce donc ? protesta le gentilhomme en se tournant finalement vers elle. Vous n'aimez pas les enfants ?

— Ce n'est pas si rare, dit Stella sans s'émouvoir.

— C'est contre nature, voilà ce que c'est ! Hobhouse, saviez-vous cela ?

Daniel laissa échapper un rire creux.

— Ma sœur s'essayait à la plaisanterie. N'y prêtez pas attention.

— Une plaisanterie de bien mauvais goût, marmonna Smalljoy en reprenant son repas. La meilleure qualité d'une femme, c'est d'être mère et d'élever autant d'enfants que possible. Ma défunte femme était une sainte. Elle s'est dévouée pour mes fils et filles. Et elle a perdu la vie en donnant naissance à mon plus jeune enfant. Y a-t-il plus noble sacrifice ?

— Il n'y en a pas de plus noble, affirma Daniel. Voilà qui est bien dit.

Les opinions exprimées à leur table n'étaient guère différentes de celles que Stella avait entendues des centaines de fois, tant de la part de son frère que des vieilles badernes qui fréquentaient son cercle d'érudits. Elle en avait assez de les écouter.

— Oui, eh bien, dit-elle en portant son verre de vin à ses lèvres, je ne suis pas encore disposée à sacrifier ma vie. Ni pour des enfants ni pour quiconque. Il y a des choses que je souhaite faire avant cela.

Smalljoy haussa les sourcils.

— Des choses ? Quelles choses ?

— Je ne le sais pas encore, admit Stella. Mais je sais que la maternité n'est pas compatible avec l'équitation, et je ne me soumettrai à rien – ni à personne – qui contrecarrerait ma passion pour le galop.

Comprenant l'allusion à peine déguisée, Amanda chercha son regard dans la lumière vacillante des bougies en cire d'abeille. La colère déformait son visage ordinairement angélique.

— Mon conseil était bien intentionné, murmura-t-elle.

— Elle préfère l'équitation à la maternité ? s'offusqua Smalljoy en tournant vers Daniel un regard outré. Quelle sorte de fille est-ce là ?

— Laissez, dit Daniel avec un rire gêné. Il s'agit encore d'une plaisanterie. Ma sœur sait que vous aimez les chevaux. Elle vous taquine à ce sujet.

Mme Trent gloussa de façon fort peu naturelle.

— Quel sens de l'humour a donc notre chère Stella ! Son mari et ses enfants ne manqueront jamais de gaieté, je puis vous l'assurer.

Le gentilhomme se détendit quelque peu, ne paraissant toutefois que partiellement rassuré.

— Une compagnie joyeuse n'est en rien à dénigrer. Une plaisanterie, pourvu qu'elle soit appropriée, est toujours la bienvenue.

— Je ne plaisante jamais à propos de l'équitation, dit Stella avec gravité.

— Vous avez une des descendantes de Stockwell, n'est-ce pas ? Cette jument grise avec trois balzanes. Je vous ai vue la monter.

— Locket, fit Stella. C'est son nom.

— Qui est sa mère ?

— Un demi-sang arabe, m'a-t-on dit.

Le gentilhomme grommela.

— On pourrait faire mieux en matière de lignée, mais peu importe. Avec Stockwell pour géniteur, il pourrait quand même y avoir des possibilités. Un croisement avec mon étalon irlandais pourrait produire quelque chose de valable.

— Je n'ai aucunement l'intention de faire de Locket une jument reproductrice, dit Stella.

Smalljoy se servit le dernier morceau de mouton, d'un geste empressé.

— À quoi pourrait-elle servir d'autre ? demanda-t-il, la bouche pleine.

— À quoi d'autre, en effet..., marmonna Stella.

De toute évidence, il voyait les juments de la même manière qu'il voyait les femmes.

— Je vais aller la voir après le dîner, décida-t-il. Si elle me semble convenir, vous pourrez l'envoyer à Castaway Green dès que le temps s'éclaircira. Elle profitera de mes écuries, en attendant que le moment soit venu de la faire saillir.

Stella crispa les doigts autour de sa fourchette.

— J'ai déjà dit non, monsieur. Je ne changerai pas d'avis.

Smalljoy se tourna vers Daniel.

— Hobhouse. Vous êtes étonnamment silencieux. N'avez-vous donc aucune autorité en la matière ?

— Il en sera naturellement comme vous le souhaitez, répondit Daniel avec servilité. Ma sœur et moi serons honorés que la jument vous soit envoyée.

Cette fois, Stella posa sa fourchette d'un geste brusque. Elle ne pouvait garantir qu'elle n'utiliserait pas l'ustensile comme une arme.

— Locket m'appartient. Ses papiers sont à mon nom. Je suis la seule à avoir l'autorité en ce qui la concerne.

Daniel ferma brièvement les paupières, comme s'il implorait la patience divine.

— Pardonnez ma sœur, monsieur. Elle se laisse facilement emporter. Il semblerait qu'elle ait passé trop de temps à Londres.

— Les manières de la ville, fit Smalljoy d'un ton dédaigneux. C'est une vraie calamité. Une fois qu'une fille y a goûté, elle en oublie où est sa place.

— Les femmes non mariées ont des droits, monsieur, lui rappela Stella. Même si la majorité des lois nous défavorisent, nous ne sommes pas pour autant de simples objets. Il nous est permis de posséder des biens, y compris des chevaux. Et nous pouvons même avancer une ou deux idées dans une conversation s'il nous en prend l'envie.

— Ça suffit, Stella ! gronda Daniel. Tu vas trop loin.

— Votre sœur a la langue bien pendue, monsieur, observa Smalljoy.

— Et je vous prie de l'en excuser. C'est la fatigue, sans nul doute. Elle est encore épuisée par son voyage.

— Je me disais bien qu'elle était de santé fragile. Il suffit de voir ses cheveux pour s'en rendre compte.

— En effet, dit Stella, offensée par la remarque au point d'en devenir discourtoise. Je suis un spécimen douteux, n'offrant pas davantage d'espoir de reproduction que ma jument.

Mme Trent poussa un cri horrifié.

Livide, Amanda s'affaissa sur sa chaise comme si elle allait défaillir.

— Stella ! s'exclama Daniel, le visage écarlate.

Stella garda le silence et se replongea dans son repas. L'estomac noué elle eut toutefois le plus grand mal à terminer son assiette. Elle savait qu'elle était allée trop loin. Non seulement elle s'était montrée discourtoise, mais elle avait franchi les limites de la décence.

M. Smalljoy prit congé peu après, sans prendre la peine de partager un verre de porto avec son hôte dans son bureau.

Daniel le raccompagna à la porte en s'excusant à profusion.

Stella resta assise sous le regard incandescent de Mme Trent, horrifiée par les répercussions possibles que pourrait avoir sa franchise excessive.

Combien de fois, au cours des derniers mois, avait-elle eu l'occasion de regretter son comportement ? Et pourtant, une petite part mutine de son âme persistait à l'inciter à en faire trop, à en dire trop, à prendre des risques inconsidérés.

C'était devenu une habitude chez elle, mais cette habitude n'avait pas davantage sa place dans le Derbyshire qu'elle ne l'avait à Londres ou dans le Hampshire.

Dans le passé, ses écarts avaient eu des conséquences bénignes. Mais ce ne serait pas le cas cette fois. Quoi que son frère lui annonce à son retour, Stella avait le pressentiment désagréable que, dorénavant, sa vie ne serait plus jamais la même.

16

Le lendemain matin, Stella entra dans le bureau de Daniel, les mains jointes devant elle dans une posture qu'elle espérait être celle d'une pénitente faisant acte de contrition. Son frère l'attendait, assis derrière sa lourde table de travail en chêne sculpté.

Il lui avait donné l'ordre de le rejoindre à 9 h 30 pour discuter de son avenir. Il n'avait pas été question d'évoquer quoi que ce soit la veille. À son retour dans la salle à manger, il était trop en colère pour ne serait-ce que lui jeter un regard. Il l'avait envoyée dans sa chambre tandis qu'il restait pour faire face au chaos qu'elle avait créé chez les Trent. Amanda avait réclamé des sels de pâmoison, et Mme Trent avait ouvert les hostilités.

« Les délicats sentiments de ma fille ont été outragés, monsieur ! s'était-elle exclamée. Je n'aurais jamais imaginé être témoin d'une telle vulgarité sous le toit d'un ecclésiastique ! »

Amanda avait été soulagée de pouvoir s'éclipser. Mais l'humiliation l'avait néanmoins profondément marquée. Ellc ne se souvenait pas de la dernière fois où elle avait été envoyée se coucher comme une enfant désobéissante. Ni de la dernière fois où elle avait été convoquée devant le bureau de Daniel, telle une prisonnière attendant sa sentence.

— Eh bien, mon frère ? demanda-t-elle après un long silence chargé de tension. Tu voulais me parler ?

La colère de Daniel ne semblait pas s'être apaisée pendant la nuit. Derrière son bureau, il l'observait avec une rage à peine contenue. Le manque de sommeil avait laissé des cernes sous ses yeux.

— Ton comportement hier soir était inexcusable, dit-il. Parler comme tu l'as fait, en t'adressant de manière aussi indécente à un homme du rang de M. Smalljoy ! Et devant ma fiancée ! As-tu perdu l'esprit ?

Stella resta debout devant lui. Il ne lui avait pas proposé de s'asseoir. Elle n'en avait de toute façon pas spécialement envie. Avec un peu de chance, leur entretien serait bref. Elle ne pensait pas pouvoir supporter longtemps ses remontrances.

— C'était une erreur de ma part, reconnut-elle. Mais il faut reconnaître que j'avais été provoquée.

— Quel droit avais-tu de te croire provoquée ? M. Smalljoy est un pilier de la communauté. Il aurait pu être un bon mari pour toi. Mais plus maintenant. Après la façon dont tu t'es comportée hier soir, il ne faut pas espérer qu'il veuille encore de toi.

— Et cela me convient fort bien.

— Tu as vingt-deux ans, Stella. Bientôt vingt-trois. N'as-tu pas conscience de la gravité de ta situation ?

— Ma situation est plus que tolérable. Je suis en bonne santé, entourée de merveilleuses amies, et je possède la plus extraordinaire des juments.

— Rien de tout cela ne te permet de remplir ton devoir sur cette terre. Le rôle d'une femme est de se marier et de donner des enfants à son époux. C'est tout ce qui compte aux yeux de Dieu.

Stella avait déjà entendu cette horrible affirmation un nombre incalculable de fois.

— Permets-moi de ne pas être d'accord avec toi, mon cher frère.

— Que proposes-tu donc, je te prie ? Envisages-tu de rester un fardeau pour moi jusqu'à la fin de tes jours ? De continuer à vivre ici au presbytère, en alimentant les cancans du village par tes manières rebelles et en attirant les commentaires sur ton apparence ?

Stella tressaillit.

— Je ne suis pas responsable de l'apparence que j'ai.

— Tu pourrais être humble et silencieuse, comme l'a recommandé M. Smalljoy. Tu pourrais être un atout pour moi, au lieu d'être un fardeau. Si tu avais donné à l'Église la somme que père t'a laissée, au lieu de te pavaner à Londres...

— Par pitié, pas cette vieille rengaine !

Daniel continua, imperturbable.

— Si tu étais restée à Fostonbury à soigner les malades et à t'occuper des pauvres, tu aurais fait plus pour mériter mon estime que...

— Je soigne déjà les malades, et je m'occupe des pauvres. La seule différence, c'est que j'ai un peu d'argent à moi. Si je te l'avais donné pour tes bonnes œuvres, j'aurais été totalement à ta charge. Tu m'aurais haïe de n'avoir aucun moyen de subvenir à mes besoins, aussi sûrement que tu me détestes maintenant.

Daniel eut un ricanement méprisant.

— Que crois-tu qu'il arrivera quand j'épouserai Mlle Trent ? Que tu pourras continuer à mener cette existence de parasite et faire ce que tu veux quand tu le veux, sans aucune conséquence ?

Un parasite ? C'est ainsi que la voyait son frère ? Stella se recroquevilla comme si on venait de lui asséner un coup de couteau.

— J'ai toujours fait plus que ma part, riposta-t-elle. Toujours. Je ne demande presque rien pour moi, à part monter Locket et rendre visite à mes amies de temps en temps.

Son frère était trop en colère pour reconnaître la véracité de ces paroles.

— Tu ne rendras pas visite à tes amies de sitôt. Pas sous ma tutelle. J'ai rempli mon devoir envers notre père en t'accompagnant à Londres pour que tu puisses y trouver un mari. Mais c'est terminé, maintenant. Et si tu insistes pour rester ici, à vivre de ma charité, tu apprendras à te comporter convenablement. M'entends-tu ?

Stella était certaine que toute la maisonnée l'avait entendu. Elle se tint droite, soutenue par le peu de dignité qui lui restait.

— Est-ce tout, Daniel ?

— Ce n'est pas tout.

Il fit un effort visible pour retrouver son calme.

— Tu présenteras tes excuses à Mlle Trent et à sa mère.

— Fort bien.

Stella comptait le faire, de toute façon. Peut-être même l'aurait-elle déjà fait si Amanda et sa mère avaient daigné se présenter au petit déjeuner. Mais elles étaient restées dans leur chambre – la chambre de Stella, en l'occurrence –, comme si la conduite de cette dernière leur avait causé une blessure dont elles devaient encore se remettre.

— Et tu écriras une lettre d'excuse à M. Smalljoy, dit Daniel.

Stella se crispa.

— Je ne ferai rien de la sorte.

— Il n'y a pas matière à discussion !

Le poing de Daniel s'abattit sur le plateau du bureau, faisant sauter les papiers éparpillés.

— Je veux que la lettre soit écrite et envoyée avant la tombée de la nuit. Tu pourras la faire porter par ton palefrenier. Il est trop tard pour le courrier du matin. Ce bon à rien de facteur est passé trop tôt aujourd'hui. Je n'ai même pas eu le temps d'achever ma correspondance.

L'estomac de Stella se noua. Elle avait cru qu'elle échapperait au moins à la menace que représentait Smalljoy. Or cette menace serait ravivée si elle était contrainte de lui écrire. Sans doute prendrait-il cela pour un encouragement. Et ensuite, qu'adviendrait-il d'elle ?

Mais il était impossible de raisonner son frère.

— Il sera fait comme tu le souhaites, dit-elle avant de tourner les talons.

Daniel la héla.

— Prends ton courrier avec toi.

Stella se retourna. Il n'était pas rare qu'elle reçoive des lettres de ses amies, ainsi que des journaux et revues pour dames. Il n'y avait guère autre chose pour briser la monotonie de Fostonbury.

Mais il n'y avait qu'une seule lettre, aujourd'hui.

Son frère lui tendit une enveloppe épaisse, scellée d'un cachet de cire bleu pâle.

— Qui est Mme Archer ? demanda-t-il.

Mme Archer !

En proie à un fol espoir, Stella prit l'enveloppe et déchiffra à la hâte l'adresse de l'expéditeur. Le courrier venait du Devon, d'une maison du nom de Greyfriar's Abbey, située à King's Abbott.

— C'est une dame que j'ai rencontrée dans le Hampshire, dit-elle distraitement. La femme d'un parfumeur que le comte avait convié à venir admirer ses roses.

Daniel grommela.

— Comme c'est singulier.

— Pas du tout. Il y avait beaucoup de commerçants parmi les invités. Le comte a des connaissances nombreuses et variées.

Stella souleva les jupes de sa robe de matinée et se hâta vers la porte.

— Si tu veux bien m'excuser.

En quittant le bureau, elle traversa le couloir désert et monta l'escalier jusqu'à la petite chambre. Claquant la porte derrière elle, elle s'assit au bord du matelas affaissé et brisa le sceau de la lettre de Mme Archer. À en juger par l'épaisseur de l'enveloppe, la missive devait être longue.

Mais en dépliant la lettre, elle vit que celle-ci se composait d'une première feuille extérieure, et de plusieurs feuillets pliés à l'intérieur de celle-ci.

Le cœur battant, elle lut la première page. Ce n'était qu'un message poli, destiné de toute évidence à masquer une correspondance qui pourrait être considérée comme plus scandaleuse.

Stella s'empressa de déplier les autres feuillets, sachant parfaitement qui en était l'auteur.

Ma chère mademoiselle Hobhouse,

Pardonnez la complicité de ma sœur. Je lui ai assuré que vous accueilleriez favorablement une lettre de ma part. J'espère être dans le vrai, et ne pas avoir trop présumé de notre brève rencontre dans le Hampshire.

Comment allez-vous à Fostonbury ? Comment va votre fameuse jument ? Avez-vous monté cette semaine – ou devrais-je dire « galopé » ?

Je me trouve actuellement dans le Devon à Greyfriar's Abbey, entouré de compagnie. Le propriétaire de l'abbaye, le capitaine Thornhill, et sa femme, lady Helena, y sont avec leur fille Honoria. Il y a aussi Tom Finchley, un avocat de grand talent, et sa femme Jenny, ainsi que Neville Cross, un fermier, sa femme

Clara, et leur bébé George. Ces hommes sont un peu comme des frères pour le mari de ma sœur, ayant tous grandi ensemble dans le même orphelinat. C'est une sombre histoire qui a forgé un lien très fort entre eux, et qui fait que je me retrouve entouré d'une famille bien plus nombreuse que ce que je peux supporter habituellement.

Je passe le plus clair de mon temps au salon. Il dispose d'une immense fenêtre qui surplombe la mer. Peindre des paysages marins est, comme toujours, mon occupation favorite. Je ne m'en lasse pas. Jennings est régulièrement obligé de se procurer de nouvelles toiles pour moi en allant au village, quand la route des falaises n'est pas balayée par la tempête – ce qui se produit fréquemment, l'abbaye étant alors totalement isolée du monde.

La mer est certes un sujet fascinant, mais si j'avais le choix, je peindrais un tout autre sujet dont le souvenir me hante jour et nuit.

Mon humble esquisse a-t-elle par hasard changé votre opinion ? J'ose espérer que vous pourriez, après réflexion, trouver quelque mérite à ce que je fasse votre portrait. Je crois sincèrement que ce serait le début d'une carrière florissante. Et qui sait, cela pourrait aussi avoir un effet favorable sur votre vie. Il y a bien pire que de se voir immortalisée, me semble-t-il.

Écrivez-moi si le cœur vous en dit. Il me semble me souvenir que vous étiez encline à le faire. Mais peut-être ai-je simplement rêvé. Il y avait des étoiles ce soir-là, et un bref épisode dans un traîneau qui a mis à mal mes capacités de raisonnement.

Votre ami,
Teddy Hayes

17

Devonshire, Angleterre, février 1863

Teddy jeta un nouveau regard par la fenêtre du salon, observant avec morosité le sentier inondé de pluie en contrebas de la falaise. Par mauvais temps, la route menant à Greyfriar's Abbey était impraticable. Personne au village ne se risquerait à l'emprunter, que ce soit à cheval ou en calèche. Et seuls les plus courageux des hommes s'y aventureraient à pied.

Heureusement, Alex et leur hôte, Julian Thornhill, étaient de tels hommes. Enfants, ils escaladaient sans crainte les falaises du Devon avec leurs compagnons d'orphelinat, Tom Finchley et Neville Cross. Une promenade jusqu'au village ne les effrayait pas, surtout maintenant que la pluie s'était arrêtée et que le soleil brillait.

Ils étaient partis une bonne heure auparavant pour aller chercher le courrier, les journaux du jour et quelques provisions pour les dames. Teddy attendait leur retour avec une agitation inhabituelle.

Avait-il fait montre de trop d'audace en écrivant à Stella ? Et pourtant, avait-on jamais accompli quoi que ce soit par timidité ?

— Tu ne peins pas, aujourd'hui ?

Neville rejoignit Teddy près de la fenêtre. C'était un homme de grande taille, dépassant allègrement le mètre quatre-vingts, avec des cheveux blonds coupés court et un noble visage – plus digne d'un chevalier arthurien que d'un fermier du Devon.

Teddy ferma son carnet de croquis. Il avait passé la majeure partie de la matinée à coucher sur le papier quelques idées pour son portrait de Stella. L'exercice avait quelque chose de frustrant, dans la mesure où il n'avait pas avancé dans son projet de la convaincre de poser pour lui.

Tout ce qu'il avait accompli durant les festivités dans le Hampshire, c'était former une étrange amitié avec elle.

Et l'embrasser.

Le souvenir de ce moment dans le traîneau ne cessait de tourmenter ses rêves.

Miséricorde, que lui était-il donc passé par la tête ? Il aurait pu, à tout le moins, restreindre l'intimité de cette étreinte à un baiser sur la joue, ou même à un effleurement furtif de ses lèvres. Au lieu de cela, il avait pris son temps, faisant de ce qui aurait pu n'être qu'un geste ordinaire – bien pardonnable en cette période festive – un acte profondément romantique.

— Teddy est dans son monde, dit Laura.

Elle était assise un peu plus loin près de la cheminée, en compagnie de lady Helena Thornhill, Clara Cross et Jenny Finchley.

Cette remarque déclencha parmi les quatre amies un rire discret et bienveillant.

Vêtues de robes en laine chaude et enveloppées dans des châles en cachemire, elles étaient d'un âge similaire et, depuis leur mariage, étaient devenues aussi proches que des sœurs.

Jenny tenait la petite Honoria Thornhill sur ses genoux. L'enfant, à la chevelure noire de jais, avait deux ans. Petite, avec des joues potelées, elle affichait généralement l'air circonspect de son père. Mais pas cette fois. Son visage était rouge, et elle semblait sur le point de fondre en larmes, visiblement en quête de sa sieste quotidienne.

— Si tu m'accordais plus de cinq secondes pour formuler une réponse, dit Teddy à sa sœur, peut-être pourrais-je en faire une.

Neville s'assit dans un fauteuil à côté de lui.

— Prends tout le temps qu'il te faut.

Teddy retint un sourire. Si quelqu'un comprenait les pauses prolongées, c'était bien Neville Cross. Ce dernier avait souffert d'une sérieuse blessure à la tête quand il était tombé des falaises, étant enfant. Bien qu'il se soit rétabli au fil des années, il avait encore des difficultés à discourir aisément. Il faisait souvent des pauses, semblant parfois s'égarer dans ses pensées comme s'il était plongé dans un rêve éveillé et souffrait de temps à autre d'un léger bégaiement.

Teddy ne s'en souciait pas. Au contraire, il partageait avec Neville un fort sentiment de solidarité. Avant son mariage avec Clara, Neville vivait à l'abbaye sous la protection de Justin, et il savait ce que c'était de devoir se battre pour être autonome.

— J'attends du courrier, lui dit Teddy. Une lettre d'une personne qui pourrait représenter quelque chose d'important pour moi. Cela m'a occasionné trop d'agitation pour me concentrer sur quoi que ce soit, ce matin.

— Une jeune lady ? demanda Jenny en souriant. Dites-nous tout.

— N'est-ce pas un peu audacieux de sa part de vous écrire directement ? ajouta lady Helena.

À mon époque, les jeunes filles n'étaient pas autorisées à correspondre avec des messieurs non mariés.

— Elle ne correspond pas avec mon frère, précisa Laura. Elle correspond avec moi.

— Ah.

Jenny hocha la tête pour approuver ce subterfuge.

— Un excellent compromis.

Teddy les ignora. Leurs taquineries le gênaient, mais il ne pouvait exiger le respect de sa vie privée alors qu'il avait invité sa sœur à prendre part à son plan pour entrer en contact avec Stella. Si Laura avait accepté, c'était par ailleurs de mauvaise grâce.

« Si Mlle Hobhouse ne souhaite pas avoir de tes nouvelles, nous allons tous les deux passer pour de mauvaises personnes, lui avait-elle dit. Toi pour t'être imposé, et moi pour avoir participé à une ruse aussi sournoise. »

Teddy lui avait affirmé qu'elle n'avait rien à craindre, et que Stella souhaitait ardemment recevoir de ses nouvelles.

Mais, au fil des semaines, il avait commencé à douter. Et si Stella s'était sentie offensée par la liberté qu'il avait prise en lui écrivant ? Ou si, par le plus grand des malheurs, elle n'avait pas reçu sa lettre ?

Teddy ne connaissait pas le nom du village de Stella. Il avait dû demander à Tom Finchley de le découvrir pour lui. Encore une violation de sa vie privée. Cela lui coûtait de demander de l'aide à sa famille et à ses amis. Il n'avait pas aimé cela mais, confronté à la perspective de ne plus jamais entendre parler de Stella, il avait été contraint de ravaler sa fierté.

Tom était actuellement installé dans la bibliothèque en train d'examiner des documents juridiques pour Justin. Teddy songea brièvement à aller lui demander s'il était sûr d'avoir trouvé la bonne adresse.

Honoria s'agita bruyamment sur les genoux de Jenny, menaçant de se mettre à pleurer.

— Il est temps qu'elle fasse sa sieste, dit sa mère, lady Helena. Veux-tu que je la prenne ?

— Oh non, protesta Jenny. Laisse-moi m'en occuper.

— Je serais ravie de lui chanter une berceuse pour l'aider à s'endormir, proposa Clara. Elle est tellement mignonne.

George, le fils de Clara et Neville, faisait déjà la sieste dans la nursery. Il avait le même caractère placide que ses parents et dormait facilement et souvent. Teddy n'avait vu le petit George aux cheveux dorés que deux fois depuis son arrivée.

— Et toi, Laura ? demanda lady Helena. Tu ne revendiques pas l'occasion de mettre mon cher bébé au lit ?

Laura effleura du revers d'un doigt la joue rondelette de la fillette. Une expression d'une étrange douceur, presque mélancolique, traversa son visage. Teddy fronça les sourcils.

— Allez-y, dit Laura aux autres. Cela me permettra de parler un moment avec mon frère.

— Rejoins-nous quand vous aurez terminé, fit Helena en se levant.

Les amies quittèrent la pièce, accompagnées par les vagissements stridents du bébé. Neville se leva à son tour.

— Je dois m'occuper des chevaux.

Laura s'approcha de la fenêtre en resserrant son châle autour d'elle.

— J'espère que je ne vous chasse pas.

— Il faut que j'y aille. Je dois retrouver Alex et Justin sur le sentier. Ils ne vont pas tarder.

Laura prit place dans le fauteuil que Neville venait de libérer.

— Je suis sûre que tu auras des nouvelles d'elle aujourd'hui, dit-elle.

— Je ne m'inquiète pas, mentit Teddy.

Il ne tenait pas à évoquer Stella. Il en avait déjà trop dit à sa famille à son sujet.

— De quoi souhaites-tu me parler ? demanda-t-il.

Laura sourit.

— De rien qui doive te tracasser. Il s'agit en réalité d'une heureuse nouvelle.

Teddy glissa son carnet à côté de lui, sur l'assise de son fauteuil roulant.

— Tu attends un bébé, je suppose.

Laura parut surprise, avant de soupirer d'un air exaspéré.

— Pourquoi faut-il que tu gâches toutes les surprises ?

— Ce n'est pas une surprise pour moi. Je m'en doutais depuis le jour où tu as été malade dans le Hampshire.

— Pourquoi n'as-tu rien dit ?

— Parce que, répondit-il franchement, j'espérais me tromper.

Le visage de Laura se décomposa.

Teddy s'empressa de la rassurer :

— Ce n'est pas que je ne vous souhaite pas, à Alex et à toi, tout le bonheur possible. Et ce n'est pas non plus que je ne veuille pas d'un neveu ou d'une nièce.

— Alors pourquoi ? insista Laura avec douceur.

— Parce que… je suis égoïste.

— De quelle façon ?

— Si tu attends un bébé, je devrai tout faire pour ne pas te contrarier.

Laura sourit à moitié.

— Tu avais l'intention de me contrarier ?

— En effet, dit-il avec la même franchise brutale. Et dans très peu de temps.

Le sourire fugace de Laura s'effaça, et il vit dans son regard qu'elle avait compris.

— Tu ne veux pas retourner en France, c'est ça ?

— Alex t'en a parlé.

Teddy n'était pas vraiment surpris.

— Il a laissé entendre que tu n'envisageais pas de revenir à la maison.

— Ce n'est pas ma maison, Laura.

— Bien sûr que si. C'est notre maison à tous, maintenant. Toi, Alex, moi... Et n'oublie pas Magpie.

Un sourire effleura les lèvres de Teddy à l'évocation du chat capricieux de la famille. Magpie avait vécu avec Teddy et Laura dans le Surrey pendant des années, avant que Laura épouse Alex et qu'ils s'installent en France. Le chat au pelage noir et blanc était désormais confortablement installé dans leur ferme de Grasse, où il passait son temps à patrouiller dans les champs de lavande et à dormir sous les orangers.

— Alex et toi avez fondé un foyer là-bas, observa Teddy. Maintenant que vous attendez un bébé, votre famille sera complète. Vous n'avez plus besoin de moi.

Laura lui prit la main et la serra fort.

— Ne sois pas stupide.

— Je ne le dis pas avec amertume. C'est un simple constat. Quant à moi, je veux rester en Angleterre. C'est là que Turner a commencé sa carrière.

— Tu ne vas pas recommencer avec Turner !

— Si j'avais un petit atelier à moi et que je parvenais à terminer le tableau auquel je pense, je sais que je réussirais là-bas.

— Je ne doute pas de ton talent. C'est tout le reste qui m'inquiète. Londres n'est pas un endroit accueillant pour une personne en fauteuil roulant.

— Aucun endroit ne l'est. Quel est le rapport ?

— On pourrait te voler, ou chercher à tirer avantage de toi. Sans parler des accidents qui pourraient se produire. Imagine que Jennings oublie son devoir et te laisse...

— Le risque est le même partout.

Teddy pressa fermement la main de sa sœur pour la rassurer.

— J'ai bien survécu à Paris, non ?

— Sans doute, mais nous n'étions pas loin. Je sais ce que les gens sont capables de faire à ceux qu'ils estiment vulnérables. Je crains que tu ne te retrouves complètement à la merci de ceux qui t'entourent.

— Je ne suis plus un enfant, Laura. Je suis un homme adulte, parfaitement capable de s'occuper de lui-même.

Il marqua une pause avant d'ajouter :

— Tant que j'ai assez d'argent pour engager les bonnes personnes.

— Et si...

— Et si, et si, répéta Teddy avec impatience. Toi et les autres, avez-vous eu les mêmes craintes quand Neville a quitté Greyfriar's Abbey pour se lancer tout seul ? Regarde comme il a fait prospérer sa ferme.

— Neville n'est pas mon frère, et il n'est pas en fauteuil roulant. En outre, il n'est pas seul avec des domestiques à sa disposition. Il est marié avec Clara.

— C'est cela qu'il te faudrait pour être tranquille ? Que j'épouse une jeune lady dévouée ?

— Je suppose que oui. À condition qu'elle prenne soin de toi et te défende aussi farouchement que Clara le fait avec Neville. Mais Clara agit ainsi parce qu'elle l'aime. Et les mariages d'amour ne sont pas si fréquents.

L'image de Stella s'imposa soudain à l'esprit de Teddy.

Il était encore question de ce baiser. Ce baiser doux et tiède, tellement bouleversant.

Il avait pensé, à ce moment-là, qu'il s'agissait d'une sorte d'adieu. De sa dernière chance de pouvoir la toucher avant qu'elle lui échappe pour toujours. C'était cela qui l'avait poussé à une telle audace.

Mais il s'était trompé.

Le baiser qu'ils avaient échangé cette nuit-là sous les étoiles du Hampshire n'avait pas été un adieu. C'était le début de quelque chose, et non la fin de leur histoire.

« Je ne cesse de penser à vous, avait-il failli lui écrire dans sa lettre. Et ce n'est pas seulement parce que je veux faire votre portrait. C'est parce que... »

Mais il ne savait pas vraiment pourquoi. Tout ce qu'il savait, c'était qu'il devait la revoir.

— Je ne m'intéresse pas aux mariages d'amour, dit-il brusquement. Seulement à l'art. Une toile, des crayons, de la peinture, c'est tout ce dont j'ai besoin.

Laura secoua la tête.

— Teddy...

Avant qu'elle puisse formuler une autre objection, leur conversation fut heureusement interrompue par le retour d'Alex. Ce dernier entra dans le salon, vêtu de son manteau et tenant une pile de lettres dans sa main gantée.

Laura se leva aussitôt.

— Dieu merci ! dit-elle en traversant la pièce pour rejoindre son mari. Je redoutais que tu ne sois blessé.

Alex passa un bras autour de sa taille tandis qu'elle se hissait sur la pointe des pieds pour l'embrasser.

— Ce n'est que de la boue, ma chère.

Il l'embrassa à son tour.

— Et te voilà à présent dans le même triste état que moi.

Laura s'écarta et observa son corsage d'un air désabusé.

— Quelle contrariété. Nous devrons tous les deux prendre un bain.

— Excellente idée, murmura Alex.

Laura frotta une tache de boue qu'il avait sur la joue.

— Où est Justin ? Tu ne l'as pas perdu en chemin, j'espère.

— Il est monté tout droit se changer. Il est encore plus crotté que moi.

Teddy fit rouler son fauteuil vers lui.

— Est-ce le courrier ? demanda-t-il d'un ton impatient.

— Oui, répondit Alex. Il n'y a rien de spécial pour toi. Cela vient de France et concerne les affaires de la parfumerie. En revanche…

Il tira une petite enveloppe de la pile.

— Il y a une lettre pour Laura, en provenance du Derbyshire.

Teddy échangea un regard furtif avec sa sœur.

Laura prit la lettre des doigts de son mari.

— Ne te moque pas. Tu sais bien qu'elle est pour lui.

Elle tendit la lettre à Teddy.

— Ou, du moins, je suppose que c'est le cas. Mais il est possible aussi que Mlle Hobhouse m'adresse ses réprimandes pour avoir facilité ton crime.

Teddy prit la petite enveloppe. L'adresse était écrite à l'encre noire, tracée – il en était à peu près sûr – de la main délicate de Stella. Il passa son pouce sur les légères dépressions créées par la plume du stylo.

— Ce n'est pas un crime de vouloir faire son portrait.

— Est-ce vraiment de cela qu'il s'agit ? demanda Alex. Ça ne va pas au-delà du désir de la fixer sur la toile ?

— Je ne vois pas ce qu'il pourrait y avoir d'autre, grommela Teddy.

— Je ne me souviens pas de t'avoir vu correspondre avec tes autres modèles.

— Je doute que la plupart d'entre elles sachent lire et écrire.

— L'argument est valable, admit Alex. Et tu ferais peut-être bien d'en tenir compte.

Cessant d'examiner l'enveloppe, Teddy leva les yeux, surpris.

— Que veux-tu dire ?

— Mlle Hobhouse est une jeune fille de bonne famille, pas une prostituée parisienne.

— Je le sais fort bien.

— Prends garde, insista Alex. Il se pourrait bien que tu joues avec le feu.

Teddy prêta à peine attention à l'avertissement. Dès que sa sœur et son beau-frère eurent quitté la pièce, il déchira l'enveloppe. Stella avait présenté son courrier de la même façon que le sien, glissant son message dans une feuille repliée, destinée à Laura – quelques lignes courtoises mais brèves.

Teddy n'y jeta qu'un coup d'œil, avant de consacrer toute son attention à la lettre qui lui était adressée – écrite dans un style totalement différent.

23 janvier 1863

Cher monsieur Hayes,

Je vous remercie pour votre lettre. Quelle surprise ce fut de la recevoir. Comment avez-vous bien pu découvrir le nom de mon village ? Je ne me rappelle pas l'avoir mentionné.

Votre séjour à Greyfriar's Abbey semble plaisant, avec tant d'autres personnes autour de vous. Je vous envie cette grande famille, tout en vous témoignant ma sympathie pour la solitude que nécessite votre travail.

Vous avez mentionné M. Finchley. Son nom ne m'est pas inconnu. Je l'ai rencontré brièvement l'année dernière à Londres, avec son épouse, au mariage de ma chère amie Evelyne Malravers avec M. Ahmad Malik. Le connaissez-vous ? Avez-vous par hasard entendu parler d'Evelyne ? Je n'avais pas imaginé que nous pourrions avoir des amis communs à Londres.

Ici, à Fostonbury, l'animation de la ville est un souvenir lointain. Je n'ai pas eu de succès dans ma recherche d'un professeur de dessin compétent dans un rayon de vingt-cinq kilomètres, et mes amies sont trop éloignées pour que je puisse aisément leur rendre visite. Locket est ma seule consolation. Je la fais galoper chaque jour, et je souhaiterais qu'elle m'emporte loin de cet endroit. Mon frère vient de faire sa demande en mariage, voyez-vous. Sa fiancée nous a rejoints récemment avec sa mère, et elles séjournent chez nous pour une durée indéterminée. J'ai dû leur céder ma chambre. Ce n'est pas une situation confortable.

Il semble impossible que je parvienne à me rendre à Londres pour le mariage de lady Anne au printemps. J'ai menacé d'y aller seule par le train, mais la détermination de mon frère est irrévocable. Il est plutôt mécontent de moi en ce moment, en raison d'un petit scandale que j'ai causé avec sa fiancée, sa future belle-mère et un de mes prétendants. Je dis « un », mais il s'agit en réalité de mon unique prétendant. Vous pouvez en tirer vos conclusions quant à l'attrait de l'homme en question.

Il suffit de dire que je suis actuellement en délicatesse avec tout le monde. J'ai pourtant essayé de me comporter de manière exemplaire, mais sans succès. Mon frère désespère de moi, et sa nouvelle famille me souhaite tout le malheur possible. Si l'on pouvait comme autrefois se débarrasser des parentes encombrantes en les envoyant au couvent, je ne doute pas qu'on m'y aurait expédiée séance tenante.

En dehors de Locket, votre dessin est la seule chose qui m'apporte un peu de plaisir. Je le regarde bien plus souvent que je ne le devrais. Mon impression initiale de votre talent n'a cessé de grandir avec le temps. Je crois sincèrement que vous serez célèbre un jour. Égoïstement, j'espère que ce jour arrivera rapidement. Je pourrai alors vendre votre dessin pour une jolie somme et assurer ainsi mon indépendance. Bien que, je l'avoue, l'idée de m'en séparer ne soit pas facile.

J'aimerais pouvoir me voir comme vous m'avez vue ces jours-là dans le petit salon, ou ce soir-là dans le traîneau sous les étoiles. Je suis bien en peine de me rappeler ce que je vous ai dit ensuite. J'imagine qu'il s'agissait de quelque chose d'insignifiant. Vos muses parisiennes sont sans doute plus éloquentes dans de telles circonstances.

Vous trouverez ci-joint une lettre pour votre sœur. Je vous prie de la remercier de son intervention pour que vous puissiez m'écrire. Ce serait un honneur pour moi de recevoir à nouveau de ses nouvelles.

En toute amitié,
Stella Hobhouse

18

Mademoiselle Stella Hobhouse
Le Presbytère
Fostonbury, Derbyshire

2 février 1863

Chère mademoiselle Hobhouse,

Je suis peiné d'apprendre vos difficultés. Qui est ce mystérieux prétendant ? Un homme du pays ? Un gentilhomme fortuné ? Je ne vais pas gâcher de l'encre à vous dire ce que vous savez déjà. Une lady de votre qualité devrait être admirée et célébrée à Londres ou à Paris, ou dans toute autre ville animée. Vous n'êtes pas faite pour une existence recluse à la campagne, en étant l'épouse d'un villageois ou d'un fermier. (Loin de moi l'idée de faire offense à Fostonbury.)

Vous vouliez savoir comment j'ai découvert le nom de cet endroit. C'est fort simple. Je me suis adressé à Tom Finchley. C'est un homme doté de ressources infinies. Je n'ai eu qu'à lui parler du Derbyshire et des Hobhouse, et il a pu trouver le reste en l'espace d'une semaine.

Voilà qui explique pourquoi ma première lettre ne vous est pas parvenue plus tôt. Il ne s'agissait pas d'un manque d'intérêt. Ce n'était pas non plus parce que je ne voulais pas continuer à entretenir la relation que nous avons nouée dans le Hampshire. La raison en est que, face à vous, j'étais trop absorbé par l'expression de votre visage pour songer à vous demander votre adresse postale.

Quant aux Finchley, la réponse est oui : j'ai rencontré Ahmad Malik à plusieurs reprises. J'ai même rencontré son épouse, cependant j'ignorais qu'elle avait l'honneur de compter parmi vos proches amies. Je ne crois pas au destin, ni au spiritisme, ni à tout ce fatras métaphysique, mais force est de constater que les fils de nos vies ne cessent de s'entrelacer. Pourrait-il s'agir d'autre chose que d'une simple coïncidence ? Je commence à me le demander.

Plus sérieusement, vous avez évoqué la vente de mon dessin. Je vous en prie, gardez-le. Si les choses devaient se gâter pour vous, je vous l'achèterais moi-même. En attendant, sachez que je n'attends pas que vous posiez pour moi sans compensation. Les modèles des artistes sont rémunérés pour leur travail. Lorsque vous viendrez à Londres et que vous accepterez de poser pour moi, je vous promets que vous serez bien traitée.

Quant à mes expériences avec des muses parisiennes…

Je ne dirai pas qu'il n'y en a pas eu. Mais la soirée froide et étoilée à laquelle vous faites allusion ne peut être comparée à aucune d'elles. Pour moi, ce fut un plaisir d'une tout autre nature – infiniment plus précieuse.

Votre ami,
Teddy

*
* *

Monsieur Edward Hayes
Greyfriar's Abbey
King's Abbott, Devonshire

7 février 1863

Cher monsieur Hayes,

Il ne m'était pas venu à l'esprit que les modèles recevaient une rémunération. Cela leur suffit-il pour vivre ? Et je ne parle pas d'une chambre louée au-dessus d'un troquet miteux et d'une tranche de pain pour le dîner. Je parle d'en vivre véritablement.

Une lady de ma position a peu d'opportunités de tracer sa propre voie, à moins de disposer d'une fortune personnelle. Mais travailler pour subsister et être libre de faire véritablement ce que l'on veut offre un attrait indéniable.

Comme vous pouvez vous en douter, c'est mon frère qui administre mon modeste héritage. N'osant l'interroger sur les frais d'une existence indépendante, j'ai donc été contrainte de demander une entrevue au notaire de notre village, Me Underhill. Moyennant honoraires, ce dernier m'a confirmé ce que je savais déjà : pour assumer la nourriture, le logement et les gages d'une dame de compagnie, je devrais renoncer à l'entretien de Locket et de son palefrenier. C'est une chose que je ne ferai jamais. Ce qui me place dans la même situation que lorsque je suis rentrée à la maison après Noël : tout entière à la merci de mon frère.

Ce n'est pas si dramatique, tant que je me tais et que j'accepte de suivre les conseils et les instructions de Mlle Trent et de sa mère. Elles ont déjà modifié tous les arrangements de la maisonnée. Mlle Trent s'est même proposée pour me donner des cours de dessin (son style artistique s'apparente étonnamment à celui de ma vieille gouvernante, Mlle Callis).

Mon frère est en accord parfait avec les Trent. Il n'a guère le choix, puisqu'il épousera Amanda en mars.

En attendant, je continue à occuper la chambre de service, qui ressemble de plus en plus à l'île d'Elbe.

Vous évoquez ma prochaine visite à Londres, et le fait que je poserai pour vous. Comment pouvez-vous en être aussi sûr ? Votre confiance est-elle dépourvue de limites ? Quant à moi, je sais fort bien que je ne peux pas voyager sans chaperon. Et je n'abandonnerai pas une nouvelle fois ma chère jument. Mon seul espoir est que mon frère, une fois marié, accepte de nous accompagner à Londres, Locket et moi. Il ne s'agirait que de quelques jours, le temps d'assister à la cérémonie. Lady Anne et M. Hartford nous ont déjà envoyé des invitations. Leur mariage est prévu pour le premier jour du printemps.

Si je m'y rends, peut-être vous verrai-je en ville ?

*

* *

11 février 1863

Chère Stella (si je puis me permettre de vous appeler ainsi),

Bien sûr que vous viendrez en ville le mois prochain, et bien sûr que vous m'y verrez ! Je serai à Hyde Park dès le deuxième jour du printemps, à l'ombre des grands arbres de Rotten Row, impatient de vous voir chevaucher votre jument.

Que vous faut-il pour que cela se réalise ? Un domestique pour vous accompagner ? De l'argent pour votre billet de train ? Un palefrenier pour escorter votre monture ? Peut-être devriez-vous finalement me vendre le dessin que j'ai fait de vous.

Quant à vos propres croquis, oubliez les cours de dessin. Votre talent, qui surpasse largement celui de la plupart des professeurs que j'ai rencontrés, ne sera pas entravé par le manque d'enseignement, en attendant que vous trouviez une personne digne de vous guider.

*
* *

5 février 1863

Cher Teddy (je m'y autorise, puisque vous l'avez fait vous-même),

Je ne puis accepter de l'argent de votre part, même en échange de la restitution de votre dessin. Quelle sorte de dame ferait cela ?

*
* *

19 février 1863

Ma très chère Stella,

Quelle sorte de dame, demandez-vous. Eh bien, une dame entreprenante. Une dame déterminée. Vous, en somme.

*
* *

26 février 1863

Cher Teddy,

Je ne me sens pas particulièrement entreprenante. En effet, depuis votre dernière lettre, un certain sentiment d'irrévocabilité m'envahit. Le mariage de mon frère est prévu pour le 10 du mois prochain. Il a pris une chambre au village en attendant, étant donné qu'il serait inconvenant qu'il demeure sous le même toit que sa fiancée pendant la publication des bans. J'aurais aimé pouvoir me retirer au village également, mais on m'a ordonné de rester au presbytère avec Mlle Trent et sa mère, bien que je n'aie plus aucun pouvoir réel sur la maisonnée désormais.

Les Trent sont si impatientes de se débarrasser de moi qu'elles ont, à deux reprises, invité mon ancien prétendant, M. Smalljoy, à venir au presbytère pour prendre le thé. Sous leur influence, il s'est convaincu que mon malheureux coup d'éclat était dû à un malaise passager, causé par un trop long séjour à Londres. Il a laissé entendre qu'il serait disposé à me pardonner si je lui procurais un minimum d'encouragement. Ai-je mentionné qu'il fait partie de ces gentlemen qui prennent un simple souffle pour un encouragement ?

*
* *

4 mars 1863

Chère Stella,

Smalljoy (« Petite joie », diraient les Français) : êtes-vous sûre de ne pas avoir inventé ce nom ? Votre séjour à Fostonbury devient de plus en plus épouvantable, semble-t-il.

Pendant ce temps, mon séjour dans le Devon se poursuit à un rythme soutenu. J'ai terminé deux (deux !) paysages marins, et je suis, ma foi, fort satisfait du résultat. Je cherche toujours un modèle pour mes portraits, et vous êtes la seule à pouvoir tenir ce rôle.

Comment est la vue depuis l'île d'Elbe ?

Je vous en prie, dites-moi que vos malheurs ont fini par jouer en ma faveur.

*
* *

9 mars 1963

Cher Teddy,

Sont-ce réellement des malheurs ? Il y a des gens dans ce monde qui sont victimes de situations bien pires que la mienne, j'en suis certaine. Ici, sur l'île d'Elbe, je dispose au moins de nourriture et d'un toit sur ma tête. Il faut savoir relativiser. C'est ce que je ne cesse de me répéter.

Je m'exerce également à me montrer humble et silencieuse. Ce n'est pas aussi difficile que vous pourriez le penser. J'avais déjà une bonne capacité d'écoute avant. Ce qui a changé, c'est que je ne fais plus qu'écouter désormais.

Deux paysages marins, dites-vous ? Que comptez-vous en faire ? Les conserver ou les vendre ? J'aimerais les voir un jour.

Préférez-vous vraiment peindre des portraits ? Comment une lady pourrait-elle rivaliser avec la mer ?

*
* *

13 mars 1863

Ma chère Stella,

Vous pourriez tout aussi bien demander comment les étoiles pourraient rivaliser avec la mer. La réponse est qu'il n'y a aucune compétition.

Comment s'est passé le mariage de votre frère ? Et comment allez-vous, maintenant que son épouse et lui ont pris leurs quartiers au presbytère ? Continuez-vous à vous montrer humble et silencieuse ?

J'espère que vos préparatifs pour venir en ville la semaine prochaine avancent. Nous nous y rendrons nous-mêmes le 16. Vous pouvez m'écrire chez Mme Jenny Finchley, Half Moon Street. Je logerai chez elle et son mari jusqu'à ce que je trouve un endroit où habiter.

La recherche d'un logement approprié sera un défi intéressant. Mes besoins sont assez spécifiques, comme vous pouvez l'imaginer. L'endroit sera à la fois une habitation et un atelier, et devra être accessible en fauteuil roulant. Vous pourrez visiter les lieux quand vous viendrez poser pour moi.

Je vous y attends, si ce n'est dans mon atelier, du moins à Londres.

N'oubliez pas. Le deuxième jour du printemps, Rotten Row. Cherchez-moi près des grands arbres.

Stella replia lentement la dernière lettre de Teddy. Après l'avoir replacée dans son enveloppe, elle la déposa dans la boîte en noyer incrustée de laiton où elle conservait ses autres trésors. L'intérieur doublé de velours renfermait les vœux de mariage jaunis de ses parents, une mèche de cheveux de sa mère – de couleur brune –, quelques lignes brèves et affectueuses que son père lui avait écrites quand elle était petite, et maintenant… une pile entière de lettres de Teddy Hayes, entourées d'un ruban. Son dessin s'y trouvait également, tel un rappel doux-amer de ce qui aurait pu être.

En ces lointains jours de décembre, Teddy l'avait dessinée comme une sorte de déesse. Mais Stella ne s'était pas sentie particulièrement divine dans les semaines qui avaient suivi, tandis qu'elle traînait son ennui à Fostonbury, chaque heure semblant compter double sous le poids oppressant du désaveu de Daniel et des critiques incessantes d'Amanda. Elle n'éprouvait plus guère de plaisir à dessiner, désormais. Même ses promenades à cheval commençaient à lui sembler fades. Il y avait matière à s'inquiéter. Si l'équitation ne lui remontait pas le moral, quoi d'autre le ferait ?

C'était une chose terrible d'être laissée pour compte. Daniel et Amanda étaient là l'un pour l'autre. Ils se construisaient une vie commune, remodelaient la maison à leur convenance. Il n'y avait pas de place pour Stella. Jour après jour, elle devenait de plus en plus invisible. Bientôt, elle craignait de disparaître complètement.

Fermant sa boîte à trésors, elle la remit dans sa cachette, sous son matelas affaissé. La chambre de service était froide et humide comme jamais. Il n'y avait pas de feu dans la cheminée. Pour se réchauffer, elle ne pouvait compter que sur une double paire de chaussettes et un épais châle de laine. Enroulant ce dernier plus étroitement autour de sa silhouette emmitouflée dans une chemise de nuit en flanelle, elle se glissa entre les draps de son lit étroit.

Une seule bougie brûlait sur sa table de chevet, sa flamme vacillant dans le courant d'air occasionné par le conduit de cheminée. Stella l'éteignit, et l'obscurité l'engloutit.

C'était pour cette raison que les femmes finissaient par épouser des hommes qu'elles n'aimaient pas. Des hommes qui ne les aimaient pas non plus et qui voulaient seulement façonner à leur idée une jeune fille expérimentée, afin d'en faire une épouse docile.

Mais, aussi fatiguée soit-elle, Stella n'était pas encore prête à céder. Elle se considérait toujours comme l'une des quatre Amazones. L'une des Furies. Et les Furies ne renonçaient pas. Elles ne cédaient pas. Elles se battaient.

C'était exactement ce qu'elle avait l'intention de faire.

Cet après-midi, elle avait fait le premier pas vers sa liberté. Profitant de sa deuxième sortie quotidienne avec Locket, elle avait chevauché jusqu'à la gare de Fairhook et acheté un billet de train pour Londres.

Elle assisterait au mariage d'Anne vendredi. Rien ni personne ne pourrait l'en empêcher.

*

* *

Le lendemain matin, au petit déjeuner, Stella informa son frère de son projet.

Daniel laissa bruyamment tomber sa fourchette dans son assiette, sans avoir touché à ses œufs et à ses toasts. Son visage étroit se crispa, exprimant tout à la fois la colère et la lassitude.

— Cherches-tu à passer pour une dévergondée ? demanda-t-il. Ou bien est-ce ma réputation que tu veux entacher par tes actions irréfléchies ?

— Je tente simplement de soutenir mon amie, répondit Stella. Elle m'attend à son mariage, et je lui ai promis que j'y serais. Puisque tu refuses de m'accompagner, je n'ai d'autre choix que de…

— Je suis tout juste marié ! Je ne peux pas sauter dans un train pour Londres sur un simple claquement de doigts de ta part !

Amanda était assise en face de lui à table, une coiffe de matrone à ruchés épinglée sur ses boucles blondes. Elle interrompit son geste alors qu'elle s'apprêtait à verser du thé dans sa délicate tasse en porcelaine.

— Je vous en prie, mon cher époux, ne vous laissez pas gagner par la colère à cause de son comportement.

— Comment réagir autrement, ma chère ? Nous sommes mariés depuis moins de deux semaines, et ma sœur exige déjà d'être accompagnée en ville. Un tel égoïsme est-il supportable ?

Daniel secoua vigoureusement la tête.

— Je n'abandonnerai pas mon épouse pour…

— Le voyage ne prendra pas plus d'une journée, à l'aller comme au retour, l'interrompit Stella. On ne peut parler d'abandon. Je compte rester seulement le temps d'assister à la cérémonie.

— Pouvez-vous vous le permettre, ma chère ? demanda Amanda avec une douceur trompeuse. J'aurais cru que vous auriez à cœur de faire des économies, compte tenu de ce que vous coûtent vos chevaux et votre palefrenier.

— Elle peut évidemment se le permettre, dit Daniel d'un ton de reproche. Elle n'a aucune obligation d'utiliser son capital de façon plus raisonnable, étant donné que je subviens à ses besoins du quotidien.

— Elle n'y est certes pas obligée, répliqua Amanda, mais on pourrait espérer que son devoir de chrétienne l'incite à dépenser ses deniers autrement que pour son bon plaisir.

— Je suis là, vous savez, fit Stella. Il n'est pas nécessaire de parler de moi comme si j'étais invisible.

— Je souhaiterais parfois que tu le sois, répliqua Daniel sans ménagement. Au lieu de quoi chaque jour apporte son lot de contrariétés : disputes au sujet de la commande de charbon, instructions contradictoires données aux domestiques, critiques sur la façon dont je reçois mes invités dans ma propre maison… Ma chère femme est sans cesse contrainte de modérer tes caprices, et M. Smalljoy lui-même a fait remarquer…

— Tu ne vas pas me parler encore une fois de M. Smalljoy, protesta Stella.

— Un homme qui pourrait apporter une heureuse solution à nos problèmes actuels, reprit Daniel, à condition que tu cesses de t'obstiner dans cette ridicule idée de demeurer éternellement célibataire.

— Je persiste à croire que ce choix m'appartient. Bien que cela n'ait rien à voir avec mon souhait d'assister au mariage de lady Anne en tant que demoiselle d'honneur.

— Si tu avais un mari, il pourrait te conduire à Londres, objecta Daniel.

— Pas nécessairement, murmura Amanda. En vérité, ma chère, les plus sages érudits affirment que le véritable contentement commence dans notre foyer. C'est à cela qu'une dame devrait consacrer toute son attention, au lieu de se tourner vers les plaisirs douteux du monde extérieur.

On reconnaissait bien là les paroles d'une personne qui n'avait jamais galopé sur Rotten Row, jamais dansé sous les lumières colorées de la pagode chinoise des Cremorne Gardens, ni goûté la compagnie exaltante d'amies partageant vos idées.

Stella s'apprêtait à répondre, quitte à essuyer de nouvelles critiques, mais sa repartie ironique fut interrompue par le bruit des roues d'une calèche sur le gravier du chemin menant à la maison.

Daniel lui lança un regard accusateur.

— As-tu fait venir un fiacre pour te conduire à la gare ?

— Ne sois pas ridicule, dit Stella. Je ne pars que demain.

Daniel se tourna vers sa femme.

— Attendez-vous quelqu'un, ma chère ?

Le sourire satisfait d'Amanda s'élargit.

— Peut-être est-ce M. Smalljoy, suggéra-t-elle d'un ton innocent à son mari. Il avait laissé entendre qu'il souhaitait voir votre jument grise.

— *Ma* jument ! corrigea aussitôt Stella en se levant d'un bond. Et si c'est le cas, vous n'aviez pas à l'encourager. Je lui ai déjà donné ma réponse.

— Vous étiez de mauvaise humeur, dit Amanda. Je savais qu'une fois votre colère apaisée vous comprendriez le bien-fondé de sa proposition. Personne ne voudrait provoquer un conflit avec un voisin estimé. Pas pour une affaire aussi insignifiante que l'intérêt qu'il porte à un cheval.

— Ce n'est pas insignifiant pour moi, rétorqua Stella en se dirigeant vers la fenêtre.

Elle écarta le rideau pour jeter un coup d'œil dans la cour. Le véhicule qui venait de s'arrêter devant la maison ne portait pas de blason sur ses portières. Il s'agissait d'un fiacre de location, comme on pouvait en trouver à la gare de Fairhook.

— Ce n'est pas M. Smalljoy, dit-elle, c'est...

Sa voix s'éteignit tandis que la portière du fiacre s'ouvrait et qu'un homme en manteau noir en sortait. Il était grand, sombre et large d'épaules, une cicatrice barrant tout le côté droit de son visage.

Bonté divine, il s'agissait du mari de Julia, le redoutable capitaine Blunt !

Et il n'était pas seul, put constater Stella quand elle le vit se tourner pour aider Julia à sortir du fiacre. Cette dernière était vêtue d'une robe de voyage bleu foncé et d'un manteau assorti. Tandis qu'elle prenait le temps de faire bouffer ses jupes aplaties par le trajet, elle croisa le regard stupéfait de Stella à travers la fenêtre de la salle à manger. Un sourire malicieux éclaira alors son visage.

Stella lui répondit par un sourire fugace.

Daniel se leva.

— Qui est-ce ? demanda-t-il.

Stella laissa retomber le rideau.

— Mme Blunt et son mari.

— Le capitaine Blunt ?

Daniel blêmit. Il connaissait la réputation du capitaine, ternie à la fois par des rumeurs concernant sa conduite brutale en Crimée et par le fait qu'il logeait sans vergogne trois de ses enfants illégitimes sous son toit, au domaine de Goldfinch Hall dans le Yorkshire.

Mais ce n'était pas tout. Les circonstances de son mariage avec Julia auraient suffi à choquer les esprits plus endurcis. L'été dernier, tandis que Stella et son frère se trouvaient à Exeter, le capitaine Blunt était venu chercher Julia au domicile de ses parents à Belgrave Square alors qu'elle était malade, alimentant les rumeurs selon lesquelles il aurait enlevé une héritière vulnérable afin de la compromettre et de la forcer à l'épouser.

La véritable histoire était toute autre, et Julia l'avait apprise à Stella, mais Daniel et Amanda n'en savaient rien.

Amanda se leva à son tour, incarnant l'image même de la pudeur offensée. Étant une jeune dame pieuse, récemment mariée à un ecclésiastique, l'idée qu'un homme de la trempe du capitaine Blunt entre dans sa maison suffisait à provoquer son désarroi et sa colère.

— Que viennent-ils faire ici ?

Quittant la pièce pour aller à la rencontre de ses amis, Stella lança par-dessus son épaule :

— Je crois qu'ils sont venus me chercher.

Julia garda les mains de Stella dans les siennes après avoir déposé un baiser sur sa joue pour la saluer.

— Tu ne croyais tout de même pas que je te laisserais manquer le mariage d'Anne ?

— J'étais loin d'imaginer que tu viendrais me chercher en personne.

— Qui d'autre que moi ? Tu n'as pas voulu informer Anne de tes difficultés. Quant à Evie et M. Malik, ils ne pouvaient pas quitter Londres à cause des commandes de vêtements passées par la famille royale.

Baissant la voix, elle ajouta :

— De toute façon, seul mon mari possède l'autorité nécessaire pour convaincre ton frère.

Les bras croisés dans une posture menaçante, le capitaine occupait tout le hall de sa large silhouette. Il avait l'air tellement redoutable que Stella aurait craint pour Julia si celle-ci ne lui avait pas confié à quel point son mari se montrait tendre et aimant avec elle.

— Je prendrai l'entière responsabilité du bien-être de Mlle Hobhouse pendant notre séjour en ville, affirma le capitaine à Daniel, une fois les présentations faites. Vous n'avez aucune crainte à avoir pour sa réputation.

Amanda eut un rire étranglé.

— Aucune crainte pour sa réputation, monsieur, alors qu'elle voyagera en votre compagnie ?

Le capitaine Blunt ignora l'insulte.

— J'ai réservé des chambres à l'hôtel Brown, dit-il en s'adressant toujours à Daniel. Nous y demeurerons quinze jours.

Les yeux de Julia brillaient de plaisir anticipé.

— Quel merveilleux séjour nous passerons ! Anne partira bientôt en voyage de noces, mais Evie sera en ville. Nous pourrons monter à cheval tous les jours.

— Je ne veux pas monter un autre cheval que Locket, dit Stella. Et il n'est pas question que je la laisse seule ici pendant quinze jours.

Elle tourna les yeux vers Amanda.

— Surtout après la conversation que je viens d'avoir avec…

Julia l'interrompit en lui pressant la main d'un geste rassurant.

— Mon mari veillera à ce que ta jument soit conduite à Londres.

Julia tourna vers le capitaine un regard confiant.

— N'est-ce pas, Jasper ?

— Je m'occupe de tout, confirma-t-il.

— Tu vois ? dit Julia, rayonnante. Mon mari peut résoudre n'importe quel problème qui se présente à nous. Il ne te reste plus qu'à préparer tes affaires, et nous pourrons nous mettre en route.

— Pas avec ma sœur, certainement pas !

Daniel se plaça devant la porte, barrant le passage.

— Je ne le permettrai pas.

Stella se mordit la lèvre. Pourquoi son frère devait-il toujours être un obstacle ? Il était déjà fort regrettable qu'il refuse de l'accompagner lui-même à Londres, mais il dépassait les limites en insultant Julia et le capitaine Blunt alors que ces derniers ne cherchaient qu'à être agréables à une amie.

— Tu n'es guère courtois, mon cher frère, dit-elle. Nos invités pourraient te trouver impoli.

À supposer que ce ne soit pas déjà le cas.

Ni Daniel ni sa jeune épouse ne les avaient invités à s'asseoir, pas plus qu'ils ne leur avaient proposé un rafraîchissement.

Le message était clair. Les Blunt n'étaient pas les bienvenus.

— Ils penseront ce qu'ils veulent, répliqua Daniel.

Il toisa le capitaine, un léger tressaillement dans sa posture trahissant néanmoins qu'il était intimidé par l'autorité naturelle de son interlocuteur.

— Je n'autoriserai pas ma sœur à se rendre à Londres en votre compagnie, monsieur. Les scandales qui entourent votre vie et votre union récente sont tels que le simple fait que son nom soit associé au vôtre…

— Daniel ! l'interrompit Stella, mortifiée. Comment peux-tu dire cela ?

Il balaya sa remarque d'un geste agacé de la main, sans détacher les yeux du capitaine Blunt, dont le visage avait l'impassibilité d'une statue.

— Je ne cherche pas à offenser qui que ce soit, mais je suis responsable de la réputation de ma sœur. Je ne l'autoriserai pas à vous suivre, quelles que soient les circonstances.

Stella se raidit sous l'effet d'une immense colère. La réaction de Daniel n'était pas provoquée uniquement par les inconvénients liés à ce voyage. C'était avant tout une question de contrôle. Un souhait de la façonner comme la personne qu'elle n'était pas : une femme humble et silencieuse, une vieille fille obéissante sans pensées ni opinions propres.

— Je pars, annonça-t-elle. Je n'ai pas besoin de ta permission.

— Si, tu en as besoin, rétorqua Daniel. Tant que tu vivras sous mon toit, tu obéiras à mes règles. Si tu tiens à me défier, il sera inutile de revenir.

Une lueur de satisfaction brilla dans les yeux d'Amanda. Ce qui se passait était sa faute. Toutes ces semaines de remarques mielleuses et d'inquiétudes feintes, chacune n'étant destinée qu'à monter Daniel contre sa sœur. Enfin, elle en récoltait les fruits. Sa campagne malveillante avait atteint son objectif.

Julia attira Stella contre elle, comme si elle voulait la protéger.

— Je suis certaine que vous ne le pensez pas, monsieur Hobhouse.

— Oh, mais si, je le pense, répliqua Daniel d'un ton acide. Ma patience a atteint ses limites.

— Sois raisonnable, Daniel, plaida Stella, tentant une dernière fois de faire appel à la nature charitable de son frère. Ce n'est que pour quinze jours. Et tu ne pourrais pas trouver meilleur chaperon pour moi que Julia.

Amanda ricana et Julia lui lança un regard d'indignation, avant de reporter son attention sur le frère de Stella.

— Nous devons toutes les deux être présentes au mariage de lady Anne, expliqua-t-elle avec patience, comme si elle s'adressait à un enfant capricieux. Nos robes de demoiselles d'honneur sont déjà prêtes. Toute la bonne société de Londres sera présente.

— Que m'importe cela, quand mon devoir et mon honneur d'ecclésiastique sont en jeu ? C'est non, vous dis-je.

Daniel secoua la tête.

— Ma décision est prise, Stella, poursuivit-il. Si tu tiens à me défier pour partir maintenant avec tes amis, alors tu devras suivre ta propre voie. Ma maison n'est pas une étape entre tes diverses escapades. C'est un foyer, un foyer décent et tranquille, et les dames qui y vivent doivent se comporter en conséquence.

Julia adressa un regard de désarroi à son mari. Grave et silencieux, le capitaine se tourna vers Stella, attendant son verdict.

Les derniers grains de sable occupant le sablier du destin de Stella tombèrent au fond. Elle comprit que cet instant allait décider du cours de sa vie.

Elle rassembla son courage. Son avenir se dressait devant elle, aussi vide que l'une des pages blanches de son carnet de croquis, à la fois effrayant et follement enthousiasmant.

Elle ne savait pas ce qu'il lui réservait.

Sans doute devrait-elle imposer sa présence à ses amies quelque temps avant de se chercher un emploi respectable. Ou bien poserait-elle peut-être pour un portrait ou deux.

— Fort bien, Daniel, dit-elle enfin. Si c'est ce que tu souhaites, qu'il en soit ainsi. Dorénavant, je suivrai ma propre voie.

19

Londres, Angleterre, mars 1863

La première décision qu'eut à prendre Teddy concernant son indépendance fut liée à sa liberté de mouvement. Pour cela, il ne pouvait pas se contenter de son fauteuil roulant. Il lui fallait un véhicule approprié.

Ce fut Tom Finchley qui l'aida à s'en procurer un. D'apparence inoffensive, Tom était, ainsi que Teddy l'avait écrit à Stella, un avocat aux ressources infinies. Il connaissait des gens dans tous les recoins de Londres, y compris quelques maquignons, charrons et carrossiers. Nombre d'entre eux lui devaient des services depuis qu'il les avait aidés à se sortir de bien des ennuis juridiques. D'autres étaient en dette envers lui pour des raisons plus sinistres.

— Je n'ai pas toujours été le citoyen honnête et vertueux que tu as devant toi aujourd'hui, dit Tom avec un sourire en coin alors qu'ils sortaient de la maison que les Finchley possédaient sur Half Moon Street.

Teddy y logeait depuis deux jours, accompagné de sa sœur et de son beau-frère. C'était leur lieu de séjour habituel lors de leurs visites à Londres. Les

Finchley n'auraient jamais accepté qu'il en soit autrement.

— Les avocats sont-ils jamais honnêtes et vertueux ? plaisanta Teddy tout en manœuvrant son fauteuil roulant pour franchir la porte.

Les yeux de Tom scintillèrent derrière ses lunettes à monture argentée.

— Là-dessus, je fais valoir mon droit au silence.

Dehors, trois marches de pierre menaient à la rue en contrebas. Avec l'aide de Tom, Jennings manœuvra le fauteuil. Le contact brutal des roues en bois sur les marches vibra dans tout le corps de Teddy, l'obligeant à serrer les dents. La descente fut rude, mais il préférait cela à l'idée d'être porté séparément. C'était moins de tracas pour quelques marches, et surtout moins de spectacle.

Half Moon Street était modérément animée cet après-midi-là. Des véhicules à la dernière mode passaient régulièrement, tandis que plusieurs personnes se promenaient à pied, profitant du beau temps. C'était le premier jour du printemps, une journée qui avait commencé de manière plutôt décourageante avec de fortes pluies. Heureusement, le climat détestable n'avait pas duré. Dès le petit déjeuner, les nuages sombres s'étaient dissipés, chassés par un soleil éclatant.

C'était de bon augure pour les retrouvailles de Teddy et Stella, le lendemain à Hyde Park.

À condition qu'elle soit là.

Il ne savait pas encore si elle avait réussi à rejoindre Londres. Il l'espérait de tout son cœur. L'arrivée de Stella faisait autant partie de son projet que sa recherche d'un logement et l'achat d'un véhicule.

Le palefrenier des Finchley les attendait dans la rue. Il tenait la bride d'un solide hongre bai.

Nommé Samuel, le cheval était attelé à une calèche dite wagonnette, à l'élégante peinture laquée noir et vermillon.

Teddy l'avait achetée la veille. Plus large qu'un tilbury, elle était équipée de quatre roues au lieu de deux, avec un siège double pour le cocher, et deux banquettes à l'arrière disposées de façon que les passagers soient assis face à face. Pouvant accueillir six personnes, le plateau arrière était suffisamment vaste pour loger le fauteuil roulant de Teddy lorsqu'il conduisait.

— Je ne pense pas que tu aies à redouter que ton cheval ne s'emballe, observa Tom. Il semble calme.

— Remarquablement placide, m'a affirmé le vendeur, répondit Teddy. Et facile à entretenir, quoi que cela veuille dire.

— Garder un cheval à Londres n'est pas une menue dépense. Tu auras besoin d'une écurie et d'une remise. À moins d'en trouver à louer près de ta future habitation.

— Parlons plutôt de deux chevaux, dit Teddy en se souvenant des conseils de Stella. Les chevaux sont des animaux grégaires. Je tiens de source autorisée qu'il serait cruel de n'en avoir qu'un.

— Une autre dépense à garder en tête concernant ta recherche de logement.

— Ne t'inquiète pas, j'y pense.

Jennings aida Teddy à sortir de son fauteuil et le souleva pour l'installer sur le siège conducteur de la wagonnette.

— Tout va bien, monsieur ? demanda le valet.

— Assez bien, répondit Teddy.

Il se redressa sur le siège en cuir capitonné, ajusta soigneusement ses jambes devant lui et prit les rênes que lui tendait le palefrenier.

Il avait conduit la wagonnette dans le parc lorsqu'il l'avait essayée avant de l'acheter, mais circuler dans les rues animées de Londres était une autre affaire. Un léger sentiment d'appréhension lui fit crisper les doigts autour des rênes. Il n'avait nulle envie d'être projeté hors du véhicule et de se retrouver gisant sur le pavé, dans l'incapacité de se relever.

Jennings plaça le fauteuil à l'arrière, avant de prendre place sur l'une des banquettes.

— Alex et ta sœur seront de retour de Harley Street d'une minute à l'autre, dit Tom. Es-tu sûr de ne pas vouloir attendre que l'un d'eux t'accompagne ? Je sais qu'ils souhaiteraient voir les logements que tu vas visiter.

Teddy n'en doutait pas. Il était également certain qu'aucun des endroits qu'il avait en tête ne recevrait leur approbation. En outre, il ne voulait pas causer de tracas supplémentaires à Laura, à présent que cette dernière entrait dans son troisième mois de grossesse et commençait à en ressentir les effets inconfortables.

— Non merci, dit-il. J'ai un rendez-vous avec Me Chakrabarty, et je suis déjà passablement en retard.

— Fort bien, dit Tom en s'écartant. Mais prends garde, Teddy. Londres n'est pas Grasse. Ce n'est même pas comparable à Paris – et je suis bien placé pour en parler, ayant circulé dans les pires rues de la capitale française. Il est vite arrivé de se retrouver au fond d'une ruelle malfamée.

— Jennings sait se débrouiller.

Teddy incita le somnolent Samuel à avancer. La wagonnette s'ébranla dans une bruyante cacophonie de cliquetis, grincements et autres claquements.

— Passe le bonjour à Chakrabarty de ma part, lança Tom.

— Je n'y manquerai pas.

C'était Tom qui les avait mis en relation. Lui-même avocat, Me Chakrabarty avait établi son cabinet à Regent Street. Il s'occupait principalement d'affaires immobilières, et avait également la réputation de bien connaître le milieu artistique.

Manœuvrant sa wagonnette à travers la circulation de la mi-journée, Teddy prit la direction du British Museum. La maison de Newman Street était la première propriété qu'il visiterait aujourd'hui et, si Chakrabarty avait bien pris en compte la liste de ses exigences, ce serait aussi la dernière. En tout cas, il l'espérait.

En arrivant devant l'imposante façade en brique rouge, Teddy trouva Chakrabarty qui l'attendait. C'était un homme corpulent de petite taille, avec un air jovial et énergique.

— Monsieur Hayes, je présume, dit-il en voyant Teddy arrêter la wagonnette.

L'avocat se hissa sur le marchepied permettant d'accéder au siège du conducteur.

— Comment allez-vous, cher monsieur ?

— Maître Chakrabarty.

Teddy serra la main tendue.

— Veuillez excuser mon retard. La circulation autour d'Oxford Street était pire que je ne l'avais anticipé.

Chakrabarty hocha la tête en signe de sympathie.

— Les embouteillages à Londres sont un défi perpétuel. Il faut s'y faire.

Jennings sauta du plateau de la wagonnette, descendit le fauteuil de Teddy et le fit rouler vers l'avant.

— Vous avez un valet, je vois, remarqua Chakrabarty. Me Finchley ne vous accompagne pas ?

— Il n'est pas impliqué dans ma recherche d'une habitation. Mais il vous transmet ses salutations.

— Un excellent homme, ce cher Finchley.

Teddy leva les yeux vers la haute façade.

— Il s'agit de cette maison ?

— C'est bien cela, monsieur. Pouvez-vous entrer ? Sans doute votre valet pourra-t-il vous aider.

— Certes.

Teddy serra le frein et attacha les rênes. Puis il fit signe à Jennings.

Chakrabarty s'écarta et détourna poliment les yeux pendant que Jennings aidait Teddy à s'installer dans son fauteuil. Puis l'avocat héla un garçon du voisinage et lui donna une pièce pour qu'il surveille le cheval et la voiture.

— La maison a été construite en 1859, expliqua Chakrabarty en accompagnant Teddy à travers les pièces de réception du rez-de-chaussée. C'est une très belle demeure, et une rue idéale pour un artiste. M. Rossetti y a eu son atelier quelque temps.

Teddy connaissait bien les œuvres de Rossetti et du reste de la Confrérie préraphaélite. Il n'y avait pas de doute à avoir sur leur talent, et ils avaient même été révolutionnaires pour leur époque. Mais leurs peintures luxuriantes et vibrantes, qui avaient connu la gloire lors de la décennie précédente, n'avaient rien en commun avec la nouvelle tendance artistique adoptée par les peintres avec qui Teddy avait étudié à Paris. Les thèmes religieux et médiévaux ne l'inspiraient nullement. Lui, ce qu'il cherchait, c'était la lumière.

— Cela ne conviendra pas, je le crains.

Teddy fit pivoter son fauteuil vers la sortie avant que Chakrabarty ait pu le convaincre de visiter l'étage.

— Mais c'est une très belle maison, monsieur Hayes, protesta l'avocat sans dissimuler sa déception.

Trottinant derrière Teddy, il ajouta :

— La meilleure que vous puissiez trouver. Et elle ne dépasse que de très peu votre budget.

— Le coût supplémentaire serait sans importance si la lumière était adéquate. Et je ne parle pas de tous ces escaliers.

— Les escaliers sont inévitables, monsieur.

— Certes, mais je préférerais qu'il n'y en ait pas autant. Les étages supérieurs me sont inutiles.

— Vos domestiques pourraient utiliser certaines pièces, suggéra Chakrabarty. Et vous pourriez louer les autres.

— À des gens qui viendraient perturber mon travail avec leurs allées et venues incessantes ? Non merci.

Teddy jeta un dernier regard autour de lui en fronçant les sourcils. C'était dommage que la maison ne convienne pas, car elle était bien située.

— Je suppose que vous avez d'autres propriétés à me faire visiter ?

— Une ou deux dans votre budget. Les quartiers, en revanche, ne sont pas aussi distingués que celui-ci.

— Montrez-les-moi.

Deux heures plus tard, après avoir visité trois autres maisons, Teddy commençait à se sentir découragé. Aucune des résidences que l'avocat lui avait montrées ne correspondait à ce qu'il recherchait.

En sortant de la dernière propriété, Me Chakrabarty s'arrêta pour réfléchir.

— J'aurais bien une autre maison qui sera bientôt disponible, mais vous risquez de trouver le coût de sa rénovation excessif.

— Où se trouve-t-elle ?

— À Covent Garden.

Teddy sursauta.

— Où précisément à Covent Garden ?

— Maiden Lane, monsieur.

Le cœur de Teddy s'emballa. Bonté divine ! Était-ce possible ? Se pouvait-il qu'il y ait un logement à vendre dans la rue même où Turner avait fait ses débuts ?

— Elle est en assez mauvais état, précisa Chakrabarty. Mais elle présente un grand potentiel. Si vous êtes prêt à passer outre ses défauts…

— Je veux la voir ! l'interrompit Teddy. Avez-vous le temps de me la montrer aujourd'hui ?

Chakrabarty sortit sa montre de sa poche pour vérifier l'heure et hocha lentement la tête.

— Oui. Si nous nous hâtons.

*

* *

Stella rejoignit Evie et Julia dans une chambre située à l'étage de la majestueuse maison de ville du comte de March, sur Arlington Street, afin d'aider Anne à se défaire de sa robe de mariée et à enfiler ses vêtements de voyage.

Anne et M. Hartford partiraient en voyage de noces dans l'heure. Leur destination demeurait secrète pour le moment. On considérait en effet qu'il était de mauvais augure que les invités sachent où se rendaient les jeunes mariés. Mais, à en juger par les malles que les domestiques avaient descendues plus tôt, avec pour instruction de convoyer les bagages vers les quais de St Katharine, Stella soupçonnait que les mariés allaient prendre un bateau à vapeur pour la France et passer leur lune de miel à Paris.

Indéniablement, ce serait tout à fait en accord avec le thème romantique de la journée.

Et cela avait été bel et bien romantique du début à la fin. Depuis le moment où lord March avait conduit Anne vers l'autel, jusqu'à celui où Anne et M. Hartford, rayonnants de bonheur, s'étaient dirigés vers la sacristie pour signer le registre.

Après la cérémonie, tout le monde s'était rendu à Arlington Street pour partager un somptueux déjeuner au champagne. Celui-ci était également offert par lord March. Mieux valait que ce soit lui qui tienne le rôle de patriarche, avait affirmé Anne avant le mariage, plutôt que son odieux cousin éloigné Joshua Deveril, le nouveau comte d'Arundell. Anne abhorrait cet homme qui l'avait spoliée, et ni lui ni sa mère – tout aussi détestable – n'avaient été conviés à la cérémonie.

— Je ne regrette pas de les avoir exclus, dit Anne, alors que sa femme de chambre l'aidait à s'extraire des jupes de satin blanc de la robe de mariée que M. Malik avait conçue pour elle. Et je me moque bien que certaines connaissances des Deveril regrettent que Joshua n'ait pas organisé la réception à Grosvenor Square.

Ce ne fut pas l'unique source de commérages lors de ce mariage. La présence des demi-frère et demi-sœurs de M. Hartford, assis au fond de l'église, avait également occasionné de nombreux murmures indignés.

— Ignore les médisances, dit Evie. Ne les laisse pas gâcher ta journée.

— Et quelle belle journée ce fut ! proclama Julia.

S'asseyant sur le lit, elle étala avec soin la double jupe de sa robe de demoiselle d'honneur. Elle avait les joues rouges, tant à cause du romantisme de l'événement que des deux coupes de champagne qu'elle avait bues.

— Quelqu'un d'autre a-t-il remarqué le rai de lumière qui est tombé sur la robe d'Anne à l'intérieur de l'église ? demanda-t-elle. On aurait dit un arc-en-ciel.

Evie et Stella portaient des robes identiques, en soie abricot à manches courtes et jupe double. Des couronnes de roses et de lys ornaient leurs cheveux, assorties au splendide bouquet de la mariée.

Stella aida à détacher les minuscules boutons recouverts de satin du corsage, heureuse d'avoir quelque chose à faire. N'importe quoi était bon pour lui changer les idées.

L'euphorie initiale qu'elle avait ressentie en quittant le presbytère pour toujours – cette effervescence pleine de promesses qui l'avait poussée dans le fiacre du capitaine Blunt – était retombée quelques heures après son départ du Derbyshire.

À présent, elle ne ressentait plus qu'une angoisse grandissante face à sa situation. Elle n'avait plus de foyer. Plus de famille. C'était une chose terrible, même si elle avait redouté sa propre famille.

Mais elle avait toujours ses amies. Elles lui étaient plus précieuses que jamais, et Stella refusait que ses propres soucis viennent gâcher le plus beau jour de la vie d'Anne.

— C'est le soleil qui a traversé les vitraux vénitiens, dit-elle en réponse à la remarque de Julia. Je crois qu'il s'est levé aujourd'hui uniquement pour Anne.

La jeune mariée sourit.

— Je ne peux m'attribuer le mérite de ce rayon de soleil. Il faut plutôt mettre cela sur le compte de la saison. Mais je suis d'accord avec le sentiment général. Ce fut bel et bien une journée magique.

Stella lui sourit chaleureusement en retour.

— Absolument envoûtante.

Bien que la journée ait commencé sous la pluie, le ciel s'était éclairci quand Anne était arrivée à l'église, culminant en un temps printanier parfaitement idyllique.

Le premier jour du printemps.

Cette pensée hantait l'esprit de Stella depuis qu'elle s'était réveillée au son des gouttes de pluie frappant les vitres de sa chambre élégamment décorée de l'hôtel Brown. Tandis qu'elle faisait sa toilette et s'habillait, elle avait adressé une prière silencieuse pour avoir du soleil, tout en ayant cruellement conscience qu'une averse le lendemain ruinerait tout espoir de retrouver Teddy.

Il lui avait promis d'être là, sous les grands arbres, à l'heure où toute la bonne société se retrouvait. La perspective de le revoir avait été la seule chose qui l'avait empêchée de sombrer dans le désespoir après sa rupture avec son frère.

Teddy croyait en elle. Il croyait qu'elle était destinée à de grandes choses.

Peut-être n'était-ce qu'une flatterie afin de la convaincre de poser pour lui, mais Stella ne le pensait pas.

— C'est la plus belle cérémonie que j'aie jamais vue, dit Julia. Aussi émouvante que le mariage d'Evie ou le mien.

— C'est un beau compliment, fit Anne.

— Et tellement passionnée, ajouta Julia. As-tu vu la réaction de lady Brookdale quand M. Hartford t'a embrassée dans la sacristie ?

Le souvenir de cette scène arracha un éclat de rire à Julia.

— J'ai cru que j'allais devoir lui prêter mes sels de pâmoison !

Avec l'aide d'Evie, Anne ôta délicatement son couvre-corset en dentelle et le tendit à sa femme de chambre, qui enveloppa aussitôt de papier de soie la délicate pièce de vêtement.

— La tante de Hartford fait partie de ces ladies qui estiment que les câlins doivent être réservés à la chambre à coucher, dit-elle.

— Quel dommage pour elle, observa Julia.

— Ou pour toute dame qui trouve les gestes d'affection indécents, ajouta Evie. Si on aime quelqu'un, il n'y a aucune raison que le mariage soit une corvée.

Elle sourit, ajoutant avec malice :

— À part peut-être pour ce qui est de la tenue des livres de comptes.

Julia, qui repliait le délicat mouchoir de batiste bleu azur qu'Anne avait gardé caché dans son corset pendant la cérémonie, comme le voulait la tradition, suspendit son geste.

— Tu t'occupes toi-même des livres de comptes ? demanda-t-elle, intriguée.

— Pour le magasin de mon mari et pour notre maison, répondit Evie. Je ne suis pas mauvaise avec les chiffres. Je tenais également les comptes du foyer dans le Sussex, même si cela ne me plaisait pas.

— Tu n'aimes pas la comptabilité ? s'étonna Julia. Même si tu es douée pour cela ?

— Être compétente dans un domaine ne signifie pas qu'on aime s'y adonner, intervint Stella. J'ai toujours été douée pour organiser les notes de mon frère, mais je déteste être sa secrétaire.

— Tu n'as plus à le faire, maintenant, dit Julia. Puisque…

Stella lui coupa la parole d'un regard sévère. Evie et Julia avaient promis de ne pas évoquer ses soucis devant Anne avant que celle-ci rentre de son voyage de noces. Si elle apprenait les difficultés de Stella, elle ne pourrait plus s'intéresser à rien d'autre. En effet, dès qu'elle était confrontée à un problème, son amie tenait à le résoudre immédiatement, même à son propre détriment.

Evie vola à la rescousse de Stella.

— Nous sommes toutes douées pour l'équitation, en revanche. Et c'est quelque chose que nous adorons, grâce au ciel.

Anne affecta un air réprobateur.

— Ne parlez pas d'équitation, dit-elle en retirant son corset. Je suis furieuse contre vous trois. Dire que vous êtes venues en ville avec Hephaestus, Cossack et Locket, et que vous allez galoper au parc sans moi !

— Furieuse, laisse-moi rire, se moqua Julia. Tu seras bien trop occupée à profiter de ton voyage à Venise pour penser à l'équitation.

— Ou bien est-ce Rome ? demanda Evie, taquine.

— J'aurais plutôt dit Paris, suggéra Stella. Ah, les promenades romantiques sur la Seine…

Les yeux bruns d'Anne pétillèrent de malice.

— Je ne dirai pas un mot. Mais il est possible que je vous écrive, une fois arrivée à destination.

Avec l'aide de sa femme de chambre et de ses amies, elle enfila une lourde robe de voyage en soie cordée. Stella, Evie et Julia – toujours vêtues de leurs robes de demoiselles d'honneur – la suivirent en bas dans le hall, où M. Hartford attendait son épouse. Comme Anne, il avait revêtu des vêtements de voyage : un costume à carreaux bleu et vert, accompagné d'un manteau assorti, dont le style audacieux risquait de provoquer des haussements de sourcils.

Anne prit son bras, le visage illuminé d'un amour infini. En retour, Hartford l'enveloppa d'un regard énamouré, un sourire béat aux lèvres, comme s'ils étaient seuls au monde.

La plupart des invités étaient déjà partis. Il ne restait que lady Arundell, lord March, M. Fielding, ainsi que les maris d'Evie et Julia.

M. Malik se tenait en retrait contre l'un des murs garnis de panneaux de soie, très élégant dans un costume trois-pièces noir impeccablement taillé. Sans doute avait-il conçu lui-même cette tenue d'un chic irréprochable. Se redressant, il tendit la main à Evie, qui la saisit et se laissa attirer contre lui. Au même moment, le capitaine Blunt, sobrement vêtu comme à son habitude, passa un bras protecteur autour de la taille de Julia. Il semblait avoir remarqué qu'elle avait un peu trop bu. Julia prit appui contre lui avec reconnaissance, couvrant son bras du sien.

Stella s'attardait en bas de l'escalier, observant ses amies tandis que celles-ci retrouvaient leurs maris. Un vide étrange et douloureux se forma dans sa poitrine. Tout à coup, elle éprouva combien elle était seule. Elle n'était pas dépourvue d'amies, non, mais éternellement contrainte à rester en retrait, sans compagnon pour lui offrir sa protection.

Pour l'aimer.

Voir Anne, Julia et Evie si heureuses et épanouies, pleinement acceptées et entourées, faisait paraître son propre avenir bien sombre.

Elle avait voulu se persuader que l'amour n'avait pas d'importance. Qu'il lui suffirait de trouver un mari disposé à la soutenir. Et à la respecter. Mais peut-être n'était-ce pas vrai. Peut-être serait-elle toujours seule, même en étant mariée, si cette union était dénuée d'amour.

Lady Arundell rejoignit les jeunes mariés. Sa coûteuse robe de soie était noire, mais elle était adoucie par des volants et de la dentelle, et ne ressemblait en rien aux tenues de deuil qu'affectionnait d'ordinaire la comtesse. Un collier en diamant et des boucles d'oreilles assorties illuminaient son visage de leur éclat.

— As-tu tout ce qu'il te faut, ma chérie ? demanda-t-elle à sa fille. Te faut-il un mouchoir supplémentaire pour le voyage ? Et ton châle, l'as-tu pris ?

— J'ai tout ce dont j'ai besoin, maman, rassurez-vous.

Anne s'éloigna de M. Hartford pour attirer sa mère dans une accolade affectueuse.

Lady Arundell étreignit sa fille avec ferveur. Des larmes brillaient dans ses yeux.

— Sois heureuse, dit-elle en la libérant. Et je te défends de perdre du temps à penser à moi. Fielding et moi avons un emploi du temps bien rempli pour les semaines à venir.

M. Harris Fielding était l'oncle d'Evelyne Malravers. Vieux garçon excentrique, fervent adepte du spiritisme et collectionneur d'antiquités, il était l'un des plus proches amis de lady Arundell.

— Je serai bien occupée, crois-moi, ajouta la comtesse.

— Je vous confie ma mère, monsieur, dit Anne à M. Fielding.

— N'ayez aucune crainte, ma chère enfant. Je veillerai sur elle.

Il y eut encore quelques embrassades, entrecoupées de poignées de main et de vœux de bonheur.

Avec les autres, Anne suivit l'heureux couple jusqu'au carrosse qui les attendait. Elle agita la main en essayant de ne pas penser à la tristesse de sa propre situation. Aujourd'hui, c'était le jour d'Anne, pas le sien.

Elle souriait toujours, les yeux embués de larmes, lorsqu'elle sentit un bras délicat lui entourer les épaules.

C'était Evie. Que le ciel la bénisse !

— Demain, nous monterons à cheval, dit-elle avec détermination. Un bon galop te remettra les idées en place.

Stella passa un bras autour de la taille de son amie, lui exprimant silencieusement sa gratitude pour son soutien. Evie avait raison, bien sûr. Un galop permettait toujours de relativiser les choses.

Aujourd'hui était peut-être un jour sombre. Mais demain, Stella serait de retour en selle. Elle aurait le vent dans le visage et la puissance irrésistible de Locket en dessous d'elle.

Oui, galoper était une perspective réjouissante.

Mais il n'y avait pas que cela.

Demain après-midi, lorsque Stella entamerait sa deuxième sortie de la journée, Teddy serait là.

Il l'attendrait à l'heure mondaine, aspirant tout autant qu'elle à ces retrouvailles.

Ce n'était peut-être pas de l'amour, mais c'était quelque chose.

20

Contrairement à ce qu'il avait promis à Stella, Teddy ne se trouvait pas sous les grands arbres à 17 heures, le deuxième jour du printemps, à attendre de la voir passer parmi le flot des élégants cavaliers qui défilaient au trot.

C'était impossible.

D'une part, il avait sous-estimé la difficulté de s'y rendre avec son fauteuil. Le sol était encore détrempé par la pluie de la matinée précédente, avec des flaques de boue que ses roues n'auraient pas pu franchir. D'autre part, la foule était telle que s'y frayer un chemin aurait demandé trop de temps et d'efforts.

Au lieu de cela, il était arrivé dans sa nouvelle wagonnette, avec son fauteuil roulant installé à l'arrière, sous bonne garde de Jennings.

Il tenait fermement les rênes en s'engageant dans South Carriage Drive, dirigeant habilement le placide Samuel à travers la circulation. Il n'était pas un néophyte dans le maniement des rênes. Cependant, cela demandait toute son attention. Il avait pleinement conscience de ses limites, et notamment du fait que le seul contrôle qu'il était en mesure d'exercer provenait du haut de son corps. Il savait aussi que son fauteuil, sanglé à l'arrière de la wagonnette, attirait les regards. C'était une indication flagrante de son état pour tous ceux qu'il croisait.

Il n'en avait pas honte – ni de son fauteuil ni de son infirmité. Mais cela l'agaçait, car sa santé ne regardait personne d'autre que lui. Et pourtant, la présence de son fauteuil en faisait l'affaire de tous. De parfaits inconnus se croyaient autorisés à le dévisager comme une bête curieuse. Ou pire. Au cours des dernières années, certains avaient eu l'audace de l'interroger sur son état, ou de lui donner des conseils qu'il n'avait pas sollicités.

« Avez-vous essayé une machine à électricité ? lui avait demandé une lady d'âge mûr dans un magasin. Cela a fait un bien fou à la jambe atrophiée de ma mère malade. »

« Allez voir le Dr Fairbank à Blackheath, lui avait recommandé un homme. Il vous fera sortir de ce fauteuil en un rien de temps. »

« Des exercices simples, effectués tous les jours, voilà ce qu'il vous faut, avait affirmé un autre lorsqu'il avait croisé Teddy dans une galerie d'art. Avez-vous déjà essayé les étirements ? »

Comme si Teddy n'avait pas consulté un nombre incalculable de médecins. Comme s'il n'avait pas expérimenté toutes les méthodes et fait tous les exercices. Avait-il essayé les étirements ? Évidemment !

Malheureusement, il était impossible d'échapper aux regards et aux remarques. À moins de se transformer en ermite. Et ce n'était plus quelque chose qu'il pouvait envisager. À présent, il devait songer à son avenir artistique et convaincre sa muse d'y participer.

Près de vingt minutes plus tard, Teddy n'avait toujours vu aucun signe de Stella Hobhouse et de sa fameuse jument grise.

Une chape de plomb lui pesait sur l'estomac. Elle lui avait écrit dans sa dernière lettre qu'elle n'avait pas encore réussi à convaincre son frère de la conduire en ville. Pourtant, il s'attendait à ce qu'elle soit là. Lady Anne s'était mariée hier. Teddy l'avait lu dans le journal ce matin.

Stella avait-elle raté la cérémonie ? Se trouvait-elle à cet instant au presbytère, à tenter de se montrer humble et silencieuse ?

Il engagea Samuel dans une courbe. Le hongre trottait vaillamment tandis que Teddy scrutait la foule des cavaliers, à la recherche de sa muse.

Il avait presque perdu espoir quand il la vit.

Stella venait dans sa direction, chevauchant une fringante jument, dont la robe gris pâle qui scintillait au soleil n'était pas sans rappeler la chevelure de sa propriétaire.

Mais les cheveux de Stella n'étaient pas visibles. Un filet aux mailles serrées les contenait, surmonté d'un chapeau d'équitation prune. Sa tenue d'amazone était de la même couleur – ce violet profond qui semblait presque magique lorsqu'il épousait sa silhouette. Ses jupes drapées sur ses jambes ondulaient gracieusement contre le flanc de sa monture à mesure qu'elle prenait de l'allure.

Elle regardait droit devant elle, le cherchant peut-être. Son palefrenier la suivait de près sur un hongre à la silhouette trapue.

Elle allait le dépasser lorsqu'il se décida à parler.

— J'étais certain de vous voir galoper ! cria-t-il pour couvrir le martèlement des sabots.

Elle tourna la tête dans sa direction. Un sourire se dessina sur son visage.

— Monsieur Hayes !

Elle ralentit sa jument.

— Je ne savais pas que vous seriez en train de conduire.

— Moi non plus.

Teddy raccourcit les rênes et fit dévier Samuel afin d'éviter la circulation, tandis que Stella faisait faire demi-tour à sa jument pour chevaucher à côté de la wagonnette.

— Je viens de l'acheter. Qu'en pensez-vous ?

— Elle est très élégante.

Elle jeta un coup d'œil à l'arrière, remarquant la présence de Jennings et du fauteuil roulant.

— Et très pratique aussi, à ce que je vois.

— Naturellement, répondit-il, le regard pétillant de malice. Je suis l'incarnation du pragmatisme.

Stella esquissa un sourire. Bonté divine, cela faisait du bien de la revoir !

Durant les mois qu'avait duré leur séparation, il avait commencé à se demander s'il n'avait pas imaginé à quel point elle était belle, et combien elle était parfaite pour son tableau. Mais il n'avait rien imaginé du tout. En réalité, il était même possible que sa mémoire ait émoussé l'effet qu'elle avait sur lui. Il le ressentait à présent avec une force décuplée.

— Votre jument déborde d'énergie, remarqua-t-il.

— Vous auriez dû la voir ce matin, quand je galopais avec Mme Malik et Mme Blunt. Locket avait alors bien plus d'énergie. À présent, elle est passablement maîtrisable.

Teddy haussa un sourcil en notant les naseaux frémissants de la jument et la façon dont celle-ci dansait sans repos, peinant à rester au pas. Si c'était cela être « maîtrisable », il n'osait imaginer comment était la jument quand elle était incontrôlable.

— Je ne sais pas pourquoi, je pensais qu'elle aurait une couleur plus sombre, observa-t-il.

— Elle l'était autrefois, quand elle était une jeune pouliche.

Stella tapota l'épaule de sa jument de sa fine main gantée.

— Les chevaux gris éclaircissent en vieillissant, mais sa crinière est toujours gris argent, et elle a les membres relativement sombres, à l'exception de ses balzanes blanches.

En silence, elle laissa la jument avancer au rythme de la wagonnette, tandis qu'ils prenaient leurs distances avec l'intense circulation de l'après-midi.

— Mes amies et moi avons souvent été appelées les quatre Amazones, reprit Stella. Ou alors les Furies.

— Il n'y avait que trois Furies, selon la mythologie.

— Nous étions trois au début. Puis Evelyne Malravers est arrivée la saison dernière, et notre groupe s'est agrandi. Aujourd'hui, toutes mes amies sont mariées et il ne reste que moi. Une dame grise sur un cheval gris.

— Sur un cheval blanc, plutôt.

— Heureusement que les experts hippiques réfutent cette désignation au profit du terme « gris ». Faute de quoi, l'allusion au cheval blanc du livre de l'Apocalypse serait passablement inquiétante.

— Je ne suis pas un préraphaélite, dit Teddy. La symbolique biblique m'échappe.

Il continua à mener sa wagonnette en direction de la Serpentine.

— Je peux cependant vous dire que votre jument et vous êtes magnifiques en termes de lumière. Deux étoiles jumelles scintillant d'un même éclat.

Stella tourna brièvement la tête pour échapper à son regard, visiblement gênée par le compliment.

— En termes de lumière, répéta-t-elle comme si elle soupesait l'expression. Quel genre de lumière ? Est-ce le soleil ? Les reflets changeants de l'ombre ?

— Le halo des étoiles, bien sûr, dit-il solennellement. Vous serez toujours associée à leur scintillement.

Les joues de Stella prirent une légère teinte rosée.

— Vous êtes incorrigible. Je ne vous ai même pas encore demandé comment vous allez, et vous m'abreuvez déjà de compliments artistiques douteux.

Il ne s'agissait plus d'art. Pas après ce baiser. Teddy ne craignait pas de le reconnaître, même s'il gardait ce constat pour lui.

— Vous pouvez toujours me poser la question, dit-il. Si vous tenez vraiment à respecter les convenances.

— Comment s'est passé votre voyage depuis le Devon ? demanda Stella.

Le sourire de Teddy s'élargit face à son air sérieux.

— Ce fut interminable, répondit-il avec franchise. Les Finchley nous ont accompagnés. Nous résidons chez eux, sur Half Moon Street, pour le reste du mois.

— Et les autres ? Comment se portent-ils ?

— Fort bien. À l'exception de ma sœur, mais c'est normal compte tenu de son état. Mon beau-frère et elle vont être parents.

— Oh.

Les yeux de Stella s'illuminèrent.

— Quelle heureuse nouvelle ! Vous allez donc devenir oncle.

— En effet.

— Vous ne semblez guère enthousiaste. Vous n'aimez pas les bébés ?

— Ils sont très bruyants, d'après mon expérience. Et toujours poisseux. Je ne sais pas à quoi c'est dû.

Stella eut un petit rire.

— Vous parlez comme un vieux garçon.

— Ce que je viens de dire est pourtant vrai.

Ils continuèrent à travers les étendues verdoyantes qui les éloignaient de Rotten Row. Hyde Park était un vaste espace qui s'apparentait davantage à une forêt qu'à un coin de pelouse en pleine ville. Plus ils prenaient leurs distances avec l'allée réservée à la promenade quotidienne, moins il y avait de chevaux et de calèches.

Stella laissa sa jument allonger le pas. Si elle avait donné la moindre indication à sa monture, Teddy ne l'avait pas remarqué. Il comprit immédiatement pourquoi.

Elle avait des mains extraordinairement discrètes, et une assiette tout aussi indiscernable. C'était en accord avec le masque impassible qu'elle arborait souvent – cette expression fascinante de tendre gravité qui l'avait fasciné la première fois qu'il l'avait vue.

C'était fascinant précisément en raison des profondeurs insondables qui se dissimulaient sous cette apparence. En effet, Stella semblait monter à cheval comme elle respirait. En dépit de son calme lumineux, elle était subtilement en train de maîtriser sa fougueuse jument en s'aidant de techniques invisibles : légers déplacements de son poids, pression discrète de sa jambe, gestes délicats de ses doigts.

— Mme Archer est-elle très malade ? demanda-t-elle.

— Il s'agit d'une indisposition mineure, répondit Teddy. Ce n'est pas inhabituel dans son état. Mais traverser la Manche à la fin du mois lui apparaît comme une perspective assez difficile. À dire vrai, elle n'a pas très envie de le faire.

— Le mal de mer, bien sûr. Ce doit être encore plus éprouvant quand on attend un bébé.

— Indubitablement. Cependant, Laura affirme que le bonheur de sa condition l'emporte sur l'inconfort.

— J'en suis certaine. M. Archer et elle doivent être fous de joie. Vous leur transmettrez mes meilleurs vœux.

— Je n'y manquerai pas.

Teddy chercha le regard de Stella. Il n'était pas venu au parc aujourd'hui pour évoquer sa sœur et son beau-frère.

— Assez parlé de ma famille, dit-il. Comment allez-vous ?

— Je vais très bien. Je suis ici, comme vous le voyez.

— Je n'ai jamais douté que vous viendriez. Mais comment avez-vous réussi à vous échapper de l'île d'Elbe ? Je suppose que vous n'avez pas voyagé seule, comme vous menaciez de le faire.

— Je l'aurais fait, répondit Stella. J'avais même acheté un billet de train pour Londres, au grand dam de mon frère. Mais, avant que je puisse l'utiliser, la garde impériale est arrivée pour me sauver.

— La garde impériale ? répéta Teddy en riant.

— Sous la forme de mon amie, Mme Blunt. Son mari et elle sont venus me chercher à Fostonbury. C'était sur leur chemin en venant du Yorkshire, donc cela ne leur a pas causé trop d'embarras. En tout cas, j'aime à le penser.

— Mme Blunt est sans doute l'une des quatre Amazones ?

Stella hocha la tête tandis qu'un autre sourire se dessinait sur ses lèvres.

— Je séjourne avec elle et son mari à l'hôtel Brown jusqu'à la fin du mois. Ils resteront à Londres deux semaines, puis ils retourneront dans le Yorkshire.

— Je dois donc agir rapidement.

— À quel propos ?

— Eh bien, si je veux vous attirer dans mon nouvel atelier.

Les joues de Stella s'empourprèrent de nouveau. Elle jeta un regard furtif vers Jennings.

Dans son empressement à discuter avec sa muse, Teddy avait oublié que son valet se tenait à l'arrière de la wagonnette, ne perdant pas un mot de la conversation et observant chaque regard, chaque sourire.

Une vague d'amertume lui serra la poitrine. S'il n'était pas rare qu'un homme soit accompagné d'un palefrenier ou d'un valet lors de ses promenades, leur présence n'était en rien aussi personnelle que celle de Jennings. Ce dernier n'était pas un domestique comme les autres. Il l'assistait dans la plupart des gestes du quotidien, et sa fonction était donc plus intrusive.

Teddy avait décidé depuis longtemps de ne pas se laisser affecter par le fait qu'une telle aide lui était nécessaire. Comme l'avait fait remarquer Alex quand il avait engagé Jennings, sa présence était tout le contraire d'un fardeau. Le valet était là pour l'aider à gagner en indépendance.

Mais c'était différent, à présent.

Pour la première fois depuis longtemps, Teddy ressentait le désir intense de redevenir le garçon athlétique qui traversait la forêt de Talbot à la recherche d'inspiration pour ses peintures. Un homme qui pouvait rencontrer une jeune lady sur un pied d'égalité, sans être encombré de serviteurs et d'appareils.

Stella continua à regarder droit devant elle pendant qu'elle chevauchait. Son propre palefrenier suivait à une certaine distance, trop éloigné pour les gêner.

— Vous avez donc trouvé un atelier ? demanda-t-elle d'un ton poli, désintéressé.

Teddy essaya de ne pas en prendre ombrage. Il se dit qu'elle réagissait ainsi uniquement parce qu'elle était consciente de la présence de Jennings et, par conséquent, désireuse de préserver les convenances.

Du moins l'espérait-il.

Le pont de la Serpentine était en vue, emprunté par une poignée de cavaliers et de conducteurs qui, comme eux, s'étaient éloignés du Row. Le moment n'était plus propice à une conversation intime.

— J'aimerais vous faire visiter mon atelier, déclara Teddy. Si vous y êtes disposée.

Elle hésita avant de répondre.

— Quand ?

— Puis-je venir vous voir lundi après-midi à l'hôtel Brown ? Nous pourrions y aller ensemble dans ma wagonnette, si vous n'êtes pas déjà occupée. Ce n'est qu'à trois ou quatre kilomètres d'ici.

Stella observa une nouvelle pause. Plus longue, cette fois.

— Je ne suis pas occupée, dit-elle, avant de lui adresser un regard empli de douceur.

Le cœur de Teddy fit un bond dans sa poitrine.

— Formidable !

Il pourrait lui parler librement car ils seraient seuls. Stella quitterait Londres dans moins de deux semaines. Ce serait la meilleure occasion pour la convaincre de poser pour lui avant qu'elle retourne dans le Derbyshire. Il était décidé à mettre en œuvre tout ce qui était nécessaire pour obtenir son accord.

— Disons donc lundi, conclut-il. Vous pouvez compter sur ma visite à 14 heures.

21

— Tu ne veux tout de même pas dire que tu as déjà signé ?

Alex lança un regard incrédule à Teddy au-dessus de la table de salle à manger en acajou verni des Finchley, avant de s'adresser à Tom d'un ton accusateur :

— Tu étais au courant ?

— En effet, répondit Tom. C'est moi qui l'ai mis en relation avec l'avocat spécialisé dans les transactions immobilières.

Alex froissa sa serviette et la jeta sur la table.

— Bon sang, Tom, je n'aurais jamais cru que tu serais aussi imprudent.

Jenny plia soigneusement sa serviette en lin, avant de la poser, très précisément, à côté de son assiette.

— Tom n'est jamais imprudent. Il fait toujours ce qu'il faut.

Tom soutint le regard d'Alex, un sourcil levé et le sourire en coin.

— Je suis toujours d'accord avec ce que dit ma femme.

Mais Alex n'était pas d'humeur à plaisanter. Son humeur s'était assombrie depuis qu'ils avaient tous pris place à table pour le dîner.

Laura était tout aussi morose et préoccupée.

— Le moment est mal choisi, Jenny, dit-elle. Après ma visite chez le Dr Jepson, cet après-midi…

Teddy tourna aussitôt les yeux vers sa sœur, inquiet. Il savait qu'Alex et elle s'étaient rendus à Harley Street aujourd'hui – leur calèche en revenait au moment où lui-même rentrait du parc, après ses retrouvailles avec Stella –, mais il pensait que ce rendez-vous chez le médecin n'était qu'une formalité.

— Qu'y a-t-il ?

Sa sœur lui lança un regard désolé.

— Nous comptions t'en parler ce soir, en privé. Nous ne voulions pas gâcher le dîner.

— Oh, mon Dieu ! s'exclama Jenny. Est-ce grave ? Tu n'es pas…

— Non, non, répondit précipitamment Laura. Il n'y a pas de danger immédiat. Pas si nous suivons les recommandations du Dr Jepson. Il nous a conseillé de rentrer chez nous sans délai.

Teddy s'alarma aussitôt. Il scruta le visage de sa sœur.

— Pourquoi ? Qu'est-ce qui ne va pas ?

— Il se montre simplement prudent, expliqua Laura. Compte tenu des effets persistants de la scarlatine sur mes poumons, et de mes récents accès de nausée et de mes évanouissements, il pense qu'il est préférable que je ne voyage pas dans mon état. Si nous tenons absolument à rentrer, il faut le faire au plus vite pour minimiser les risques.

— J'ai déjà réservé les billets pour la traversée, dit Alex.

— Quoi ?

Teddy les fixa tour à tour, ébahi.

— Quand est-ce prévu ?

L'expression habituellement espiègle d'Alex était assombrie par la détermination.

— Mercredi.

Mercredi ? Ils étaient supposés rester encore deux semaines !

Laura se hâta d'expliquer :

— C'était cela ou rester à Londres jusqu'à après la naissance du bébé, en août.

— Vous le pourriez, si vous le souhaitez, proposa aussitôt Jenny. Nous avons toute la place qu'il faut ici.

— Je suis d'accord, dit Tom. Nous serions ravis de vous accueillir.

La porte de la salle à manger s'ouvrit, et Mme Jarrow, l'austère intendante des Finchley, entra.

— Dois-je servir le café au salon, madame ?

— Pas encore. Accordez-nous un moment, je vous prie.

Après avoir observé les visages tendus, l'intendante se retira en fermant la porte derrière elle.

— Les affaires n'y survivraient pas, dit Laura. On a besoin d'Alex à Grasse. Nous avons déjà confié trop de responsabilités à notre contremaître.

Teddy scruta le visage de sa sœur. Elle n'avait pas ce teint livide et cet air souffreteux qu'elle affichait parfois le matin. Par ailleurs elle avait fait honneur à son repas, sans chipoter dans son assiette comme elle le faisait de temps à autre, et elle semblait aussi en forme que d'habitude.

— Je pensais que tes symptômes étaient normaux, fit-il remarquer. C'est en tout cas ce que tu m'as dit.

— Pour la plupart, je crois que c'est le cas.

— Alors peut-être ce médecin exagère-t-il ?

— Teddy marque un point, dit Tom. Certains médecins pensent que les femmes ne doivent avoir aucune activité durant leur grossesse. Ses conseils sont peut-être inutilement précautionneux.

— Prendrais-tu le risque avec ta propre femme ? rétorqua Alex.

Laura posa une main sur le bras de son mari.

— Il est inutile de se disputer à ce sujet. Le fait est que nous avons décidé de partir. Il ne reste plus qu'à...

— Avez-vous acheté un billet pour moi ? demanda Teddy.

Laura garda le silence.

Teddy se tourna vers Alex, en proie à une douloureuse tension dans les épaules.

— L'avez-vous fait ?

— Nous l'avons fait. Pour le bien de ta sœur.

Une colère froide parcourut les veines de Teddy.

— Ne présente pas les choses ainsi. Tu savais que j'avais décidé de rester. Vous le saviez tous les deux.

— C'était avant, répondit Alex. Tu vois bien que Laura a besoin de toi.

Teddy voulut souligner l'évidence : sa sœur avait un mari. Elle avait des domestiques. Elle n'avait pas besoin de son frère à Grasse pour s'occuper d'elle.

— Ce n'est pas ça, dit Laura avant que Teddy ait pu exprimer ses pensées. Simplement, je m'inquiète de te savoir seul ici. Alex a peur que cela n'affecte ma santé.

— Et ma santé à moi ? rétorqua Teddy.

Laura se crispa.

— Ce n'est pas pour toujours.

— Tu n'as aucune idée de ce que cela signifierait pour moi de partir maintenant. J'y perdrais mes projets de carrière... ma vie entière.

— Tu n'as que vingt-quatre ans, protesta Alex. Tu as tout le temps de songer à prendre ton envol dans les années à venir.

— Ce n'est pas une question d'âge ! Encore que je ne comprends pas pourquoi cela devrait jouer contre moi. Le prince Albert était plus jeune que moi quand il a épousé la reine. À mon âge, il avait déjà trois enfants.

Alex resta de marbre face à cet argument.

— Quoi qu'il en soit, contrairement au défunt prince consort, tu n'as aucun engagement qui te contraint à rester en ville. Tu es parfaitement libre de prendre le bateau avec nous mercredi.

— Au contraire, protesta Teddy. J'ai une maison. Un atelier. Et je suis sur le point de trouver mon modèle.

— Mlle Hobhouse est ici ? demanda Laura. Tu ne nous l'avais pas dit.

— Elle n'a pas encore accepté de poser pour moi. Mais elle va le faire. Je le sens. Si vous me forcez à partir maintenant…

Alex ricana.

— Personne ne te force. Je te demande de venir pour le bien de ta sœur.

— Et si nous trouvions un compromis ? proposa Tom.

Jenny lui sourit. Elle avait une confiance absolue en son mari et attendait visiblement qu'il trouve une solution à ce dilemme afin qu'ils puissent tous se retirer au salon pour prendre le café.

Alex fronça les sourcils, suspicieux.

— Quel genre de compromis ?

— Teddy pourrait résider chez nous, fit Tom. Si Jenny est d'accord.

Celle-ci échangea avec son mari un regard débordant d'affection.

— Oui, bien sûr. C'est exactement ce qu'il doit faire.

Elle se tourna vers Laura.

— Cela te rassurerait-il, ma chère ?

Le visage de Laura s'éclaira de soulagement.

— Oui, admit-elle. Je sais qu'il serait bien pris en charge ici.

— Bien pris en charge, répéta Teddy à mi-voix.

Il lança un regard furieux à Alex, puis à Tom.

— Êtes-vous sérieux ?

— Il s'agit d'un compromis, dit Tom. Ce n'est pas nécessairement destiné à durer.

Teddy fit rouler son fauteuil en arrière, s'écartant de la table.

— Eh bien, que puis-je dire à cela ? Je ne peux pas vous empêcher de me pousser d'un côté ou de l'autre. Je suis prisonnier d'un fauteuil roulant, après tout. Je ne peux pas me lever et me précipiter vers la porte en vous disant d'aller au diable, tous autant que vous êtes.

Jenny esquissa un geste pour se lever.

— C'est une question d'ordre familial. Nous devrions vous laisser discuter entre vous.

Tom bondit sur ses pieds pour tirer la chaise de sa femme.

— Excellente idée. Nous allons nous retirer au...

— Pourquoi vous donner cette peine ? l'interrompit Teddy. Il a déjà été débattu de ma liberté de mouvement. Si ce n'est pas une intrusion dans ma vie privée...

— J'ai peur pour toi ! s'écria Laura.

Elle se pencha au-dessus de la table, les yeux brillants d'émotion.

— Ne comprends-tu pas cela ? Je t'aime, et je ne veux pas que quelqu'un te fasse du mal.

Le silence tomba sur la pièce. Ce n'était pas dans les habitudes de Laura de perdre son calme. Elle était généralement la plus stable et la plus rationnelle des femmes.

Jenny se rassit lentement, et Tom regagna sa place. Leurs visages étaient empreints d'inquiétude.

Alex passa un bras autour des épaules de sa femme et murmura quelque chose à son oreille. Laura se blottit contre lui et murmura à son tour.

— Tout va bien, dit Alex, à voix haute cette fois. Teddy comprend.

Teddy se sentit gagné par le remords. Il savait qu'il ne devait pas contrarier sa sœur dans son état, et pourtant…

Pour la première fois, l'indépendance à laquelle il aspirait tant se trouvait à portée de main. Il avait la douloureuse impression, s'il ne saisissait pas cette opportunité maintenant, qu'elle ne se représenterait jamais.

— Je comprends, déclara-t-il d'une voix tendue. Tu veux que je sois près de toi, ou bien que je vive avec quelqu'un qui veillera à ma sécurité.

Laura essuya une larme qui coulait sur sa joue.

— Oui.

— Et pourtant, je suis parfaitement capable de me débrouiller seul – malgré le fait que Jennings doive me suivre partout comme l'ange de la mort.

Alex lui lança un regard sévère.

— Ta sœur et moi avons clairement exprimé nos souhaits, et ce n'est pas une demande déraisonnable. Tu peux rentrer en France avec nous mercredi, ou rester à Londres chez Tom et Jenny. Je trouve leur offre plus que généreuse.

L'esprit de Teddy se révoltait contre cet ultimatum. Et contre le fait qu'Alex soit celui qui le lançait. Alex, l'homme qui l'avait encouragé à prendre son indépendance, à trouver un professeur d'art en France et à vivre quelque temps à Paris pour étudier avec Gleyre.

Depuis le début, Alex l'avait soutenu et encouragé dans tous ses efforts. Mais il n'était plus le même, songea Teddy. C'était aujourd'hui un mari, et bientôt un père pour la première fois. Un homme inquiet et incertain de ce que l'avenir pouvait réserver.

C'était pour cette raison qu'il agissait de manière irrationnelle, lançant des regards menaçants et des injonctions infernales. Parce qu'il ferait n'importe quoi, il sacrifierait n'importe quoi pour protéger le bien-être de sa femme et de son enfant à naître.

Au fond de lui, Teddy comprenait cela. Pour autant, cet ultimatum restait une pilule difficile à avaler.

Jenny lui adressa un sourire d'encouragement.

— Si vous résidiez chez nous, nous pourrions demander à notre cocher de vous conduire tous les jours à votre atelier. Ce ne serait pas si tragique, n'est-ce pas ?

— Une existence sous votre autorité ? s'emporta Teddy. Votre autorité à tous. Voilà ce que vous me proposez ?

— C'est cela ou retourner à Grasse avec ta sœur, dit Tom. Cela semble être le consensus.

Un consensus ? Depuis quand la liberté de mouvement d'un homme devait-elle faire l'objet d'un accord ? Cela ne devrait pas être possible, quelle que soit la condition physique de l'homme en question. Et à plus forte raison s'il était majeur.

La bouche de Teddy se tordit en une moue amère.

— Deux possibilités, et aucune qui soit de mon propre fait...

Il fit tourner les roues de son fauteuil pour sortir.

— J'ai l'embarras du choix.

— Je te laisse prendre la décision, lança Alex alors que Teddy se dirigeait vers la porte. Le bateau part mercredi matin. À moins que tu n'aies pris d'ici là des arrangements avec les Finchley, je m'attends à ce que tu sois à bord.

22

— Monsieur Hayes ?

Surprise, Evie ralentit son pur-sang espagnol bai, Hephaestus, et le mit au trot.

— Le gentleman qui se déplace en fauteuil roulant ?

À son tour, Stella retint Locket. La jument grise secoua sa tête argentée en signe de protestation. De toute évidence, elle aurait préféré poursuivre le galop effréné que Stella et ses deux amies venaient de savourer le long d'une allée isolée du côté nord de Hyde Park, loin des cavaliers moins expérimentés qui paradaient sur Rotten Row.

— Il a dit que vous vous étiez déjà rencontrés, fit Stella.

— C'est exact.

Evie repoussa une des plumes noires ornant son élégant chapeau d'équitation en feutre vert. Celui-ci était assorti à la couleur de sa tenue d'amazone – un chef-d'œuvre de couture qui épousait sa silhouette voluptueuse de la plus belle des façons. Il s'agissait de la première robe que son mari lui avait confectionnée.

— M. Hayes séjournait chez Mme et M. Finchley à l'automne dernier, dans leur maison de Half Moon

Street. Nous avons été présentés lors d'un dîner où Ahmad et moi étions invités.

Julia fit ralentir son cheval noir comme l'ébène, Cossack. Tout comme Evie et Stella, elle portait une tenue d'équitation à la dernière mode, créée par Ahmad Malik. Coupée dans une étoffe moirée d'un noir profond, avec un col en velours à la forme originale, elle rivalisait d'éclat avec la robe lustrée de Cossack.

— Qui est M. Hayes ? demanda-t-elle.

— Un gentleman artiste, répondit Evie.

— Un homme d'un talent certain, compléta Stella. Bien que peu conventionnel, sans doute.

— Je voulais savoir quel était ton lien avec lui, précisa Julia.

Stella rajusta le tombé de sa jupe sur ses jambes. Sa tenue d'équitation était coupée dans un drap de laine pourpre, chaque pince et couture étant disposée à bon escient pour flatter sa silhouette. C'était celle qu'elle portait la veille, pour ses retrouvailles avec Teddy.

— C'est un ami, dit-elle.

— Est-ce bien tout ? demanda Evie.

— À ce propos…

Stella hésita, avant de confesser :

— Il m'a peut-être demandé de poser pour l'une de ses peintures.

Julia haussa les sourcils.

— Juste ciel, il a fait cela ? Quel incroyable culot !

Elle mit Cossack au pas pour accorder toute son attention à Stella. Le regard en alerte, Evie fit de même avec Hephaestus. Stella fit tourner Locket en demi-cercle pour la calmer, avant de reprendre sa place entre ses amies.

— Ce n'était pas insultant de sa part. Si vous pouviez voir ses œuvres, vous comprendriez que c'est au contraire un grand honneur.

— Tout de même, remarqua Evie avec bon sens, poser pour un peintre n'est pas conseillé, n'est-ce pas ? Surtout quand on tient à sa réputation.

— Tu sais bien ce qu'on dit à propos des jeunes personnes qui posent pour les artistes, renchérit Julia.

— Oui, j'en ai conscience. C'est pour cette raison que j'ai refusé.

Stella laissa passer un silence.

— Au début.

Evie et Julia protestèrent en même temps.

— Ne nous dis pas que tu as accepté de poser pour lui ! s'exclama Julia.

— Si c'est une question d'argent..., commença Evie.

— Ce n'est pas uniquement une question d'argent, les coupa Stella. Bien qu'il ait proposé de me rémunérer.

Julia écarquilla les yeux d'horreur.

— Miséricorde, Stella, comment cela pourrait-il ne pas être une insulte ?

— Je doute que telle ait été son intention, dit Evie. Lors des rares occasions où nous nous sommes croisés, M. Hayes m'a impressionnée par l'attention sans partage qu'il porte à l'art. Toute autre préoccupation ne semble pas l'affecter.

— En effet, fit Stella. C'est un homme qui parle sans détour, avec une franchise déconcertante. Au début, j'ai pris ça pour de l'impertinence. Mais je pense que cela vient de sa passion pour son travail... et de son infirmité.

— Étant enfant, il a été victime d'une fièvre qui a paralysé ses jambes, expliqua Evie à Julia. C'est en tout cas ce que m'a dit Ahmad.

— Ce n'est pas arrivé quand il était petit, corrigea Stella. En fait, M. Hayes n'est dans son fauteuil roulant que depuis cinq ans.

— Quel âge a-t-il ? demanda Julia.

— Vingt-quatre ans, répondit Stella sans hésiter.

Evie et Julia échangèrent un regard, et Stella n'eut aucun mal à deviner ce que pensaient ses amies.

— Nous nous sommes souvent retrouvés en compagnie l'un de l'autre à Sutton Park, expliqua-t-elle. C'est là que M. Hayes a proposé de faire mon portrait.

Un vent frais faisait bruisser le feuillage des arbres bordant l'allée. En face d'elles, un cavalier approchait au trot. C'était un homme d'âge moyen, montant un grand hongre à la robe isabelle, avec une belle foulée fluide. À l'approche des trois amies, l'homme pinça le bord de son chapeau d'équitation en guise de salutation. Elles inclinèrent distraitement la tête.

— Il m'a invitée à visiter son atelier lundi après-midi, reprit Stella après le passage du cavalier. J'ai dit que j'irais. Il viendra me chercher à l'hôtel.

— Juste ciel, fit Julia entre ses dents.

— Cela commence à ressembler de plus en plus à du marivaudage, commenta Evie.

— Il ne me courtise pas, je vous le promets, s'empressa de préciser Stella. Il s'agit d'art uniquement. M. Hayes s'efforce de me convaincre de poser pour lui. Il n'y a rien d'autre.

— Donc...

Julia fronça les sourcils.

— ... il te voit uniquement sous l'angle de ce que pourrait être ta représentation sur sa toile ?

Stella hésita avant de répondre. À dire vrai, elle ne savait pas comment Teddy la voyait. Tous les compliments qu'il lui avait adressés concernaient ses charmes en tant que modèle éventuel.

À l'exception de ce qu'il avait écrit à propos de leur baiser. Il avait dit que c'était un plaisir précieux. Plus précieux que ceux qu'il avait partagés avec ses muses parisiennes.

Pour ce que ça valait…

— De quelle autre manière pourrait-il me voir ? finit-elle par demander. Comme Evie l'a dit, il est passionné par son travail.

— Il s'agit donc d'argent, conclut Julia d'un ton grave.

— En partie, oui.

Stella n'avait pas honte de le reconnaître.

— Je dois trouver un moyen de subvenir à mes besoins. Je ne peux quand même pas retourner à Fostonbury, n'est-ce pas ?

Elle doutait de toute façon que Daniel l'accepterait. Et si toutefois il l'autorisait à revenir au presbytère, il lui en ferait assurément voir de toutes les couleurs.

Evie fronça les sourcils, pensive.

— Des émoluments de modèle ne suffiront pas. À moins que M. Hayes ne te verse une somme exorbitante.

— Pour espérer t'en sortir, poursuivit Julia, il faudrait que tu acceptes d'être engagée par toutes sortes de peintres, dont certains sont loin d'être des gentlemen, je le crains.

— Je n'ai pas l'intention d'en faire une profession, assura Stella. Je compte trouver un autre emploi.

Julia lui lança un regard exaspéré.

— Je ne comprends pas pourquoi tu ne veux pas nous laisser t'aider.

— Peut-être parce que notre aide la rendrait aussi dépendante de nous qu'elle l'était de son frère, suggéra Evie.

— Sottises ! s'exclama Julia. Nous n'avons rien à voir avec lui. Nous sommes ses amies.

— Et j'aimerais que vous restiez mes amies, déclara Stella. C'est pour cette raison que je ne viendrai pas vivre chez l'une ou l'autre d'entre vous. Pas de façon permanente, en tout cas.

— De façon temporaire, alors, dit Evie. Tu peux loger chez moi quelque temps. Il te faudra bien un endroit où demeurer quand Julia et le capitaine Blunt seront rentrés chez eux. Jusqu'à ce que tu trouves tes marques.

— Ses marques comme modèle artistique ? commenta Julia sans prendre la peine de dissimuler ses doutes. J'aimerais mieux que tu viennes avec moi dans le Yorkshire. Jasper et moi serions ravis de t'accueillir à Goldfinch Hall avec Locket. Ce n'est pas la place qui manque.

— Et j'y ferais quoi ? demanda Stella. Je deviendrais ta dame de compagnie ?

— Tu serais simplement mon amie, répondit Julia.

— Non. Une fois chez toi, je serais une invitée. Et les invités ne sont jamais tolérés longtemps. Même ceux pour qui on a de l'affection.

Stella adressa un petit sourire à Julia.

— J'apprécie néanmoins ta proposition.

Julia soupira.

— Tu es trop fière, voilà le problème.

— Je suis pragmatique.

Stella redressa les épaules avec détermination et ajouta :

— Je trouverai un emploi à Londres.

— Dans quel domaine ? demanda Julia.

C'était la question que Stella ne cessait de se poser depuis qu'elle avait quitté le Derbyshire.

— Je ne sais pas, admit-elle. Je ne suis pas qualifiée pour être gouvernante d'enfants. En fait, à part l'équitation et le dessin, je n'ai aucune compétence.

Ses amies protestèrent en même temps.

— Je sais écouter, continua Stella, imperturbable. Et je sais me tenir en société. Plus important encore, j'excelle à me rendre invisible. Autant de qualités qui feraient de moi la dame de compagnie idéale.

— Je croyais que tu ne voulais pas être dame de compagnie, objecta Julia.

— Pas pour une de mes amies.

Pensif, le regard de Stella se perdit entre les oreilles délicatement incurvées de Locket.

— Mais je crois que je pourrais le supporter, si cela me rapportait un salaire et me fournissait le gîte et le couvert.

— La majeure partie de ton salaire serait consacrée au logement et à la nourriture, fit remarquer Evie.

— Ça en vaudrait la peine si je pouvais rester en ville. Je pourrais loger Locket, Crab et Turvey dans une écurie proche grâce à l'argent de mon héritage. Le reste serait couvert par mon salaire. Mes besoins ne sont pas nombreux.

— Tu serais obligée de vivre dans une pension de famille, avec des personnes que tu ne connais pas, subir les humeurs de ta logeuse et les nuisances des autres locataires. Tu es sûre que tu ne préférerais pas vivre avec l'une d'entre nous ? Tu ne serais pas reléguée dans un vieux grenier plein de courants d'air et sans chauffage. Et tu serais libre de faire ce que tu veux.

Stella offrit à son amie un sourire fugace. Comme toujours chez Julia, le cœur l'emportait sur la raison.

— La différence est que, si j'étais employée, mes tâches seraient définies avec précision. Je saurais exactement à quoi m'en tenir d'un jour à l'autre. Je ne me sentirais jamais comme un fardeau ou…

Son sourire s'effaça.

— … comme un parasite.

Une fois encore, ses amies parlèrent à l'unisson.

— Jamais tu ne seras un fardeau ! s'écria Julia.

— Est-ce ton frère qui t'a dit ça ? demanda Evie.

— Oui, avoua Stella.

Les paroles cruelles de Daniel demeuraient dans son cœur, telle une blessure qui ne voulait pas guérir. Cela ne faisait pas que l'attrister. Cela la faisait aussi douter de sa propre valeur.

Tel était le pouvoir des mots. Surtout lorsqu'ils venaient de quelqu'un qu'on avait aimé et admiré.

Tout ce que pouvait faire Stella aujourd'hui, c'était ignorer la douleur. Ignorer le doute.

Elle releva le menton.

— Cela n'a plus d'importance. Cette partie de ma vie est terminée. Je dois tracer ma propre voie, maintenant, et je suis résolue à le faire. Il ne me reste plus qu'à trouver un employeur adéquat.

Elle lança un regard plein d'espoir à Evie.

— Peut-être M. Malik connaîtrait-il quelqu'un ?

Evie fronça les sourcils.

— Il y a beaucoup de veuves fortunées qui fréquentent sa boutique. Je peux lui demander s'il y en a parmi elles qui cherchent une dame de compagnie.

— Je pourrais également demander à mes parents, proposa Julia. Ils connaissent tous les médecins de la ville, et ils ont parmi leurs connaissances des personnes âgées impotentes. Certaines doivent chercher une secrétaire ou une lectrice.

Stella se sentit à la fois reconnaissante et émue des efforts de ses amies pour la soutenir.

— Merci, dit-elle. Vraiment. Vous êtes formidables.

*

* *

Le lundi après-midi, Teddy se présenta à 14 heures précises à l'hôtel Brown, sur Albemarle Street. Pardessus son costume noir, il portait un ample manteau de conduite en laine Melton – dont le procédé de tissage serré et feutré protégeait du froid et empêchait la pluie légère de traverser l'étoffe. Il arrivait directement de Half Moon Street et avait confié sa wagonnette aux bons soins d'un valet de l'hôtel.

L'établissement était luxueux, évoquant une maison de campagne cossue avec ses murs lambrissés de boiseries sombres et ses épais tapis. Jennings tint la porte tandis que Teddy manœuvrait son fauteuil pour entrer dans le salon, où déambulaient quelques clients.

Stella l'y attendait, perchée sur le bord d'un extravagant fauteuil capitonné. Elle n'était pas seule. Un couple était assis sur le canapé en face d'elle. Les amis de Stella, sans doute, le capitaine et Mme Blunt.

Lorsqu'elle aperçut Teddy, le visage de Stella trahit un certain soulagement. Elle se leva, défroissant du plat de la main sa robe en soie tabac agrémentée d'un discret passepoil de velours noir.

Le couple se leva à son tour.

— Mademoiselle Hobhouse, dit Teddy en inclinant la tête.

— Monsieur Hayes.

Stella esquissa une révérence.

— Puis-je vous présenter mes amis, Mme Blunt et son mari le capitaine Blunt ?

— Monsieur Hayes, dit le capitaine en s'inclinant avec raideur.

— Monsieur Hayes, répéta Mme Blunt qui dévisagea Teddy avec une curiosité non dissimulée.

— Madame, capitaine…

Teddy leur adressa un signe de tête courtois.

— C'est un plaisir de vous rencontrer.

Mme Blunt s'approcha.

— Vous êtes artiste, n'est-ce pas ? Et vous nous arrivez tout droit de Paris ?

— En passant par le Devon, répondit Teddy. J'étais récemment sur la côte, en visite chez des amis.

Le capitaine Blunt fronça les sourcils

— Vous logez chez Me Finchley, Half Moon Street ?

— En effet. J'y séjourne souvent quand je suis à Londres. Le mari de ma sœur est comme un frère pour Me Finchley.

La réponse sembla rassurer quelque peu le capitaine, qui s'attendait peut-être à ce que Teddy soit un dangereux pervers prêt à entraîner Stella dans la débauche.

— Me Finchley est un excellent homme, doublé d'un avocat de talent. Ma femme et moi le connaissons bien.

— C'est un gentleman de premier ordre, je partage votre avis.

Teddy tourna la tête vers Stella, un léger sourire aux lèvres.

— Êtes-vous prête pour notre promenade ?

— Absolument.

Stella se tourna vers ses amis.

— Si vous n'y voyez pas d'objection ?

— Quelle sorte de véhicule conduisez-vous, monsieur Hayes ? demanda le capitaine Blunt avec brusquerie. Une calèche ?

— Une wagonnette, dit Teddy. C'est un véhicule découvert à quatre roues.

— Et votre cheval ? Il n'est pas trop fougueux, j'espère.

— Plutôt l'inverse. Samuel préférerait dormir que de prendre le mors aux dents.

— Où avez-vous prévu d'aller ? Hyde Park ?

— Covent Garden, dit Stella. Nous serons de retour dans une heure.

Elle lança un regard à son amie. Cette dernière glissa son bras sous celui de son mari.

— Je suis certaine que tout se passera bien, mon cher.

— Je prendrai soin d'elle, monsieur, promit Teddy. Vous pouvez en être sûr.

Le capitaine sortit sa montre de sa poche et vérifia l'heure.

— Je m'attends à ce que Mlle Hobhouse soit de retour avant 15 h 30.

— Assurément, dit Teddy.

Un moment plus tard, Stella et Teddy étaient assis à l'avant de la wagonnette, tandis que Jennings et le fauteuil roulant – solidement arrimé – voyageaient sur le plateau à l'arrière.

Teddy lança un regard à Stella tandis qu'il mettait son cheval au pas.

— Le capitaine Blunt semble assez protecteur envers vous.

Stella posa la main entre eux sur l'assise du siège. Ses jupes, ramassées sur le côté, frôlaient la jambe de Teddy, comme lors de leur promenade en traîneau.

— Uniquement parce qu'il a promis à mon frère de veiller sur moi. Et aussi parce que je suis une proche amie de sa femme. Je crois qu'il décrocherait la lune si Julia le lui demandait. Ils ont fait un mariage d'amour, voyez-vous.

Teddy l'avait deviné en voyant les regards qu'échangeaient le capitaine et sa femme.

— Ils se sont mariés l'été dernier, continua Stella. À dire vrai, toutes mes amies se sont mariées récemment. La cérémonie d'Anne a eu lieu la semaine dernière.

— Les journaux en ont parlé. Il semble que ce fut un grand événement mondain.

— Le plus grand. La comtesse d'Arundell ne fait rien à moitié.

Stella observa la circulation, passablement animée à cette heure de l'après-midi. Les véhicules privés, les carrioles des marchands, les fiacres et les omnibus emplis de passagers passaient dans un fracas de roues en bois et de sabots ferrés.

La wagonnette se faufilait aisément parmi eux, Samuel ne semblant nullement perturbé par le chaos environnant. Teddy était quant à lui moins serein. Il pensait toujours à la dispute qu'il avait eue avec sa sœur et Alex. À ce fichu ultimatum que son beau-frère avait posé et aux conséquences que cela aurait sur ses projets concernant Stella.

Naturellement, il n'était pas question qu'Alex le force à prendre le bateau contre son gré. Les choses n'en étaient pas encore là. Tout ce qu'Alex avait fait, c'était lui proposer un choix. Un choix biaisé, certes, mais un choix quand même. Soit Teddy les accompagnait en France, ce qui apaiserait les tensions, soit il restait à Londres. Mais il ne voulait pas briser le cœur de Laura ni mettre en péril sa santé et celle de son enfant à naître.

Que ferait un frère dévoué ? Un frère qui, par ailleurs, aspirait ardemment à la liberté ?

La seule solution chevaleresque était d'accepter temporairement la tutelle des Finchley. Ils n'interféreraient pas dans son travail, il le savait. C'étaient des personnes raisonnables et compréhensives.

Cela ne rendait pas la perspective de leur chaperonnage moins agaçante.

— Parlez-moi de votre atelier, dit Stella. Il se trouve bien à Covent Garden, n'est-ce pas ?

— À Maiden Lane, précisément.

Elle fronça les sourcils.

— Ça m'évoque quelque chose, mais je ne me souviens pas…

— C'est là où Turner est né.

Elle le regarda avec étonnement.

— Vous voulez dire que vous avez réussi à acheter une résidence là-bas ?

Teddy éprouva un regain d'enthousiasme en repensant à ce qu'il avait ressenti quand Me Chakrabarty l'avait guidé à travers les pièces du rez-de-chaussée.

— Oui. La maison s'est libérée récemment. Elle a été quelque peu négligée. L'avocat en charge de la transaction immobilière a failli ne pas me la montrer.

— Ce n'est quand même pas la maison de M. Turner ?

— Seigneur, non. Ça fait bien longtemps qu'elle a été démolie.

Il guida Samuel de façon à contourner un fiacre qui bloquait le passage.

— La maison se situe un peu plus loin. Mais ce n'est pas elle qui m'intéresse. C'est son emplacement. Elle se trouve près du fleuve.

— En quoi est-ce important ?

— L'eau. Le brouillard. L'atmosphère.

— La lumière ?

— La lumière, acquiesça Teddy avec un sourire. Ce n'est pas idéal à l'intérieur, mais dehors... oui, ça me convient parfaitement.

Les rues animées de Covent Garden, avec leurs théâtres, leurs étals de fruits et le marché aux fleurs, se trouvaient à moins de deux kilomètres de l'hôtel Brown à Mayfair. Teddy continua à rouler au nord du Strand, tournant dans une rue puis une autre, jusqu'à ce qu'ils arrivent enfin dans une ruelle bordée d'échoppes, d'ateliers d'artisanat et de pâtés de maisons privées accolées les unes aux autres.

Teddy arrêta la wagonnette devant une maison en brique rouge de trois étages, avec un auvent en bois écaillé au-dessus de l'entrée. Une seule marche permettait d'accéder à la porte.

Stella observa la maison d'un air dubitatif.

— Elle est donc à vous ?

— Depuis deux jours, oui.

Teddy observa la toiture légèrement affaissée, les fenêtres opaques de crasse, la peinture écaillée des boiseries, les fissures dans la façade…

— Elle ne restera pas ainsi longtemps, dit-il. Je vais faire appel à des artisans et, avec quelques travaux, elle sera comme neuve.

Remettre l'endroit en état grèverait la majeure partie des revenus que Teddy tirait de la parfumerie, mais il se disait que cela en valait la peine. L'art était essentiellement une question d'inspiration. Et cette maison, avec son charme suranné et son emplacement chargé d'histoire, était une source indéniable d'inspiration.

L'expression de Stella, jusqu'alors perplexe, s'éclaira quand elle vit un chat noir et blanc passer hardiment devant la marche.

— Il est compris avec la maison ? plaisanta-t-elle.

Teddy avait déjà vu le chat quand il avait visité la maison avec Me Chakrabarty.

— Pour autant que je sache, il n'a pas de domicile attitré.

— Pauvre petite bête. Il faudra que vous pensiez à le nourrir.

— Il ne semble pas mourir de faim. Il doit aller quémander chez tous les commerçants du quartier.

— Vous le faites passer pour un mercenaire.

— La plupart des chats le sont. Et je dis ça avec affection. Ma famille a un chat, un peu comme celui-ci d'ailleurs. Il s'appelle Magpie, et il est terriblement capricieux.

Stella lui lança un regard intrigué.

— Vous ne m'aviez pas dit que vous avez un chat.

— L'aurais-je dû ?

— Peut-être. Il me semble qu'en dehors de l'art et du fait que vous avez un jour aimé une certaine Mlle Talbot je ne sais pas grand-chose de vous.

— L'amour est un bien grand mot concernant Mlle Talbot. Quant au fait que vous ne sachiez pas grand-chose, vous savez quand même que ma famille fabrique de l'eau de lavande et que j'ai étudié avec Charles Gleyre à Paris.

— Encore une fois, il s'agit d'art, remarqua Stella.

— Fort bien. Écoutez ceci : je n'aime pas uniquement les chats. J'aime aussi les chiens et les oiseaux. J'aime le bord de mer. Je préfère la ville à la campagne, Beethoven à Brahms, et mon dessert préféré est la charlotte à la russe.

Stella baissa le menton, dissimulant un sourire.

— Entrons-nous ? demanda-t-il brusquement.

Elle battit des paupières.

— N'est-ce pas... ? Cela ne risque-t-il pas d'être trop compliqué pour vous ?

— Pas du tout.

Teddy appela son valet.

— Jennings ? Pouvez-vous aider Mlle Hobhouse à descendre ?

Après que Jennings l'eut assistée, Stella attendit silencieusement en retrait tandis que le valet s'occupait de Teddy.

Ce fut un processus fastidieux, qui commença par le déchargement du fauteuil roulant et sa mise en place sur le seuil de la maison. Puis le valet souleva Teddy hors du siège de conduite de la wagonnette, le porta jusqu'à son fauteuil et l'y déposa.

Durant tout ce temps, Teddy évita le regard de Stella. Il se concentrait sur sa tâche, la mâchoire crispée, les muscles du cou tendus par l'effort alors qu'il s'accrochait aux épaules de Jennings. Ce ne fut qu'une fois bien installé dans son fauteuil qu'il reporta son attention sur Stella.

Il avait les joues en feu. Peut-être à cause de l'effort fourni. Ou peut-être était-ce de la gêne.

Par deux fois aujourd'hui, elle l'avait vu dans un moment de grande fragilité – lorsqu'il avait été installé dans la wagonnette, et quand on l'en avait descendu. Elle l'avait vu dépendant et vulnérable, tout comme lorsqu'il avait pris place dans le traîneau avec elle dans le Hampshire.

Il ne voulait pas que Stella le voie ainsi – comme un homme diminué qui doit s'en remettre à la force des autres. Il aurait voulu qu'elle le considère comme quelqu'un de fort, lui aussi.

Jennings utilisa la clé que Teddy lui avait donnée pour déverrouiller la porte. Il l'ouvrit en grand et s'écarta.

Le chat noir et blanc les observait à distance, les yeux plissés et battant l'air de sa queue.

Stella jeta un regard vers le cheval. Un coup de vent balaya la ruelle, agitant l'ourlet de sa robe et soulevant les larges rubans de soie de son bonnet.

— Qui s'occupera de Samuel ?

— Jennings, répondit Teddy. Je n'ai pas besoin de lui pour la suite.

Il fit un geste sur le seuil.

— Après vous.

23

Stella aurait pu refuser. À dire vrai, elle aurait dû le faire. Une jeune lady ne devait se rendre dans aucun lieu privé avec un gentleman seul. Mais elle connaissait Teddy. Elle lui faisait confiance. Et elle était bien trop curieuse pour se priver de l'occasion de découvrir son futur atelier.

Après être entrée dans le petit hall sombre, avec son escalier étroit et raide, elle attendit que Teddy la suive. Il laissa la porte ouverte derrière lui – une concession mineure aux convenances.

— Ce n'est pas impressionnant au premier abord, remarqua-t-il, mais il y a quatre pièces de réception assez spacieuses.

Il se dirigea vers une porte sur la gauche. Elle ouvrait sur une vaste pièce pourvue de plusieurs fenêtres. La lumière du dehors filtrait à travers l'épaisse couche de saleté qui recouvrait les vitres, dessinant sur le parquet aux lames disjointes des rais de soleil où dansaient des fragments de poussière.

— L'ancien propriétaire en avait fait son salon, dit Teddy. Les autres pièces lui tenaient lieu de bureau, bibliothèque et salle de musique. Mais j'ai une autre idée pour leur utilisation.

Stella marcha près de lui tandis qu'ils inspectaient la pièce. Il y avait quelques meubles abandonnés ici et là – un sofa affaissé dont la garniture s'échappait par une déchirure dans le damas qui le recouvrait, un guéridon avec un pied cassé, quelques chaises dépareillées... Le bow-window accueillait un large banc en bois au vernis éraflé, réalisé sur mesure pour en épouser la forme.

— Ce sera votre atelier ? demanda Stella.

— En effet. Et pas uniquement en raison de la lumière dont dispose la pièce, mais parce qu'elle est sur le devant de la maison. Ce sera moins fatigant si des gens viennent voir mes tableaux.

— Et les pièces à l'arrière seront vos appartements privés ?

Teddy hocha la tête.

— Un salon et des chambres pour Jennings et moi.

Elle le suivit pour visiter les autres pièces. Elles étaient sombres et crasseuses, mais Stella pouvait néanmoins en concevoir l'attrait.

— Tous vos besoins seront satisfaits au rez-de-chaussée, résuma-t-elle. Vous n'aurez aucune raison d'aller à l'étage.

— C'est l'idée.

— Mais il doit y avoir de nombreuses pièces là-haut ?

— Pas tant qu'on pourrait le croire. Juste ce qu'il faut pour loger une intendante faisant également office de cuisinière et quelques invités occasionnels. Vous pouvez monter voir, si vous voulez.

— Ça ne vous dérange pas ?

— Pas du tout.

Stella envisagea brièvement de s'abstenir, par politesse. Mais ce fut vraiment de courte durée.

— Ça ne me prendra pas longtemps, promit-elle.

— Je serai ici, dit Teddy en immobilisant son fauteuil dans l'alcôve formée par le bow-window. Rejoignez-moi quand vous aurez fini.

Stella se dirigea vers l'escalier du hall. La rampe était en chêne massif, et les balustres semblaient en bon état. À l'étage, les chambres étaient vastes, et il n'y avait pas beaucoup à faire pour les rendre confortables. Il n'y avait ni humidité ni courants d'air. Avec un peu de peinture, un joli papier peint, des tentures colorées et quelques meubles de bon goût, la maison ne serait pas seulement habitable. Elle serait accueillante. Charmante. Assurément, ce serait un vrai foyer.

De retour en bas, elle trouva Teddy qui l'attendait près de la fenêtre, là où elle l'avait laissé. Son expression était pensive.

Un léger sourire se dessina sur ses lèvres quand il la vit.

— Alors ? Quel est votre verdict ?

— Je l'aime beaucoup.

Stella se laissa tomber sur la banquette, se trouvant à hauteur d'yeux avec Teddy. Elle préférait lui parler ainsi plutôt que de rester debout au-dessus de lui. C'était plus amical. Plus intime.

— Je pense que vous serez très heureux ici.

— Oui, eh bien...

Il se passa une main dans les cheveux.

— ... c'était mon projet.

Stella soupira, quelque peu rêveuse, tandis qu'elle regardait la lumière qui filtrait par les fenêtres. Il y avait quelque chose d'un peu irréel dans cette pièce. De magique.

Peut-être était-ce dû au fait qu'ils étaient seuls dans la maison. Complètement seuls.

— C'est ici que vous feriez mon portrait ? demanda-t-elle.

— Oui.
— Et je serais payée pour cela ?
— Oui.
Teddy la scruta intensément.
— Vous y avez réfléchi.
— Je le confesse, oui.
— Et ?
Le cœur de Stella s'emballa. Elle risquait sa réputation. Son avenir tout entier. Mais elle cherchait un emploi, n'est-ce pas ? À cet égard, sa décision était pragmatique, nullement téméraire. Toute rémunération qu'elle recevrait de Teddy servirait à couvrir ses frais de subsistance.
— J'ai décidé de le faire, annonça-t-elle.
Les yeux de Teddy étincelèrent, mais il ne dit rien. Il se contenta de la regarder avec une intensité presque insoutenable.
Stella craignit de ne pas s'être bien exprimée.
— Je poserai pour vous, précisa-t-elle. Si vous voulez toujours de moi.
— Je le veux, dit-il. Ne vous méprenez pas. Mais...
Il s'interrompit un instant.
— Les choses se sont un peu compliquées, dernièrement. Quoi qu'il en soit... la maison me servira toujours d'atelier. À condition que les réparations puissent être effectuées rapidement, et à condition que vous soyez libre de venir chaque jour jusqu'à ce que le portrait soit terminé. Ça pourrait prendre des mois. Et comme vous devez repartir pour le Derbyshire la semaine prochaine...
— Je ne retournerai pas dans le Derbyshire.
Teddy la regarda avec stupéfaction.
— Pardon ?
Stella lui expliqua brièvement ce qui s'était passé au presbytère, l'ultimatum de Daniel et la réponse irrévocable qu'elle lui avait opposée.

— Ainsi, voyez-vous, je suis seule au monde maintenant. Et entièrement libre de faire ce que je veux.

Plutôt que de se réjouir de la nouvelle, Teddy sembla contrarié.

— Mais… où allez-vous vivre ?

— Après le départ de Mme Blunt et son mari, je logerai quelque temps chez Mme Malik. Mais ce sera temporaire. J'ai l'intention de chercher un emploi.

— Dans quel domaine ?

— Je souhaite devenir dame de compagnie. Je suis déjà experte dans l'art d'être discrète. La seule différence, c'est que j'espère désormais être rémunérée pour cela.

Teddy avait les sourcils froncés. Il ne semblait pas du tout enthousiasmé par son projet. Bien au contraire.

— Cela conviendra parfaitement, insista Stella. Je paierai l'entretien de Locket avec le revenu de mon héritage, et je ferai face aux autres dépenses avec mon salaire. Sans compter l'argent que je gagnerai en posant pour vous.

Elle lui lança un regard malicieux.

— J'espère que vous ne lésinerez pas sur la dépense.

Il ne rit pas de sa plaisanterie. Il ne sourit même pas.

Le sourire de Stella s'évanouit tandis qu'une vague d'indignation montait en elle.

— Vous n'approuvez pas.

— Non, dit-il brusquement. Je n'approuve pas.

— Puis-je vous demander pourquoi ?

Il fit légèrement pivoter son fauteuil.

Malgré elle, Stella observa ses mains puissantes posées sur les roues, son profil dur et fascinant, sa bouche sensuelle en dépit d'une expression sévère.

— Ce que vous prenez pour un projet de génie n'est autre qu'un enterrement de première classe. Une dame de compagnie ? Une esclave, plutôt. Même si vous parvenez à trouver du temps pour monter votre jument, vos journées seront consacrées à exécuter les quatre volontés d'une dame hautaine qui attendra que vous vous fondiez dans le décor. En conséquence, vous deviendrez invisible pour le reste de votre vie.

— Que pensez-vous que j'aie fait ces vingt dernières années ? répliqua Stella, vexée. Ce n'est pas parce que je monte à cheval et qu'il m'arrive de me colorer sottement les cheveux que je n'ai pas conscience de la dureté du quotidien.

— Je sais que vous la connaissez. J'ai vu à quel point vous y étiez confrontée. Même quand nous nous sommes retrouvés au parc.

Stella frémit. Et dire qu'elle s'était crue relativement élégante dans sa tenue d'équitation !

— Qu'avez-vous à dire à propos du parc ?

— Vous aviez couvert vos cheveux.

— Je le fais toujours quand je monte à cheval.

— Parce que vous voulez être discrète ?

Il pivota complètement, lui tournant le dos, et fit rouler son fauteuil vers la sortie.

— Comme je commence à détester ce mot !

Stella se retint de souligner qu'elle voulait seulement rendre ses cheveux discrets, pas le reste de sa personne. Ce n'était pas l'affaire de Teddy. Il n'avait aucun droit de la juger.

— C'est particulièrement malvenu de la part du gentleman qui a refusé chaque sortie à Sutton Park simplement parce qu'il ne voulait pas qu'on le voie être transporté hors de son fauteuil.

Les épaules de Teddy se raidirent, et Stella craignit d'être allée trop loin.

Elle se leva pour le suivre.

— Mais je ne vous juge pas pour cela, s'empressa-t-elle d'ajouter. Parce que je comprends ce qui vous motive à agir ainsi.

Elle s'arrêta à quelques pas de lui, frustrée.

— Quoi qu'il en soit, je ne vois pas ce que tout cela a à voir avec mon souhait de poser pour vous. Étant donné que vous n'avez cessé de me solliciter, je pensais que vous seriez ravi.

Teddy marmonna quelque chose entre ses dents.

Stella s'approcha de lui.

— Pardon ? Qu'avez-vous dit ?

— J'ai dit que vous méritez mieux qu'une vie dans l'ombre, dit-il avec brusquerie.

Un flot d'émotions prit Stella de court. Elle le réprima violemment.

— Oui, eh bien, les gens obtiennent rarement ce qu'ils méritent. Il faut être raisonnable. C'est pourquoi j'ai choisi de devenir dame de compagnie. Mes amies se renseignent pour moi. J'espère être installée quelque part d'ici un mois. Donc, à moins que vous n'ayez une opportunité plus favorable à proposer…

— Il y en a peut-être une. Quelque chose qui serait mieux adapté pour nous deux.

Stella ne comprenait pas quel rôle Teddy pourrait jouer dans son avenir, aussi demanda-t-elle :

— Que proposez-vous ?

Teddy fit pivoter son fauteuil pour la regarder.

— Le mariage.

Elle le regarda, déconcertée.

— Pardon ?

Teddy se tourna complètement vers Stella, la mâchoire crispée. Les muscles de ses bras, de ses épaules et de son abdomen se contractèrent comme s'il se préparait à recevoir un coup. Mais il ne pensait pas aux conséquences pour sa fierté. Il ne pensait qu'à ce dont Stella avait besoin à cet instant précis.

Et à ce dont lui-même avait besoin.

— Je vous demande de m'épouser, dit-il.

Stella se figea, le visage livide.

— Je vois que l'idée vous choque.

— Non, protesta-t-elle. Ce n'est pas...

— Avant que vous refusiez sans même y réfléchir, permettez-moi de vous exposer mes raisons.

Teddy s'éclaircit la gorge. Sa cravate lui semblait soudain horriblement serrée.

— D'abord, vous avez besoin d'un foyer à vous. J'ai une maison, à présent. Assez grande pour deux, avec de la place pour votre jument car il y a une écurie à l'arrière. L'ai-je déjà mentionné ?

— Non.

La voix de Stella n'était plus qu'un murmure.

Il continua avec détermination.

— Deuxièmement, vous avez besoin d'indépendance. Je peux vous l'offrir aussi. Vous pourriez aller où vous voulez. Avec qui vous voulez. Rien ne pourrait vous arrêter.

Elle manifesta l'envie de dire quelque chose, mais il enchaîna :

— Troisièmement, vous avez besoin d'un professeur de dessin. Qui est mieux placé que moi pour tenir ce rôle ? Je pourrais vous apprendre ici. Ce serait un plaisir pour moi.

Il poursuivit avant de perdre courage.

— Quant aux autres obstacles... le fait que nous soyons obligés de vivre ensemble... Je le répète, la maison est grande. Vous pourriez avoir l'étage pour vous seule, et moi le rez-de-chaussée. Nous nous retrouverions uniquement quand je vous peindrais, ou quand je vous donnerais vos cours de dessin.

Stella eut une mimique réticente.

— Vous proposez un mariage de convenance.
— C'est un peu ça, oui.

Teddy ne comprenait pas pourquoi il n'y avait pas pensé plus tôt. Cette solution résoudrait leurs problèmes respectifs. Il était certain que cela pourrait fonctionner. Ils étaient tous deux des personnes raisonnables.

Les bras croisés, Stella se dirigea vers la fenêtre. L'ourlet de ses jupes gansées de velours effleurait le sol, soulevant des grains de poussière. Elle se tenait le dos bien droit.

— Mais vous ne voulez pas m'épouser, dit-elle.

— Ah bon ?

— Vous ne voulez épouser personne. Vous l'avez dit. Vous ne voulez personne pour vous déranger.

— Et vous me dérangeriez ?

— C'est possible.

Elle lui lança un coup d'œil furtif par-dessus son épaule.

— Je peux être calme et discrète la plupart du temps, mais ne vous méprenez pas : il y a de la sauvagerie en moi. Elle surgit parfois de la façon la plus alarmante.

Teddy sentit une partie de la tension de ses muscles se relâcher. Il comprenait ce qu'elle voulait dire. Il avait vu cette sauvagerie frémir sous son apparence de lady respectueuse des convenances. C'était d'ailleurs cela qui l'avait attiré chez elle. Pas sa tranquillité ou sa gravité, mais l'esprit indompté caché sous la surface, aussi puissant et imprévisible que les mers déchaînées des tableaux de Turner.

— Vous ne pourriez pas m'effrayer, même si vous essayiez, dit-il.

— N'en soyez pas aussi sûr.

Stella tira nerveusement sur les doigts de son gant.

— J'aime aller vite. Prendre des risques à l'occasion. Avoir l'impression que je suis à un battement de cœur du danger.

— Quand vous faites galoper votre jument, je sais.

— Pas seulement à cheval. De bien d'autres manières. J'ai beau me donner du mal pour me comporter de façon convenable, il m'arrive irrémédiablement de faire quelque chose de téméraire. Cela pourrait vous exposer au scandale.

— En quoi le scandale m'importe-t-il ? Je suis un artiste, pas un ecclésiastique de campagne.

— Un artiste doit préserver sa réputation. Imaginez que mon comportement donne lieu à des rumeurs malveillantes. Ou que des mondains me ridiculisent.

— Possibilités fort peu plausibles, assurément.

Elle eut un petit rire amer.

— Pas autant que vous l'imaginez. On a déjà écrit un poème à mon sujet. Quelques mots rédigés à la hâte, sans talent, mais suffisants pour que j'en sois mortifiée.

— Un poème ? répéta Teddy en haussant un sourcil. Que disait-il ?

— Que j'étais un spectre gris aux allures de grand-mère, cherchant un mari dont je ferais assurément le malheur.

Teddy ne put s'empêcher d'éclater de rire.

Mais Stella ne trouvait pas cela amusant le moins du monde.

— Ce fut déjà compliqué pour moi. Mais imaginez que vous fassiez l'objet de moqueries lorsque vous présenterez un tableau dont je suis le sujet principal.

Retrouvant son sérieux, Teddy tourna son fauteuil vers elle.

— Qui l'a écrit ?

— Le poème ? Je ne sais pas. Il était anonyme.

— Vous devez bien avoir des soupçons.

— Aucun. Il y avait plusieurs jeunes lords qui se moquaient de moi lors de mes débuts. N'importe lequel d'entre eux pourrait en être l'auteur. À moins qu'ils ne se soient mis à plusieurs pour rédiger ce chef-d'œuvre. Le fait est que je ne peux rester humble et discrète très longtemps.

— Oubliez l'humilité et la discrétion ! s'exclama Teddy avec impatience. Je vous demande d'être visible pour moi. De m'épouser et de vivre ici avec moi. Nous ferons ce que nous voudrons, quand nous le voudrons. Il n'y aura rien ni personne pour nous entraver, sauf les limites de nos propres inclinations.

Stella pivota pour le dévisager. Un orage de pensées contradictoires assombrissait ses yeux. Il avait semé la confusion dans son esprit.

— Je ne sais pas ce que je veux, admit-elle. Je n'ai jamais eu la liberté de le découvrir véritablement.

Teddy ressentit une brutale vague de tendresse pour elle. Il fit rouler son fauteuil vers la fenêtre pour rejoindre Stella.

— Si nous nous marions, vous aurez toute la liberté dont vous avez besoin, dit-il. Je ne peux pas vous promettre une vie conventionnelle, mais je peux au moins vous promettre ça.

Stella prit lentement place sur la banquette du bow-window, les yeux à la hauteur des siens, et demanda d'un air grave :

— Autant de liberté qu'un mari consent à accorder à sa femme ?

— Plus, répondit-il. Ce mariage n'aura pas pour but de satisfaire une convention sociale archaïque. Nous le ferons pour nous faire plaisir.

— Cela vous plairait-il ?

— Et à vous ?

Elle détourna brièvement les yeux.

— Je crois qu'au fond j'ai toujours espéré pouvoir me marier par amour, comme mes amies.

Une sensation de rejet serra la gorge de Teddy. Juste ciel. Après tout cela – le risque qu'il avait pris pour son orgueil, pour son cœur même –, allait-elle décliner sa proposition ?

Sa voix s'enroua.

— Avez-vous un autre gentleman en tête ?

— Non. Je n'ai jamais rencontré quelqu'un que j'aie aimé assez pour songer au mariage.

Les yeux de Stella se posèrent de nouveau sur lui. Un long silence s'ensuivit.

— Pas avant vous.

Teddy en eut le souffle coupé.

— Eh bien voilà, fit-il. Vous avez votre réponse. Ce n'est peut-être pas l'amour fou, ni la conséquence d'une cour assidue pendant la saison, mais nous nous apprécions suffisamment. C'est bien plus que ce que la plupart des couples peuvent se vanter d'avoir.

— Et les enfants ? demanda-t-elle.

Teddy sentit son estomac se contracter.

— En voulez-vous ? insista Stella.

— Et vous ?

Elle rougit.

— Et si j'en voulais ?

Comprenant ce que cela impliquait, Teddy rougit à son tour. Il aurait dû deviner qu'elle serait assez audacieuse pour aborder ce délicat sujet.

— Je suis capable de donner un enfant à une femme, si c'est que vous voulez savoir.

C'était la vérité pour autant qu'il le sache, dans la mesure où il n'avait jamais testé cette hypothèse. Malgré les nombreuses prostituées venues poser à l'atelier de Gleyre, dont certaines avaient eu des aventures avec ses camarades peintres, Teddy n'avait pas encore fait l'expérience de l'intimité.

Ce n'était pas par excès de pudibonderie, ni en raison d'un trop grand idéal romantique. C'était une question de vulnérabilité. Il devrait faire confiance à une femme – lui faire totalement confiance. Et peut-être lui fallait-il autre chose aussi. Pas de l'amour, non. Mais une certaine affection mutuelle, et le souci de vouloir prendre soin l'un de l'autre. Il fallait au moins cela pour compenser le risque d'une quelconque difficulté.

Et il pourrait très bien y avoir des difficultés.

Si les choses ne se passaient pas comme il l'espérait ? S'il perdait le contrôle ? S'il se ridiculisait ? Une prostituée aurait sans doute fait face à ses insuffisances avec un professionnalisme blasé. Mais Teddy n'avait pas voulu vivre ainsi cette expérience. Pas avec une inconnue qui ne serait intéressée que par son argent.

— Dans ce cas, voudriez-vous...

Stella peinait visiblement à trouver ses mots.

— Vous attendriez-vous à ce que je...

— Je n'ai aucune attente à ce sujet, déclara-t-il. Mais nous pourrons en discuter. Si c'est ce que vous souhaitez.

De rose vif, le visage de Stella devint écarlate.

— Eh bien, je ne... En fait, je me demandais seulement... si nous devions vraiment nous marier...

Il lui prit doucement la main, faisant taire ses balbutiements.

— Tout ce que je vous demande, c'est de m'accorder trois mois pour réaliser votre portrait. Après cela, vous serez libre de votre temps.

Elle resta longtemps silencieuse, réfléchissant à sa proposition. Puis elle donna l'impression de se ressaisir.

— Aussi tentant que soit cet arrangement, je ne veux pas d'un mariage de convenance.

Ce rejet heurta Teddy de plein fouet. Il faillit lâcher la main de Stella. Mais elle ajouta :

— Si nous nous marions, je compte bien tomber amoureuse de vous.

Teddy eut du mal à garder son calme.

Il s'était trompé. Elle ne le repoussait pas : elle augmentait les enjeux. L'amour, avait-elle dit. Il n'était plus question d'affection. Il ne s'agissait plus de raison mais d'amour.

Il la regarda fixement.

— Je serais honoré si cela arrivait.

Cette réponse sembla avoir raison des dernières hésitations de Stella. Elle prit une profonde inspiration, le visage empreint de gravité.

— Il nous faudra un accord légal pour protéger Locket. Je ne suis pas ignorante du monde au point de l'abandonner à l'autorité de mon mari. Même un mari aussi peu conventionnel que vous.

Il esquissa un sourire.

— Je connais un excellent avocat.

— Et il faut protéger mon héritage. Je refuse de finir dans la misère si les choses devaient se gâter entre nous.

— Vous aurez tout ce que vous demanderez.

— Et vous, que demandez-vous ?

— Vous, uniquement.

— En tant que modèle, vous voulez dire.

— Non, en tant que personne.

Il serra affectueusement sa main.

— Et si quelqu'un a l'audace de vous insulter à nouveau, par le biais d'un poème ridicule ou d'une autre manière, je vous promets qu'il aura affaire à moi.

Stella frémit. Elle retira sa main de la sienne tandis que ses yeux s'emplissaient de larmes.

— Qu'ai-je dit ? s'inquiéta aussitôt Teddy. Je voulais vous rassurer, pas vous bouleverser.

Elle essuya ses joues du bout des doigts.

— Je sais que je suis sotte. Mais personne ne m'a jamais défendue, à part mes amies. Mon frère n'a cessé de sous-entendre que c'était ma faute si je me faisais insulter. Parce que je suis trop bruyante, trop opiniâtre. Parce que je ne peux me retenir de donner mon avis...

Teddy commençait à détester le frère de Stella. Elle était si lumineuse. Comment pouvait-on vouloir tamiser son éclat ?

Il prit son visage en coupe entre ses mains, interrompant son discours.

Elle se tut et le regarda en tremblant. Il l'entendit chercher son souffle.

— Soyez bruyante, dit-il. Soyez opiniâtre. Soyez vous-même autant que vous le voulez, et plus encore. Une fois que nous serons mariés, vous et moi, nous ne répondrons qu'à nous-mêmes.

Les lèvres de Stella frémirent.

Il inclina la tête vers elle. Il ne restait plus que quelques centimètres entre eux, emplis de leurs souffles mêlés, de leur chaleur, et d'une douce odeur de lilas.

Le cœur battant à tout rompre, Teddy réduisit la distance et posa ses lèvres sur celles de Stella.

Elle ferma les paupières tandis qu'il capturait sa bouche. Un doux murmure d'assentiment fit vibrer sa gorge.

Ce son troublant envoya une vague de chaleur dans les veines de Teddy. Mais il refréna son impatience. C'était trop important. Il voulait prendre son temps. L'embrasser longuement. Passionnément.

Stella enroula les doigts autour de ses poignets tandis qu'il soutenait son visage. Ce n'était pas une opposition. Elle ne le repoussait pas : elle le retenait contre elle.

Tout ce qui les entourait disparut comme dans un brouillard. La saleté de la maison. Son état d'abandon. Les fenêtres ternes, condamnées pour certaines. Il n'y avait personne avec eux – ni Jennings, ni la famille de Teddy, ni les amies de Stella. Ils n'étaient que tous les deux.

« Je compte tomber amoureuse de vous », avait-elle dit.

Mais pour Teddy, c'était déjà le cas, sans même qu'il s'en soit rendu compte. Il en avait la certitude à présent.

Finalement, il rejeta la tête en arrière. Ses pouces caressèrent les courbes de ses joues. Le geste était tout à la fois tendre, rassurant et possessif.

Elle était faite pour être sienne. Il l'avait deviné dès la première fois où il l'avait vue.

— Alors qu'en dites-vous, ma scintillante étoile ? demanda-t-il d'une voix enrouée. Est-ce oui ?

Stella le regarda. Elle avait les lèvres gonflées, le souffle court. Ses yeux baignés de larmes brillaient d'une détermination nouvelle.

— C'est oui, déclara-t-elle. Oui, Teddy, je vous épouserai.

24

Le salon d'étage de la maison de Half Moon Street était un refuge douillet, meublé de sofas en chintz, de fauteuils confortablement rembourrés, de poufs en velours garnis de franges et de consoles en bois sombre sur lesquelles s'amoncelaient des piles impressionnantes de livres reliés en cuir, et toutes sortes de bibelots rapportés des voyages que les Finchley avaient faits aux Indes et ailleurs. Un pianoforte couvert de partitions occupait une place de choix dans la pièce, les œuvres de Chopin et de Brahms se mêlant librement aux dernières chansons populaires.

Un feu avait été allumé pour la soirée. Les braises scintillaient dans l'âtre.

Il avait recommencé à pleuvoir en fin d'après-midi, peu de temps après que Teddy eut raccompagné Stella à l'hôtel Brown. Tous deux avaient été sidérés, ne sachant plus que dire après le baiser qu'ils avaient partagé et l'accord qu'ils avaient conclu.

— Dois-je écrire à votre frère ? avait demandé Teddy avant de dire au revoir à Stella.

Elle l'avait regardé, alarmée.

— Pourquoi, au nom du ciel ?

— J'avais cette idée désuète qu'il faudrait que je demande sa permission.

— Vous n'en avez pas besoin. Il a clairement exprimé sa décision de ne plus vouloir faire partie de ma vie.

— Mais si vous vouliez...

— Je ne veux pas, avait-elle répliqué fermement, mettant un terme à la discussion.

Assis dans son fauteuil roulant près de la cheminée, Teddy aurait bien aimé pouvoir s'accorder la même liberté. Il ne voulait pas de nouvelles tensions avec sa sœur, et il n'avait aucune envie de s'engager dans une autre querelle avec Alex.

Mais les circonstances l'exigeaient parfois.

— Ta femme de chambre et votre valet ont déjà préparé vos bagages, je vois, dit Jenny tout en sirotant une tasse de thé. Je suis impressionnée. Il nous faut des semaines, à Tom et à moi, pour tout organiser avant un voyage.

Les Finchley étaient assis côte à côte sur l'un des sofas, suffisamment proches pour que les jupes de la robe en soie de Jenny recouvrent partiellement l'une des jambes de Tom. Le plateau de thé était posé sur une table basse devant eux.

— Ils ont eu largement l'occasion de s'entraîner, répondit Alex.

Lui aussi était assis à côté de sa femme, sur le canapé opposé, avec une proximité que beaucoup, dans la bonne société, auraient jugée inconvenante.

Selon l'étiquette mondaine, les couples devaient observer une certaine distance en public, quoi qu'ils puissent ressentir en privé. Il n'était pas de bon ton de montrer de l'affection envers son conjoint, même en famille. C'était considéré comme vulgaire.

Les deux couples présents dans le salon ne s'en souciaient guère. Depuis le mariage de Laura, Teddy avait été témoin de nombreuses démonstrations d'affection entre Alex et elle. Cet exemple ne permettait-il pas de comprendre pourquoi Stella aspirait à un mariage d'amour ?

Elle lui avait dit qu'elle l'avait toujours espéré. À présent, ce n'était plus un espoir mais une volonté. Cela aussi, elle le lui avait dit.

À l'évocation de ce souvenir, une petite part de lui, profondément enfouie sous son armure de cynisme, se réjouit.

— Nous avons été de véritables vagabonds ces derniers mois, dit Laura. Nous sommes passés de la France à Londres, puis au Hampshire. De là, nous sommes allés dans le Devon, et nous sommes revenus à Londres. Les domestiques ont dû faire et défaire nos bagages je ne sais combien de fois. J'imagine qu'ils pourraient le faire les yeux fermés.

Alex prit la main de sa femme, la porta à ses lèvres et déposa un baiser sur ses phalanges.

— Si j'avais su que nous serions dans l'attente d'un heureux événement, j'aurais insisté pour que nous renoncions à nos voyages cette année.

Laura lui effleura brièvement la joue du bout des doigts.

— Je ne regrette pas du tout d'être venue. Je regrette seulement que nous devions partir si tôt. Et sans Teddy, qui plus est. Enfin… s'il a décidé de rester.

Laura tourna les yeux vers son frère, dans l'attente d'une réponse.

— Je reste, annonça Teddy. Si Jenny et Tom n'y voient pas d'inconvénient, bien sûr.

Une expression de soulagement apparut sur les visages des Finchley. Il y en avait aussi dans les yeux de Laura, mêlé au regret que son frère ne retourne pas en France avec elle.

— Cela ne nous dérange aucunement, dit Tom en déposant sa tasse de thé sur le plateau. Nous serons heureux de t'avoir avec nous, cela va sans dire.

— En effet, acquiesça Jenny. Et Maiden Lane n'est pas loin. Vous pourrez vous y rendre tous les jours pour travailler à vos tableaux.

Laura adressa à Teddy un sourire tremblant.

— Je ne prétendrai pas que cela ne me brise pas le cœur de te laisser, mais le fait que tu résides chez Jenny et Tom me tranquillise quelque peu.

Alex demeurait silencieux. Ancien joueur professionnel, il savait quand un adversaire ne montrait pas toutes ses cartes. Il observait Teddy, les paupières plissées.

Celui-ci n'avait pas l'intention de mentir à son beau-frère. À quoi bon ?

— En fait, déclara-t-il, je ne vais pas rester ici longtemps. Je compte emménager dans ma nouvelle maison dès que les travaux seront terminés.

Laura, Jenny et Tom se figèrent.

Mais Alex ne sembla pas du tout surpris par cette annonce. Le froncement de ses sourcils prit une tournure menaçante.

— Nous n'allons pas encore discuter de cela, grommela-t-il. Je t'ai déjà expliqué notre position.

— Oui, je sais, répondit Teddy. Vous ne voulez, ni l'un ni l'autre, prendre le risque que je vive seul. Vous voulez que je sois pris en charge.

— Exactement, dit Laura. Je croyais que tu avais compris.

Teddy regarda sa sœur. Il l'aimait de tout son cœur, et il savait ce qu'il lui devait. Mais sa vie lui appartenait. Et il refusait de se sentir coupable de vouloir en disposer.

— Et si j'étais marié ? demanda-t-il brusquement.

Cette fois, quatre paires d'yeux médusés se fixèrent sur lui. Même Alex parut frappé de mutisme.

Cela ne dura pas.

— Mais tu n'es pas marié, répliqua-t-il d'une voix dangereusement calme.

— Tu n'as que vingt-quatre ans, ajouta faiblement Laura.

Teddy ne comprenait pas pourquoi elle insistait sans cesse sur son âge. Il n'était peut-être pas aussi vieux qu'Alex ou Tom, mais il n'était pas non plus un jeune homme tout juste sorti de l'école.

— Le prince Albert n'avait que vingt ans lorsqu'il a épousé la reine.

Un muscle se contracta sur la mâchoire d'Alex.

— Si j'entends encore une seule fois parler du regretté prince Albert, je ne réponds plus de mes actes.

Teddy l'ignora. C'était sa sœur qu'il devait convaincre. Et si Alex se comportait de façon déraisonnable, c'est parce qu'il avait à cœur le bien-être de Laura.

— Tu as dit que tu n'étais pas inquiète quand Neville a quitté l'abbaye parce qu'il avait Clara avec lui, rappela-t-il. Tu t'en souviens ?

— Oui, mais…

— Si j'étais marié, tu n'aurais plus de raison de t'opposer à ce que j'aie mon propre foyer, n'est-ce pas ?

Laura fronça les sourcils, hésitante.

— Je suppose que non.

— À moins que tu ne te lies à une femme de mauvaise vie qui te dépouillerait de ta fortune, intervint Alex.

Il plissa les paupières.

— Ce n'est pas ce que tu envisages, j'espère.

Teddy ne répondit pas, et son beau-frère prit aussitôt la mouche.

— Si j'avais pu penser que tu ferais quelque chose d'aussi stupide, d'aussi imprudent et insensé, dans le seul but de pouvoir habiter dans cette maudite maison...

— Alex...

Laura prit la main de son mari.

— Il ne ferait jamais ça.

— Ma sœur a raison, dit Teddy. J'ai choisi une jeune lady tout à fait respectable. D'ailleurs, vous la connaissez.

Laura écarquilla les yeux.

— Ce n'est pas Mlle Hobhouse, quand même ?

— Pourquoi ce ton surpris ? répliqua Teddy.

À l'ironie de sa question se mêlait une indéniable pointe de défi. Pensaient-ils qu'une femme respectable ne voudrait pas de lui ? Qu'il n'avait pas assez à lui offrir ?

— Tu es sérieux ? s'enquit Alex.

— Je le suis. Je lui ai fait ma demande cet après-midi, et elle m'a fait l'honneur d'accepter.

En prononçant ces mots, Teddy ne parvenait toujours pas à y croire lui-même. Et pourtant, leur union n'aurait rien d'un mariage de convenance. Stella voulait quelque chose de réel. Et, à sa grande surprise, il le voulait aussi.

— Est-ce la jeune lady avec qui vous correspondiez quand vous étiez dans le Devon ? demanda Jenny.

— C'est elle, répondit Teddy. Elle se trouve actuellement à Londres, en compagnie du capitaine Blunt et de sa femme. Ils résident à l'hôtel Brown mais doivent rentrer chez eux la semaine prochaine. Après cela, Mlle Hobhouse sera hébergée chez Ahmad et son épouse.

— Elle connaît Evelyne et Ahmad ? s'exclama Jenny.

— Mlle Hobhouse fait partie du célèbre groupe des quatre Amazones, expliqua patiemment Teddy.

Vous l'avez vue monter à cheval en compagnie d'Evelyne, Mme Blunt et lady Anne Deveril.

— La jeune lady aux cheveux gris ? Eh bien, c'est une surprise ! J'ignorais que vous la connaissiez.

— Mais c'est trop soudain, objecta Laura. Il n'y a pas si longtemps, elle refusait que tu fasses son portrait. Et maintenant, tu voudrais me faire croire qu'elle est disposée à t'épouser ?

— Non seulement elle y est disposée, répondit Teddy, mais elle le souhaite ardemment.

Il soutint le regard de sa sœur.

— Et moi aussi. Ce qui me fait penser...

Il s'adressa à Tom :

— Mlle Hobhouse aura besoin de te consulter concernant les dispositions légales pour ses biens. Elle a un cheval et un petit héritage qu'elle aimerait protéger, au cas où le mariage serait rompu.

— Et ta fortune ? demanda Laura d'un ton indigné. Tom doit agir pour protéger tes intérêts, pas les siens.

— Non, dit Teddy avec une fermeté qui ne laissait aucune place à la discussion. Mlle Hobhouse doit avoir le meilleur avocat de Londres. Je ferai appel à quelqu'un d'autre. Tom pourra me recommander un de ses confrères.

— Je ferai bien entendu de mon mieux pour Mlle Hobhouse, assura Tom. Et pour toi aussi.

— Merci, fit Teddy. Je le lui dirai.

Alex n'avait cessé d'observer Teddy, mais sa colère avait laissé place à une profonde méditation.

— Juste ciel, mais tu es sérieux ! s'exclama-t-il.

Jamais Teddy ne l'avait été à ce point.

— Dès que la maison sera habitable et que nous aurons eu le temps de publier les bans, Mlle Hobhouse et moi avons l'intention de nous marier. Selon la durée des travaux, ce pourrait être en mai. Mais, connaissant les délais des artisans, ça pourrait tout aussi bien avoir lieu cet été.

Le visage de Laura se décomposa.

— Il nous sera impossible d'assister à la cérémonie. La naissance est prévue en août.

— C'est sans importance, dit Teddy. Nous ne voulons pas d'une grande cérémonie. Un bureau d'état civil fera l'affaire. Ce qui compte, c'est le mariage. Pas la cérémonie.

— Est-ce vraiment ce que tu veux ? demanda Laura. Je savais que tu l'appréciais en tant que modèle éventuel, mais... le mariage ?

— Ce sera encore mieux pour la peindre, répondit Teddy avec une légèreté qu'il était loin de ressentir. Une fois que nous serons sous le même toit, elle sera complètement à ma disposition.

— Si c'est tout ce qui te motive, dit Alex, ainsi que ton désir de t'émanciper de nous, je te conseille d'y réfléchir à deux fois.

— Et si elle avait des doutes ? s'enquit Laura. Si elle disait ou faisait quelque chose ? Une fois que tu l'auras épousée – si tu l'épouses –, elle sera en position de te faire du mal.

— Et alors ? Je ne suis pas en sucre, il me semble.

Teddy se tourna vers son beau-frère pour ajouter :

— Et ce n'est pas uniquement cela qui me motive, bien évidemment. Accorde-moi un peu de crédit.

— Mais, et si... ? commença Laura.

Teddy interrompit sa sœur avec douceur mais détermination.

— La vie est trop courte pour perdre du temps à se demander ce qui pourrait arriver. Je veux seulement être heureux. Sans cela, que reste-t-il ?

*

* *

Un éclair de triomphe traversa le regard de Julia.

— Je le savais !

Elle était assise en face de Stella dans la calèche, épaule contre épaule avec Evie. Les trois amies se rendaient dans Bond Street pour jeter un coup d'œil à une nouvelle boutique de modiste qu'Evie avait recommandée. Le capitaine Blunt leur avait loué une calèche pour l'après-midi. La femme de chambre de Julia – une fille de la campagne aux yeux perpétuellement écarquillés, venue du Yorkshire – était assise à l'extérieur à côté du cocher.

— Tu ne pouvais pas le savoir avant moi, protesta Stella.

Les amples jupes de sa robe de popeline couleur mûre, portées sur des jupons amidonnés et une crinoline épaisse, pressaient contre les jupes bouillonnantes de ses amies, transformant l'intérieur de la calèche en véritable mer de tissu.

— Sottises ! déclara Julia. J'ai reconnu son attirance pour toi dès que je l'ai rencontré. Il suffisait de voir comment il te souriait. J'ai aussitôt confié à Jasper : « Souviens-toi bien de mes paroles. Ce seront bientôt des tourtereaux. »

Stella lissa ses gants en chevreau teint, embarrassée par la façon dont son amie exultait. Bien qu'elle ait exprimé à Teddy son intention de tomber amoureuse de lui – bonté divine, quel souvenir choquant ! Que lui était-il donc passé par la tête ? –, il n'avait rien dit en retour.

En réalité, elle savait très bien ce qui lui avait pris.

Assise en face de Teddy dans son futur atelier, la main fermement posée dans la sienne, elle avait compris qu'elle était allée trop loin, depuis qu'elle avait coupé les ponts avec son frère, pour faire des compromis maintenant. Elle voulait un mariage d'amour. Elle l'avait compris en assistant à celui d'Anne.

Ce ne serait pas difficile. Elle était déjà presque amoureuse de Teddy Hayes. La rencontre d'hier n'avait fait que le confirmer. Quant aux sentiments de celui-ci...

Il n'avait rien dit à ce propos. Ce qu'il lui avait proposé, c'était un mariage de convenance, pas une vie entière d'affection et d'adoration.

Mais il l'avait embrassée.

Oh, de quelle manière il l'avait embrassée !

— M. Hayes sourit à tout le monde, répondit-elle à Julia. Dis-lui, Evie. Tu l'as sûrement remarqué.

— C'est un gentleman enjoué, concéda Evie. Mais d'une façon un peu narquoise, comme s'il s'amusait perpétuellement d'une plaisanterie qu'il serait le seul à comprendre.

— Il n'y avait rien de narquois dans la manière dont il regardait Stella ! décréta Julia.

L'air satisfait, elle se cala contre le dossier de son siège.

— J'ai hâte de connaître la réaction d'Anne.

Stella s'alarma aussitôt.

— Oh non ! Ne lui dis rien, je t'en prie.

— Pourquoi pas ? demanda Evie.

— Parce que... Anne est en voyage de noces. Et parce que je préfère le lui annoncer moi-même. Pas par l'intermédiaire d'une lettre, mais en personne.

Parmi toutes ses amies, Anne était celle qui risquait le plus de refroidir les ardeurs de Stella. Non par malveillance, mais pour lui éviter de souffrir.

« Oui, il veut de toi maintenant, dirait Anne de cette voix pincée qu'elle prenait pour lui faire la leçon. Il est en proie à je ne sais quelle obsession artistique, désireux de te peindre au-delà de toute raison. Mais qu'adviendra-t-il ensuite ? Quel genre de vie auras-tu avec lui quand il sera passé à son prochain sujet et que tu seras toujours là, dans sa maison, ignorée et peut-être considérée comme étant de trop ? »

Ou peut-être n'était-ce pas Anne qui poserait ces questions. Peut-être s'agissait-il des préoccupations qui rongeaient déjà l'esprit de Stella.

Evie et Julia échangèrent un regard perplexe.

— Ce n'est pas pareil, de toute façon, tenta d'expliquer Stella. Ce n'est pas un mariage d'amour comme les vôtres.

— Qu'est-ce donc, alors ? demanda Julia. Une amitié ? C'est ainsi que tu l'as présenté, la première fois que tu nous as parlé de lui à Hyde Park.

— L'amitié peut souvent conduire à des sentiments plus tendres, remarqua Evie.

Stella se souvint de quelle façon Teddy avait tenu son visage entre ses grandes et puissantes mains gantées de cuir noir. Et comment il l'avait embrassée. Avec une telle intensité. Une telle passion.

Une bouffée de chaleur envahit ses joues.

Oui, il y avait eu de tendres sentiments. Du moins en ce qui la concernait. Et sans doute aussi du côté de Teddy. Les gentlemen n'embrassaient pas n'importe qui, n'est-ce pas ?

— Ce n'est pas seulement une amitié, admit-elle.

— Eh bien, c'est déjà quelque chose, approuva Julia.

— Quelque chose de merveilleux, assurément, dit Evie. Je le devine à la façon dont tu resplendis.

— C'est vrai, confirma Julia. Tu es radieuse. En fait, tu as l'air… différente.

— Ce sont tes cheveux, remarqua Evie. Tu ne portes pas ta résille.

Stella porta une main au chignon qu'elle avait noué bas sur sa nuque. D'ordinaire, elle ne sortait jamais sans couvrir ses cheveux d'un filet de soie dont les mailles serrées dissimulaient leur couleur.

Mais aujourd'hui, elle s'en était abstenue. Sa couleur grise était bien visible.

« Oubliez l'humilité et la discrétion, lui avait demandé Teddy la veille. Je vous demande d'être visible pour moi. »

Comme un sortilège, ces mots avaient éveillé quelque chose en elle. Ils avaient fait surgir la hardiesse qu'elle avait trop longtemps étouffée, par peur du jugement de la société. Jusqu'à aujourd'hui, elle avait redouté de s'exposer, de crainte de provoquer la cruauté malveillante qu'elle avait subie lors de sa première saison.

Mais c'était terminé.

Si elle voulait vivre au grand jour, il fallait bien qu'elle commence par un geste fort. Et quoi de mieux que ses cheveux pour lui servir d'étendard ?

— Voilà ! C'est ça qui a changé, fit Julia. Mais comment cela se fait-il ? Tu as toujours porté une résille.

— Est-ce laid ? demanda Stella.

— Pas du tout ! répondit Evie. Tu es resplendissante.

— Ton lien avec M. Hayes doit y être pour quelque chose, ajouta Julia.

Stella regarda ses amies.

— Alors, vous approuvez toutes les deux ? Vous ne pensez pas que je suis folle d'avoir accepté sa proposition ?

— Notre avis changerait-il ton opinion ? s'enquit Julia.

— Non, admit Stella. Je ne le pense pas.

— Alors, tu as ta réponse, dit Evie. Tu as bien choisi. Si ce n'était pas le cas, tu chercherais une excuse pour revenir sur ta décision.

— Je ne veux pas revenir sur ma décision, fit Stella avec détermination.

Après avoir accepté la proposition de Teddy, elle se sentait plus optimiste qu'elle ne l'avait été depuis longtemps. Peut-être était-ce pour cette raison qu'elle rayonnait – si c'était vraiment le cas.

Elle n'avait pas menti à Teddy quand elle avait dit qu'il était le premier gentleman qu'elle puisse aimer. Et ce n'était pas seulement à cause de ses baisers et de ses compliments. C'était parce qu'elle appréciait sa compagnie. Il était intéressant. Amusant. Parfois agaçant, mais jamais ennuyeux.

Le fait qu'il se déplace en fauteuil roulant n'était même pas entré en ligne de compte. Pas avant qu'elle prenne conscience que son état pourrait affecter ses rêves de fonder une famille.

Juste ciel, l'avait-elle vraiment interrogé à ce sujet de façon aussi directe ?

Et lui avait-il réellement répondu ?

« Je suis capable de donner un enfant à une femme », avait-il dit.

Capable. Quelle que soit la signification de ce mot.

Elle en avait une idée, bien sûr. Elle savait beaucoup de choses sur les chevaux et les autres animaux. Et elle en savait un peu sur les mariages de ses amies, bien qu'aucune n'ait livré de détails explicites, si ce n'est pour révéler que c'était intime et follement troublant, et que cela impliquait de retirer ses vêtements – mais pas toujours, comme le lui avait un jour confié Julia.

Evie se pencha et prit la main de Stella.

— Je suis contente. J'ai longtemps souhaité te voir enfin installée et heureuse. Et M. Hayes est un gentleman fort amusant. Quoi qu'il arrive, tu ne t'ennuieras jamais avec lui.

— Nous devons faire quelque chose pour fêter ça, décida Julia.

Son visage s'illumina soudain.

— Je sais ! Je vais t'acheter un cadeau de fiançailles. Un chapeau chez cette nouvelle modiste. Ou un châle…

Anne avait récemment parlé d'un fabuleux entrepôt de châles indiens à Ludgate Hill.

Les trois amies continuèrent à deviser et à rire ensemble durant le trajet jusqu'à Bond Street. Elles visitèrent la boutique de la modiste, celle d'un marchand de tissus, et s'arrêtèrent devant la vitrine d'un bijoutier pour admirer des colifichets incrustés de pierres semi-précieuses.

Alors qu'elles empruntaient une ruelle pour se rendre dans une librairie que Julia aimait fréquenter, la porte d'un magasin de papeterie s'ouvrit et Laura Archer en sortit.

— Mademoiselle Hobhouse !

Mme Archer s'était arrêtée brusquement. Elle portait un caraco ample et une jupe simple, dépourvue de crinoline - une tenue adaptée pour une dame élégante de sa condition. Une servante et un valet l'accompagnaient, les bras chargés de paquets.

Stella se figea.

— Madame Archer.

Elle n'était pas prête à affronter la famille de Teddy. Avait-il déjà parlé d'elle à sa sœur ? Si oui, comment l'avait-elle pris ?

— Madame Malik, dit Mme Archer en souriant à Evie, comment allez-vous ?

— Madame Archer, répondit Evie, l'air affable. Connaissez-vous Mme Blunt ?

Les deux femmes se saluèrent courtoisement.

Ces politesses échangées, Mme Archer reporta son attention sur Stella.

— Je m'apprêtais à prendre une collation dans le salon de thé juste en face. Voudriez-vous vous joindre à moi ?

La gorge sèche, Stella sentit qu'elle perdait ses moyens. Ses amies se tenaient derrière elle, retenant leur souffle et observant un silence prudent. Il était à présent évident que Mme Archer était au courant de la demande en mariage que Teddy lui avait faite. Elle voulait probablement la mettre en garde. Ou bien l'interroger sur ses intentions.

Mais il ne servait à rien de retarder l'inévitable. D'après l'expérience de Stella, il valait mieux affronter les situations difficiles avant que l'anxiété qu'elles suscitaient prenne des proportions démesurées.

De plus, Mme Archer n'était pas un monstre, n'est-ce pas ? C'était une grande sœur gentille et compatissante, qui avait déjà fait preuve d'ouverture d'esprit en aidant son frère à entrer en contact avec Stella pendant l'hiver. Si quelqu'un devait soutenir ces fiançailles inattendues, c'était bien elle, non ?

— J'en serai ravie, dit Stella.

Elle se tourna vers Evie et Julia.

— Si cela ne vous dérange pas ?

— Pas du tout, fit Julia. Nous reviendrons te chercher dans une heure.

— Ce ne sera pas nécessaire, fit Mme Archer. J'ai la calèche des Finchley à ma disposition aujourd'hui. Je serai heureuse de raccompagner Mlle Hobhouse à l'hôtel Brown quand j'en aurai terminé avec elle.

Terminé avec elle ?

Stella chercha son souffle. Peut-être Mme Archer n'était-elle pas aussi heureuse que cela des fiançailles de son frère, finalement. En fait, tandis que sa future belle-sœur lui prenait le bras pour traverser la rue, Stella commença à redouter que les sentiments de Laura Archer ne soient exactement à l'opposé de ce qu'elle avait espéré.

25

— Permettez-moi de vous féliciter, madame Archer, dit Stella après qu'elles se furent installées à une petite table et eurent commandé leur thé. M. Hayes m'a dit que M. Archer et vous attendiez un enfant.

— Appelez-moi Laura, proposa la sœur de Teddy. Puis-je vous appeler Stella ?

Son visage n'exprimait aucune malveillance. Un léger sourire aux lèvres et le regard mesuré, elle semblait calme et posée.

Un sentiment d'appréhension nouait pourtant l'estomac de Stella.

— Oui. Si vous le souhaitez, répondit-elle.

— Nous attendons en effet un enfant, et nous en sommes très heureux. Merci. Mais il paraît que des félicitations vous reviennent également.

Stella ne répondit pas tout de suite. Elle se sentait désemparée.

— Je ne sais pas ce que M. Hayes vous a dit, mais...

— Il nous a dit à tous, hier soir après le dîner, qu'il vous avait demandé en mariage et que vous aviez accepté. Il n'a pas déformé les choses, n'est-ce pas ? Teddy laisse rarement passer quoi que ce soit, même les plus petits détails. Et des fiançailles ne sont pas un petit détail, me semble-t-il.

La clochette de la porte du salon de thé tinta, annonçant l'entrée d'une dame et d'un gentleman. Ils passèrent à quelques centimètres de Stella et Laura et choisirent la table voisine de la leur.

Stella leur lança un regard méfiant et baissa la voix.

— En effet, il m'a demandée en mariage, dit-elle, consciente du manque d'intimité. Et j'ai accepté.

— Puis-je vous demander pourquoi ?

Stella n'avait pas vraiment envie de partager ses raisons. Parce qu'elles se trouvaient dans un endroit public, pour commencer. Et parce qu'elle n'avait pas encore discerné les intentions de Laura.

— Pourquoi une dame accepte-t-elle une demande en mariage ? répondit-elle vaguement.

— Pour la sécurité. Pour l'argent. Ou par amour.

Laura scruta son visage et ajouta :

— Aimez-vous mon frère ?

Le masque impassible que Stella avait affiché se fissura quelque peu tandis qu'elle songeait aux baisers que Teddy et elle avaient échangés. À la façon dont son pouls s'emballait quand elle le voyait, quand elle discutait avec lui de leur intérêt mutuel pour l'art.

— Je ne sais pas si je...

— Vous n'êtes pas obligée de me le dire, l'interrompit Laura. Pas si vous ne l'avez pas encore confié à Teddy. Et vous n'êtes pas tenue de me dire si vous avez accepté sa demande pour des raisons plus mercantiles. Le mariage est un arrangement complexe, je le reconnais. Même ceux qui se concluent par amour se font aussi pour d'autres raisons. La plupart des gentlemen le comprennent. Ils savent qu'il y a plus dans le mariage que la passion d'un instant.

Laura fit une pause.

— Mais mon frère n'est pas comme la plupart des gentlemen.

Stella fronça les sourcils.

— À cause de son état, voulez-vous dire ?

— Oui, précisément. Mais aussi parce qu'il ne pense pas comme tout le monde. Son art est tout pour lui. Lorsqu'il est absorbé par un projet sur lequel il travaille, cela occupe toutes ses pensées. À ce moment-là, il ne fait pas toujours preuve de discernement.

Stella comprit enfin où Laura voulait en venir. Et ce n'était guère flatteur pour elle.

— Je sais qu'il veut faire votre portrait, continua Laura. Jusqu'à présent, j'ai encouragé son obsession. Je l'ai même aidé à correspondre avec vous cet hiver.

Elle eut une petite moue contrite.

— Je suis désolée si cela vous semble en contradiction avec ce que je vais vous dire...

Stella se crispa sur sa chaise.

— Vous allez me dire qu'il n'était pas absolument sincère quand il m'a demandée en mariage. Que c'était uniquement motivé par sa démarche artistique.

Laura lui sourit avec gentillesse.

— Pas du tout.

— De quoi s'agit-il, alors ? s'impatienta Stella. Il est évident que vous n'approuvez pas ce mariage.

— Il ne s'agit pas de désapprobation, mais d'inquiétude.

Leur conversation fut interrompue par le retour du propriétaire de l'établissement, un homme âgé à la barbe épaisse et à la silhouette corpulente ceinte d'un tablier. Il leur apportait un plateau avec une théière, deux tasses et une assiette de petits pains aux raisins tout juste sortis du four. Un pichet de lait et un sucrier complétaient le tout.

Après son départ, Laura souleva la théière ronde en porcelaine de Chine et remplit les tasses. Son expression était grave.

— Mon frère n'a pas toujours été aussi énergique que vous le voyez maintenant, dit-elle. Lorsque la scarlatine est arrivée dans notre village, nous avons perdu notre père. Je l'ai aussi contractée, ce qui a durablement affecté mes poumons. Mais Teddy a été le plus atteint de nous deux. Il était suffisamment jeune et vigoureux pour ne pas mourir, mais la fièvre s'est installée dans sa colonne vertébrale, ce qui a finalement touché ses jambes.

— Il m'en a vaguement parlé, fit Stella.

— Vraiment ? Vous a-t-il dit de quelle façon la perte de ses jambes l'a affecté dans les années qui ont suivi ?

— Pas spécifiquement, non.

Étant donné la force de caractère de Teddy, Stella avait supposé que ce dernier avait rapidement accepté ses propres limites et appris à se déplacer en fauteuil. Il y excellait, à présent.

— Teddy et moi étions dans une situation précaire après la mort de notre père. Notre parfumerie avait fermé temporairement, et notre héritage est resté gelé pendant un temps. Nous avions le plus grand mal à joindre les deux bouts. Mais, pour un jeune homme de l'âge de Teddy, perdre l'usage de ses jambes fut terriblement éprouvant. Être condamné à rester dans son lit, dépendre de sa famille et des domestiques pour la moindre chose…

Laura fixa pensivement sa tasse de thé.

— Mon frère est tombé dans une profonde mélancolie. Il refusait qu'on l'aide à quitter sa chambre. Il se nourrissait rarement. Il ne faisait que dessiner et peindre ce qu'il observait depuis sa fenêtre. Lorsque mon mari est entré dans nos vies, Teddy était devenu une ombre.

Stella suspendit sa tasse à mi-chemin de ses lèvres, les sourcils froncés de perplexité.

— Mais je pensais…

— Qu'il avait toujours été énergique et déterminé ? Pas du tout. C'est mon mari qui a encouragé cela, au début. Il sait y faire avec les gens sans les contrarier. Et, bien sûr, un jeune homme accepte généralement mieux les conseils d'un autre gentleman plutôt que ceux d'une mère ou d'une sœur.

— Pourquoi me dites-vous cela ? demanda Stella.

— Je veux que vous n'ayez aucune illusion au sujet de mon frère. Ce n'est pas parce qu'il est confiant dans son travail, et mature à bien des égards, que vous devez imaginer qu'il est incapable d'être blessé dans ses sentiments. Toute cette vie en lui, cette sensibilité qui s'exprime dans son art, sa capacité à voir les choses dans toutes leurs lumières et leurs ombres, proviennent de sa propre vulnérabilité. Il n'est pas si éloigné de ces jours de mélancolie dans sa chambre. En réalité, il y a des moments où il lutte encore de toutes ses forces contre sa condition physique.

Stella posa lentement sa tasse sur la table, laissant son thé intact. Elle se rappelait le comportement de Teddy à Sutton Park. Ses refus constants de se joindre aux autres à l'extérieur. La façon dont Jennings devait le transporter, et la gêne sur son visage. Ce qui l'avait frappée alors – et encore hier, quand Jennings l'avait aidé à passer de la wagonnette à son fauteuil, et inversement –, c'était combien il était facile d'oublier que Teddy avait tant d'obstacles à surmonter. La force de sa personnalité éclipsait souvent ses limitations physiques.

Mais Stella n'ignorait pas pour autant les défis auxquels il était confronté. Elle se demandait simplement de quelle façon elle devait les aborder.

Teddy ne voulait pas qu'on l'aide. Il ne voulait ni pitié ni compassion. Il tenait à être reconnu pour les choses qu'il pouvait contrôler, et non être jugé pour celles sur lesquelles il n'avait aucun pouvoir. D'ailleurs, n'était-il pas mieux d'ignorer son invalidité, plutôt que de toujours y prêter attention avec des questions, des préoccupations et des offres d'assistance ?

— Je sais qu'il lutte, dit Stella. Je n'ai aucune illusion. Mais cela n'a rien à voir avec le fait d'avoir accepté sa demande en mariage. Je ne le vois pas comme un infirme. Pour moi, il est seulement... Teddy.

— Et il a une personnalité fascinante, n'est-ce pas ?

Laura souriait à nouveau. Elle poussa la tasse de Stella vers elle.

— Buvez un peu, je vous prie. Vous êtes très pâle.

— J'ai eu beaucoup de surprises au cours de cette dernière semaine.

— Le changement est toujours surprenant. Effrayant, aussi. Mais pour finir, il peut être tout à fait merveilleux, d'après mon expérience.

Stella but à contrecœur une gorgée de thé.

— Votre frère m'a dit que vous aviez tous deux bénéficié de l'aide d'une tante âgée lorsque vous viviez dans le Surrey. Mais je n'ai personne. Je dois faire confiance à mon propre jugement.

— Lui faites-vous confiance sur ce point ?

— Oui.

Cet aveu, Stella le faisait autant à Laura qu'à elle-même.

— Je dirais que je ressens les choses aussi intensément que votre frère. Et je sens que c'est juste. Que Teddy et moi sommes faits l'un pour l'autre. Je ne puis l'expliquer…

— Il n'est pas nécessaire de l'expliquer. Pas à moi. Il me suffit de voir combien vous tenez à lui. Il ne m'en faut pas plus pour me rassurer.

Le sourire de Laura se fit mélancolique.

— Vous devez probablement me trouver protectrice à l'excès avec mon frère, et sans doute le suis-je. Mais l'idée qu'il lui arrive quelque chose…

— Je ne lui ferai pas de mal, dit Stella. J'ai l'intention de le rendre heureux.

Et je compte bien être heureuse également, ajouta-t-elle en son for intérieur.

L'expression de Laura s'adoucit.

— J'aimerais être là pour le voir. Hélas, mon mari et moi repartons pour la France demain matin. Ma santé l'exige. Cela signifie donc que nous ne serons pas là pour assister à votre mariage.

Son mariage.

Ces mots prirent Stella au dépourvu.

— J'avoue que je n'avais pas pensé aussi loin.

— Teddy l'a fait, répondit Laura. Il nous en a parlé hier soir, à notre grande surprise. Il a même demandé à Me Finchley d'agir pour protéger vos biens.

Les yeux de Laura pétillèrent d'un humour soudain.

— C'est là que nous avons su qu'il était sérieux. Qu'il renonce à Finchley afin que vous bénéficiiez des meilleurs conseils : si ce n'est pas de l'amour, je ne sais pas ce que c'est !

Stella sentit qu'elle rougissait.

— Je ne lui ai pas demandé cela.

— Je m'en doute. C'est ce qui rend sa décision doublement impressionnante.

Laura prit un pain aux raisins, le coupa en deux et en tartina une moitié de beurre.

— Voudriez-vous dîner avec nous ce soir à Half Moon Street ? Ce ne sera pas une grande fête comme j'aurais voulu en donner une pour célébrer vos fiançailles, mais j'aimerais que vous veniez. Mon mari et mon frère seront là. Et les Finchley, bien sûr.

— Teddy est-il au courant de cette invitation ?

— Il est parti à l'aube ce matin pour faire estimer le coût des rénovations de sa propriété de Maiden Lane. Je n'ai donc pas pu lui en parler. Mais il ne s'y opposera pas. Il voudra assurément vous voir.

Stella espérait de tout cœur que c'était le cas.

— Fort bien. Je serai ravie de venir. À condition que mes hôtes n'y voient pas d'inconvénient.

— J'inviterai aussi le capitaine et Mme Blunt, cela va sans dire, s'empressa de préciser Laura. Ainsi que Mme et M. Malik, si cela peut apaiser votre anxiété.

Stella sentit ses épaules se détendre. Elle ne s'était pas rendu compte à quel point elle était crispée.

— Oui, cela m'aidera assurément, dit-elle. Je vous remercie.

*

* *

Teddy remplit une nouvelle fois sa coupe de champagne, écoutant à peine le bruit des conversations autour de lui. Il y avait tellement d'invités à ce dîner que Mme Jarrow avait dû ajouter une rallonge à la table en acajou et disposer dessus deux bougeoirs supplémentaires. En plus de Laura et Alex et de Jenny et Tom, il y avait Evelyne et Ahmad, ainsi que la cousine de ce dernier, Mira, accompagnée de son fiancé, Tariq Jones. Le capitaine et Mme Blunt complétaient le tableau.

Sans oublier Stella.

Elle était assise en face de lui, entre Tom et Ahmad, échangeant avec chacun d'eux à tour de rôle pendant que les plats étaient servis : d'abord une soupe julienne, puis du bœuf braisé à la flamande avec des tomates rôties et des petits pois, suivis d'une somptueuse charlotte à la russe garnie de fraises, le tout accompagné de plusieurs bouteilles de champagne.

Au début, Teddy avait pris ombrage de l'invitation faite à Stella. Et ce n'était pas uniquement parce que sa sœur avait agi dans son dos – ce qui était en soi agaçant. C'était, comprit-il non sans gêne devant cette manifestation de possessivité masculine, parce qu'il ne voulait pas partager Stella avec sa famille.

À dire vrai, il ne voulait la partager avec personne.

Mais il n'avait pas le choix.

Pour une raison incompréhensible – et tout à fait infernale –, Jenny avait tenu ce soir à établir un plan de table. Selon la tradition, les convives étaient placés en faisant alterner hommes et femmes, et les couples étaient séparés. Cela signifiait que Teddy, assis loin de Stella, n'avait pas échangé plus de dix mots avec sa fiancée depuis le début de la soirée.

Engagé dans une conversation ennuyeuse avec ses voisines, il ne put s'empêcher de la regarder. Vêtue d'une robe de soirée à manches longues en soie, elle irradiait dans le halo des bougies qui faisait étinceler ses cheveux argentés soigneusement tressés.

— Comment cela se passe-t-il avec votre nouvelle maison ? demanda Julia Blunt, assise à sa droite. Mme Archer nous a dit que vous deviez faire estimer l'ampleur des rénovations aujourd'hui.

Le murmure des conversations se tut, tandis que les autres tendaient l'oreille pour entendre sa réponse.

— Oh, oui ! dit Jenny. Il faut que vous nous fassiez un rapport complet.

Stella croisa le regard de Teddy. Elle haussait les sourcils.

Il lui répondit par une grimace éloquente.

— Ce n'est guère encourageant, reconnut-il. Il y a plus de travaux à faire que je ne le pensais.

Alex lui lança un regard sévère.

— Ce n'est pas de bon augure.

En effet. Mais Teddy n'avait pas envie de le reconnaître. D'autant que Laura et Alex n'avaient donné que du bout des lèvres leur accord pour qu'il s'installe seul.

— J'ai consulté plusieurs artisans cet après-midi, sans succès. Ils ont tous tergiversé sur les coûts, et aucun n'a accepté de fixer une date pour le début des travaux. Quant aux délais, n'en parlons même pas.

Julia compatit.

— Nous avons eu le plus grand mal à faire venir des ouvriers à Goldfinch Hall. Tant et si bien que mon mari a été contraint de s'occuper lui-même de certaines réparations.

— Trouver de la main-d'œuvre n'est-il pas plus facile à Londres ? demanda le capitaine Blunt.

Vêtu d'un sévère costume noir, il était assis entre Jenny et Evelyne. La cicatrice sur son visage se déformait de manière impressionnante quand il parlait.

— Trouver des ouvriers n'est pas le problème, dit Ahmad, depuis sa place entre Jenny et Stella.

Il venait directement de sa boutique de vêtements et portait le costume très simple – bien que coupé avec une grande élégance – qu'il revêtait pour travailler.

— Les convaincre de se présenter, voilà le problème, ajouta-t-il. Les meilleurs sont déjà employés, et ceux qui sont libres sont généralement peu fiables. Ou bien leur travail est tout à fait médiocre.

— De mal en pis, remarqua Jenny en portant une bouchée de gâteau à ses lèvres, à l'aide de sa fourchette à dessert.

— Exactement, fit Teddy.

— Qu'est-ce que cela signifie pour la maison ? demanda Stella. Ne sera-t-elle pas prête avant l'été ?

— Les pièces du bas seront habitables, répondit Teddy. Mais pour le reste…

Il secoua la tête.

À son grand désarroi, il avait appris aujourd'hui qu'outre la réfection des enduits à l'intérieur, du tapissage et des peintures il faudrait consolider les parquets avant de songer à les poncer et les vernir. Certaines fenêtres avaient les vitres fissurées, et les huisseries étaient rongées de pourriture. La plupart des loquets étaient cassés, ainsi que de nombreux boutons de portes. Et il n'y avait pas de cordon de sonnette dans les pièces, ce qui voulait dire qu'il faudrait tirer des fils dans toute la maison et installer un panneau de contrôle dans la cuisine.

À l'extérieur, Teddy avait compté sur des réparations mineures de la façade et le remplacement de quelques tuiles, mais une partie de la toiture était à refaire au-dessus de la buanderie. Sans parler d'un système d'évacuation douteux, et de la possibilité bien réelle qu'un champignon se soit infiltré dans la charpente, menaçant deux chambres à l'étage.

Dans ces conditions, Stella et lui pourraient s'estimer chanceux s'ils parvenaient à emménager avant la nouvelle année.

Tom sembla percevoir la frustration de Teddy.

— Tu peux tout à fait y vivre pendant que tu la rénoves, dit-il.

La lumière dansante des bougies se reflétait sur la monture de ses lunettes.

— Ça s'est déjà fait, ajouta-t-il.

Le capitaine Blunt hocha la tête.

— C'est ce que nous faisons à Goldfinch Hall.

— En effet, dit Julia en finissant sa part de charlotte à la russe. Et en attendant, nous condamnons simplement les parties de la maison qui pourraient présenter un danger.

— Ne pouvez-vous pas faire cela à Maiden Lane ? demanda Evelyne qui sirotait son champagne. Fermer l'étage et vivre dans les pièces du bas ?

Teddy fronça les sourcils. Les pièces du bas étaient tout juste suffisantes pour son atelier, un salon et des chambres pour Jennings et lui. Il avait promis à Stella que l'étage lui serait réservé. Qu'elle pourrait y vivre séparément si elle le souhaitait.

Son estomac se noua. Ils étaient fiancés depuis moins de quarante-huit heures, et il était déjà contraint de briser sa promesse.

Il risqua un coup d'œil vers la jeune femme.

Elle portait sa coupe de champagne à ses lèvres, le front barré d'un pli soucieux.

— Je vais trouver une solution, dit-il. N'ayez crainte.

M. Jones, le fiancé de Mira, prit la parole.

— Tenez-vous absolument à faire appel à des maîtres artisans ?

— Avez-vous une autre idée en tête ? demanda Teddy.

— Du plâtre, de la peinture, de la menuiserie : ce n'est pas hors de portée d'un marin en permission et à court d'argent.

Originaire du Bengale, M. Jones était lui-même aspirant de marine, et venait de rentrer d'un long voyage.

— Il y a quantité d'hommes sur les quais qui seraient ravis d'avoir du travail, reprit-il. Ils ne sont pas tous anglais, cependant.

— Je doute que cela dérange Teddy, dit Mira.

Brune aux yeux verts, elle travaillait avec son cousin Ahmad à la boutique de vêtements. C'était une couturière talentueuse, comme en attestait l'élégante broderie qui ornait sa robe de dîner en soie couleur maïs.

— Cela ne me dérange aucunement, confirma Teddy. Du moment qu'ils savent se débrouiller avec un marteau et une truelle.

Ahmad esquissa un sourire.

— Avec un peu de chance, l'un d'eux pourrait avoir une formation de maçon ou de menuisier. Beaucoup parmi les marins ont fait carrière dans leur pays d'origine, avant de poser le pied sur les côtes anglaises.

— Peut-être M. Jones pourrait-il se renseigner pour vous ? suggéra Evelyne. Cela vous dérangerait-il, Tariq ?

— Ce serait un plaisir. Je connais quelques garçons qui aspirent à trouver un travail respectable. Ainsi que des femmes, d'ailleurs. Il y a une veuve de marin dans notre communauté, Mme Mukherjee, qui ferait une excellente intendante.

— Nous aurons besoin à terme d'une personne cumulant les fonctions d'intendante et de cuisinière, déclara Stella. Peut-être le poste pourrait-il lui convenir. Ou à toute autre personne de votre connaissance.

M. Jones inclina la tête dans sa direction.

— Je me ferai un plaisir de me renseigner.

— Merci, dit Teddy. Nous vous en serions reconnaissants.

— Ah, les joies de recruter une nouvelle domesticité ! fit Laura en échangeant un sourire avec son mari. Je me souviens des difficultés que nous avons rencontrées lorsque nous avons emménagé en France. Nous avons eu de la chance de trouver tant de personnes de qualité.

— Et moi, j'ai eu de la chance de rencontrer ma femme, renchérit Alex en la regardant avec tendresse.

— À nos femmes ! s'exclama Tom en levant sa coupe de champagne.

Les autres gentlemen suivirent joyeusement son exemple, chacun levant haut son verre.

— À nos femmes ! dirent-ils à l'unisson.

— Et à celles qui vont bientôt l'être, ajouta Teddy, levant son verre en direction de Stella.

M. Jones l'imita, tourné vers Mira.

— Eh bien, lâcha Jenny, je crois qu'il est temps pour nous, mesdames, de nous retirer avant que ces messieurs soient trop enivrés.

Elle se leva, et ses invitées l'imitèrent.

Plus tard, après avoir partagé quelques verres de porto et quelques cigares, les gentlemen rejoignirent les dames au salon. Jenny joua au piano une polka entraînante, et les invités dansèrent, rirent et discutèrent entre eux. C'était la dernière soirée de Laura et Alex à Londres. L'atmosphère était à la fois enjouée et un peu triste, comme c'était toujours le cas à la fin de leurs visites annuelles, lorsque le moment était venu pour les amis de se dire au revoir.

— J'aurais volontiers étranglé ma sœur quand elle nous a appris de quelle façon elle vous a réquisitionnée, confia Teddy à Stella. Que vous a-t-elle dit exactement ?

— Elle était tout bonnement inquiète.

— Sans aucun doute.

Il marqua une pause avant de répéter :

— Que vous a-t-elle dit ?

Stella finit par répondre, d'une voix aussi étouffée que celle de Teddy.

— Que vous avez souffert de mélancolie quelque temps après votre maladie.

Laura avait dit cela ? Grands dieux !

La joue de Teddy fut agitée par un rictus nerveux.

— Je vois.

— Elle craignait que je ne vous fasse du tort sans le vouloir.

Il pouvait aisément l'imaginer.

— Elle me protège trop. Autrefois, elle me couvait comme une mère poule, et j'ai bien du mal à la faire renoncer à cette habitude.

— Mais elle disait vrai à propos de votre mélancolie ?

— Tout à fait.

Il se passa une main sur la nuque.

— Lorsque j'ai compris que je ne guérirais pas…

Il s'interrompit, envahi par ce souvenir douloureux.

Cela lui faisait toujours du mal de se rappeler l'espoir fou qu'il avait nourri les premiers temps. Le rêve insensé que sa paralysie n'était que temporaire, et qu'il se réveillerait un matin miraculeusement guéri. Qu'il se lèverait et marcherait, redevenu lui-même.

— J'ai dû me mettre en retrait un moment, dit-il. Je me suis réfugié dans mon art jusqu'à ce que…

— Oui ?

— Jusqu'à ce que je sois assez fort pour tout affronter. Je savais bien qu'il faudrait que je le fasse un jour. Et je l'ai fait. Mais le temps que cela m'a pris pour y arriver a eu des effets durables sur ma famille. Aujourd'hui, ils semblent incapables de renoncer à l'idée de me protéger.

Stella lui sourit.

— Vous êtes chanceux d'avoir une telle famille.

— Vraiment ?

— Assurément. Vous n'êtes pas seul. Vous êtes entouré de personnes qui vous aiment. Tous ces gens – pas seulement Alex et Laura mais aussi leurs amis, qui sont presque une famille pour vous. S'ils interviennent, ce n'est jamais pour vous nuire ou vous rabaisser. C'est pour vous protéger de ce que d'autres pourraient vous faire.

— Je n'ai pas besoin d'être protégé, assura Teddy. Mais j'ai compris.

Il enveloppa d'un regard attendri le visage de Stella.

— Je suis désolé que vous vous sentiez seule en ce moment. Mais vous ne l'êtes pas, vous savez.

— Je ne me sens pas seule.

— Sans famille, voulais-je dire.

— Oh, ça…

Le sourire de Stella s'évanouit. Elle lissa un pli imaginaire sur sa jupe.

C'était ce qu'Alex appellerait un indice. Teddy avait graduellement appris à reconnaître les signaux que Stella envoyait sans le savoir – comme ce besoin de défroisser ses vêtements quand elle se sentait vulnérable.

— Vous m'avez demandé hier si vous deviez écrire à mon frère au sujet de nos fiançailles, reprit-elle.

Ah, voilà ce qui la préoccupait.

— Je pourrais encore le faire, dit-il. Si vous avez changé d'avis.

— Je n'ai pas changé d'avis. Je n'ai pas besoin de l'approbation de Daniel. Plus maintenant, en tout cas. Simplement, l'habitude persiste. Cette horrible sensation d'attendre avec anxiété sa permission – ou, plus souvent, sa réprobation. Je suppose que c'est parce qu'il a été ma seule famille après la mort de notre père. À présent qu'il est sorti de ma vie… il ne me reste plus personne.

Teddy lui tendit la main.

— Nous allons bientôt y remédier. Dès que cette fichue rénovation sera terminée, nous nous marierons, et je serai alors votre famille.

Elle glissa sa main dans la sienne.

— Mon mari.

Les doigts délicats de Stella s'enroulèrent autour des siens.

— C'est beaucoup plus intime qu'un frère ou une sœur envahissants, plaisanta-t-elle.

— Vous aurez également ces derniers. Laura et Alex vous prendront bientôt sous leur aile. D'ici peu, je le crains, vous préférerez leur compagnie à la mienne.

— Ne dites pas de sottises.

Elle le regarda avec une timidité inhabituelle.

— J'aime votre compagnie.

Aimer.

Le choix du verbe n'avait pas échappé à Teddy.

— Et j'aime la vôtre, dit-il.

Il grimaça un sourire en coin. C'était un masque pratique pour dissimuler sa vulnérabilité.

— J'aime votre visage, ajouta-t-il.

Elle rougit.

— Balivernes ! Ce sont mes cheveux que vous aimez.

— Ça aussi.

Il observa une pause, les sourcils froncés.

— Je m'interroge. Devrions-nous demander à Ahmad de nous aider pour le choix du tissu ?

Stella lui lança un regard perplexe.

— Quel tissu ?

Les accords d'une gigue enjouée résonnèrent en bruit de fond alors que Jenny entamait un nouvel air au piano. Il s'agissait cette fois d'un des airs populaires des salles de concert de Londres. Alex entraîna Laura dans la danse. Elle rit et s'agrippa à son épaule, ses jupes virevoltant autour de ses jambes.

Teddy enchaîna :

— Une sorte de drapé. N'en ai-je pas parlé ?

L'expression de Stella se fit méfiante.

— Un drapé pour quel usage ?

— Eh bien, pour vous, naturellement. Une étoile ne porte pas tous ces jupons et crinolines.

Elle ouvrit de grands yeux, avant de se pencher vers lui.

— Vous voulez dire, un drapé pour...

Sa voix se réduisit à un murmure choqué.

— Pour couvrir mon corps dévêtu ?

Le sourire de Teddy se teinta d'un brin de malice.

— Exactement.

— Vous n'avez jamais parlé de me faire poser ainsi !

Il n'avait pas osé. C'était déjà suffisamment compliqué d'obtenir qu'elle pose pour lui.

— Je pense à du tulle, ou à une sorte de résille diaphane, continua-t-il en s'amusant de la voir rougir. Avec des perles cousues dessus, ou des fragments de verre coloré. Quelque chose qui capte la lumière de la lune, en tout cas, et qui vous fasse scintiller.

— Teddy, vraiment...

— Nous serons mariés. Ce ne sera nullement scandaleux. De toute façon, il n'y aura que nous deux au début. Je verrouillerai la porte du salon, et Jennings s'éclipsera pendant nos séances.

— Qu'entendez-vous par « au début » ?

— Une partie de la peinture devra forcément se faire en extérieur. Il s'agit d'une scène crépusculaire, avec la mer en arrière-plan. Vous incarnerez l'une des Pléiades descendue sur terre.

— Cela paraît très éloigné de mes habitudes, et pour tout dire quelque peu inconfortable.

— L'immortalité est rarement confortable, mais je suis certain que nous nous en sortirons.

Un rire contenu dansa dans les prunelles de Stella.

— Je ne sais pas si vous me taquinez ou si vous êtes sérieux.

— Les deux, probablement, dit-il.

Une idée lui traversa l'esprit.

— Tom a raison. Nous n'avons pas besoin d'attendre pour utiliser la maison que les réparations soient achevées. Nous n'avons même pas besoin d'attendre d'être mariés. Le salon ne nécessite qu'un bon nettoyage pour que je puisse en faire mon atelier. J'ai déjà patienté trop longtemps pour commencer à vous peindre. Je ne peux plus attendre. Plus je tarde, plus la vision risque de m'échapper. Si je ne la couche pas très vite sur la toile…

Il s'interrompit, s'apercevant qu'il ne s'adressait plus réellement à Stella mais dissertait dans le vague.

Il réprima une grimace, avant de retrouver ses bonnes manières.

— À moins que vous n'ayez une objection ? demanda-t-il.

— Non. À condition que vous n'attendiez pas de moi que je me déshabille tout de suite. Je ne peux pas faire ça avant que vous soyez officiellement mon époux.

— Je ne vous le demanderai pas, promit-il. Pas encore.

26

En l'espace d'une semaine, le salon de la maison de Maiden Lane fut remis en état. Le sol fut balayé, lavé et ciré. Les vieux meubles abandonnés par le précédent propriétaire furent enlevés, et les planches qui condamnaient les fenêtres retirées.

Fidèle à sa parole, Tariq Jones avait trouvé plusieurs marins disposés à s'atteler aux travaux. Il s'agissait d'hommes compétents et honnêtes. Certains étaient en congé, dans l'attente d'une nouvelle traversée ; d'autres avaient été définitivement débarqués pour cause de maladie ou de vieillesse. Ils parlaient le bengali mais connaissaient suffisamment l'anglais pour faciliter la communication. En cas de besoin, Teddy faisait appel à Ahmad ou à Tariq pour la traduction, ou bien encore à Mme Mukherjee, sa nouvelle intendante.

Tariq s'était présenté à Maiden Lane avec Mme Mukherjee pour un entretien, le matin qui avait suivi le dîner chez les Finchley. D'âge mûr, la courageuse veuve de marin peinait à joindre les deux bouts et cherchait un emploi stable. Après avoir consulté Stella, Teddy l'avait engagée pour commencer immédiatement.

Tandis que Mme Mukherjee et les marins redonnaient forme à la maison, Teddy se rendit à Oxford

Street pour acheter tout le matériel nécessaire à la réalisation du portrait de Stella. Les marchands de couleurs étaient nombreux en ville. Ces boutiques fournissaient tout un éventail de services aux artistes, de la confection des toiles à la vente de chevalets, pigments et pinceaux.

Chez Winfield & Sons, Teddy commanda une toile d'un mètre trente de haut sur un mètre de large. Puis il se rendit chez un autre marchand à Regent Street, où il acheta une sélection de nouveaux pinceaux en soie de porc et en martre, ainsi qu'une variété de tubes de peinture à l'huile couleur outremer, vert oxyde de chrome, jaune de cadmium, blanc de plomb et bleu de cobalt.

À l'instar de Whistler, Teddy comptait travailler avec une palette restreinte. Cependant, contrairement à *La Jeune Fille en blanc*, le portrait de Stella serait riche en couleurs. Saturé de bleus, de verts et de jaunes, utilisés dans diverses tonalités se fondant les unes aux autres en parfaite harmonie, loin des contrastes saisissants.

Après son retour à Maiden Lane, Teddy passa les jours suivants – avec l'aide de Jennings et Mme Mukherjee – à disposer des bâches de protection au sol, à installer son chevalet et à préparer sa toile. Puis le jour tant attendu de la première séance de pose de Stella arriva.

Teddy était occupé à mélanger les couleurs sur sa palette quand il entendit Mme Mukherjee saluer la jeune femme dans le hall. Une brève conversation s'ensuivit – Mme Mukherjee proposant de prendre le bonnet et les gants de Stella, cette dernière lui demandant comment elle se faisait à son travail – avant qu'elle soit enfin conduite à l'atelier.

Les esquisses préliminaires qu'il avait faites d'elle dans le Devon étaient éparpillées dans la pièce, accompagnées des nouveaux croquis réalisés au cours de la semaine écoulée – des images fortement ombrées d'elle, le regard perdu au loin, les yeux graves et la silhouette discrètement séduisante.

Ce fut la première chose que Stella remarqua en entrant.

— Quand avez-vous dessiné cela ? demanda-t-elle en s'approchant.

Elle avait revêtu la même robe qu'elle portait dans le Hampshire quand il l'avait dessinée pour la première fois – une pièce en soie d'un bleu profond rehaussé de délicates passementeries noires, qui lui avait inspiré des sentiments pas uniquement artistiques. Ses cheveux étaient tressés en une natte épaisse qu'elle avait simplement enroulée sur sa nuque.

— Certains dessins ont été faits dans le Devon, répondit-il. D'autres, la semaine dernière.

Il posa sa palette. Il avait déjà ôté sa veste et retroussé les manches de sa chemise. Des traces de peinture verte et bleue maculaient ses doigts.

— Mme Blunt vous a-t-elle accompagnée ?

Stella prit l'une des esquisses pour l'examiner.

— Elle est occupée à l'hôtel, à superviser les préparatifs pour son départ.

Les Blunt partaient pour le Yorkshire le lendemain. En leur absence, Stella résiderait chez Evelyne et Ahmad. Sa jument était déjà hébergée dans l'écurie des Malik en compagnie de Crab, le cheval de son palefrenier.

— Si elle ne vous a pas accompagnée…, commença Teddy.

— J'ai pris un fiacre, répondit Stella, devinant sa question avant qu'il l'ait formulée.

Il fronça les sourcils.

— Seule ?

— Bien sûr, seule.

Teddy ressentit de la contrariété. Cela faisait moins de deux semaines qu'ils étaient fiancés, et déjà l'idée qu'elle s'aventure dehors sans chaperon lui déplaisait. Une réaction ridicule et parfaitement masculine, qui allait à l'encontre de ses principes. Jamais il n'avait été de ces hommes obtus et autoritaires qui croyaient que les femmes devaient être protégées et surveillées comme des biens précieux, au lieu d'être considérées comme des individus.

Et pourtant…

Stella leva les yeux.

— Je devine ce que vous pensez, dit-elle en reposant l'esquisse. Mais je ne suis plus une jeune lady faisant son entrée dans le monde. Et je ne suis plus la sœur d'un ecclésiastique. Je vais bientôt être la femme d'un artiste. Il me semble que les règles sont différentes pour nous.

Teddy s'abstint de souligner qu'elle était toujours la sœur d'un ecclésiastique.

— Vous n'êtes pas encore la femme d'un artiste, lui rappela-t-il.

— Presque, s'entêta Stella. Nous avons eu un dîner de fiançailles. J'ai rencontré votre famille. Et Me Finchley a terminé hier de rédiger les documents qui protègent mon héritage et mes droits sur Locket.

« En cas de rupture », aurait-elle pu ajouter. Mais elle ne le fit pas.

Elle se dirigea vers la toile, remarquant ses dimensions pour la première fois.

— Seigneur. Tout ceci est pour moi ?

Teddy fit rouler son fauteuil pour la rejoindre. Les roues en bois se prirent un instant dans le drap de protection qui recouvrait le sol. Ses biceps se contractèrent tandis qu'il forçait son fauteuil à franchir cet obstacle.

— Pour vous et pour la mer, précisa-t-il.

— Comment allez-vous atteindre toutes les parties ?

— Grâce à des chevalets de différentes tailles.

La toile ne mesurait que quelques centimètres de moins que lui quand il était assis. Elle devrait être abaissée ou relevée selon la portion sur laquelle il travaillerait.

— Savez-vous déjà exactement comment vous allez la peindre ? demanda Stella.

— Pas exactement, non.

La vision n'était pas encore figée. Loin de là. Elle flottait devant lui, hors de portée, telle une brume étoilée qui se déplaçait et se transformait, prenant parfois la forme d'une femme. De Stella.

Fixant avec elle la toile vierge, il se frotta le menton. Celle-ci avait déjà reçu une couche d'apprêt et avait été préparée avec un fond clair. Teddy avait appris cette technique chez Gleyre à Paris, en travaillant avec l'un des étudiants français de l'atelier, M. Monet, qui avait le même âge que lui. Un fond clair réfléchissait mieux la lumière qu'un fond sombre.

— Il est regrettable que je n'aie pu vous emmener dans le Devon, dit-il. Les falaises surplombant la mer auraient constitué un décor parfait.

— Est-ce un problème de commencer à l'intérieur, comme nous le faisons ?

— Il n'y a rien d'insurmontable. J'ai peint cette mer tant de fois qu'elle est là.

Il tapota son front.

— Et ici.

Il toucha son cœur.

— Je peux convoquer quand je le souhaite les réminiscences de tout le travail que j'ai accompli.

Stella s'approcha, et sa jupe lui effleura la jambe. Il l'entendit plus qu'il ne la sentit. Cela n'empêcha pas son pouls de s'emballer. Parfois, le son pouvait être une sensation physique. Surtout lorsqu'il s'agissait de Stella – de ses vêtements, de sa voix, de son souffle.

— Suis-je là, moi aussi ? demanda-t-elle d'une voix douce. Dans votre cœur et dans votre esprit ?

Il croisa son regard et vit danser dans ses yeux une légère incertitude. Il connaissait ce regard, cette peur. Il ressentait la même peur à l'idée de la peindre. La sensation vague mais persistante que, malgré leurs fiançailles, malgré les promesses qu'ils s'étaient faites, tout pourrait s'effondrer avant qu'il ait pu véritablement le saisir.

Peut-être continuerait-il à ressentir cette crainte jusqu'à leur mariage. Jusqu'au moment où elle serait véritablement sienne.

— Vous êtes dans ces deux endroits, dit-il en réponse à la question de Stella. Vous y êtes depuis que je vous ai vue pour la première fois. Mais…

Il plissa le front.

— Je ne peux pas vous capturer de la même manière que la mer. Pour cela, j'ai besoin d'autre chose que de réminiscences. J'ai besoin de vous ici. Devant moi.

Elle désigna sa personne, un demi-sourire aux lèvres.

— Je suis ici, comme vous le voyez.

— En effet.

Il fut soudain saisi d'un désir irrésistible de la transposer sur la toile.

— Cela vous dérangerait-il de verrouiller la porte ?

Stella s'exécuta.

La porte n'était pas équipée d'une serrure au départ. Teddy avait insisté pour que les ouvriers en installent une en tout premier lieu.

Stella revint, les joues légèrement plus roses qu'auparavant.

— Dois-je rester debout, ou… ?

— Pas encore, dit-il. D'abord, j'ai besoin que vous détachiez vos cheveux.

Une émotion indéchiffrable traversa le regard de Stella.

Peut-être de l'anxiété.

Ou de l'euphorie.

Quoi qu'il en soit, cela ne l'empêcha pas d'obtempérer.

Levant les bras, elle commença à retirer ses épingles à cheveux. Il semblait y en avoir à profusion.

— Mme Blunt m'a prêté les services de sa femme de chambre ce matin, expliqua-t-elle comme pour s'excuser. Je crains que cette dernière n'ait été trop zélée.

Teddy désigna la banquette du bow-window. Les fenêtres étaient à présent drapées de voilages, suffisamment fins pour ne pas obturer la lumière tout en leur offrant une certaine intimité par rapport à la rue.

— Si je puis me permettre…

Stella se mordilla la lèvre. Après quelques instants d'hésitation, elle se dirigea vers la fenêtre et s'assit.

Teddy fit rouler son fauteuil jusqu'à elle. Elle lui tourna le dos, baissant la tête pour qu'il puisse l'aider. Ainsi, il était plus grand qu'elle. Cela modifiait subtilement le rapport entre eux. Il devenait évident qu'il était un homme et elle une femme. Sa femme.

Et il y avait dans le fait de lui retirer ses épingles à cheveux quelque chose d'incroyablement intime, de nature à lui échauffer le sang et à nouer sa poitrine d'émotion.

Il retira la première épingle avec toutes les apparences d'une efficacité tranquille. Sous la surface, la réalité était tout autre. Il avait déjà effleuré les cheveux de Stella quand il l'embrassait, mais c'était différent cette fois.

Lorsqu'il dénoua sa chevelure, les mèches lourdes se libérèrent sous ses doigts, épaisses et brillantes. Si ses cheveux étaient gris, ils n'étaient pas rêches ni cassants pour autant. Au contraire, ils étaient doux et lustrés comme de la soie.

Son cœur battait si fort qu'il dut faire un effort pour continuer. Lorsqu'il eut terminé, il peinait à se rappeler son propre nom.

Stella se tourna vers lui.

— Vous êtes plus habile que la femme de chambre de Mme Blunt. Précis et efficace, mais délicat.

— J'apprécie les félicitations.

Teddy se rendit compte qu'il avait la voix enrouée.

— Ils sont magnifiques, vous savez.

— Je vous aurais bien remercié pour le compliment, mais j'ai la nette impression que votre opinion est biaisée concernant mes cheveux.

— Absolument pas. Je ne fais que constater la stricte vérité.

Tandis qu'il inclinait la tête, il effleura de son nez le contour de son oreille.

— Je pourrais vous peindre des milliers de fois sans parvenir à vous rendre justice.

Elle chercha son souffle, visiblement troublée.

— Je ne vous ai jamais entendu concéder une défaite. Certainement pas avant même de commencer.

— Même moi, je connais mes limites.

— Des limites ? Vous ? Quelle étrange vanité.

Elle se pencha vers lui tandis qu'il frôlait sa joue, prenant appui dans le creux de sa paume, et il sentit qu'elle souriait.

— Apparemment, je me suis trompée de maison, plaisanta-t-elle. Suis-je bien à Maiden Lane ?

— Vous y êtes. Et bientôt, ce sera votre résidence permanente.

Si les réparations pouvaient être menées à bien dans les délais. Si la maison pouvait être rendue habitable pour une lady, et l'écurie aménagée pour sa chère jument.

Ce devrait être l'affaire d'un mois tout au plus. À condition que Stella ne change pas d'avis d'ici là.

Cela faisait beaucoup de suppositions. Mieux valait ne pas s'y attarder.

Teddy s'éloigna de Stella au prix d'un effort de volonté. Faute de quoi il l'aurait embrassée, et ce n'était pas pour cela qu'elle était venue aujourd'hui.

Il retourna à son chevalet, résolu à se concentrer sur la tâche qui l'attendait.

— Vous allez à présent poser pour ce portrait, dit-il. Ce ne sera pas facile de garder la pose, mais je vous accorderai un répit chaque fois que vous en ressentirez le besoin.

Stella se leva. Ses cheveux tombaient en vagues souples dans son dos, presque jusqu'à sa taille. Elle n'offrait plus l'apparence d'une jeune lady convenable et guindée. Elle avait l'air d'une déesse, inexplicablement vêtue d'habits modernes.

Teddy ne put s'empêcher d'imaginer à quoi elle ressemblerait drapée de voiles scintillants et diaphanes.

Stella traversa la pièce, trouvant d'instinct la meilleure lumière.

— Où souhaitez-vous que je me place ? Ici ?

Il s'écarta un peu de la toile afin d'avoir une meilleure vue du mur devant lequel Stella se trouvait. La peinture avait cloqué et s'était écaillée par endroits, laissant apparaître de larges portions de plâtre. Le temps avait manqué pour enduire les murs et les repeindre. Mais peu importait le décor. Ce qui comptait, c'était la lumière, comme Stella l'avait compris d'instinct. La façon dont elle filtrait à travers les fenêtres, caressant les moulures du plafond et les lames du parquet.

— Ne bougez plus, dit-il. C'est parfait. Profil de trois quarts. Regard tourné vers la porte. Et si vous… Pardonnez-moi. Verriez-vous un inconvénient à ouvrir un peu votre corsage ?

Elle baissa les paupières, masquant l'expression de ses yeux tandis qu'elle défaisait les boutons de passementerie noire qui fermaient le col montant de sa robe. Elle ouvrit son corsage peu à peu, révélant le creux délicat à la base de sa gorge, puis l'ossature élégante de ses clavicules.

On devinait à peine son couvre-corset – un aperçu de dentelle appliquée sur une toile de batiste.

— Est-ce suffisant ?

— Cela fera l'affaire, dit Teddy d'une voix rauque.

Il se plaça devant la toile.

Sa palette l'attendait. Les couleurs étaient déjà mélangées et prêtes.

— Et maintenant ? demanda Stella.

Teddy saisit son pinceau.

— Maintenant, le travail commence.

27

Londres, Angleterre, mai 1863

Stella se tenait immobile telle une statue de marbre, le visage tourné vers un point invisible sur le mur écaillé à sa droite.

Teddy travaillait sans relâche à son tableau, sans veste ni gilet, les manches retroussées, sa bouche sensuelle tordue dans une moue concentrée.

Lorsqu'il peignait, il ne parlait pas, ne la taquinait pas, ne s'adressant à elle que pour lui ordonner de ne pas se trémousser ou de garder sa posture.

Au cours du mois écoulé, Stella était devenue experte dans l'art de rester figée. Elle avait passé le mois d'avril à poser – de longues heures d'immobilité entrecoupées de moments de repos où elle s'asseyait sur le nouveau canapé recouvert de damas, observant Teddy avec intérêt pendant qu'il mélangeait ses couleurs, ajustait ses ombres et, parfois, retirait une partie du travail qu'il venait de réaliser pour recommencer entièrement.

Julia et le capitaine Blunt étaient retournés dans le Yorkshire le mois précédent. Depuis lors, Stella logeait chez Evie et Ahmad, dans leur ferme près de Hampstead. Il y avait suffisamment de place dans l'écurie pour Locket ainsi que pour Crab, le cheval de son palefrenier Turvey. Et la lande offrait un vaste espace pour les galops quotidiens de Locket.

Evie était une hôtesse chaleureuse, et Ahmad un hôte aimable et accueillant. Ils prenaient ensemble le petit déjeuner et le dîner. Le reste de la journée appartenait à Stella. Elle pouvait faire ce qu'elle voulait et aller où elle le souhaitait, sans qu'on lui demande d'être accompagnée par un chaperon ou une servante.

« En dehors de la haute société, les choses se font un peu différemment, lui avait confié Evie. Nous, qui avons un emploi, chérissons notre indépendance. »

Stella s'était rapidement mise à apprécier la sienne. Lorsqu'elle ne montait pas, ou n'aidait pas Evie aux tâches ménagères ou à l'administration de la boutique de mode, elle se rendait à Covent Garden, soit à cheval soit en fiacre. Là, elle posait pour Teddy pendant des heures. Puis elle passait encore une heure avec lui tandis qu'il lui enseignait le dessin.

Jusqu'à présent, il l'avait aidée à perfectionner son sens de la perspective et la façon dont elle composait une esquisse. Il lui avait également appris de nouvelles méthodes pour capturer l'effet changeant de la lumière. Sous sa patiente direction, elle avait compris que l'art n'était pas tant une question de reproduction exacte que de mouvement, de couleur et d'atmosphère.

Son carton à dessin s'était considérablement rempli. Elle était particulièrement fière d'un croquis qu'elle avait fait de Locket en train de galoper dans les bois de Fostonbury, la crinière et la queue au vent. Teddy avait guidé sa main pour une portion du ciel, ombrant les nuages de délicats coups de crayon.

Ses doigts calleux, puissants mais délicats sur les siens, avaient provoqué en elle un trouble indéniable.

Oui, Teddy était un professeur patient et indulgent.

Il l'était beaucoup moins en tant que peintre.

— Votre tenue de cavalière me gêne, remarqua-t-il d'un ton irrité, tout en restant derrière son chevalet.

C'était une de ses récriminations habituelles, les jours où Stella venait à Maiden Lane à cheval. Elle avait commencé à le faire fréquemment.

Elle ne faisait plus aucun effort pour dissimuler quoi que ce soit – ni ses cheveux ni sa destination. Suivie par Turvey, elle traversait avec audace les rues fréquentées, passait devant les théâtres, le marché aux fleurs et les étals de fruits et légumes. L'écurie à l'arrière de la maison ayant été réhabilitée, Locket s'y régalait de foin frais en compagnie de Crab et Samuel, tandis que Teddy et elle travaillaient dans l'atelier.

— Il n'y a rien à faire pour améliorer cela, je le crains, répondit-elle.

Teddy émergea de derrière son chevalet. Il avait les cheveux en bataille, ce qui le rendait plus séduisant encore.

— Vous pourriez l'ôter, suggéra-t-il. Ahmad a fait porter des étoffes que nous pourrions essayer.

— Non. Pas avant que nous soyons mariés.

— Et nous ne pouvons pas nous marier tant que la maison ne sera pas habitable, marmonna Teddy en retournant à son travail. Aux dernières nouvelles, ce serait pour juillet.

Juillet ?

Le désespoir envahit Stella. Cela ne semblait pas juste. Pas si on considérait que Teddy s'était déjà installé dans la maison depuis deux semaines. Il travaillait sans relâche sur son tableau, désormais. Jennings était présent pour l'assister dans ses besoins personnels et Mme Mukherjee venait chaque jour pour faire le ménage et cuisiner.

De son côté, Stella attendait toujours que sa nouvelle vie commence. Une vie où elle ne serait plus une partie gênante de l'histoire d'un autre couple, où elle pourrait vivre son propre bonheur. Elle attendait déjà depuis si longtemps.

Mais qu'attendait-elle au juste ? Pas l'amour en soi, mais une chance d'aimer. Une chance de tomber amoureuse de Teddy et de faire en sorte qu'il l'aime en retour.

En réalité, cela ne lui demanderait pas beaucoup d'efforts. Son attirance pour Teddy n'avait pas diminué pendant le mois écoulé. Bien au contraire, celle-ci n'avait fait que grandir, en raison de leur proximité fréquente. Le désintérêt croissant de Teddy à son égard n'en était que plus évident.

Malgré les longues heures qu'ils passaient ensemble, il ne laissait rien transparaître du désir qu'il aurait pu éprouver pour elle, ni de son envie de renouveler les baisers qu'ils avaient partagés quand il lui avait fait sa demande. Il était entièrement concentré sur son travail.

Elle était son modèle, pas sa bien-aimée.

Mais ils étaient toujours fiancés, se rappela-t-elle. Et un mariage en juillet était préférable à pas de mariage du tout.

— Juillet n'est pas si loin, dit-elle.

— Ça l'est pour ce tableau. Il est déjà presque trop tard pour le soumettre à la Royal Academy pour l'exposition annuelle.

Teddy appliqua un coup de pinceau brutal sur la toile.

— Rien ne dit toutefois qu'il aurait été accepté. Ils ont bien rejeté l'œuvre de Whistler. C'est pour cette raison qu'il a dû organiser une exposition privée.

Et à cause d'une série de critiques désastreuses, aurait-il pu ajouter.

Stella était bien consciente que le nouveau style que Teddy défendait n'était pas encore largement accepté. C'était un risque de poser pour lui. Elle pourrait, en fin de compte, se retrouver déshonorée.

Mais peut-être pas.

Elle était bien en peine d'en juger. Tout comme lorsqu'il l'avait dessinée dans le Hampshire, Teddy ne lui permettait pas de suivre l'avancée de son travail. Il recouvrait la toile d'un drap quand il ne s'y consacrait pas.

— Peut-être pourriez-vous demander son avis à M. Whistler ? suggéra-t-elle.

Elle savait que Teddy lui avait écrit et qu'il avait reçu une réponse cordiale. Mais, à sa connaissance, les deux hommes ne s'étaient pas encore rencontrés.

— Vous admirez tant son travail. Son opinion pourrait vous être précieuse.

— Je ne montre mon travail à personne tant que je ne l'ai pas terminé. Pas même à d'autres artistes.

Du plat de son pinceau, Teddy préleva un peu de peinture sur sa palette.

— De toute façon, Whistler n'est pas à Londres. Il se trouve à Amsterdam depuis le mois d'avril.

— Vous lui avez de nouveau écrit ?

— Oui. Il doit y avoir prochainement une exposition d'œuvres rejetées par le Salon de Paris. J'ai encouragé Whistler à présenter *La Jeune Fille en blanc*.

Stella haussa les sourcils.

— Le tableau de Whistler a également été refusé à Paris ?

C'était la première fois qu'elle en entendait parler.

La Royal Academy et le Salon de peinture et de sculpture étaient les deux sociétés artistiques les plus importantes. Le fait que le tableau de Whistler ait été rejeté par les deux ne présageait rien de bon pour les artistes plus jeunes qui avaient adopté un style non conventionnel.

— Oui, répondit Teddy. Ainsi que la plupart des autres peintures proposées. Le jury du Salon a perdu tout sens de la mesure. Il y a eu un tel tollé parmi les artistes que l'empereur a ordonné que les œuvres rejetées soient exposées dans une salle ouverte en marge du salon officiel. On l'appelle le Salon des refusés.

Ce nom fit tiquer Stella.

— Ce n'est pas idéal, certes, reconnut Teddy. Mais c'est toujours mieux que de ne pas être exposé du tout. C'est ce que j'ai dit à Whistler, d'ailleurs.

— Envisageriez-vous de montrer votre travail dans une telle exposition ? demanda-t-elle.

— Et vous ?

Elle secoua la tête.

— Je ne cherche pas à obtenir l'approbation du public.

— Vous devriez, dit Teddy. Votre travail mérite d'être reconnu.

Stella ressentit une bouffée de fierté.

— Peut-être un jour. D'ici là, c'est votre œuvre qui doit se retrouver dans un musée ou une galerie.

— Je préférerais la Royal Academy, répondit-il avec franchise. Mais j'accepterais n'importe quelle exposition, publique ou privée – même une exposition des refusés, s'il fallait en arriver là. À condition de pouvoir terminer cette pièce avant la fin du mois.

Stella s'abstint de faire remarquer que c'était fort peu probable, au vu des circonstances. À moins que…

— Nous pourrions toujours faire comme Tom l'a suggéré, fit-elle, consciente de la frustration de Teddy.

— À quoi faites-vous allusion ?

— Nous pourrions nous marier maintenant et vivre ici pendant que les travaux sont en cours.

— La moitié des murs ont été abattus dans les chambres du premier étage à cause de la pourriture, dit-il avec agacement. Où dormiriez-vous ?

— Je pourrais rester en bas.

Teddy s'immobilisa. Un lourd silence s'abattit sur la pièce.

Stella se dandina sur place, soudain mal à l'aise. On eût dit qu'elle venait de proposer quelque chose d'obscène.

— En bas, répéta Teddy.

— Serait-ce donc si répréhensible ?

— Ce n'est pas l'arrangement que nous avions conclu.

— Je pensais que vous l'aviez proposé en ayant à cœur mon intérêt. Vous n'allez pas me dire que cela allait dans le sens du vôtre. Que vous préféreriez que je reste à l'écart, sauf quand vous avez besoin de moi comme modèle.

— C'était pour notre bien à tous les deux.

Il se remit à peindre, son pinceau balayant la toile avec une force inhabituelle.

— Je ne pense pas que vous ayez envie d'être témoin de toutes les indignités que je dois endurer à cause de ce fauteuil, expliqua-t-il d'un ton amer. Et, à moins que je ne partage ma chambre avec Jennings et que vous ne vous installiez dans la sienne, vous seriez présente à toutes les étapes.

— Ne soyez pas stupide. Il est évident que je ne vais pas m'installer dans la chambre de Jennings.

— Je m'en doutais, dit-il, le visage sombre.

— Je dormirai dans votre chambre avec vous, précisa Stella, au cas où il ne l'aurait pas compris.

Une fois encore, le pinceau s'arrêta sur la toile.

Stella laissa échapper un soupir d'impatience.

— Vous oubliez que j'ai passé la majeure partie de ma vie à visiter les malades avec mon frère. Il y a peu de choses qui peuvent me choquer.

Ces paroles furent accueillies par un silence buté.

— Cela ne signifie pas que je vous assimile aux malades du village, précisa-t-elle au cas où il aurait pris offense de sa remarque. Je veux simplement dire que je ne suis pas du genre à défaillir à la vue d'un membre blessé.

— *Deux* membres blessés, corrigea-t-il d'un ton agacé. Et sans possibilité de les mouvoir.

— J'en suis bien consciente.

— Jennings doit venir à toute heure pour m'assister. Je ne veux pas qu'il fasse irruption dans la chambre alors que vous serez en tenue légère. Et, bien qu'il m'agace parfois, je ne puis me passer de ses services.

— Vous ne serez pas dans l'obligation de faire appel à Jennings quand je serai avec vous. Il est évident que je vous aiderai moi-même. C'est ce que font les personnes mariées.

— Je n'ai pas besoin d'une infirmière, Stella.

— Et vous n'aurez pas une infirmière. Vous aurez une épouse.

Elle ressentit le silence comme un poids physique, oppressant, asphyxiant. C'en était trop. Elle laissa libre cours à son exaspération.

— À moins que vous n'ayez changé d'avis.

Il pencha la tête sur le côté de sa toile pour la regarder, l'air mécontent.

— C'est ce que vous pensez ?

— Je ne sais pas. Vous avez obtenu ce que vous vouliez, c'est-à-dire que je pose pour vous. Pourquoi vous embêteriez-vous avec le reste ?

— J'espère que vous plaisantez.

— Je ne plaisante pas du tout. Depuis le début, vous n'aspirez qu'à faire mon portrait. C'est moi qui voulais autre chose. Pas vous.

Teddy lança son pinceau avec colère. Avant qu'elle comprenne ce qu'il avait en tête, il fit rouler son fauteuil à travers la pièce. Il avait de la peinture sur les doigts et sur sa chemise, ainsi qu'une trace de couleur outremer sur le front.

Il tendit la main pour saisir son bras.

Stella ne chercha pas à l'éviter.

Il la tira vers lui. En trébuchant sur ses jupons, elle tomba directement sur ses genoux.

Un petit rire gêné lui échappa.

— Teddy ! Ce n'est pas drôle.

Elle fit mine de se redresser.

— Je ne veux pas vous faire mal.

Il la garda fermement contre lui.

— Vous ne me ferez pas mal aux jambes, en tout cas.

Elle posa les mains sur ses épaules, les joues en feu.

— Vous êtes ridicule.

— C'est vous qui êtes ridicule, répliqua-t-il.

Puis, l'attirant plus étroitement contre lui, il captura ses lèvres.

Elle s'accrocha à ses épaules. Son rire se transforma en soupir. Son cœur battait la chamade.

— Oh, murmura-t-elle quand il rejeta la tête en arrière pour reprendre son souffle.

— Exactement, grogna-t-il.

Et il l'embrassa de nouveau.

Oubliant toute résistance, Stella entrouvrit les lèvres, se livrant volontiers à celles de Teddy. Elle enroula les doigts autour de son cou. Il avait la peau brûlante. Elle commençait à sentir la même chaleur bouillonner en elle.

Ils n'avaient jamais été aussi proches. Ils s'étaient embrassés, bien sûr. Ils s'étaient tenus par la main. Mais jamais Teddy ne l'avait serrée ainsi. C'était plus exaltant qu'elle n'aurait pu l'imaginer.

— Est-ce supposé me rassurer ? demanda-t-elle contre ses lèvres.

— Je ne sais pas vraiment quelle était mon intention au départ, dit-il d'une voix étonnamment rauque. Depuis que vous êtes dans mes bras, mon cerveau s'est transformé en bouillie.

— Ce n'est guère flatteur.

— Voulez-vous entendre des flatteries ?

— Et si c'était le cas ?

— Je vous dirais que je ne parviens pas à trouver le sommeil à cause de vous. Que je deviens fou à attendre chaque jour que vous arriviez. Qu'à la moindre minute de retard...

— Êtes-vous sérieux ?

— On ne peut plus sérieux. Je veux vraiment vous épouser. Je n'ai jamais cessé de le vouloir. Simplement...

— Quoi ?

Il esquissa un sourire malicieux.

— Je n'ai pas envie de vous épouser avant d'avoir eu le temps de savourer un peu votre présence. De façon plutôt égoïste, je préférerais avoir ceci...

Il lui donna un baiser furtif.

— ... et ceci...

Un autre baiser s'abattit sur les lèvres de Stella.

— ... avant que vous me voyiez comme un invalide qui a besoin de vos soins, termina-t-il.

Stella glissa les doigts dans ses cheveux, à la base du cou, et les tira brusquement.

— Aïe !

Il protesta, riant à demi.

— Mais qu'était-ce donc ?

— Je ne suis pas votre infirmière, dit-elle. Je ne serai jamais votre infirmière.

Elle lui tira encore les cheveux et ajouta :

— Je veux que vous me fassiez confiance. Et que vous soyez assuré que je ne vous déprécierai jamais, pour quelque raison que ce soit.

— Vous ne direz plus la même chose quand vous aurez vu…

— Jamais, promit-elle. Tant que vous continuerez à me traiter avec bienveillance.

— Avec bienveillance ?

— Oui, c'est ce que j'apprécie le plus chez vous. Votre compréhension, votre bonté.

— Ce n'est guère flatteur, dit-il en reprenant ses mots.

La jeune femme se dit que ce n'était pas entièrement pour plaisanter.

Elle lui caressa les cheveux pour apaiser son amour-propre blessé.

— Je n'aurais jamais cru pouvoir m'asseoir sur vos genoux.

— Vous ne l'avez jamais demandé.

— Comme si une telle pensée aurait pu me venir à l'esprit !

De nouveau, il inclina son visage vers le sien.

— Comme toujours, mademoiselle Hobhouse, vous faites preuve d'une imagination étonnamment limitée.

Elle lui sourit, espérant un autre baiser. Il était sur le point de combler son attente, quand un coup sec résonna à la porte d'entrée.

Tous deux se figèrent, échangeant un regard surpris.

Un petit rire échappa à Stella. Elle posa une main sur sa bouche.

Un sourire enfantin creusa des fossettes dans les joues de Teddy.

— Il n'y a personne pour aller ouvrir, dit-il. Mme Mukherjee est partie au marché, et j'ai envoyé Jennings acheter des tubes de peinture.

Stella fit mine de se lever, et Teddy la libéra à contrecœur. Il entreprit de rajuster sa jupe.

Elle repoussa ses mains.

— Que faites-vous ?

— Vous avez un pli, juste là.

— C'est une fronce, bêta que vous êtes !

Il attrapa sa main et y déposa un baiser, attendant le dernier moment pour la libérer alors qu'elle avançait vers le hall. Tous deux souriaient comme des enfants espiègles.

Stella secoua une nouvelle fois sa jupe, avant d'ouvrir la porte.

Un homme chauve, vêtu d'un costume mal ajusté, se tenait sur le seuil. À côté de lui se trouvait une très grande caisse en bois. Dans la rue derrière lui, une charrette attendait. Deux hommes vigoureux étaient assis sur la banquette du conducteur.

— En quoi puis-je vous aider ? demanda Stella.

— Est-ce bien la résidence de M. Edward Hayes ? demanda l'homme avec un accent cockney prononcé.

— En effet.

Stella observa la caisse. C'était sans doute en lien avec les travaux, mais elle ne voyait pas de quoi il pouvait s'agir.

— Avez-vous rendez-vous ? demanda-t-elle à l'inconnu.

— Aucun rendez-vous, madame, mais M. Hayes m'attend.

Il sortit une carte de visite de sa poche et la tendit à Stella d'un geste théâtral.

M. Franklin Abbott, Inventeur.

Elle haussa les sourcils.

— Puis-je savoir de quel type d'invention il s'agit ?

— De mon fauteuil à pneumatiques pour invalide, annonça fièrement l'homme. Mon principal investisseur, un gentleman de renom qui préfère rester anonyme, m'a assuré que M. Hayes était désireux de posséder un prototype.

Un fauteuil à pneumatiques pour invalide ?

Stella recula.

— Je crois que vous feriez bien d'entrer.

*

* *

Ébloui, Teddy ne se lassait pas de regarder le fauteuil roulant qui avait été sorti de la caisse en bois. L'acajou poli dont il était fait étincelait sous la lumière. Il possédait des finitions en laiton et était équipé de roues en caoutchouc, exactement comme M. Hartford le lui avait décrit dans la bibliothèque du comte de March à Sutton Park.

Stella se tenait à côté de lui, admirant également le fauteuil, tandis que leur visiteur vantait les nombreuses qualités de son invention.

— Il est équipé de tout le confort et de toutes les commodités, s'enorgueillit Abbott. Vous ne sentirez plus les creux et les bosses de la route. La conduite est d'une fluidité absolue grâce à l'air comprimé dans les pneus. Le siège est recouvert du meilleur cuir et douillettement rembourré. Le dossier et les accoudoirs sont réglables comme ceci…

L'homme fit une démonstration en manipulant une série de goupilles et de paumelles.

— Mais voici le point fort de mon invention, monsieur, affirma Abbott, au comble de l'enthousiasme. Ce levier magique ici. L'invalide peut l'actionner lui-même, s'il en a la force. Observez.

Abbott bascula le levier. Deux étriers en laiton descendirent immédiatement sur les roues, les verrouillant sur place.

Teddy fit rouler son propre fauteuil pour examiner de plus près l'astucieux procédé.

— Un frein à main ? s'étonna-t-il. C'est bien cela ?

— Exactement, monsieur.

— Est-ce important ? demanda Stella, les sourcils froncés.

— C'est essentiel, madame, répondit Abbott. Comme M. Hayes pourra sans doute vous le dire, l'invalide dépend généralement d'un assistant pour le placer dans son fauteuil ou l'en sortir. Avec mon invention, il peut désormais le faire seul, s'il en a la force.

Le cœur de Teddy s'emballa à cette idée. Si c'était vrai, cela signifierait qu'il n'aurait plus besoin de Jennings dans sa chambre pour l'aider à se mettre au lit ou à en sortir. Plus besoin de Jennings non plus pour l'installer sur un canapé ou dans un fauteuil de salon.

Si le système de blocage des roues fonctionnait – s'il permettait vraiment d'immobiliser le fauteuil de façon stable –, Teddy pourrait en sortir et y entrer à la force des bras.

Cela aurait pour conséquence une indépendance plus grande. Sans parler de l'impact sur sa vie privée.

— Voudriez-vous l'essayer, monsieur ? demanda Abbott.

— J'ai envoyé mon valet faire une course, répondit Teddy. Je vais devoir attendre son retour.

— Vous n'avez pas besoin de Jennings, déclara Stella. Je peux vous aider.

Teddy se crispa. Un moment plus tôt, il la tenait dans ses bras et l'embrassait. Il riait avec elle, insouciant, comme le ferait tout jeune homme avec sa bien-aimée. Il se sentait alors léger. Vivant. Il n'allait pas tout gâcher en acceptant son aide pour passer d'un fauteuil à l'autre.

Un fauteuil d'invalide, bon sang !

Il était déjà bien assez gêné qu'elle soit là pour être témoin de son enthousiasme à l'égard de l'invention d'Abbott.

— Ce ne sera pas nécessaire, dit-il sèchement. Jennings sera de retour sous peu.

— Puis-je vous assister, monsieur ? proposa Abbott. Il est préférable que vous vous familiarisiez avec le fauteuil tant que je suis là. Je peux vous expliquer toutes ses subtilités.

La mâchoire de Teddy se contracta.

— Si vous pouviez attendre…

Il sentit la main de Stella se poser sur son épaule, y exerçant une pression silencieuse. Il la regarda. Elle avait une trace de peinture outremer sur la joue. C'était un rappel saisissant de l'étreinte qu'ils venaient de partager.

L'angoisse qui lui nouait la poitrine commença à se dissiper, remplacée peu à peu par une douce chaleur.

Il était toujours embarrassé. Toujours chagriné de sa propre vulnérabilité – terrifié à l'idée qu'elle le voie comme un être inférieur. Mais il n'allait pas la repousser. Pas cette fois.

Si elle voulait faire partie de sa vie, elle pouvait le faire, bon sang. Et si, pour finir, elle devait en être rebutée… eh bien…

Au moins, la décision ne viendrait pas de lui.

— Fort bien, dit-il à Stella. Si vous y tenez.

Elle afficha un grand sourire.

— Que dois-je faire ?

— Voudriez-vous maintenir mon fauteuil fermement en place ? Mettez-y toute votre force.

Elle passa derrière lui et empoigna le dossier. Teddy la sentit campée sur ses pieds, immobile et concentrée sur sa tâche. Sans doute la pratique de l'équitation avait-elle développé chez elle une puissance insoupçonnée. Elle était redoutablement forte.

— Monsieur Abbott...

Teddy se concentra sur la tâche à accomplir.

— ... voudriez-vous placer le prototype à mon côté ? Le plus près possible, pour que je puisse atteindre le siège. Et si vous aviez l'obligeance de relever un accoudoir ?

L'homme s'exécuta.

— Je vais bloquer le frein, monsieur.

S'aidant de ses mains pour soulever ses genoux, Teddy fit glisser ses pieds bottés hors du repose-pieds. Puis, en proie à un sursaut d'anxiété, il jeta un coup d'œil à Stella par-dessus son épaule.

— Il ne faut surtout pas que ce fauteuil bouge.

Elle lui adressa un regard déterminé.

— Il n'en est pas question.

Après avoir pris une profonde inspiration, Teddy posa les mains sur les accoudoirs de son fauteuil. Sollicitant toute sa force, il hissa le haut de son corps. Ce n'était rien qu'il n'ait fait auparavant lors de ses exercices de musculation. Mais cette fois, il ne se limita pas à un mouvement vertical. Il se balança en avant, amenant les hanches au bord du siège.

Là, il se laissa de nouveau descendre. Ses biceps tremblaient, les muscles de son abdomen se contractaient sous l'effort. Penché en avant, il posa une main sur le siège du prototype. Il y donna une poussée pour tester sa solidité. Le fauteuil ne bougea pas.

— Allez-vous..., commença Stella.

— Oui. En espérant que je ne tombe pas en chemin.

— Vous ne tomberez pas. Ne songez pas à cela.

Il comprit ce qu'elle voulait dire. Envisager l'échec, c'était comme l'appeler de ses vœux. Il ne fallait pas raisonner ainsi. Surtout quand son propre corps était en jeu. C'était aussi une question d'honneur.

— Allons-y, dit-il.

Déployant toute sa force, il se souleva de nouveau, cette fois avec une main sur le siège de son fauteuil, et l'autre sur le siège du prototype. La distance était courte. Le temps d'un mouvement de hanches bien orienté, d'une fraction de seconde de pure panique, et il retomba lourdement en position assise sur le siège du second fauteuil.

Il relâcha bruyamment son souffle.

Stella se précipita aussitôt à son côté. Il sentit ses mains dans son dos, puis autour de sa taille, tandis qu'elle l'aidait à se placer correctement. Il sentit qu'il avait les cheveux dans les yeux. Elle les repoussa doucement, les lissant sur son crâne.

— Bonté divine, dit-elle. C'était périlleux. Allez-vous bien ?

— Je l'ai fait, murmura-t-il, quelque peu abasourdi.

— Bien sûr que vous l'avez fait.

Elle l'aida à abaisser l'accoudoir du nouveau fauteuil.

— Je n'ai jamais douté de vous.

Il plongea son regard dans le sien et, pour la deuxième fois de la journée, ils se sourirent comme des enfants heureux et insouciants.

Teddy comprit alors qu'il n'était pas seulement entiché de Stella Hobhouse – son modèle, sa muse, son étoile éblouissante.

Il l'aimait.

28

Londres, Angleterre, juin 1863

Stella et Teddy durent attendre trois dimanches consécutifs pour que les bans soient publiés. Le troisième, elle trouva enfin le courage d'écrire à Anne. La lettre fut postée une semaine avant la date à laquelle devait se tenir la cérémonie.

Ce ne fut pas la seule lettre qu'elle posta.

Après mûre réflexion – et plus de doutes encore –, Stella rédigea une courte missive à l'attention de son frère. Elle n'y joignit pas d'invitation à son mariage, pas plus qu'elle n'émit le souhait d'un rapprochement entre eux. Il s'agissait davantage d'un adieu.

Cher Daniel,

Lorsque tu recevras cette lettre, je serai mariée à M. Edward Hayes, un gentleman respectable, issu d'une bonne famille, fortuné et doté d'un immense talent artistique. Il voit en moi de la beauté et désire que je vive ma vie sans honte ni excuse. Nous allons nous établir à Londres et avons l'intention de nous rendre mutuellement très heureux.

Ta sœur,
Stella

Elle n'attendait pas de réponse. Pas de son frère, en tout cas. Mais elle se doutait qu'Anne aurait quelque chose à dire en apprenant la nouvelle de son mariage.

Et en effet, malgré l'envoi tardif de sa lettre et la grande distance entre Londres et le Somersetshire, elle découvrit Anne qui l'attendait dans la sacristie, en compagnie de Julia qui était quant à elle revenue du Yorkshire pour la cérémonie.

— J'aurais dû savoir que ce serait lui, dit Anne en serrant Stella dans ses bras. À dire vrai, je l'aurais deviné si je n'avais pas été aussi absorbée par mon propre bonheur.

— Et c'était très bien ainsi, lui assura Stella en déposant un baiser sur la joue de son amie. Tu as suffisamment pris soin de nous toutes.

— Sottises. Nous prenons soin les unes des autres.

Anne recula. L'air de froideur aristocratique qu'elle avait toujours arboré depuis que Stella la connaissait avait disparu, au profit d'une expression heureuse et sereine. De toute évidence, la vie avec M. Hartford lui convenait.

— Pourquoi as-tu tant tardé à m'écrire ? demanda-t-elle d'un léger ton de reproche.

— Parce que je pensais que tu chercherais à m'en dissuader, répondit franchement Stella. Et je ne voulais pas être freinée dans mon élan. Je voulais galoper droit devant.

Anne éclata de rire.

— Toujours aussi téméraire, à ce que je vois.

— En effet. J'aime me mettre en danger.

— Curieuse confession de la part d'une jeune lady vêtue comme un ange, dit Julia en enlaçant Stella à son tour. Tu es splendide, ma chérie.

Anne l'observa de la tête aux pieds d'un air approbateur.

— Est-ce Ahmad qui a conçu ta robe de mariée ?

— Oui. Et Mira s'est chargée des broderies et des finitions.

La robe était confectionnée en tarlatane de mousseline blanche ornée de délicates broderies représentant des papillons, ainsi que de dentelle de Valenciennes. Mira avait aidé Stella à l'enfiler chez les Malik, avant de partir pour l'église. Il ne lui restait plus qu'à mettre son voile, celui-ci étant trop fragile pour qu'elle le porte dans la calèche.

Evie entra dans la sacristie, portant la délicate résille blanche drapée sur ses bras. Le voile était aussi finement tissé qu'une toile d'araignée et, comme la robe, rebrodé de papillons.

— Je devine qu'il y a un thème, remarqua Anne en souriant.

— Mira dit que les papillons représentent la transformation, expliqua Evie tandis qu'elle fixait le voile sur les cheveux argentés de la mariée. Stella commence la journée en jeune lady innocente, et la terminera en dame respectable.

— Transformée en papillon grâce à l'amour, résuma Julia. Comme c'est romantique.

— En effet, dit Stella. Bien que cela semble sous-entendre que j'étais une chenille avant.

Cela laissait aussi supposer que Teddy l'aimait.

Ce n'était pas exactement la vérité. Ils étaient amis, assurément. Et il la chérissait sans doute. Il y avait aussi de l'attirance entre eux, comme en témoignaient les baisers et les étreintes qu'ils avaient partagés. Mais était-ce de l'amour ? Ou bien était-ce toujours inextricablement lié au portrait qu'il faisait d'elle ?

Après tout, c'était son souhait de la peindre qui avait tout déclenché.

Malgré ses efforts pour ne pas sombrer dans le pessimisme, Stella ne parvenait pas à se défaire de la crainte sournoise que, lorsqu'il aurait enfin achevé son chef-d'œuvre, il en aurait aussi terminé avec elle.

Et le tableau était presque fini.

Elle le savait, bien qu'elle ne l'ait toujours pas vu.

Il ne restait plus à présent à Teddy qu'à la peindre en plein air au bord de la Tamise – dont l'atmosphère, selon lui, remplacerait la mer. Il avait déjà choisi le drapé que porterait Stella. C'était un tulle gris perle très clair, presque argenté, orné de sequins en nacre. Ahmad l'avait cousu sur une tunique sans manches de couleur chair qui donnerait l'impression que Stella ne portait rien d'autre, tout en préservant sa pudeur.

Voilà à quoi elle pensait tandis qu'elle souriait à ses amies, tout en se préparant à marcher vers l'autel : au lieu de commencer une nouvelle vie ensemble, elle redoutait secrètement que Teddy et elle ne soient arrivés à la fin de leur histoire.

— Qui te donne en mariage ? demanda Anne. Pas ton frère, je suppose.

Le sourire de Stella s'effaça un instant à l'évocation de Daniel. Mais ce n'était pas le jour de regretter la famille qu'elle avait perdue. Et les amis formaient aussi une sorte de famille – souvent plus aimante et compréhensive que la vraie.

— C'est Ahmad, dit-elle. Il m'a semblé juste de le lui demander. Après avoir vécu avec Evie et lui pendant des semaines, j'ai fini par le considérer comme un frère.

— Il en a été honoré, lui assura Evie. Sincèrement. Il prend cette responsabilité très au sérieux.

Julia aida à ajuster le voile de Stella.

— J'ai jeté un coup d'œil dans l'église en arrivant. Il y a beaucoup de personnes que je ne connais pas.

— J'ai reconnu les Finchley, fit Anne. Ainsi que Mira et Tariq Jones. Mais les autres couples me sont inconnus.

— Il y a Mme et M. Thornhill, ainsi que Mme et M. Cross, précisa Stella. Ce sont des amis de la famille de Teddy, venus au nom de Mme et M. Archer.

— Sa sœur n'a pas pu être là ? s'étonna Julia.

— Elle ne va pas tarder à donner naissance à son premier enfant, expliqua Stella. Et sa tante Charlotte, qui est très âgée, ne peut voyager en raison d'une fragilité du cœur. Toutefois, elles ont écrit de très gentilles lettres. Laura et Alex Archer ont également envoyé un ravissant cadeau.

Il s'agissait d'une exquise pendule de cheminée en bronze que Stella avait disposée dans l'atelier de Teddy. Ce n'était pas le premier élément de décoration ou de confort qu'elle avait ajouté à la maison de Maiden Lane. Il y avait un nouveau sofa et des fauteuils pour le salon, une salle à manger complète en noyer sculpté, ainsi qu'une grande armoire en acajou pour la chambre.

Teddy l'avait encouragée à acheter tout ce dont elle avait besoin en lui disant de lui faire envoyer les factures. Il n'était pas excessivement fortuné, mais il n'était pas pauvre non plus. Et il n'était assurément pas avare.

— Ils sont là par la pensée, j'en suis sûre, dit Evie.

Le regard de Julia brilla. Elle était toujours submergée par l'émotion lors des mariages.

— Et M. Hayes t'a toi, maintenant, dit-elle.

— Et je l'ai, répondit Stella avec détermination.

Elle refusait de laisser les doutes lui dérober sa joie.

Ahmad entra dans la sacristie. Il portait une élégante veste de matinée sur un pantalon gris. Ses épais cheveux noirs étaient peignés avec soin.

— Il est temps, dit-il.

Anne, Julia et Evie s'affairèrent une dernière fois autour de Stella, ajustant ses jupes, redressant son voile et plaçant entre ses mains un bouquet de lavande et de roses.

— Voilà, fit Anne. Tu es prête.

— Tu es parfaite, déclara Evie.

— La plus jolie des mariées, approuva Julia.

Ahmad offrit son bras à Stella.

— Y allons-nous ?

Stella ressentit une soudaine bouffée d'anxiété.

— M. Hayes est-il déjà là ? demanda-t-elle en prenant le bras d'Ahmad.

Et si Teddy n'était pas venu ? Et s'il avait changé d'avis ?

— Il est là, dit Ahmad en la guidant hors de la sacristie. Il vous attend.

Bien sûr qu'il était là. Assis dans son nouveau fauteuil roulant, tout au bout de la longue travée, incroyablement beau dans son habit de matinée.

Stella ne détacha pas son regard de lui durant tout le chemin jusqu'à l'autel, oubliant même leurs amis assis de part et d'autre. Il n'y avait plus que Teddy, emplissant sa vision et son cœur.

Et soudain, elle sut. Elle sut, tout simplement.

Le constat la frappa non comme un éclair, mais comme un petit tremblement de l'âme, parachevant quelque chose qui s'était construit peu à peu depuis qu'ils s'étaient rencontrés.

Elle avait cru être à moitié amoureuse, c'était tout. Pas totalement amoureuse. Mais elle s'était trompée. Le sentiment s'était insinué en elle comme un voleur, lui dérobant le cœur et l'âme.

Elle savait maintenant sans le moindre doute.

Elle l'aimait.

*
* *

Teddy ne tenait pas particulièrement à se marier à l'église. Il était plus intéressé par la rapidité que par le cérémonial. Mais, supposait-il, la sœur d'un ecclésiastique ne pouvait renoncer totalement à ses convictions. Et il n'avait pas l'intention de commencer sa vie avec sa future femme sur une fausse note simplement parce qu'il trouvait fastidieux les artifices d'un mariage mondain.

Et ils avaient été fastidieux. Sans parler des terribles retombées sur son travail.

Se marier à l'église signifiait d'abord qu'il fallait trouver un lieu susceptible de les recevoir. Tom avait encore une fois fait opérer sa magie sous la forme d'une petite chapelle à Fleet Street, non loin de son cabinet d'avocat. Teddy et Stella avaient aussitôt réservé la date et engagé l'organiste de la chapelle pour jouer la *Marche nuptiale* de Mendelssohn. Après quoi, Teddy avait dû se passer de son modèle pendant plusieurs jours, tandis que les préparatifs du mariage suivaient leur cours. Au lieu de poser pour lui, Stella passait son temps à l'extérieur, que ce soit pour les essayages de sa robe ou pour faire des achats destinés à la maison. Toute la semaine, des livreurs avaient apporté des meubles, du linge et d'autres nécessités domestiques, perturbant régulièrement la concentration de Teddy.

Lorsque le matin du mariage était arrivé, annoncé par une pluie d'été particulièrement forte, il était plus que prêt à en finir avec cette fichue affaire. Plus vite Stella et lui seraient mariés, plus vite il pourrait se remettre à peindre.

Mais il n'avait pas anticipé ce qu'il ressentirait en attendant Stella devant l'autel de la petite chapelle en pierre, ornée d'un unique et modeste vitrail.

Lorsqu'elle apparut enfin au bras d'Ahmad, vêtue de délicate mousseline blanche et auréolée d'un voile de tulle brodé, Teddy resta bouche bée, frappé de stupeur devant sa beauté et par la prise de conscience, soudaine et viscérale, qu'elle allait être sienne.

Pleinement sienne.

L'ecclésiastique aux cheveux blancs ne perdit pas de temps. La pluie qui battait les hautes et étroites fenêtres couvrait presque sa voix enrouée par l'âge.

Au moment d'échanger leurs vœux, Teddy soutint avec gravité le regard de Stella. Il n'avait jamais pensé se marier un jour. En tout cas pas depuis qu'il avait perdu l'usage de ses jambes. Il n'avait jamais envisagé de faire confiance à quelqu'un. D'aimer quelqu'un. L'art était tout ce qui comptait pour lui.

Mais plus maintenant.

— Oui, dit Stella avec un léger tremblement dans la voix.

— Oui, déclara Teddy en lui passant l'alliance au doigt.

C'était un bel anneau en or acheté chez un bijoutier de Bond Street, mais il ne rendait pas justice à ce qu'il ressentait pour elle. Aucun bijou ne le pourrait.

Stella repoussa elle-même son voile. Teddy aurait voulu le faire, mais il aurait fallu pour cela qu'elle se baisse afin de se mettre à sa hauteur. Il n'y aurait pas d'échange de baiser, mais cela convenait fort bien à Teddy. Il en était presque soulagé. Il aurait bien le temps d'embrasser sa femme plus tard, sans se donner en spectacle.

Il lui prit la main.

— Eh bien, madame Hayes ?

Elle ne répondit pas, se contentant de le regarder avec émotion, tout en s'agrippant à sa main comme à une bouée de sauvetage.

Teddy sentit son cœur se gonfler d'une profonde tendresse. Il voyait bien que Stella était bouleversée. Pour quelle raison ? Parce qu'elle prenait conscience de l'engagement auquel ils venaient de consentir ?

— Je viens de penser à un autre argument en faveur de notre mariage, murmura-t-il, espérant détendre l'atmosphère par une plaisanterie. Il est inutile de changer les initiales brodées sur votre trousseau.

Elle esquissa un sourire.

— Vous savez bien que je n'avais pas de trousseau en venant à Londres.

— Mais il me semble que vous venez d'acheter du linge à profusion. Il ne vous reste plus qu'à vous mettre à la broderie. Entre autres choses.

Ils se dirigèrent vers la sortie, lui dans son nouveau fauteuil, elle marchant à côté, souriante à présent.

Leurs amis s'étaient levés pour les suivre. Julia Blunt s'agrippait au bras du capitaine Blunt, se tamponnant les yeux avec un mouchoir ourlé de dentelle. Hartford guidait lady Anne hors de la rangée de bancs, une main sur sa taille tandis qu'il pressait un baiser discret sur sa tempe. Thornhill et lady Helena échangeaient un sourire, se rappelant sans doute leur union peu conventionnelle, signée dans un bureau d'état civil quelques jours seulement après qu'ils eurent fait connaissance. Neville et Clara se tenaient la main, le visage radieux. Jenny et Tom s'attardaient, tête baissée dans une conversation intime, échangeant probablement des mots doux en attendant que Mira et Tariq les rejoignent. Evelyne et Ahmad fermaient la marche, endossant le rôle des parents de la mariée. Ils ne manquèrent pas, d'ailleurs, de rappeler à tout le monde que les Finchley offraient un déjeuner en l'honneur des mariés, dans leur résidence de Half Moon Street.

— Y allons-nous ? demanda Teddy à Stella avant que leurs invités les rattrapent. Tom a loué un carrosse pour nous. La wagonnette ne convient malheureusement pas quand il pleut.

— Je préfère largement le carrosse aujourd'hui, dit Stella.

Lui aussi. Au moins, il n'aurait pas à supporter la présence de Jennings.

Hélas, Teddy ne pouvait pas se débarrasser totalement de son valet. Pas même le jour de son mariage.

L'homme attendait sur le parvis pour l'aider à descendre les marches et à prendre place dans le carrosse. Celui-ci avait été décoré de guirlandes au début de la matinée, mais la pluie avait maltraité les fleurs.

Teddy insista pour que Stella entre la première dans le véhicule. Jennings s'avança docilement pour l'aider, tandis que Teddy attendait en retrait sous le porche.

— Faites attention à ne pas trop vous mouiller, Jennings, recommanda Stella au valet. Il ne faut pas que vous attrapiez froid.

— Je vais bien, mademoiselle. Je veux dire, madame.

L'homme rougit.

— Je veux dire… euh… madame Hayes.

Il s'inclina gauchement, avant de repartir en courant chercher Teddy.

Ce dernier ne put retenir un sourire narquois.

— La bonne éducation de ma femme doit vous changer agréablement de mes accès d'humeur, dit-il tandis que Jennings le hissait hors de son fauteuil.

— Je n'y prête pas attention, monsieur, répondit Jennings en le portant vers la calèche. M. Archer m'avait recommandé, quand il m'a engagé, de ne pas prendre à cœur vos colères.

— Vraiment ?

— Il m'a dit que ça n'avait rien de personnel. Que c'était à mettre sur le compte de la frustration. À cause de votre fauteuil.

Teddy pouvait aisément imaginer Alex dire cela, lui trouvant des excuses, tandis qu'il essayait de lui redonner goût à la vie. Il ressentit soudain un vif élan de gratitude à l'égard de son beau-frère, et aussi envers sa sœur. S'il n'avait pas toujours apprécié leurs interventions – loin s'en fallait –, il reconnaissait à présent qu'il en avait bénéficié.

Malgré ses humeurs, son aigreur et ses accès de mélancolie, sa famille avait toujours été là pour le soutenir sans réserve. Il en allait de même pour ses amis. Même ceux qui avaient rejoint plus récemment son cercle de relations, comme Félix Hartford, par exemple, lui avaient souvent apporté leur aide, qu'il le veuille ou non.

— Mon regard sur le monde a radicalement changé depuis que j'ai mon nouveau fauteuil, dit-il.

Il ne put s'empêcher de jeter un regard à la merveille en acajou et laiton qui avait contribué à adoucir son quotidien.

— Il ne sera pas endommagé par la pluie, n'est-ce pas ? s'inquiéta Stella alors que Teddy s'installait à l'intérieur du carrosse.

Il avait les cheveux mouillés, et son costume était froissé par les maniements peu soigneux de Jennings.

— Non, la rassura-t-il. Le cocher a apporté une bâche.

Il ne fallut que quelques instants pour arrimer le fauteuil à l'arrière du carrosse et le couvrir, puis les jeunes mariés s'en allèrent, laissant derrière eux leurs amis qui leur faisaient des signes d'adieu depuis le parvis de la chapelle.

— Vous ne regrettez pas, n'est-ce pas ? demanda Teddy.

Stella secoua la tête.

— Non. Et vous ?

— Non.

Il tourna les yeux vers la vitre, observant le brouillard qui envahissait la rue.

— Je suis seulement impatient de me remettre au travail. Le tableau est presque terminé.

Comme tout à l'heure dans la chapelle, une lueur étrange traversa le regard de Stella, exprimant une émotion que Teddy ne parvenait pas à déchiffrer.

— Oui. Je sais.

— Il ne manque que les derniers détails. Vous dans votre voile diaphane, et un peu de ce brouillard au-dessus de l'eau. C'est exactement cette atmosphère que je recherche. Il faudrait seulement que la pluie cesse assez longtemps pour que je puisse installer mon chevalet sur la rive du fleuve.

— Demain, peut-être.

— Nous verrons.

Mais, avant demain, il y avait ce soir.

Teddy reporta son attention sur Stella. Son cœur battait fort, et pas uniquement à cause de l'effort qu'il avait dû fournir pour monter dans le carrosse.

Après le déjeuner donné par Jenny à Half Moon Street et leur retour à Maiden Lane, il resterait encore à affronter la nuit de noces.

Était-ce pour cela que Stella était aussi silencieuse ? Qu'elle semblait se cacher de nouveau sous un masque ? Il était de tradition que les jeunes mariées soient nerveuses lors de leur nuit de noces.

Teddy lui prit la main, conscient que c'était au mari de rassurer son épouse.

— Je suis tellement heureux que ce soit vous, dit-il d'une voix vibrante de sincérité.

Elle se tourna vers lui.

— Je serai encore là bien après que votre tableau sera terminé.

— Il y en aura d'autres. Ne vous l'ai-je pas dit ?

— Mille, avez-vous dit un jour. Sans doute serez-vous lassé après le centième.

— Lassé de ceci ?

Il lui caressa la joue.

— Jamais.

Le regard de Stella s'adoucit.

— Merci, dit-elle.

— Pour quelle raison ?

Il arrondit la main autour de son cou. Ils étaient assis côte à côte, comme n'importe quel couple de jeunes mariés. Il n'y avait rien pour leur rappeler qu'ils n'étaient pas tout à fait comme tout le monde. Pas de Jennings. Pas de fauteuil roulant.

— Pour m'avoir demandée en mariage. Pour avoir été si généreux concernant l'aménagement de la maison et pour avoir rénové l'écurie pour accueillir Locket.

Lorsqu'il rapprocha son visage de celui de Stella, il vit, à la façon dont le souffle lui manquait, qu'elle était troublée. Elle continua néanmoins :

— Pour avoir accepté que le mariage ait lieu à l'église. Je sais que vous auriez préféré un bureau d'état civil, afin d'être débarrassé au plus vite de cette formalité.

Il la fit taire d'un baiser. Les bras de Stella encerclèrent son cou. Elle ferma les paupières, s'abandonnant à la pression de ses lèvres. Il n'y avait chez elle ni doute ni hésitation. Sa bouche était douce, chaude, accueillante, et répondait à la sienne avec passion.

Un baiser en entraîna un autre, puis un autre encore. Chacun se dissolvait dans le suivant, ponctué de quelques mots étouffés et de soupirs.

Le carrosse offrait plus d'intimité que le traîneau. Là, dans l'habitacle assombri par les rideaux tirés, tandis que la pluie battait contre les vitres, il se sentait plus proche de Stella qu'il ne l'avait jamais été.

N'était-ce dû qu'au carrosse ? Ou bien au serment prononcé ? À cet anneau de mariage ?

— Si c'était à refaire, je referais la même chose, et plus encore, dit Teddy d'une voix enrouée. N'importe quoi pour vous avoir.

— Était-ce purement égoïste, alors ? demanda Stella en lui effleurant les lèvres des siennes. Ou vous vouliez faire une bonne action en me sauvant d'une vie en retrait ?

— C'est vous qui m'avez sauvé. Je vous l'ai dit. J'aurais perdu la raison si je n'avais pas pu vous peindre. Cela se serait produit, vous savez.

— Je vous ai donc guéri ?

— Pas complètement. Pas encore.

Glissant les doigts dans la masse de sa chevelure d'argent, il prit une nouvelle fois sa bouche.

La pluie tombait sans relâche. Ce ne fut que lorsque le carrosse s'engagea dans Half Moon Street que les gouttes commencèrent à s'espacer, avant de cesser totalement. Le véhicule ralentit et s'arrêta dans un cliquetis d'attelage, donnant à Teddy et Stella tout le temps de se ressaisir.

Un domestique ouvrit la portière tandis que Jennings allait chercher le fauteuil roulant. Le brouillard noyait encore la rue mais le soleil, faisant enfin son apparition, entreprenait d'en déchirer le voile opaque, zébrant le paysage de taches éclatantes.

Teddy posa une main sur le bras de Stella.

— Regardez cette lumière, dit-il. Quel dommage que je ne puisse la capturer sur une toile.

Elle se tourna vers lui. Ses lèvres étaient d'un rose éclatant, son visage empourpré par les baisers passionnés qu'ils venaient d'échanger.

— Qui vous dit que vous ne le pouvez pas ?

— C'est le jour de notre mariage. Je ne serais pas aussi grossier.

— Mais nous nous sommes mariés afin de pouvoir faire ce qui nous plaît. « Nous ferons ce que nous voudrons, quand nous le voudrons. » Vous rappelez-vous ces paroles que vous avez prononcées ?

— Aujourd'hui, ce qui compte, c'est ce que vous voulez.

Elle le regarda fixement.

— Eh bien, je veux que vous finissiez votre tableau.

Il scruta son visage et s'émerveilla de ce qu'il y découvrit.

Bonté divine, elle était sérieuse.

Il ne savait pas s'il devait en être déçu ou ravi.

— Je ne pourrai pas commencer avant le crépuscule, dit-il. Et cela risque de perturber notre soirée.

Stella rougit de plus belle.

— Le crépuscule ne dure pas éternellement.

Le cœur de Teddy s'emballa follement. Le sous-entendu était évident. Ils auraient quand même leur nuit de noces, quoi qu'il arrive.

— Dans ce cas, dit-il, si le temps se maintient et que vous ne changez pas d'avis...

Un sourire apparut soudain sur ses lèvres.

— Ce soir, avant le coucher du soleil, je vous prierai très poliment de revêtir votre tenue étoilée et de m'accompagner au bord de la Tamise.

29

Stella avait prévenu Teddy, quand il l'avait demandée en mariage, qu'elle aimait prendre des risques de temps en temps. Et cela ne se résumait pas à sortir sans chaperon, où à faire galoper Locket dans le parc sans porter la résille qu'elle avait toujours utilisée pour dissimuler ses cheveux.

Il s'agissait à présent de faire ce que Teddy lui avait demandé : se tenir sur la rive du fleuve, enveloppée dans une cape sombre avec presque rien en dessous, tandis que le brouillard montait sous la lueur du crépuscule.

Elle était seule. Il n'y avait personne pour lui offrir son soutien. Ni Locket ni les Furies. Même Teddy se trouvait à distance, assis derrière son chevalet tandis qu'il préparait sa palette.

Un frisson parcourut la colonne vertébrale de Stella. Ce n'était pas dû au froid. Ni à l'anxiété. Elle n'avait pas peur. Bien au contraire. Elle se sentait audacieuse et confiante.

Quelle journée merveilleuse cela avait été ! D'abord mariée, puis fêtée par leurs amis chez les Finchley, et à présent ceci : ce comportement audacieux, qui l'exposait totalement aux regards. C'était l'exact opposé de la vie étouffante qu'elle avait connue auparavant.

— Je suis prête, dit-elle en dénouant le lien qui maintenait sa cape fermée autour du cou.

Teddy fronça les sourcils. Il semblait douter. C'était pourtant son idée. Il avait la même expression que lorsqu'il avait appris que Stella se déplaçait à travers la ville sans escorte – ce conflit visible entre la liberté qu'il lui avait promise, et le besoin masculin de la protéger à tout prix.

Stella perçut son combat intérieur, mais elle ne voulait pas que cela change quoi que ce soit à sa propre décision.

Elle fit glisser sa cape sur ses épaules, révélant ses bras et sa gorge nus, et la résille scintillante qui lui tenait lieu de robe.

Ils n'étaient pas totalement isolés à cet endroit bordé d'arbres. Jennings se tenait en haut de la berge à côté de la wagonnette, tournant respectueusement le dos. Plus loin, au-delà des enchevêtrements de frênes, d'aulnes et de saules, se déployaient des chemins de promenade et une route sinueuse à l'orée d'un bois.

Cela aurait été scandaleux d'être vue. De nature sans doute à ruiner sa réputation.

Autrefois, Stella Hobhouse se serait souciée d'une telle chose. Mais elle n'était plus Stella Hobhouse. En cet instant, elle n'était pas non plus Stella Hayes, malgré la cérémonie de mariage, le long déjeuner qui avait suivi et les innombrables coupes de champagne qui avaient accompagné les festivités.

Tout cela avait disparu à l'instant où elle avait abandonné ses vêtements. Désormais, elle était l'une des Pléiades.

Elle lança sa cape vers Teddy, qui tendit d'instinct le bras pour la rattraper. Mais ce n'était pas la cape qu'il regardait. C'était elle, Stella, qu'il dévisageait, bouche bée.

Un frisson de pouvoir féminin la traversa.
— Vous n'approuvez pas la création d'Ahmad ? demanda-t-elle, moqueuse.
Teddy déglutit avec peine.
— C'est, euh... un peu plus révélateur que ce que j'imaginais.
Ce n'était pas le cas, en réalité. Ce n'était qu'une illusion.
Néanmoins...
— N'est-ce pas là tout l'intérêt ?
Elle se tourna, s'offrant de trois quarts aux yeux de Teddy – son profil préféré. Ses cheveux dénoués cascadaient dans son dos. Les sequins en nacre de sa tenue tintaient sous la brise qui balayait la surface de l'eau.
Il s'éclaircit la gorge.
— Stella.
— Je suis Électre à présent, l'informa-t-elle. À moins que vous n'ayez une autre des Pléiades en tête ?
Il passa une main dans ses cheveux. Un rictus assombrit son visage.
— Électre fera l'affaire, marmonna-t-il.

Ce n'était pas une tâche facile que de capturer la lumière changeante. Un artiste devait travailler avec célérité. Il restait à Teddy moins d'une heure avant la nuit. Son pinceau se mouvait rapidement tandis qu'il écartait régulièrement la tête de la toile pour jeter un regard furtif sur l'eau, le brouillard, les zébrures que dessinait la lumière déclinante.
Et sur elle.
Il devait faire un effort pour ne pas rester bouche bée comme un simple d'esprit. Il n'avait pas le temps pour cela. Pourtant, elle l'attirait irrésistiblement. Et ce n'était pas uniquement en raison de sa beauté,

de sa vivacité et de son éclat semblable à celui d'une étoile. Mais aussi parce qu'elle était pleinement elle-même, droite et fière, le menton levé et les cheveux cascadant autour d'elle à l'image d'un ruisseau argenté, ne cachant rien de sa véritable et splendide nature.

Une émotion douce-amère infusait son travail. C'était ainsi qu'il l'avait vue la première fois. Ainsi qu'il avait su qu'elle serait, à condition de tomber le masque de la jeune fille de bonne famille. Cette créature puissante, passionnée, royale qui, par quelque miracle, était devenue sa femme.

Son propre sentiment d'insécurité rôdait aux confins de sa conscience. Peindre le tenait à distance. Avec un pinceau entre les doigts, il se sentait puissant également.

Mais tout cela prit fin trop vite. Le soleil se coucha et Stella remit sa cape, retrouvant son état d'humble mortelle.

Jennings apparut avec une lanterne. La toile fut recouverte et placée dans la wagonnette. Puis Jennings aida à pousser sur la rive escarpée le fauteuil roulant qu'occupait toujours Teddy, les roues couvertes de caoutchouc affrontant vaillamment la boue.

Quand ils eurent regagné la wagonnette, Teddy prit spontanément la main de Stella et y déposa un baiser. Elle lui offrit un grand sourire, le visage radieux.

Ce ne fut qu'au moment où Teddy saisit les rênes de Samuel qu'il eut conscience du risque qu'il avait pris à rester assis dehors dans le froid et l'humidité.

La première crampe apparut au bout de dix minutes. La seconde suivit peu après. Lorsqu'ils arrivèrent à Maiden Lane, il serrait les dents.

— Que se passe-t-il ? demanda Stella alors qu'il arrêtait la wagonnette devant la maison.

Une lanterne brillait derrière la fenêtre située près de la porte, éclairant le perron. Mme Mukherjee avait pensé à la laisser avant de rentrer chez elle.

— Rien, répondit Teddy d'une voix tendue.

Jennings sauta de la wagonnette pour l'assister.

Stella scrutait le visage de Teddy.

— Vous êtes toujours contrarié à cause de ma tenue ?

— Elle ne m'a aucunement contrarié.

— Est-ce à cause du tableau ? Vous n'avez pas obtenu ce que vous vouliez ?

— Il ne s'agit pas de cela, grommela-t-il. C'est... Ce sont mes jambes.

Elle fronça les sourcils, inquiète.

— Je ne comprends pas. Vous vous êtes fait mal en remontant la rive ?

— Non, c'est le changement de temps. Cela arrive parfois. Avec l'humidité, je...

Il s'interrompit alors qu'une nouvelle crampe l'assaillait. Posant une main sur sa cuisse, il la serra avec force. Un grognement filtra entre ses dents.

Jennings se précipita pour l'aider à descendre.

— Pas moi, gronda-t-il. Aidez d'abord Mme Hayes.

— Ne soyez pas ridicule, protesta Stella. Je peux très bien descendre toute seule.

Elle le prouva en s'élançant hors de la wagonnette, avec une témérité qui donna des sueurs froides à Teddy.

— Juste ciel ! s'exclama-t-il. Voulez-vous vous rompre le cou ?

— Il n'y avait aucun danger que cela se produise, rétorqua Stella.

Elle se tourna vers Jennings.

— Que puis-je faire pour aider ?

— Ne faites rien, dit Teddy d'un ton agacé. C'est Jennings dont j'ai besoin. Pas de vous.

Il vit dans ses yeux qu'elle était blessée.

« Mais c'est notre nuit de noces », aurait-elle pu dire.

Comme si Teddy n'en avait pas conscience au plus profond de son âme ! Comme s'il ne se maudissait pas d'être réduit à cet état. Honnissant la scarlatine et ses maudites jambes. Honnissant également Jennings, bien que ce dernier n'ait fait qu'essayer de l'aider, à sa façon maladroite.

— Je vais vous porter à l'intérieur, monsieur, dit le valet.

— Vous n'en ferez rien ! tonna Teddy. Allez chercher mon fauteuil.

Stella attendit, les mains jointes devant elle, tandis que Jennings descendait le fauteuil de la wagonnette et y installait Teddy.

John Turvey, le palefrenier de Stella, sortit de la remise à calèches pour venir dételer Samuel.

— Je peux faire quelque chose, madame ?

— Dois-je envoyer Turvey chercher un médecin ? demanda-t-elle à Teddy.

— Pas de médecin ! répondit-il sur le même ton agacé. C'est de Jennings que j'ai besoin, et de personne d'autre.

À nouveau, Stella parut blessée. Mais cela ne dura pas. Elle se ressaisit en un instant, affichant un air déterminé.

— Je suis là, pourtant, dit-elle sèchement à Teddy.

Puis elle s'adressa à Turvey :

— Restez à ma disposition. Il est possible que j'aie encore besoin de vous.

Turvey acquiesça d'un air grave, avant d'emmener Samuel et la wagonnette. La toile de Teddy et tout son matériel se trouvaient toujours à l'arrière, protégés par une bâche.

— Je ne veux pas que ma toile reste dans la remise toute la nuit, protesta Teddy.

Jennings ne s'arrêta pas pour aller la chercher. Il fit rouler le fauteuil de Teddy à l'intérieur de la maison, suivi de près par Stella.

— J'irai la chercher plus tard, monsieur. Dès que j'aurai fini de m'occuper de vous.

S'occuper de lui ! Comme s'il était un vieillard impotent.

Teddy crispa les doigts autour des accoudoirs de son fauteuil. Il bouillait de colère, se sentant misérable au point d'en devenir grossier. Ses jambes lui faisaient souffrir l'enfer, comme si le diable lui-même rongeait les muscles de ses mollets et de ses cuisses.

Stella le suivit dans sa chambre, allumant les lampes tandis que Jennings le soulevait hors de son fauteuil pour le déposer sur le lit – spécialement rabaissé pour s'adapter à ses besoins. Teddy l'avait commandé dans un magasin de Ludgate Hill. Sa hauteur lui permettait de passer du fauteuil au lit, et inversement, sans assistance.

Mais pas ce soir.

Tant que ces crampes atroces dureraient, il serait tributaire de Jennings.

— Dites-moi ce que je peux faire, insista Stella.

— Vous pouvez partir, répliqua Teddy.

Puis un autre spasme brutal lui arracha ces mots :

— Je ne veux pas que vous me voyiez ainsi.

L'expression tendue de Stella se radoucit, laissant place à une compréhension pleine de tendresse.

Mais elle ne partit pas. Au contraire, elle s'assit au bord du matelas, à côté de lui, les sequins de sa robe en résille tintant comme des clochettes.

— Je suis votre femme, dit-elle simplement.

30

Stella n'avait jamais déshabillé un homme auparavant. Il est vrai qu'elle n'avait jamais eu de mari.

Comment une lady était-elle supposée se comporter en de telles circonstances ? Elle se trouvait dans la chambre de Teddy pour la première fois – le soir de leur nuit de noces, bonté divine ! –, assise près de lui sur le lit tandis que Jennings s'activait dans la pièce, allumant un feu dans la cheminée, puis ôtant les bottes de son maître.

Elle s'efforça de ne pas prêter attention au tremblement de ses doigts lorsqu'elle dénoua la cravate de son mari, avant de déboutonner sa veste et son gilet. Elle lui ôta ses vêtements un par un, les jetant sur le fauteuil capitonné qui se trouvait à proximité du lit en acajou.

Ce n'était pas un déshabillage romantique. La situation ne s'y prêtait pas. Teddy était aussi acariâtre qu'un ours blessé, le regard mauvais – tant à son égard qu'envers Jennings.

— Laissez ma chemise, dit-il lorsqu'elle fit mine de l'enlever. C'est mon pantalon qu'il faut ôter.

Elle se sentit rougir. Bien sûr, il fallait lui retirer son pantalon. Elle se sentit sotte de ne pas y avoir pensé plus tôt.

— Puis-je vous apporter mon aide, madame ? demanda Jennings.

— Euh... oui, merci.

Stella se leva du lit.

Ce n'était pas la pudeur virginale qui l'incitait à se retirer. C'était une simple question de pragmatisme. Elle n'avait jamais touché les jambes de Teddy, pas plus qu'elle ne les avait vues. Elle ne savait pas ce qui pouvait l'aider ou risquait de lui faire mal. Et elle n'était pas prête à l'apprendre maintenant. Pas alors qu'il était manifestement en proie à une grande souffrance.

Teddy déboutonna lui-même son pantalon, le faisant glisser sur ses hanches, puis Jennings prit la relève, achevant d'ôter le vêtement.

Stella avait presque peur de regarder. Cela lui semblait être une terrible violation de l'intimité de Teddy. Une violation à laquelle il semblait toutefois amèrement résigné. Il ne les houspillait plus, à présent. Allongé contre les oreillers, il était silencieux et stoïque. Son front était couvert de transpiration, et un muscle jouait rythmiquement sur sa mâchoire. Il regardait dans le vide.

« Je ne pense pas que vous ayez envie d'être témoin de toutes les indignités que je dois endurer à cause de ce fauteuil », lui avait-il dit lorsqu'elle avait évoqué pour la première fois l'idée de partager sa chambre à coucher.

Voilà ce qu'il redoutait. Un moment comme celui-ci, où il était vulnérable et exposé.

Il ne plaisait pas à Stella de profiter de la situation, mais elle était sa femme, comme elle l'avait dit. Elle était aussi son amie.

Elle se força à regarder.

Heureusement pour sa pudeur, Teddy n'était pas complètement nu. Il portait un caleçon de flanelle qui lui arrivait à mi-cuisses, à peine plus long que l'ourlet de sa chemise, révélant des jambes fines et couvertes d'un léger duvet de poils noirs.

Si ses muscles n'avaient pas totalement fondu, ses membres inférieurs étaient visiblement atrophiés, et Stella ne put s'empêcher de penser au jeune homme qu'il avait dû être – fort, athlétique, marchant à travers les bois de son village du Surrey... Mais elle ne l'avait pas connu à cette époque. Elle ne le connaissait qu'à présent. Et elle ne le trouvait pas décevant.

Au contraire.

Elle ressentit soudain une vive envie de s'occuper.

— Dois-je aller chercher de l'eau chaude pour un bain ? demanda-t-elle. Quand je suis endolorie après une longue chevauchée, un bain me fait toujours du bien.

— C'est du liniment qu'il lui faut, madame, dit Jennings. J'en ai dans ma chambre.

Tandis que le valet s'éclipsait quelques minutes, Stella se retrouva seule avec Teddy, son mari depuis moins de vingt-quatre heures. Un homme vêtu uniquement d'une chemise et d'un caleçon.

— Du liniment ? demanda-t-elle d'un ton aussi détaché que possible. Va-t-il vous frictionner comme un cheval ?

— Si on veut, répondit Teddy avec un sourire forcé. Il s'agit en réalité d'un baume anesthésiant, plus proche d'une pommade.

Elle s'approcha, faisant tinter les sequins de sa robe en résille.

— Cela vous aide-t-il ?

— Disons que ça apaise le plus gros de la douleur. Le reste disparaît généralement en une heure. À condition que le temps ne soit pas à l'humidité.

Jennings revint avec un pot d'onguent. Il l'ouvrit, libérant dans la pièce un parfum de lavande et d'herbes médicinales.

— Si madame permet ?

Stella s'écarta de nouveau du lit, cédant sa place.

Le matelas s'enfonça sous le poids de Jennings lorsque ce dernier s'assit. Il prit un peu de pommade dans le pot, la frotta entre ses mains et commença à malaxer les muscles de Teddy avec une grande vigueur, lui arrachant des gémissements de douleur.

Stella grimaça.

— Faut-il que vous soyez aussi brutal ? demanda-t-elle au valet.

— Il faut appliquer une pression suffisante, madame, marmonna Jennings. C'est ce que le médecin français a recommandé de faire. Il m'a dit d'utiliser toute ma force.

Stella fronça les sourcils. Jennings était un homme massif, puissant comme un taureau, avec des mains aussi grandes que des assiettes à dessert. Quant au médecin français, elle n'accordait pas grande valeur à un praticien qui prescrivait la cruauté comme remède.

— Je masse parfois les muscles de Locket, quand elle est engourdie après une chevauchée dans le froid du matin, dit-elle. Il y a des façons d'appuyer en profondeur sans faire preuve de brutalité.

— Les mains d'une femme, dit Jennings avec dédain. Ce n'est pas ça qu'il faut à monsieur.

— Il ne s'agit pas de n'importe quelle femme, le reprit sèchement Stella, irritée par l'insolence du valet.

Elle se rapprocha du lit, refusant d'accepter d'être inutile pour son mari, et chercha le regard de Teddy.

— Puis-je essayer ?

Le col de sa chemise était ouvert, et elle vit une légère rougeur envahir son cou. Pendant un moment, il sembla vouloir refuser sa proposition. Puis, avec un soupir de résignation :

— Vous ne pourrez guère faire pire.

Le cœur de Stella s'emballa. Elle prit une noisette de baume dans le pot et attendit que Jennings se déplace. Le relayant sur le lit, elle frotta le baume entre ses mains pour le réchauffer. Il semblait composé de cire d'abeille et de saindoux, et lui procura une légère sensation de picotement, sans doute dû à la présence de térébenthine.

— Vous me direz si je vous fais mal.

— Ce n'est pas la douleur qui me préoccupe, marmonna Teddy. C'est l'efficacité.

— Ne soyez pas si pessimiste, protesta Stella. Attendez de voir, avant de juger.

Sur ces mots, elle posa doucement les mains sur le mollet de Teddy. Sa peau était ferme et chaude. Elle sentit son cœur s'emballer et fit de son mieux pour l'ignorer. Il s'agissait d'une affaire sérieuse, après tout.

Les muscles étaient contractés à l'extrême, aussi solides que la pierre sous ses doigts. Progressivement, elle s'appliqua à les masser comme elle le faisait avec Locket, préférant la fluidité des gestes à la brutalité. Elle avait compris en travaillant les muscles de sa jument que le but n'était pas de les meurtrir ou de les enflammer, mais de les détendre.

— Qu'en dites-vous ? demanda-t-elle au bout de quelques minutes. Est-ce mieux, ou pire ?

— Mieux, grommela Teddy.

— Puis-je continuer ?

Il hocha brièvement la tête.

Stella remonta les mains vers la cuisse de Teddy, travaillant ses muscles avec une concentration opiniâtre. Elle n'alla pas plus haut que l'ourlet du caleçon. Elle n'aurait pas osé. Mais elle reprit du baume dans le pot et passa à l'autre jambe sans demander la permission.

Jennings se tenait à l'écart, les bras croisés sur son torse musculeux et l'air renfrogné.

— Laissez-nous, ordonna Teddy.

— Mais, monsieur...

— Fermez la porte en sortant, ajouta Teddy d'un ton brusque, alors que la main de Stella se trouvait sur sa cuisse. Je vous appellerai si j'ai besoin de vous.

Le valet se retira à contrecœur, tout en marmonnant entre ses dents. Le bruit de ses bottes résonna dans le couloir tandis qu'il se dirigeait vers l'arrière de la maison, probablement pour aller chercher la toile et le matériel de peinture dans la remise.

— On aurait pu croire qu'il serait heureux d'avoir sa soirée de libre, remarqua Stella en poursuivant son massage.

— Il craint que vous ne vouliez le renvoyer.

— C'est tout à fait impossible.

Stella n'aurait jamais la force de soulever Teddy hors de son fauteuil, ni de charger l'appareillage dans la wagonnette. Quant aux autres devoirs de Jennings...

— À quelle fréquence est-il obligé de faire ça ? demanda-t-elle en continuant à faire glisser ses mains ointes sur la jambe de Teddy.

— Pas très souvent. Uniquement lorsque le temps change, et que je suis resté exposé trop longtemps à l'humidité.

Stella ressentit un vague pincement de culpabilité.

— Nous n'aurions pas dû aller au bord du fleuve.

— Ce n'est pas cher payé pour avoir eu le privilège de vous voir telle que vous m'êtes apparue sur la rive.

Elle esquissa un sourire, pensant qu'il plaisantait. Mais en cherchant ses yeux, elle y vit danser une flamme étrange.

— Vous portez toujours votre costume de lumière, observa-t-il, la voix soudain enrouée.

— Je n'ai pas eu le temps de me changer.

— Faites-le maintenant. Le pire est passé. Vous pourrez me rejoindre ensuite... si vous le souhaitez toujours.

Stella sentit son cœur s'emballer. Elle s'écarta, les mains encore poisseuses d'onguent.

— Je n'ai pas besoin de quitter la pièce. Toutes mes affaires sont ici, à présent.

Une étrange expression traversa le visage de Teddy. Avait-il déjà oublié ?

— Que pensiez-vous que faisait ici la nouvelle garde-robe ? demanda-t-elle en désignant l'armoire massive placée à l'autre bout de la chambre.

Il se massa la joue, l'air égaré.

— Ces dernières semaines, pour être honnête, je n'ai pas prêté attention à grand-chose en dehors de ma peinture. Votre portrait a occupé toutes mes pensées.

Stella se leva et se dirigea vers la table de toilette afin de se laver les mains dans la cuvette.

— Uniquement le portrait ? Pas moi ?

— C'est la même chose.

Stella n'en était pas sûre. Elle s'approcha de la garde-robe et l'ouvrit. Sa robe de chambre en soie brodée se trouvait à l'intérieur, avec ses vêtements de nuit, ses sous-vêtements et plusieurs de ses robes de jour. Le reste de ses effets personnels était plié dans deux malles de voyage et un grand sac en cuir qui avaient été envoyés de chez les Malik, et qu'elle n'avait pas encore eu le temps de déballer.

Elle saisit la robe de chambre, tout en se demandant si elle allait prendre la peine d'enfiler une chemise de nuit, ou si elle se contenterait de garder la chemise de corps en lin qu'elle portait sous sa tunique drapée de la résille à sequins.

La seconde option l'emporta. C'était moins de tracas.

Elle jeta un coup d'œil à Teddy par-dessus son épaule. Il se massait à présent les jambes lui-même.

Il croisa son regard.

— Vous hésitez ? demanda-t-il.

— À propos de quoi ?

— À vous dévoiler.

Stella rougit de plus belle.

— Non. Je me demandais seulement si je devais tout retirer.

— Une partie au moins. Il semblerait équitable que nous soyons à égalité, me semble-t-il.

Elle laissa échapper un petit rire nerveux.

— Eh bien, dans ce cas…

Elle prit place dans le fauteuil à côté du lit, orienté de trois quarts vers la fenêtre, et ôta ses bottines maculées de boue. Ses bas étaient mouillés ; elle allait devoir les enlever. Elle hésita brièvement, avant de relever sa tunique pour dénouer ses jarretières.

Peut-être n'était-ce qu'un effet de son imagination, mais elle crut entendre Teddy retenir son souffle.

Une partie de cette sensation de pouvoir féminin qu'elle avait ressentie au bord du fleuve revint avec la vivacité de l'éclair.

Avec une lenteur délibérée, elle dénoua les rubans destinés à resserrer autour de sa jambe la pièce de satin blanc ornée de dentelle qui retenait ses bas. Puis elle tendit sa jambe droite, et fit rouler vers sa cheville le long tube de soie.

L'air de la pièce se chargea de tension. Elle le sentit aussi sûrement qu'elle entendait son cœur battre à tout rompre dans ses oreilles.

De la même manière, elle ôta son bas gauche. Pieds nus et jambes nues, elle se leva et se tourna face à Teddy. Il avait cessé de se masser les jambes. Il la regardait, son grand corps immobile et ses yeux étrangement assombris.

Une autre hésitation la traversa. Une lady ne se déshabillait pas devant un gentleman. Même s'il était son mari. Du moins le croyait-elle.

Mais une déesse pouvait tout se permettre.

Et c'était ainsi que Teddy la voyait. Elle pouvait le lire sur son visage. Il était envoûté, fasciné. À peine capable de respirer, tant il la désirait.

Cela lui donna le courage de continuer.

Sa résille à sequins était fermée par un simple lien autour du cou, et une série de crochets dans son dos au niveau de la taille. Elle s'en défit rapidement.

— Comptez-vous m'envoyer dans la tombe plus tôt que prévu ? demanda Teddy d'une voix rauque.

— Pas plus que vous n'y songiez tout à l'heure en ôtant votre pantalon, répliqua-t-elle.

— Je n'avais pas en tête de vous troubler. Je souffrais, au cas où vous l'auriez oublié.

Sans le quitter du regard, elle fit glisser la tunique le long de ses épaules. Le vêtement arachnéen cascada dans un cliquètement de sequins le long de sa poitrine et de ses hanches, avant de se répandre au sol. Elle ne portait rien en dessous, à part une chemise en lin qui lui arrivait aux genoux. Pas de jupon ni de crinoline. Pas même un corset.

— Et comment vous sentez-vous, maintenant ? lui demanda-t-elle.

— Je souffre le martyre, grogna-t-il. Venez ici.

Stella éteignit la lampe et se coucha à côté de lui. Ses cheveux tombaient librement sur ses épaules, comme lorsqu'elle posait pour lui. Mais cette fois, les longues mèches ondulées retombaient aussi sur lui, les drapant tous deux d'un voile argenté tandis qu'il l'enlaçait avec force.

À peine avait-elle eu le temps de trouver sa place dans ses bras qu'il l'embrassait déjà.

Une intense chaleur la submergea tandis que son cœur s'emballait follement. Elle peinait à reprendre son souffle. Cela ne l'empêcha pas de lui rendre son baiser.

Elle se déplaça au-dessus de lui, la poitrine pressée contre son torse, les mains autour de son cou d'abord, puis dans ses cheveux, et enfin tirant avec impatience sur sa chemise.

Il l'aida en faisant passer la chemise au-dessus de sa tête, avant de la jeter au sol. Ses bras et son torse étaient étonnamment puissants, les muscles se dessinant sous sa peau, aussi merveilleusement sculptés que ceux d'une statue de marbre.

Elle s'enhardit à passer les mains sur les pleins et les déliés de son torse et de son abdomen, se surprenant elle-même d'une telle audace.

— Êtes-vous certain que vous…, commença-t-elle.

— Dites-moi si je suis trop…, dit-il en même temps.

Leurs mots se chevauchèrent, s'achevant dans un éclat de rire, avant que leurs lèvres se rencontrent de nouveau.

— Sans doute n'est-ce pas de cette façon que vous imaginiez passer votre nuit de noces, dit-il.

— *Notre* nuit de noces, corrigea-t-elle. Et nous avons déjà prouvé que nous faisons ce que bon nous semble. Je ne vois pas pourquoi nous devrions suivre maintenant les conventions.

— Cette soirée promet d'être tout sauf conventionnelle, affirma Teddy avant de capturer derechef sa bouche.

Elle lui rendit son baiser, les lèvres entrouvertes. Et lorsqu'il l'attira plus étroitement encore contre lui, les mains enserrant sa taille pour mieux la plaquer contre ses hanches, toute pensée qu'elle aurait pu avoir de retarder l'union de leurs corps s'évanouit comme par enchantement.

— Mais, Teddy…

Elle s'interrompit, haletante, ses préoccupations refaisant surface malgré elle.

— Êtes-vous vraiment débarrassé de la douleur ? J'espère que vous ne faites pas cela uniquement par… galanterie.

— Moi ? Galant ?

Il rit aux éclats.

— Je n'accorde de valeur qu'à la franchise, pas à l'artifice. Comme en témoigne le fait que je vous ai effrayée la première fois que nous nous sommes rencontrés.

— Vous ne m'avez pas effrayée. C'est moi qui ai pris peur toute seule. Je ressentais trop de curiosité à votre égard pour ne pas m'en inquiéter.

— Curieuse, dites-vous ? J'aurais préféré que vous soyez éperdument amoureuse.

Elle fit mine de s'offusquer.

— Teddy, vraiment…

— Rassurez-vous, ma chérie, reprit-il d'un ton plus sérieux. La douleur est à peine perceptible, à présent. Vous avez un toucher miraculeux. Jennings doit généralement me masser pendant une demi-heure. Avec vous, j'ai ressenti un soulagement au bout de quelques minutes.

— J'ignorais que vous pouviez avoir des sensations dans les jambes.

— Ce n'est pas vraiment une sensation. En tout cas, rien qui ressemble à ce que je pouvais percevoir avant la maladie.

— Alors quoi ?

— Les muscles fonctionnent encore. Ils se contractent, se tétanisent. Au début, j'ai pensé que ça signifiait que mes jambes se réveillaient, que j'allais pouvoir marcher comme avant. Mais ça ne signifie rien, à part de la douleur.

— Je suis désolée.

Elle laissa distraitement courir sa main sur le torse de Teddy.

— Avez-vous essayé...

— Oui, répondit-il avant qu'elle ait trouvé le courage d'aller au bout de sa question. Je me suis soumis à toutes sortes de traitements quand nous nous sommes installés en France. Il y avait des médecins à Paris qui vantaient les mérites de machines électriques, de toniques, de pommades... que sais-je encore. Rien n'a eu l'effet recherché.

Stella rejeta la tête en arrière pour croiser son regard.

— Est-ce votre famille qui vous a obligé à endurer de telles choses ?

— Non. Ils pensaient que c'était du charlatanisme. C'est moi qui le voulais. Je cherchais...

Son expression se fit amère, et il expliqua :

— Quand vous êtes désespéré, vous êtes prêt à croire n'importe quoi. Et il y a quantité d'escrocs dont le gagne-pain est de vous promettre monts et merveilles. J'ai toutefois renoncé assez vite, comprenant qu'il n'y avait rien à faire. Donc, si vous avez l'illusion que je vais marcher avec vous vers un dénouement heureux...

Une sombre vulnérabilité envahit son regard.

— ... c'est ici que ça s'arrête pour moi. Je suis condamné à rester dans un fauteuil jusqu'au jour de ma mort.

La gorge de Stella se serra d'émotion.

— Comme d'habitude, vous dites des sottises, déclara-t-elle avec gravité. Ce n'est pas la fin. Et vous n'êtes pas le seul concerné. À partir de maintenant, c'est vous et moi. Pour toujours.

Teddy baissa la tête vers la sienne. Sa gorge se noua tandis qu'il peinait à avaler sa salive.

— Pour toujours, insista-t-elle en lui caressant la joue.

Orientant différemment son visage, elle le força à croiser son regard.

— Vous ne pouvez pas vous débarrasser de moi, Teddy Hayes. Pas pour une raison aussi ridicule que celle-ci. Je serai toujours là, avec vous, même quand vous aurez terminé votre chef-d'œuvre. Je ne vous quitterai jamais. À moins que vous ne me disiez que vous ne voulez plus de moi.

— Je vous aime, dit-il d'une voix enrouée.

Stella eut l'impression que son cœur s'arrêtait de battre. Elle n'était pas certaine d'avoir bien entendu. Teddy avait parlé si bas.

Elle se demanda brièvement s'il était possible de donner une existence réelle à des mots dont on avait rêvé. Elle les avait imaginés tant de fois.

— Je vous aime, répéta-t-il, distinctement cette fois. Je sais que vous avez promis de tomber amoureuse de moi en premier, mais ce n'est pas nécessaire. Vous n'avez pas à faire cet effort. Je vous aime quand même – en réalité, je vous aime depuis le moment où je vous ai demandé de m'épouser. Et si vous ne pouvez m'offrir en retour que de l'amitié, j'apprendrai à m'en contenter.

Les yeux de Stella s'emplirent de larmes.

— Pourquoi voudriez-vous vous contenter de mon amitié, alors que mon cœur vous appartient tout entier depuis des mois ? Je n'ai pas besoin de faire d'efforts pour tomber amoureuse de vous. Je vous aime déjà. Je vous aime tellement que...

Teddy l'enveloppa de ses bras avant qu'elle ait pu finir. Le reste fut étouffé par ses lèvres. Il l'embrassa. La cajola. Exprima toute l'étendue de son amour pour elle à l'aide de mots.

Et aussi sans eux.

*

* *

Longtemps après, Stella reposait entre les bras de Teddy, comblée. Ils avaient encore le souffle court après leur folle étreinte, se murmurant des mots tendres dans l'obscurité et se prodiguant de langoureuses caresses.

Le soleil était couché depuis plusieurs heures. La maison était vide et silencieuse. Elle ne portait plus sa chemise. Teddy ne parvenait pas à se rappeler quand il la lui avait ôtée. Sans doute, songea-t-il avec le recul, s'était-il comporté comme un homme des cavernes fou de passion. Stella n'avait pas semblé lui en tenir rigueur. Elle s'était d'ailleurs montrée passablement impatiente elle-même. Audacieuse et sans crainte – hormis un bref élan de timidité au moment ultime, trahissant son innocence. Il l'avait décelé chez elle car c'était aussi ce qu'il avait ressenti.

« Il n'y a jamais eu de muses parisiennes, lui avait-il dit en la regardant droit dans les yeux. En tout cas, pas de cette façon. Tu es la première, et tu seras la seule. »

À présent, tandis qu'elle se blottissait contre lui, il déposa un baiser sur sa tempe. Il l'aimait tellement que son cœur se dilatait de bonheur chaque fois qu'il la touchait.

Et elle l'aimait en retour. Elle l'avait dit.

Non. Ce qu'elle avait dit, c'était qu'elle l'aimait depuis des mois.

Des mois.

Il ne parvenait toujours pas à y croire.

Mais aujourd'hui avait été le jour des premières fois : leur mariage, la séance de pose au bord de la Tamise, et à présent ceci. Il s'était livré à elle dans la plus grande vulnérabilité, et elle l'avait accepté comme un homme à part entière. Un homme qu'elle aimait.

D'un geste d'une grande douceur, il repoussa une boucle de cheveux argent qui retombait sur le front de Stella.

— Veux-tu voir quelque chose ? demanda-t-il.

Elle avait la joue posée sur son torse, et il la sentit sourire contre lui.

— Ne m'as-tu pas suffisamment étonnée ce soir ?

— Je pensais à quelque chose de différent, dit-il avec un sourire nonchalant. Tu vas devoir enfiler ta robe de chambre.

Elle grommela, réticente, le corps épuisé par leur étreinte langoureusement abandonné.

Il la bouscula gentiment.

— Je te promets que ça en vaut la peine.

— Si tu le dis.

Elle bougea lentement pour se lever.

Teddy ressentit une sensation de froid tandis que leurs corps se séparaient. Il la regarda se diriger vers la lampe et l'allumer. La vue de sa silhouette à contre-jour fit courir un réseau de feu dans ses veines. Il fit un effort de volonté pour ne pas la convier à revenir au lit.

— Peux-tu me passer mon pantalon ? dit-il plutôt.

Stella enfila sa robe de chambre et noua la ceinture autour de sa taille, avant de ramasser pour lui ses vêtements éparpillés.

Il n'avait besoin d'aucune aide pour s'habiller. Il pouvait même se lever du lit tout seul, une fois son fauteuil placé à proximité et les freins de celui-ci actionnés.

Se hissant en position assise, il se servit de ses bras pour balancer le bas de son corps vers le fauteuil. Puis il ajusta ses jambes à l'aide de ses mains, posant ses pieds nus sur le repose-pieds.

Stella tint la lanterne en l'air tandis qu'elle ouvrait la porte de l'autre main.

— J'espère que nous allons à la cuisine, dit-elle. Je suis affamée.

— Mon atelier d'abord, répondit Teddy en faisant passer son fauteuil dans l'ouverture. La cuisine ensuite.

Elle avança à petits pas à côté de lui, leur chemin à peine éclairé par le faible halo de la lanterne.

Des bâches de protection recouvraient toujours le sol de l'atelier. Teddy roula dessus sans effort grâce aux pneumatiques dont était équipé son fauteuil, ce que les roues en bois auraient peiné à faire.

— Dois-je allumer les autres lampes ? demanda Stella.

— S'il te plaît.

Il roula jusqu'à son tableau. Jennings l'avait replacé sur le grand chevalet, le laissant couvert du même drap sous lequel Teddy le dissimulait quand il ne travaillait pas.

Stella alluma les lampes une par une. L'atelier s'éclaira progressivement, jusqu'à ce que plus aucun recoin de la pièce ne se trouve dans l'ombre.

Ensuite, elle se plaça près de lui. Ses cheveux argentés tombaient en vagues tout autour d'elle.

Teddy saisit un coin du tissu.

— Non, tu ne dois pas ! s'écria Stella, comprenant soudain son intention. Tu n'es pas prêt.

— Je suis prêt, répliqua-t-il.

— Mais ce n'est pas fini. Tu as dit que personne ne pouvait le voir avant que…

— Tu n'es pas « personne ». Tu es ma femme.

Sur ces mots, il ôta entièrement le drap, lui révélant son portrait pour la première fois.

Stella eut un sursaut. Comme mue par une volonté propre, sa main monta vers sa bouche.

— Oh, Teddy. C'est… c'est…

Elle s'approcha pour l'examiner de plus près.

Il l'avait peinte à larges traits de pinceau, conférant une impression de mouvement à sa silhouette. L'éclat de la robe en sequins de nacre et le scintillement perlé de ses cheveux se fondaient dans le halo tamisé du crépuscule. La mer derrière elle reflétait le soleil déclinant dans un tumulte sensuel. Ainsi, elle semblait tout juste descendue des cieux – dans un moment de transition entre l'étoile et la femme, capturé à un souffle près avant que la transformation soit achevée.

Stella tendit la main pour toucher la toile, mais la retira au dernier moment.

— C'est extraordinaire, murmura-t-elle. La façon dont tu as capturé les changements de lumière…

— Tu approuves donc ?

Elle continua à fixer la peinture, visiblement émerveillée.

— Je n'ai jamais rien vu d'aussi beau.

— C'est normal, dit-il. Puisque ça te représente.

Elle chercha son regard. Ses yeux brillaient d'émotion. Elle lui tendit la main, et il la saisit. Leurs doigts s'entrelacèrent en un geste d'intimité et de complicité.

— Je ne savais pas à quoi m'attendre lorsque tu as demandé à faire mon portrait, reconnut-elle.

— Moi non plus, je ne savais à quoi ressemblerait ce tableau une fois terminé.

Il l'attira sur ses genoux, savourant contre lui le poids doux et chaud de ses rondeurs féminines, libérées du corset et de la crinoline.

— Il est à toi, dit-il.

Elle écarquilla les yeux.

— Mais tu ne peux pas me le donner. Tu voulais le soumettre à la Royal Academy. Et peut-être pourras-tu le vendre un jour.

— Le vendre ? Un portrait de mon étoile ? Jamais. Pas pour tout l'or du...

Sans lui laisser le temps de finir, elle noua les bras autour de son cou et plaqua un baiser sur ses lèvres.

— Tu peux toujours le présenter à la Royal Academy, dit-elle quelques instants plus tard. Cette œuvre contribuera à ce que le milieu artistique de Londres reconnaisse ton talent.

— Tu sais, dit-il en rapprochant ses lèvres des siennes, je me moque éperdument de ce que peut penser le milieu artistique. La seule opinion qui m'importe, c'est la tienne. Si tu aimes mon travail...

— Je l'aime, assura-t-elle avant de l'embrasser à nouveau. Et je t'aime aussi. Mon cœur t'appartient.

— Et tu as le mien pareillement, dit-il d'une voix émue. Pour toujours.

Épilogue

Huit mois plus tard…

— Ils l'ont magnifiquement exposé, n'est-ce pas, mon chéri ?

Stella se tenait à côté de Teddy et admirait la disposition de son portrait sur le mur de la Berners Street Gallery. Il avait été placé à hauteur des yeux et son titre figurait sur une petite plaque en dessous : *La Descente d'Électre*.

— C'est parfait, reconnut Teddy. Il semblerait que la plupart des gens ne se soient déplacés que pour le voir. Il aurait été dommage qu'ils ne le trouvent pas.

Des dames en élégantes robes de soie et des messieurs en fracs et chapeaux hauts de forme se pressaient devant le tableau. Certains s'arrêtaient pour l'admirer, tout en restant sur la réserve. D'autres grimaçaient de désapprobation. Nombre d'entre eux échangeaient des murmures scandalisés.

Ce n'était pas la première présentation publique de son œuvre. En mars, Teddy l'avait soumise à la Royal Academy, en même temps que trois de ses meilleurs paysages marins. L'Académie avait accepté les marines, à la grande joie de Teddy et Stella, mais la représentation de cette dernière sous les traits d'une Pléiade avait été sommairement – et de façon passablement dédaigneuse – rejetée. L'un des membres du comité de sélection avait jugé son style trop provocant, tandis qu'un autre avait qualifié son travail d'inachevé et insuffisant.

La foi de Teddy et Stella dans cette œuvre n'avait cependant pas faibli. Ils l'avaient emportée en France au printemps, où elle avait été refusée également au Salon de Paris, ce qui était prévisible. Le tableau avait ensuite fait son chemin de galeries privées en expositions indépendantes, remportant d'abord une appréciation modérée – « un travail prometteur » – puis une robuste approbation – « un spectaculaire accomplissement ».

Depuis son retour en Angleterre, le portrait bénéficiait toujours de la modeste gloire qu'il avait glanée sur le continent. Les curieux s'étaient empressés de venir le voir à l'exposition de Berners Street, soit pour l'admirer, soit pour le tourner en ridicule.

— Scandaleux, murmura une lady à son mari tandis que le couple passait devant le tableau sans s'arrêter.

— La façon dont sont employées la lumière et la couleur est proprement captivante, déclara à celui qui l'accompagnait un jeune homme vêtu d'une veste de velours et arborant un foulard fantaisie en guise de cravate.

— Certes, répondit son ami, mais c'est une impression plutôt qu'une expression. Voilà où ça pèche.

— Et cependant, cette œuvre recèle une puissance brute, insista le premier jeune homme. Le coup de pinceau me fait penser à Turner.

Teddy et Stella échangèrent un regard entendu. Turner était toujours le héros de Teddy. Être comparé à lui était un compliment inestimable. À côté de cela, toute critique devenait insignifiante.

Un gentleman à l'allure familière, aux cheveux en désordre et doté d'une épaisse moustache, se frayait un chemin à travers la foule afin de les rejoindre.

Stella n'eut aucun mal à le reconnaître.

— Oh, regardez ! dit-elle à son mari. M. Whistler a réussi à venir, finalement.

Teddy et James Whistler avaient bâti une relation chaleureuse au cours de l'année qui venait de s'écouler, d'abord à travers une correspondance nourrie, puis à la faveur de nombreux dîners, aussi bien à Maiden Lane que chez Whistler à Chelsea.

Bien que leurs styles soient différents, celui de Teddy mettant l'accent sur la lumière et la couleur tandis que celui de Whistler jouait sur les demi-teintes et les jeux d'ombre, ils avaient trouvé matière à se soutenir l'un l'autre.

— Jim ! s'exclama Teddy avec un large sourire. Comment vas-tu ?

— C'est plutôt à toi qu'il faudrait poser la question, répliqua Whistler en serrant vigoureusement la main de son ami.

Puis il s'inclina devant Stella.

— Madame Hayes, c'est toujours un plaisir de vous voir. Le portrait est fort bien présenté, n'est-ce pas ?

— Il est assurément mis en valeur, admit Stella.

— Et ils n'ont pas changé son nom, ajouta Teddy en riant. C'est déjà quelque chose.

— En tout cas, cela a attiré une foule impressionnante, observa Whistler.

— Pas entièrement pour de bonnes raisons, je le crains, dit Teddy. Ça reste quand même très controversé de ce côté-ci de la Manche.

— Ne te soucie pas de ce que pensent les imbéciles, lui recommanda Whistler. Ton tableau est un des rares qui vaillent quelque chose dans cette exposition.

Il remarqua une personne de sa connaissance de l'autre côté de la pièce.

— Veuillez m'excuser. Je dois m'entretenir avec M. Edwards avant son départ. Et si nous nous retrouvions pour dîner vendredi soir à Lindsey Row ? Rossetti sera présent.

— Nous en serions ravis, dit Stella.

— Transmets mon bon souvenir à Edwards, fit Teddy avant que Whistler s'éloigne.

Les amies de Stella croisèrent ce dernier alors qu'elles approchaient. Les Furies étaient venues apporter leur soutien.

Anne et M. Hartford avaient fait le voyage depuis le Somersetshire. Julia et le capitaine Blunt avaient pris le train pour venir du Yorkshire, bien qu'ils n'aient pas pour habitude de quitter leur domaine, surtout avec un nourrisson dont il fallait s'occuper. Evie était là avec Ahmad, qui avait quitté tôt sa boutique de mode pour accompagner sa femme, en dépit des exigences que sa clientèle aristocratique faisait peser sur son emploi du temps.

Laura et Alex n'avaient pas pu faire le déplacement. Ils avaient accueilli un petit garçon l'été dernier, et Laura n'était toujours pas en état de voyager. Stella et Teddy étaient allés les voir à Grasse en décembre. Là-bas, ils avaient passé trois semaines enchantées à cajoler le bébé, à célébrer Noël, et à dessiner les champs de fleurs en dormance. Stella avait même rencontré le chat Magpie, qui offrait en effet une étonnante ressemblance avec le chat errant qui leur rendait visite tous les jours à Maiden Lane pour se régaler des soucoupes de poulet et de crème que Stella déposait pour lui.

— Comment trouvez-vous la réaction du public ? demanda Julia.

Sa silhouette s'était légèrement arrondie depuis la naissance de sa fille, et elle n'en était que plus belle.

— Est-ce mieux qu'à Paris ? insista-t-elle.

Le capitaine Blunt se tenait à côté d'elle, une main posée au creux de son dos.

— Pas mieux qu'à Paris, non, répondit Stella. Mais mieux que lors de sa présentation à la Royal Academy. On disait alors que c'était une aberration.

— Les membres de l'Académie sont archaïques, dit Teddy. Ils n'aiment rien de ce qui est nouveau. Leur première réaction est toujours de condamner.

— Ils finiront par changer d'avis, affirma Stella. Ils le doivent. Et alors un jour…

— Espérons que ce soit de notre vivant, l'interrompit Teddy d'un ton moqueur.

— Une bonne partie de la presse se montre en tout cas élogieuse, remarqua M. Hartford. Cela doit vous être d'une aide précieuse.

Anne était à son bras. Elle portait un caraco noir et une jupe d'un lumineux motif écossais assorti à celui du costume de son mari.

— Oh oui, fit Stella. Je viens de lire un merveilleux article de M. Stillwater dans le *Gentleman Artist's Monthly*. Il y qualifie le tableau de chef-d'œuvre.

Anne adressa un regard à son mari.

— Il a vraiment dit cela ? demanda-t-elle.

— Ce gentleman me semble fort avisé, lui répondit Hartford, qui n'était autre que l'auteur caché sous ce pseudonyme. J'oserais même le qualifier de génie.

À côté d'eux, Ahmad affichait une expression des plus approbatrices tandis qu'il observait le tableau. Ses talents de couturier allaient de pair avec un jugement très sûr concernant la couleur et l'harmonie.

— Si le goût parisien influence l'art autant qu'il le fait pour la mode, vous pourriez vite devenir beaucoup plus célèbre que vous n'osez l'imaginer, commenta-t-il en s'adressant à Teddy.

— Je ne désire aucunement la gloire, rétorqua ce dernier. Uniquement la reconnaissance.

— Vous en avez présentement en abondance, déclara le capitaine Blunt. Peut-être allez-vous découvrir que vous préfériez la sécurité de l'anonymat.

— Aucunement, protesta Stella. Nous ne souhaitons ni l'un ni l'autre mener une vie en retrait.

— Tu ne peux plus guère le faire aujourd'hui, remarqua Anne. D'abord une Furie et l'une des quatre Amazones, et à présent une personnalité notoire. Je me demande bien quelle sera ta prochaine transformation.

— J'ai hâte de le découvrir, affirma Stella.

Teddy adressa un sourire complice à sa femme.

— À nous l'aventure !

Elle lui sourit de la même façon, autant par l'expression de ses yeux que par la tendre courbe de sa bouche. Leurs mains gantées se trouvèrent et leurs doigts s'entrelacèrent.

Le jour où il l'avait demandée en mariage, il lui avait promis la liberté de découvrir ce qu'elle attendait vraiment de la vie. À l'époque, elle n'avait aucun moyen de le savoir. Elle avait été rabaissée si longtemps qu'elle ne possédait pas les mots pour exprimer les aspirations qui se bousculaient en elle.

Mais ce n'était plus le cas.

Elle savait désormais ce qu'elle voulait – ce qu'elle avait toujours voulu. Ce n'était autre que la liberté elle-même. La liberté de vouloir, de choisir, d'être. La liberté de mener une vie flamboyante et non conventionnelle avec l'homme qu'elle aimait. Une vie qui ne ressemblerait à aucune autre, qui ne serait qu'à eux.

— Leur as-tu déjà dit ? lui demanda Teddy.

— À quoi faites-vous allusion ? s'étonna Evie.

Le sourire de Stella s'élargit, laissant transparaître sa fierté.

— J'ai travaillé sur mes propres dessins cet été, et j'espère les soumettre à la Royal Academy l'année prochaine.

— Oh, c'est merveilleux ! s'exclama Evie.

— Je ne suis pas du tout surprise, dit Anne. J'ai toujours su que ton travail serait un jour exposé quelque part à Londres.

— Je ne devrais pas me réjouir à l'avance, les prévint Stella. À moins que l'opinion ne change prochainement, je risque de connaître les mêmes difficultés que mon mari pour faire reconnaître et apprécier mon style.

— Les galeries d'Europe ! s'exclama Julia, le visage illuminé par cette perspective. Imagines-tu que tes dessins de Cossack y seront un jour exposés ?

— Et ceux que tu as faits d'Hephaestus, ajouta Evie.

— Sans oublier Saffron, conclut Anne.

— Tous nos chers chevaux seront représentés, assura Stella. Ils ont toujours été mes sujets d'étude favoris, séparément ou ensemble.

— Tu n'auras aucun mal à trouver un titre, j'en suis certaine, dit Julia.

— *Les Quatre Montures des quatre Amazones*, annonça Evie avec emphase. Je le vois déjà.

Stella, Anne, Julia et Evie éclatèrent de rire, et leurs maris se joignirent à elles.

Les choses ne s'étaient pas déroulées exactement de la façon dont elles les avaient imaginées lorsqu'elles s'étaient rencontrées à l'occasion de leur première saison londonienne – au cours de laquelle elles étaient allées d'échec en échec. Il n'y avait pas eu de flamboyant prince charmant. Pas d'immense richesse ou de succès mondains ébouriffants. Mais ensemble, elles avaient trouvé l'amitié, l'approbation qu'elles n'avaient jamais reçue auparavant, et le courage de suivre leur cœur.

Et pour finir, chacune d'entre elles avait fait un mariage d'amour. Elles avaient leur propre foyer à présent, des vies pleinement satisfaisantes, de merveilleux maris qui les adoraient, et pour certaines des enfants.

Et elles avaient aussi des chevaux.

En matière d'histoires qui finissaient bien, que pouvait-on demander de plus ?

Note de l'autrice

La muse de Maiden Lane a été inspiré par différents artistes, inventions et événements de l'époque victorienne.

L'essor de l'impressionnisme français

L'impressionnisme français trouve ses racines dans les peintures romantiques en extérieur d'artistes du XIXe siècle tels que William Turner et son contemporain John Constable. Toutefois, ce n'est qu'en 1860, lorsque de jeunes artistes comme Claude Monet et Pierre-Auguste Renoir fréquentèrent l'atelier parisien de Charles Gleyre, que s'ébaucha ce nouveau mouvement pictural.

Dans *La muse de Maiden Lane*, Teddy vient à peine de rentrer en Angleterre après avoir passé plusieurs années à suivre les cours de Gleyre. Son style, qui met l'accent sur le mouvement, la couleur et les effets changeants et éphémères de la lumière naturelle, peut se comparer à celui des futurs impressionnistes.

Cette nouvelle esthétique opposée à l'art académique était loin d'être appréciée à l'époque. Ainsi, l'œuvre de Teddy est souvent qualifiée d'inachevée, et on considère qu'elle n'offre qu'une vague impression d'un sujet au lieu d'une expression pleine et entière.

Les « vrais » artistes composant le groupe impressionniste subirent les mêmes critiques. Rejetés à la fois par la Royal Academy de Londres et le Salon de peinture et de sculpture de Paris (les deux bastions de l'excellence artistique traditionnelle des années 1860), ces membres d'une toute nouvelle école furent obligés d'exposer leur travail ailleurs : dans des galeries privées et, pour finir, au Salon des refusés de Paris – ouvert en 1863 en marge du Salon officiel et marquant la fin de l'Académie en tant que seule institution de diffusion des œuvres d'art.

Où se situe James McNeill Whistler dans ce contexte ? Comme Teddy, Whistler était un élève de Charles Gleyre. Bien que n'appartenant pas au courant impressionniste, il y est souvent associé. Lui-même fut contraint de livrer bataille contre l'ordre établi en matière artistique. En écrivant ce roman, j'ai compris que ses luttes – et particulièrement les défis qu'il a dû relever en raison de la controverse suscitée par son tableau *La Fille blanche* (connu aujourd'hui sous le nom de *Symphonie en blanc n° 1 : La Jeune Fille en blanc*) – faisaient écho à celles de Teddy.

J'ai été considérablement aidée dans la rédaction de mon histoire par la correspondance de Whistler conservée à l'université de Glasgow. Non seulement ces lettres m'ont permis de mieux appréhender le monde de l'art victorien, mais elles m'ont également inspiré les travaux engagés par Teddy dans sa maison de Maiden Lane (sur la base du récit des nombreuses réparations que Whistler a été contraint de réaliser dans sa propriété).

Et si je ne mentionne pas directement le mouvement des impressionnistes français dans mon histoire, il y a une bonne raison à cela. En effet, le terme n'est entré dans l'usage courant qu'une décennie plus tard, en référence au tableau de Monet exposé en 1872 : *Impression, soleil levant*.

Les fauteuils roulants victoriens

Au début des années 1860, les fauteuils roulants sont limités aux chaises de bain – des dispositifs qui étaient soit poussés par un auxiliaire, soit tirés par un cheval ou un âne. Les fauteuils pouvant être manipulés sans aide ne sont apparus que plus tard au cours du siècle. Afin que Teddy dispose d'un fauteuil qu'il puisse manœuvrer lui-même, j'ai dû arranger (et accélérer) la réalité historique.

Le prototype de la chaise de déplacement autonome pour invalide que reçoit Teddy dans mon histoire est partiellement inspiré par le brevet d'une chaise automotrice inventée par Thomas Minnis. D'abord présentée à l'Exposition universelle de 1853 au Crystal Palace de New York, la chaise a fait l'objet d'un article à la rubrique « Art et industrie » du *New York Tribune* édité par Horace Greeley, où il est précisé :

D'un léger mouvement de la main, le malheureux invalide peut se déplacer partout à l'intérieur et à l'extérieur, tourner avec facilité dans les recoins les plus exigus, aller aussi bien en avant qu'en arrière sur des surfaces planes, et ce absolument sans effort.

Le fauteuil roulant de Teddy a également été inspiré par diverses publicités de l'époque victorienne que j'ai pu retrouver, vantant les mérites de chaises d'invalidité personnalisées en acajou et laiton. La plupart des fauteuils roulants étaient alors faits sur mesure et pouvaient être configurés selon les besoins particuliers de l'utilisateur. Le coût étant beaucoup trop élevé pour le commun des mortels, le fauteuil équipé de pneumatiques qui figure dans le roman aurait été réservé aux invalides fortunés.

Pour les roues du fauteuil de Teddy, je me suis inspirée d'un brevet de 1845 déposé par l'inventeur écossais Robert William Thomson pour un nouveau type de roues dites « aériennes ». Cette innovation n'était autre qu'un pneumatique composé d'un tube de caoutchouc vulcanisé rempli d'air comprimé, de façon à former un coussin d'air au sol, et d'une enveloppe en cuir fixée à la roue proprement dite. Ces pneus ont fait l'objet d'une démonstration publique au Regent's Park de Londres en 1847, exactement comme Hart l'a raconté à Teddy. Si ces « roues aériennes » ont équipé quelques voitures hippomobiles, le procédé n'a pas été développé à grande échelle en raison du coût très élevé du caoutchouc.

Remerciements

La muse de Maiden Lane est un roman tapi au fond de mon cœur depuis que j'ai fait apparaître pour la première fois le personnage de Teddy Hayes dans ma série *Parish Orphans of Devon* en 2019. Je désirais tellement lui offrir une histoire qui finisse bien ! J'éprouvais le même sentiment pour Stella Hobhouse, la dernière des *Belles de Londres*, mes Furies, mes quatre Amazones tant aimées. Je dois d'énormes remerciements à tous ceux qui ont fait en sorte que l'histoire d'amour entre Teddy et Stella prenne vie.

À mon inépuisable mère : merci d'avoir lu les premières ébauches, d'avoir gardé mes animaux de compagnie pendant que je travaillais, et pour les litres de thé Darjeeling dont tu m'as abreuvée. Je n'aurais pas pu y arriver sans toi !

Il me faut aussi remercier ma brillante agente, Kevan Lyon ; mon excellente (et très patiente) éditrice, Sarah Blumenstock, ainsi que Liz Sellers, Yazmine Hassan, Anika Bates, Jessica Plummer, Megha Jain, Caitlin Morgan, Jenni Surasky, Christine Legon, LeeAnn Pemberton, Rita Frangie, et le reste de l'équipe de Berkley/Penguin Random House, qui a travaillé si dur et avec tant de dévouement pour que ma série des *Belles de Londres* arrive entre les mains des lectrices et lecteurs.

Durant l'écriture de cette série, ce fut une vraie bénédiction d'avoir le soutien de tant d'autrices que j'admire. Je suis particulièrement reconnaissante à Kate Quinn, Jodi Picoult, Jennifer Robson, Meg Tilly, Evie Dunmore, Isabel Ibañez, Harper St. George, Kate Pearce, Caroline Linden, Olivia Dade, Syrie James, Stephanie Barron et Jane Porter, pour leur gentillesse et leur générosité.

Je remercie également l'historienne de l'art et amie Lucy Paquette, qui m'a assistée dans mes recherches sur l'art du XIXe siècle, la merveilleuse Alissa Baxter, et mon irremplaçable assistante, Rel Mollet, qui ont lu les premiers jets de ce manuscrit et m'en ont fait des retours tellement profitables.

Je n'oublie pas les incroyables Lionnes, toujours prêtes à me soutenir et disponibles pour m'aider à mettre cette folle aventure en perspective.

Enfin, mais ils ne seront jamais les derniers dans mon cœur, immense gratitude et beaucoup d'amour à mes animaux de compagnie, Stella, Jet, Tavi, Bijou, et Asteria qui, selon les moments, ont joué le rôle de soutien émotionnel, d'anti-stress, de couverture chauffante pour mes genoux, de co-écrivains et d'admirateurs enthousiastes. Et qui sont là aussi pour me rappeler en permanence que je n'ai pas le luxe de renoncer.

Terminer une série est toujours difficile, mais j'achève celle-ci avec gratitude. Écrire et monter à cheval sont les deux grandes passions de ma vie. Quel cadeau ce fut de les combiner sous la forme d'un livre !

Merci, merci, merci, à toutes celles et à tous ceux qui m'ont accompagnée dans cette chevauchée.

Cavalières pour toujours !

14467

Composition
FACOMPO

Achevé d'imprimer en Italie
par GRAFICA VENETA
le 3 août 2025

Dépôt légal : septembre 2025
EAN 9782290422915
OTP L21EPSN002708-652097

ÉDITIONS J'AI LU
82, rue Saint-Lazare, 75009 Paris

Diffusion France et étranger : Flammarion